Sidney Sheldon
Das Erbe

Sidney Sheldon
Das Erbe

Roman

Aus dem Amerikanischen
von Gerhard Beckmann

Blanvalet

Die Originalausgabe erschien unter dem Titel
»Morning, Noon & Night«
bei William Morrow and Company, Inc., New York.

Umwelthinweis:
Dieses Buch und der Schutzumschlag wurden auf
chlorfrei gebleichtem Papier gedruckt.
Die Einschrumpffolie (zum Schutz vor Verschmutzung) ist aus
umweltschonender und recyclingfähiger PE-Folie.

Der Blanvalet Verlag
ist ein Unternehmen der Verlagsgruppe Bertelsmann

2. Auflage
© der Originalausgabe 1995 by Sidney Sheldon
All rights reserved including the right of reproduction
in whole or in any part in any form
© der deutschsprachigen Ausgabe 1996 by
Blanvalet Verlag GmbH, München
Druck und Bindung: Wiener Verlag
Printed in Austria
ISBN 3-7645-7734-7

*Für Kimberley
in Liebe*

Laß die Morgensonne dein Herz
Wärmen, wenn du jung bist,
Laß die sanften Winde des Mittags
Deine Leidenschaft kühlen,
Doch hüte dich vor der Nacht,
Denn in ihr lauert der Tod,
Er wartet, wartet, wartet.

       Arthur Rimbaud

Morgen

1. KAPITEL

»Sie haben gemerkt, daß wir beschattet werden, Mr. Stanford?« fragte Dmitri.

»Ja.« Ihm war schon vor einem Tag klargeworden, daß sie ihm folgten.

Es waren zwei Männer und eine Frau, die absolut unauffällig gekleidet waren und sich größte Mühe gaben, mit den Touristenscharen zu verschmelzen, die am sommerlichen Frühmorgen über das Kopfsteinpflaster der Dorfstraßen flanierten. Nur war es gar nicht so leicht, in einem so kleinen alten Wehrdorf wie St-Paul-de-Vence unbemerkt zu bleiben.

Die drei Fremden waren Harry Stanford aufgefallen, weil sie *allzu* leger und unauffällig gekleidet waren und weil sie *zu* sehr den Eindruck zu wecken versuchten, *nicht* nach ihm Ausschau zu halten. Wo immer er sich umdrehte, er entdeckte jedesmal einen von ihnen im Hintergrund.

Harry Stanford war ein Mensch, den man leicht im Auge behalten konnte – eins achtzig groß, mit schlohweißem, langem Haar, das über den Hemdkragen fiel, mit aristokratisch vornehmen, beinahe schon anmaßenden Gesichtszügen. Außerdem befand er sich in Begleitung einer auffallend schönen, jungen Brünetten, eines schneeweißen Schäferhunds und seines Leibwächters Dmitri Kaminski – eines stiernackigen Riesen von eins neunzig mit fliehender Stirn. *Es wäre wirklich ein Kunststück,* überlegte Stanford spöttisch, *uns aus den Augen zu verlieren.*

Er wußte, wer die Auftraggeber der drei waren, und er kannte den Grund ihres Auftrags. Er spürte die Gefahr, denn er hatte früh im Leben gelernt, seinem Instinkt zu vertrauen. Er hatte es seiner Intuition zu verdanken, daß er zu den reichsten Männern der Welt gehörte. Auf sechs Milliarden Dollar belief sich der Wert von Stanford Enterprises laut Schätzung des Wirtschaftsmagazins *Forbes*. In der jüngsten *Fortune*-Weltrangliste der fünfhundert größten Firmen war der Konzern mit einem Volumen von sieben Milliarden eingestuft worden. *The Wall Street Journal, Barron's* und *The Financial Times* hatten Harry Stanford als Unternehmerpersönlichkeit in aller Ausführlichkeit gewürdigt. Die Redakteure der drei führenden Wirtschaftszeitungen hatten alles versucht, um dem persönlichen Geheimnis, dem außergewöhnlichen Sinn für Timing und dem unvorstellbaren Scharfsinn des Firmengründers auf die Spur zu kommen, mit denen sie sich den Aufbau eines Riesenunternehmens wie Stanford Enterprises erklärten. Aber keinem der drei war das wirklich gelungen.

In einem Punkt stimmten *The Wall Street Journal, Barron's* und *The Financial Times* allerdings überein: daß Harry Stanford eine fast mit Händen zu greifende, eine geradezu manische Tatkraft besaß. Er verfügte über unermeßliche Energien, und seine Devise lautete schlicht und einfach: Ein Tag ohne Deal ist ein vergeudeter Tag. Konkurrenten, Angestellte, alle, die mit ihm in Berührung kamen – keiner konnte mit ihm mithalten; Harry Stanford erschöpfte alle und jeden. Er war ein Phänomen, förmlich überlebensgroß. Er hielt sich für einen religiösen Menschen, und er glaubte an Gott – und der Gott, an den er glaubte, der wollte, daß Harry Stanford reich und erfolgreich war und über seine Feinde siegte.

Harry Stanford war eine Persönlichkeit des öffentlichen Lebens, von der die Medien alles wußten. Er war aber auch ein sehr privater Mensch, den die Medien nicht kannten. Sie hatten über sein Charisma geschrieben, über seinen luxuriösen Lebensstil, sein Privatflugzeug und seine Privatjacht, die legendären Villen in Hobe Sound, Marokko, Long Island, London, Südfrankreich und, natürlich, über den herrschaftlichen Landsitz Rose Hill im Bezirk Back Bay von Boston. Der wirkliche, der echte Harry Stanford aber war allen ein Rätsel geblieben.

»Wohin gehen wir eigentlich?« wollte die junge Frau an seiner Seite wissen.

Er war viel zu sehr in Gedanken versunken, um auf die Frage zu antworten. Das Pärchen auf der anderen Straßenseite praktizierte die Methode des Partnertausches und hatte gerade wieder einmal seine Partner gewechselt. Neben dem Gefühl von Bedrohung empfand Stanford zunehmend Verärgerung; er war aufgebracht über die Verletzung seiner Privatsphäre und weil sie es wagten, ihm ausgerechnet hierher zu folgen, an seinen geheimen Zufluchtsort, wo er sich vor aller Welt verbarg.

St-Paul-de-Vence ist ein malerisches Dorf aus dem Mittelalter, das zwischen Cannes und Nizza landeinwärts auf einer Erhebung der Seealpen liegt – inmitten einer atemberaubend schönen Zauberlandschaft von Hügeln und Tälern voller Blumen, Obstgärten und Fichtenwälder. Das Dorf mit seiner Fülle von Künstlerateliers, Kunstgalerien und hinreißenden Antiquitätengeschäften zieht Touristen aus aller Welt magnetisch an.

Harry Stanford und seine Begleiter erreichten die Rue Grande.
　Er wandte sich an die junge Frau. »Besuchst du gern Museen, Sophia?«
　»Ja, *caro*.« Sie wollte ihm unbedingt gefallen, sich nach seinen Wünschen und Vorstellungen richten. Einem Mann wie Harry Stanford war sie bisher noch nie begegnet. *Da werden mie amice aber die Ohren spitzen, wenn ich ihnen von ihm erzähle. Ich hatte geglaubt, daß es beim Sex für mich nichts Neues mehr gäbe, aber,*

mein Gott – ist dieser Kerl erfinderisch! Der macht mich richtig fertig!«

Sie gingen bergan zum Museum der Fondation Maeght, wo sie die berühmte Sammlung mit Gemälden von Bonnard, Chagall und zahlreichen anderen, zeitgenössischen Künstlern betrachteten. Als Harry Stanford sich wie zufällig umschaute, bemerkte er die Frau am anderen Ende des Museumsraums, die völlig in einen Miró vertieft schien.

»Hungrig?« fragte Stanford Sophia.

»Ja, falls du auch Hunger hast.« *Nur nicht aufdringlich sein.*

»Gut, dann essen wir zu Mittag. Im La Colombe d'Or.«

La Colombe d'Or war ein Lieblingsrestaurant Stanfords, das sich in einem Gebäude aus dem sechzehnten Jahrhundert am Dorfeingang befand und vor kurzem zu einem Hotel-Restaurant umgebaut worden war. Stanford führte Sophia im Garten zu einem Tisch am Swimmingpool, von wo aus er einen Braque und einen Calder bewundern konnte.

Ihm zu Füßen lag Prinz, sein unablässig wachsamer, weißer Schäferhund – sein Wahrzeichen, sein ständiger Begleiter. Auf Harrys Befehl würde das Tier, so hieß es, einem Menschen die Gurgel durchbeißen – ein Gerücht, dem niemand auf den Grund zu kommen suchte.

Dmitri ließ sich an einem Tisch beim Hoteleingang nieder, um alle hereinkommenden und hinausgehenden Gäste in Augenschein zu nehmen.

Stanford sprach Sophia an. »Darf ich für dich auswählen, meine Liebe?«

»Ja, bitte.«

Harry Stanford pries sich selbst einen Gourmet. Er bestellte einen grünen Salat und *fricassée de lotte* für beide.

Der Kellner servierte gerade den Hauptgang, als Daniele Roux, die das Hotel zusammen mit ihrem Mann François führte, freundlich lächelnd an den Tisch trat. »*Bonjour.* Alles in Ordnung, Monsieur Stanford?«

»Alles in bester Ordnung, Madame Roux.« Und so sollte es auch in Zukunft bleiben. *Winzlinge sind das, die einen Riesen zu Fall bringen wollen. Da werden sie aber eine Enttäuschung erleben.*

»Hier war ich noch nie, welch ein hübsches Lokal«, sagte Sophia.

Stanford wandte seine Aufmerksamkeit wieder ihr zu, die Dmitri am Tag vorher in Nizza für ihn aufgegabelt hatte.

»Mr. Stanford, ich habe Ihnen jemanden mitgebracht.«

»Hat Sie es Ihnen schwer gemacht?« hatte Stanford wissen wollen.

Dmitri hatte gegrinst. »Nicht im geringsten.« Sie war ihm im Foyer des Hotels Negresco aufgefallen, und er hatte sie einfach angesprochen.

»Verzeihung – sprechen Sie Englisch?«

»Jawohl.« Sie sprach Englisch mit dem singenden Akzent von Italienerinnen.

»Der Herr, für den ich arbeite, hätte Sie gern zum Dinner eingeladen.«

Was bei ihr prompt Entrüstung ausgelöst hatte. »Ich bin doch keine *puttana*! Ich bin Schauspielerin«, hatte sie von oben herab entgegnet, was insofern seine Richtigkeit hatte, als sie im letzten Film des Regisseurs Pupi Avati einmal kurz in einer Nebenrolle ohne Text auftrat und in einem Film von Giuseppe Tornato eine Rolle mit zwei kurzen Sätzen bekommen hatte. »Aus welchem Grund sollte ich mit einem wildfremden Mann zu Abend essen wollen?«

Daraufhin hatte Dmitri ein Bündel Hundertdollarnoten gezückt und ihr fünf Scheine in die Hand gedrückt. »Mein Freund ist ein großzügiger Mensch. Ihm gehört eine Jacht, und er ist einsam.« Dmitri hatte die Veränderung ihres Gesichtsausdrucks genau beobachtet: auf Entrüstung war Neugier gefolgt, und der Neugier folgte sichtliches Interesse.

Sie ließ sich zu einem Lächeln herab. »Zufällig hab ich bis zu den nächsten Dreharbeiten noch ein bißchen Zeit. Es kann ja wohl nicht schaden, Ihrem Freund beim Dinner Gesellschaft zu leisten.«

»Gut, es wird ihn freuen.«

»Wo wohnt er denn?«

»In St-Paul-de-Vence.«

Dmitri hatte eine gute Wahl getroffen. Italienerin, Ende Zwanzig, ein ausgesprochen sinnliches Gesicht wie eine Katze und ein üppiger Busen. Als sie Harry Stanford jetzt am Tisch gegenüber saß, traf er eine Entscheidung.

»Reist du gern, Sophia?«

»Leidenschaftlich gern!«

»Gut, dann werden wir eine kleine Reise machen. Entschuldige mich einen Moment.«

Sophias Blicke folgten ihm, als er durch das Restaurant zum öffentlichen Telefon vor der Herrengarderobe schritt.

Stanford schob eine Telefonmünze in den Schlitz und wählte eine Nummer. »Die Hafenzentrale bitte.«

Sekunden später meldete sich eine Stimme. »*C'est l'opératrice maritime.*«

»Stellen Sie mich bitte zur Jacht *Blue Skies* durch. Die Nummer lautet Whiskey Bravo Lima neun acht null...«

Das Telefongespräch zog sich über fünf Minuten hin, und danach rief Stanford den Flughafen in Nizza an – ein kürzeres Gespräch.

Anschließend sagte Stanford etwas zu Dmitri, der das Restaurant eiligst verließ.

Stanford kehrte an den Tisch zu Sophia zurück. »Bist du bereit?«

»Ja.«

»Komm, machen wir einen Spaziergang.« Er brauchte Zeit, um sich einen Plan auszudenken.

Es war ein herrlicher, ein geradezu vollkommener Tag. Die Sonne hatte rosarote Wolken über den Horizont verteilt, und in den Straßen herrschte ein silbriges Licht.

Sie schlenderten durch die Rue Grande, an der wundervollen Kirche aus dem zwölften Jahrhundert vorbei, betraten die Bäckerei, die direkt am Stadttor lag, um frisches Brot einzukaufen, und als sie wieder herauskamen, stand einer von Harry Stanfords Schatten da und bewunderte die Kirche.

Harry Stanford gab Sophia den Laib Brot. »Warum bringst du ihn nicht nach Hause? Ich komme in ein paar Minuten nach.«

»In Ordnung.« Sie lächelte ihn an und fügte noch zärtlich hinzu: »Aber beeil dich, *caro*.«

Stanford wartete, bis sie verschwunden war, bevor er Dmitri heranwinkte.

»Was haben Sie herausgefunden?«

»Einer der beiden Männer und die Frau wohnen an der Straße nach Le Colle, in Le Hameau.«

Harry Stanford wußte sofort, welches Gebäude gemeint war – ein weißgekalktes Bauernhaus mit Obstgarten, das gut anderthalb Kilometer westlich von St-Paul-de-Vence lag. »Und der zweite Mann?«

»In Le Mas d'Artigny.« Le Mas d'Artigny war ein provenzalisches Landhaus, das ebenfalls in westlicher Richtung auf einem Hügel lag, drei Kilometer außerhalb St-Paul-de-Vence.

»Was soll ich mit ihnen machen, Sir?«

»Gar nichts. Ich werde mich selbst um sie kümmern.«

Harry Stanfords Villa lag an der Rue de Casette, direkt neben dem Rathaus, in einem Teil des Dorfes mit engen, kopfsteingepflasterten Gassen und besonders alten Häusern. Die fünfgeschossige Villa war mit historischen Ziegelsteinen und Putz errichtet worden. In den zwei Ebenen unter dem Wohnbereich befanden sich eine Garage und ein altes Gewölbe, das als Weinkeller diente. Eine Steintreppe führte vom Erdgeschoß zu den oberen Stockwerken, wo sich die Schlafzimmer, das Büro und eine geflieste Dachterrasse befanden. Das Haus war ausschließlich mit französischen Antiquitäten eingerichtet und voller Blumen.

Als Stanford zur Villa zurückkehrte, wurde er bereits von Sophia im Schlafzimmer erwartet. Sie war nackt.

»Warum bist du nur so lang fortgeblieben?« flüsterte sie.

Sophia Matteo, die sich zwischen den Filmengagements ihren Lebensunterhalt als Callgirl verdiente, war es gewöhnt, Orgasmen vorzutäuschen, um ihren Kunden zu schmeicheln; aber bei diesem Mann erwies sich das allerdings als unnötig. Er war einfach unersättlich; und sie erlebte einen Höhepunkt nach dem andern.

Als schließlich beide völlig erschöpft waren, schlang Sophia die Arme um ihn und murmelte glücklich: »Ich würde am liebsten immer dableiben, *caro*.«

Ich wünschte, ich könnte dableiben, dachte Stanford verbittert.

Zu Abend aßen sie im Café de la Place am Plaza du Général-de-Gaulle, einem Restaurant am Eingang des Dorfs. Die Speisen waren köstlich; und Stanford schmeckte alles um so besser, als Gefahr für ihn Extrawürze bedeutete.

Später schlenderten sie zu Fuß nach Hause. Stanford ging absichtlich langsam, weil er seinen Beschattern Gelegenheit geben wollte, ihm auf den Fersen zu bleiben.

Von der gegenüberliegenden Straßenseite beobachtete ein Mann gegen ein Uhr morgens, wie in der Villa die Lichter ausgingen, eines nach dem andern, bis das Haus in völliger Dunkelheit lag.

Um halb vier Uhr morgens schlich Harry Stanford ins Gästeschlafzimmer zu Sophia und schüttelte sie sanft. »Sophia…«

Sie schlug die Augen auf, schaute zu ihm empor, und über ihre Züge breitete sich ein Lächeln freudiger Erwartung, das in Besorgnis umschlug, da er einen Straßenanzug trug. Sie setzte sich im Bett auf. »Ist etwas nicht in Ordnung?«

»Aber nein, meine Liebe, alles okay. Du hast doch gesagt, daß du gern auf Reisen gehst, und deshalb machen wir jetzt eine kleine Reise.«

Sie war hellwach. »Mitten in der Nacht?«

»Ja. Wir müssen uns absolut still verhalten.«

»Aber…«

»Beeil dich.«

Eine Viertelstunde später ging Harry Stanford – Sophia, Dmitri und Prinz hinter ihm her – über die Steintreppe nach unten in die Kellergarage, wo ein brauner Renault wartete. Dmitri öffnete behutsam die Garagentür und spähte hinaus. Außer Stanfords weißem Rolls-Royce Corniche, der vor dem Haus abgestellt war, schien die Straße leer und verlassen. »Alles klar.«

»Wir werden uns jetzt ein Spielchen erlauben«, sagte Stanford zu Sophia. »Du steigst mit mir im Renault hinten ein, und wir legen uns auf den Boden.«

Sie machte große Augen. »Aber warum?«

»Mir sind Konkurrenten auf den Fersen«, erwiderte er mit ernster Stimme. »Ich steh unmittelbar vor dem Abschluß eines großen Geschäfts, und sie wollen unbedingt herauskriegen, um was es dabei geht. Falls ihnen das gelänge, könnte es mich teuer zu stehen kommen.«

»Verstehe«, sagte Sophia, obwohl sie keine Ahnung hatte, wovon er sprach.

Fünf Minuten später passierten sie das alte Stadttor von St-Paul-de-Vence in Richtung Nizza. Auf einer Bank neben dem Tor saß ein Mann, der den braunen Renault beobachtete und feststellte, daß Dmitri Kaminski am Steuer saß und neben ihm auf dem Beifahrersitz Prinz. Der Mann zog ein Mobiltelefon aus der Jackentasche und wählte.

»Es könnte ein Problem geben«, meldete er seiner Partnerin.

»Was für ein Problem?«

»Soeben hat ein brauner Renault das Dorf verlassen. Der Fahrer ist Dmitri Kaminski, und er hat den Hund dabei.«

»Und Stanford war nicht im Auto?«

»Nein.«

»Das glaube ich einfach nicht. Sein Leibwächter läßt ihn nachts nie allein – und der Hund auch nicht.«

»Steht sein weißer Corniche noch vor der Villa?« erkundigte sich der zweite Mann, der den Auftrag hatte, sich an Harry Stanford dranzuhängen.

»Jawohl, aber er könnte den Wagen gewechselt haben.«

»Oder die ganze Sache ist nur ein Täuschungsmanöver! Ruf beim Flughafen an.«

Minuten später sprachen sie mit dem Kontrollturm.

»Die Maschine von Monsieur Stanford? *Oui*. Ist vor einer Stunde gelandet und bereits aufgetankt.«

Es verstrichen keine fünf Minuten, und zwei Mitglieder von Stanfords Beschattungsteam befanden sich auf dem Weg zum Flughafen. Ein Mann blieb zurück, um die Villa im Auge zu behalten.

Als der braune Renault durch La Coalle-sur-Loup fuhr, richtete Stanford sich auf. »Jetzt können wir getrost bequem auf den Sitzen Platz nehmen«, bedeutete er Sophia, um gleich darauf Dmitri Anweisung zu geben. »Zum Flughafen von Nizza. Schnell.«

2. KAPITEL

Auf dem Flughafen von Nizza rollte eine halbe Stunde später eine umgebaute Boeing 727 langsam über den Runway in Startposition. »Haben die's aber eilig!« murmelte der diensthabende Beamte im Kontrollturm. »Nun hat der Pilot schon zum *dritten Mal* um Starterlaubnis gebeten.«

»Wem gehört die Maschine?«

»Harry Stanford, König Midas persönlich.«

»Ist wohl in Eile, wegen der nächsten Milliarde.«

Der Fluglotse drehte sich zu einem Monitor und überwachte den Start eines Lear-Jets, bevor er das Mikrofon in die Hand nahm. »Boeing Eight Nine Five Papa, hier spricht die Abflugkontrolle Nizza Airport. Ihr Abflug ist freigegeben. Fünf zur Linken. Nach dem Abheben nach rechts drehen, Kurs One Four Zero.«

Pilot und Copilot wechselten einen Blick der Erleichterung. Der Pilot drückte den Mikrofonknopf. »Roger. Boeing Eight Nine Five Papa ist klar zum Abflug. Wird nach rechts auf One Four Zero drehen.«

Und im nächsten Augenblick donnerte die riesige Maschine über den Runway, um in den grau dämmernden Himmel aufzusteigen.

Der Copilot sprach ins Mikrofon: »Abflug. Boeing Eight Nine Five Papa steigt von dreitausend auf Flughöhe Seven Zero.«

Er wandte den Kopf zum Piloten. »Wau! Der Alte hat es aber eilig gehabt, vom Boden abzuheben.«

Der Pilot zuckte die Schultern. »Wir sind nicht dazu da zu fragen, wir riskieren sonst Kopf und Kragen. Wie geht's ihm hinten?«

Der Copilot stand auf, trat zur Tür des Cockpits und spähte in die Kabine. »Er ruht sich aus.«

Sie telefonierten vom Wagen aus mit dem Flughafen.
»Das Flugzeug von Mr. Stanford... Ist es noch am Boden?«
»Non, Monsieur, es ist abgeflogen.«
»Hat der Pilot einen Flugplan eingereicht?«
»Aber selbstverständlich, Monsieur.«
»Und wohin geht der Flug?«
»Die Maschine fliegt den Kennedy-Airport in New York an.«
»Vielen Dank.« Er wandte sich an seinen Begleiter. »Also New York. Unsere Leute werden ihn dort in Empfang nehmen.«

»Und Sie sind sich absolut sicher, daß sie uns nicht gefolgt sind?« fragte Harry Stanford, während der Renault die Stadtgrenze von Monte Carlo in Richtung italienischer Grenze hinter sich zurückließ.

»Absolut, Sir, wir haben sie abgehängt.«

»Gut.« Harry Stanford lehnte sich entspannt im Sitz zurück. Seine Sorge war grundlos gewesen, denn die Beschatter vermuteten ihn an Bord seines Flugzeugs und konzentrierten sich auf die Boeing. Er durchdachte seine Situation noch einmal. Für ihn hing letztendlich alles davon ab, was sie über ihn wußten oder wann sie etwas in Erfahrung brächten. Sie waren Hyänen, die der Fährte eines Löwen folgten – in der Hoffnung, ihn erledigen zu können. Harry Stanford gestattete sich ein selbstzufriedenes Lächeln, denn sie hatten ihn unterschätzt. Den gleichen Fehler hatten vor ihnen schon andere begangen, und es war sie teuer zu stehen gekommen, und auch diesmal würde dafür jemand zahlen müssen. Er war schließlich Harry Stanford, der Vertraute von Staatspräsidenten und Königen; er hatte Macht und war reich genug, um die Wirtschaft von einem Dutzend Länder in Schwierigkeiten bringen zu können.

Die Boeing 727 befand sich im Luftraum über Marseilles. Der Pilot sprach ins Mikrofon: »Marseilles, Boeing Eight Nine Five Papa ist in Kontakt mit Ihnen und steigt von Flughöhe One Nine Zero auf Flughöhe Two Three Zero.«
»Roger.«

Kurz nach Anbruch der Morgendämmerung erreichte der Renault San Remo, eine Stadt, mit der Harry Stanford angenehme Erinnerungen verbanden, die sich in letzter Zeit jedoch radikal verändert hatte. Er dachte an die Zeiten zurück, als San Remo noch eine elegante Stadt mit erstklassigen Hotels und Restaurants gewesen war. Damals waren im dortigen Spielkasino Smoking und Abendkleid Pflicht gewesen, und man hatte an einem einzigen Abend ein Vermögen gewinnen oder verlieren können. Mittlerweile war San Remo dem Massentourismus zum Opfer gefallen, und an den Spieltischen lümmelten jetzt angeberische, hemdsärmelige Kunden herum.

Der Renault näherte sich dem Hafen; die französisch-italienische Grenze lag bereits zwanzig Kilometer zurück. In San Remo gab es zwei Jachthäfen – Marina Porto Sole im Osten und im Westen Porto Communale. In Porto Sole wurde das Anlegen der Schiffe von einem Hafenbeamten überwacht. Im Porto Communale dagegen verlief alles unbeaufsichtigt.

»Welchen von beiden?« erkundigte sich Dmitri.

»Porto Communale«, antwortete Stanford. *Je weniger Menschen sich in der Umgebung aufhalten, desto besser.*

»Jawohl, Sir.«

Bald darauf hielt der Renault bei der *Blue Skies* an, eine schnittige, etwa fünfzig Meter lange Motorjacht, wo Kapitän Vacarro und seine Zwölfer-Crew in Reih und Glied an Deck standen. Der Kapitän kam die Gangway heruntergeschritten, um die Ankömmlinge zu begrüßen.

»Guten Morgen, Signor Stanford«, sagte Kapitän Vacarro. »Wir werden Ihr Gepäck an Bord holen...«

»Es gibt kein Gepäck. Wir stechen sofort in See.«

»Jawohl, Sir.«

»Einen Moment.« Stanford musterte die Crew, und sein Gesicht verfinsterte sich. »Der letzte Mann dort ist neu, nicht wahr?«

»Jawohl, Sir. Unser Schiffsjunge ist in Capri erkrankt, da haben wir an seiner Stelle diesen Mann angeheuert. Er hat beste...«

»Zahlen Sie ihn aus.«

Der Kapitän schaute ihn verdutzt an. »Auszahlen...?«

»Zahlen Sie ihn aus, damit wir von hier fortkommen.«

Kapitän Vacarro nickte. »In Ordnung, Sir.«

Harry Stanford quälten plötzlich dunkle Vorahnungen, während er seinen Blick über die Jacht schweifen ließ. Da lag Gefahr in der Luft; eine Gefahr, die fast mit Händen zu greifen war. Er mußte sicherstellen, daß sich kein Fremder an Bord befand; er durfte jetzt auf keinen Fall fremde Menschen in seiner Nähe dulden. Dem Kapitän und seiner Crew konnte er vertrauen, denn sie standen seit Jahren in seinen Diensten. Sein Blick fiel auf seine junge Begleiterin, die von Dmitri ausgesucht worden war; aber auf Dmitri war Verlaß, da bestand also keinerlei Anlaß zur Besorgnis. Und was Dmitri selbst betraf, so hatte der treue Leibwächter ihm bereits mehr als einmal das Leben gerettet. »Bleiben Sie in meiner Nähe«, befahl ihm Stanford.

»Jawohl, Sir.«

Stanford nahm Sophias Arm. »Dann wollen wir mal an Bord, meine Liebe.«

Dmitri Kaminski stand an Deck, um die Crew bei den Vorbereitungen zum Ablegen zu beobachten. Sein Blick glitt über den Hafen, konnte aber nirgends etwas Besorgniserregendes entdecken; um diese Tageszeit war am Hafen ohnehin wenig los. Die riesigen Schiffsgeneratoren sprangen an, und die Jacht setzte sich in Bewegung.

Der Kapitän kam auf Harry Stanford zu. »Sie haben uns noch gar nicht mitgeteilt, welchen Hafen wir ansteuern, Signor Stanford.«

»Nein, Kapitän, habe ich nicht. Stimmt.« Er überlegte kurz. »Portofino.«

»Jawohl, Sir.«

»Übrigens – halten Sie bitte totale Funkstille ein.«

Kapitän Vacarro runzelte die Stirn. »Totale Funkstille? Jawohl, Sir. Doch was ist, wenn ...«

»Nun machen Sie sich deswegen mal keine Gedanken«, beschwichtigte ihn Harry Stanford. »Führen Sie die Anweisung einfach aus, und sorgen Sie bitte dafür, daß niemand an Bord über Satellit telefoniert.«

»In Ordnung, Sir. Werden wir in Portofino anlegen?«

»Ich werde Ihnen rechzeitig Bescheid geben, Kapitän.«

Harry Stanford zeigte Sophia die Jacht, die zu den Besitztümern zählte, die ihn mit besonderem Stolz erfüllten. Die *Blue Skies* war in der Tat ein atemberaubend schönes Schiff. Sie hatte eine luxuriös eingerichtete Herrensuite mit Wohn- und Arbeitszimmer, das Arbeitszimmer war geräumig und bequem ausgestattet, und die technische Ausrüstung hätte ausgereicht, um eine Kleinstadt zu verwalten. An der Wand befand sich eine elektronische Seekarte, auf der ein bewegliches Schiffchen die jeweilige Position der Jacht meldete. Durch eine Schiebetür gelangte man von der Herrensuite auf ein Verandadeck, wo eine Chaiselongue und ein Tisch mit vier Stühlen zum Entspannen einluden, und bei stiller See pflegte Stanford auf der Veranda zu frühstücken.

Die Jacht verfügte über sechs Gästekabinen, und auf dem unteren Deck befand sich ein komplett ausgerüstetes Fitneßstudio. Außerdem gab es an Bord einen Weinkeller und einen Saal für Filmvorführungen – Harry Stanford besaß eine der umfangreichsten Pornofilmsammlungen der Welt. Die Einrichtung der Jacht war insgesamt überaus exquisit; und was dort an Gemälden zu sehen war, hätte jedes Museum mit Stolz erfüllt.

»Das meiste hast du jetzt gesehen«, meinte Stanford. »Den Rest zeige ich dir morgen.«

Sophia war überwältigt. »So was hab ich wirklich noch nie gesehen! Das ist... das ist hier ja wie in einer Stadt!«

Ihre Begeisterung entlockte Harry Stanford unwillkürlich ein Lächeln. »Der Steward wird dir deine Kabine zeigen. Mach's dir bequem. Ich habe noch zu arbeiten.«

Harry Stanford ging in sein Arbeitszimmer und überprüfte anhand der elektronischen Seekarte die momentane Position seiner Jacht. *Blue Skies* befand sich auf dem Ligurischen Meer, mit Kurs in nordöstlicher Richtung. *Sie werden nie auf die Idee kommen, daß ich ihnen entwischt sein könnte und hier bin*, dachte Stanford. *Sie werden mich auf dem Kennedy-Airport erwarten. Aber wenn wir Portofino erreichen, werde ich alles in Ordnung bringen.*

In zwölftausend Meter Flughöhe erhielt der Pilot der Boeing 727 neue Instruktionen. »Boeing Eight Nine Five Papa, Sie erhalten Anflugerlaubnis direkt für Delta India November Kurs vierzig gemäß Flugplan.«

»Roger. Boeing Eight Nine Five Papa hat Anflugerlaubnis direkt für Dinard, Kurs gemäß Flugplan.«

Der Pilot streckte sich, erhob sich aus dem Sitz und schritt zur Tür des Cockpits, um in die Passagierkabine zu spähen.

»Wie geht es unserem Passagier?« erkundigte sich der Copilot.

»Macht mir einen hungrigen Eindruck.«

3. KAPITEL

Die Küste Liguriens gilt als die italienische Riviera. Sie bildet von der französisch-italienischen Grenze bis nach Genua einen Halbkreis und zieht sich dann bis zum Golf von La Spezia hin. Der schöne, lange Küstenstreifen und seine schäumenden Gewässer umfassen die ausgebauten Häfen von Portofino und Vernazza sowie draußen auf dem Meer die Inseln Elba, Sardinien und Korsika.

Blue Skies hielt Kurs auf Portofino, das mit seinen Hängen voller Olivenbäume, Pinien, Zypressen und Palmen schon von weitem einen beeindruckenden Anblick bot. Harry Stanford, Sophia und Dmitri standen an Deck und bewunderten die näher rückende Küstenlinie.

»Bist du schon oft in Portofino gewesen?« fragte Sophia.

»Etliche Male.«

»Und wo ist dein Hauptwohnsitz?«

Die Frage ist mir zu persönlich, dachte er und antwortete nicht. »Portofino wird dir gefallen, Sophia. Ein wunderschöner Ort.«

Kapitän Vacarro trat zu ihnen. »Werden Sie an Bord zu Mittag essen, Signor Stanford?«

»Nein, wir werden im Splendido essen.«

»Sehr wohl. Soll ich mich darauf einrichten, daß wir gleich nach Mittag die Anker lichten?«

»Ich glaube nicht. Wir möchten doch die Schönheit des Orts ein wenig genießen.«

Kapitän Vacarro musterte ihn mit einem Ausdruck sichtlicher Verwirrung, denn in einem Moment hatte Harry Stanford es schrecklich eilig, und im nächsten Moment schien die Zeit für ihn stillzustehen. Und dann diese Geschichte mit der totalen Funkstille – unerhört! *Pazzo.*

Als die *Blue Skies* im äußeren Hafen vor Anker ging, fuhren Stanford, Sophia und Dmitri mit dem Beiboot an Land. Der kleine Hafen war bezaubernd, und die einzige Straße hügelaufwärts wurde von einer Vielfalt faszinierender Geschäfte und *trattorie* gesäumt. Ein Dutzend oder mehr Fischerboote waren auf den Kieselstrand gezogen worden.

»Wir werden in dem Hotel auf dem Berg zu Mittag essen«, sagte Stanford zu Sophia. »Von dort oben genießt man eine herrliche Aussicht.« Er deutete mit einer Kopfbewegung zu dem Taxi, das jenseits der Hafenanlagen stand. »Fahr du schon mit dem Taxi voraus, ich komme in ein paar Minuten nach.« Er reichte ihr ein Bündel Lirascheine.

»Einverstanden, *caro.*«

Harry Stanford schaute ihr eine Weile nach, dann drehte er sich zu Dmitri um. »Ich habe einen Anruf zu erledigen.«

Aber nicht von der Jacht aus, dachte Dmitri.

Stanford ging auf eine der beiden öffentlichen Telefonzellen im Hafenbezirk zu, trat hinein und wählte, während Dmitri sich davorstellte und die Szene wachsam im Auge behielt.

»Ich hätte gern eine Verbindung mit der Schweizerischen Vereinsbank in Genf.«

Als eine Frau auf die zweite Telefonzelle zuging, trat Dmitri einen Schritt vor und stellte sich ihr in den Weg.

»Entschuldigen Sie«, sagte die Frau. »Ich . . .«

»Ich erwarte einen Anruf.«

Sie musterte ihn erstaunt, »ach so«, und warf einen hoffnungsvollen Blick auf die andere Telefonzelle, in der Stanford sprach.

»Ich an Ihrer Stelle würde nicht warten«, brummte Dmitri. »Der wird so schnell nicht mit Telefonieren aufhören.«

Die Frau zuckte die Schultern und ging davon.

»Hallo?«

Dmitri konnte Stanfords Stimme klar und deutlich hören.

»Peter? Es gibt da ein kleines Problem, über das ich gern mit dir sprechen würde.« Harry Stanford zog die Tür der Telefonzelle zu und begann, ungeheuer schnell zu reden, so daß Dmitri kein einziges Wort verstand. Dann legte Stanford auf und kam wieder heraus.

»Alles in Ordnung, Mr. Stanford?«

»Gehen wir essen.«

Das Splendido ist das Juwel unter den Hotels von Portofino und das Haus mit dem schönsten Panoramablick über die Meeresbucht, und es beherbergt nur die Superreichen als Gäste, da es eifersüchtig auf sein Renommee achtet. Dort oben auf der Terrasse aßen Harry Stanford und Sophia zu Mittag.

»Darf ich für dich bestellen?« fragte Stanford. »Es gibt hier ein paar Spezialitäten, die dir bestimmt schmecken werden.«

»Ich bitte darum«, entgegnete Sophia.

Stanford bestellte das spezielle Pastagericht der Region, *trenette al pesto*, Kalbfleisch und *focaccia* – das gesalzene Brot dieser Gegend.

»Und dazu eine Flasche Schram, Jahrgang '88.« Er blickte Sophia in die Augen. »Gewinner der Goldmedaille beim internationalen Londoner Weinwettbewerb. Das Weingut ist mein persönliches Eigentum.«

»Du hast das Glück auf deiner Seite.« Sie strahlte ihn an.

Mit Glück hatte das wirklich nichts zu tun. »Ich vertrete die Ansicht, daß der Mensch die kulinarischen Köstlichkeiten der Erde auch genießen sollte.« Er nahm ihre Hand. »Und alle anderen auch.«

»Du bist ein erstaunlicher Mann.«
»Danke für das Kompliment.«
Die Bewunderung schöner Frauen versetzte Harry Stanford in Erregung, und die schöne Frau, die jetzt neben ihm saß, war obendrein jung genug, um seine Tochter sein zu können – was seine Erregung noch steigerte.
Nach Beendigung der Mahlzeit wandte Stanford sich mit einem breiten Grinsen Sophia zu. »Ich schlage vor, wir kehren zurück zur Jacht.«
»O ja!«

Harry Stanford war ein unbändiger, unermüdlicher, vielseitiger Liebhaber, ebenso leidenschaftlich wie geschickt, und bei seinem immensen Ego war es ihm viel wichtiger, die Frau zu befriedigen als sich selbst. Er wußte die erogenen weiblichen Zonen zu erregen und orchestrierte all seine Liebeskünste und -fähigkeiten zu einer berauschenden Symphonie der Sinne, die seine Geliebten in Höhen emporhob, die sie vorher noch nie erlebt hatten.
Sophia blieb den ganzen Nachmittag in Stanfords Suite und war am Ende der Liebesspiele total erschöpft. Harry Stanford zog sich an und ging auf die Kommandobrücke, um Kapitän Vacarro zu sprechen.
»Möchten Sie nach Sardinien weiterfahren, Signor Stanford?« fragte der Kapitän.
»Zuvor machen wir halt auf Elba.«
»Sehr wohl, Sir. Ist hier an Bord alles zu Ihrer Befriedigung?«
»Ja«, erwiderte Stanford, »alles ist zu meiner Zufriedenheit.« Er spürte erneut Erregung in sich aufsteigen und ging zurück in die Kabine zu Sophia.
Sie erreichten Elba am darauffolgenden Nachmittag und gingen in Portoferraio vor Anker.

Beim Eintreten in den nordamerikanischen Luftraum nahm der Pilot der Boeing 727 Kontakt mit der Bodenkontrolle auf.

»New York Center, hier Boeing Eight Nine Five Papa, Flughöhe zwei sechs null in Richtung Flughöhe zwei vier null.«

Die Stimme des New York Center meldete sich. »Roger, Sie sind freigegeben für eins zwei tausend mit Ziel Kennedy-Airport. Melden Sie sich bei Annäherung auf eins zwei sieben Punkt vier.«

Aus dem hinteren Teil des Flugzeugs drang ein tiefes Knurren.

»Ruhe, Prinz. So ist's brav. Komm, wir müssen dir jetzt den Gurt anlegen.«

Die Landung der 727 wurde von vier Männern beobachtet. Sie hatten sich an verschiedenen günstigen Stellen postiert, um die aussteigenden Passagiere erkennen zu können. Sie mußten eine halbe Stunde lang warten, bis jemand das Flugzeug verließ: ein einziger Passagier, der von einem weißen Schäferhund begleitet wurde.

Portoferraio ist das Haupteinkaufszentrum auf der Insel Elba, und ein elegantes, kultiviertes Geschäft reiht sich ans andere. Hinter dem Hafen ducken sich die Häuser aus dem achtzehnten Jahrhundert unter die Zitadelle, die der Herzog von Florenz vor zweihundert Jahren errichtet hatte.

Harry Stanford hatte die Insel schon öfter besucht; denn hier fühlte er sich auf eine merkwürdige Art zu Hause, was vielleicht damit zusammenhing, daß Napoleon nach Elba in die Verbannung geschickt worden war.

»Wir werden Napoleons Haus besichtigen«, teilte er Sophia mit. »Ich treffe dich dort.« Er drehte sich nach Dmitri um. »Begleiten Sie sie zur Villa dei Mulini.«

»Jawohl, Sir.«

Harry Stanfords Blicke folgten Sophia und Dmitri, die sich ohne jede Hast entfernten. Er schaute auf die Armbanduhr, denn die Zeit wurde langsam knapp – inzwischen würde seine Privatmaschine bereits in New York gelandet sein. Wenn seine Verfolger erst einmal festgestellt hätten, daß er nicht an Bord war, würde die Jagd auf ihn von neuem beginnen. *Sie werden allerdings ein Weilchen brauchen, bis sie meine Spur finden,* überlegte Stanford. *Und bis dahin habe ich alles in Ordnung gebracht.*

Er betrat eine Telefonzelle am Ende des Docks. »Ich hätte gern eine Verbindung nach London«, erklärte er der Dame von der Vermittlung. »Die Barclays Bank, eins sieben eins...«

Eine halbe Stunde später holte er Sophia ab und begleitete sie zurück zum Hafen.

»Geh du schon an Bord«, sagte er. »Ich muß noch rasch telefonieren.«

Warum benutzt er eigentlich nicht das Telefon auf seiner Jacht? wunderte sich Sophia, die ihm nachschaute, wie er zu der öffentlichen Telefonzelle lief.

»Die Sumitomo Bank in Tokio...«, sagte Harry Stanford in den Hörer.

Als er eine Viertelstunde später an Bord kam, war ihm eine tiefe Verärgerung anzumerken.

»Werden wir hier für die Nacht ankern?« erkundigte sich Kapitän Vacarro.

»Ja«, fuhr Stanford ihn an. »Nein! Steuern Sie Sardinien an. Legen Sie ab. Sofort!«

Die sardinische Costa Esmeralda gehört zu den besonders hinreißenden Küstenlandschaften des Mittelmeers; das Hafenstädtchen Porto Cervo ist eine Oase der Reichen und die Umgebung ein einziger Fleckenteppich von Villen, die von Ali Khan gebaut worden waren.

Nach dem Anlegen machte Harry Stanford sich sofort auf den Weg zu einer Telefonzelle.

Dmitri folgte ihm und hielt vor der Zelle Wache.

»Ich möchte ein Gespräch zur Banca d'Italia in Rom anmelden...« Die Tür der Telefonzelle wurde von innen zugezogen.

Das Gespräch dauerte fast eine halbe Stunde, und als Harry Stanford aus der Zelle wieder herauskam, machte er einen so düsteren Eindruck, daß Dmitri sich fragte, was eigentlich los war.

Mittags aß Stanford mit Sophia in einem Lokal am Strand von Liscia di Vacca, wo er wiederum für beide auswählte und bestellte. »Wir fangen an mit *malloreddus*.« Teigflocken, die aus Hartweizen hergestellt werden. »Danach *porceddu*.« Spanferkel, zubereitet mit Myrte und Lorbeerblättern. »Zum Trinken einen Vernaccia, zum Dessert *sebadas*.« Beignets gefüllt mit frischem Käse und geriebener Zitronenschale, mit einer Glasur aus bitterem Honig und Zucker.

»*Bene*, Signor.« Der Kellner war sichtlich beeindruckt und verschwand in der Küche.

Als Stanford seine Unterhaltung mit Sophia wieder aufnehmen wollte, erschrak er heftig. Er wurde von zwei Männern beobachtet, die an einem Tisch in unmittelbarer Nähe des Ausgangs saßen – Männer, die trotz der sommerlichen Hitze schwarze Anzüge trugen und sich nicht einmal die Mühe machten, sich wie Touristen zu verhalten. *Sind die hinter mir her oder bloß harmlose Unbekannte?* überlegte Stanford. *Ich muß verdammt aufpassen, daß ich mich nicht selber verrückt mache.*

Plötzlich hörte er Sophias Stimme. »Ich hab dich überhaupt noch nicht gefragt, in was für einer Branche du tätig bist.«

Stanford musterte sie mit einem forschenden Blick. Wie erfrischend das war – die Gesellschaft eines Menschen, der nichts von ihm wußte. »Ich habe mich aus dem Berufsleben zurückgezogen«, erwiderte er. »Ich reise nur in der Welt herum und genieße das Leben.«

»Und du bist ganz allein?« Ihre Stimme war voller Anteilnahme. »Da mußt du einsam sein!«

Er mußte sich beherrschen, um nicht laut aufzulachen. »Einsam – ja, das bin ich. Ich bin froh, daß ich jetzt dich habe.«

Sie legte ihre Hand auf seine. »Ich auch, caro.«

Stanford registrierte am Rand seines Gesichtsfeldes, daß die zwei Männer in Schwarz das Restaurant verließen.

Stanford, Sophia und Dmitri kehrten nach dem Mittagessen sofort in die Stadt zurück.

Stanford steuerte zielbewußt auf eine Telefonzelle zu, ging hinein und wählte. »Ich brauche die Crédit Lyonnais in Paris...«

Ohne Stanford aus den Augen zu lassen, sagte Sophia zu Dmitri: »Er ist wirklich ein wundervoller Mensch, nicht wahr?«

»So einen wie ihn gibt's in der ganzen Welt nicht noch einmal.«

»Sind Sie schon lang bei ihm beschäftigt?«

»Seit zwei Jahren.«

»Haben Sie ein Glück!«

»Ich weiß.« Dmitri trat nahe an die Telefonzelle heran, als ob er Posten beziehen würde. Er konnte Stanford sprechen hören: »René? Der Grund meines Anrufs ist dir ja bekannt... Ja... Wirklich?... Das ist fantastisch!« Die Erleichterung in Stanfords Stimme war unüberhörbar. »Nein... nicht dort. Treffen wir uns doch in Korsika... Perfekt... Nach unserem Zusammentreffen kann ich dann direkt nach Hause... Ich danke dir, René.«

Stanford legte auf, blieb einen Moment unbeweglich stehen, dann trat ein Lächeln auf sein Gesicht, und er wählte eine Nummer in Boston.

Der Anruf wurde von der Sekretärin entgegengenommen. »Mr. Fitzgeralds Vorzimmer.«

»Harry Stanford am Apparat. Stellen Sie mich zu ihm durch.«

»Ach, Mr. Stanford, Mr. Fitzgerald befindet sich leider im Urlaub. Kann Ihnen sonst jemand...«

»Nein. Ich bin auf dem Heimweg in die Vereinigten Staaten. Teilen Sie ihm mit, daß ich ihn am Montag morgen um neun Uhr in Boston in Rose Hill sprechen möchte. Und teilen Sie ihm auch mit, daß er eine Abschrift meines Testaments sowie einen Notar mitbringen soll.«

»Ich will es versuchen...«

»Nicht *versuchen*, meine Liebe, arrangieren sollen Sie es.«

Er legte auf. Seine Gedanken rasten. Als er einen kurzen Augenblick später aus dem Telefonhäuschen trat, hatte er seine Stimme völlig unter Kontrolle. »Ich muß mich rasch um eine geschäftliche Angelegenheit kümmern, Sophia. Geh schon voraus ins Hotel Pitrizza und warte auf mich.«

»Na schön«, sagte sie kokett. »Aber bleib nicht zu lang weg.«

»Ganz bestimmt nicht.«

Die zwei Männer schauten der jungen Frau nach.

»Wir kehren zur Jacht zurück«, sagte Stanford zu Dmitri. »Wir reisen ab.«

Dmitri schaute ihn verblüfft an. »Und was ist mit...?«

»Sie kann sich das Geld für die Heimreise ja zusammenficken.«

Als Harry Stanford die Jacht erreichte, suchte er unverzüglich den Kapitän auf. »Wir nehmen Kurs auf Korsika«, teilte er ihm mit. »Lichten Sie die Anker.«

»Ich habe soeben den aktuellen Seewetterbericht erhalten, Signor Stanford. Ich bedaure, einen schlimmen Sturm melden zu müssen. Es wäre ratsam abzuwarten, bis...«

»Ich möchte sofort abreisen, Kapitän.«

Kapitän Vacarro zögerte. »Wir werden eine rauhe See bekommen, Sir. Wir müssen mit dem berüchtigten *Libeccio* rechnen – Südwestwind. Da sind hoher Wellengang und Sturmböen zu erwarten.«

»Das ist mir völlig egal.« Er hatte seine ganze Hoffnung auf das Treffen in Korsika gesetzt, das ihn von allen Nöten und Schwierigkeiten erlösen würde. Er wandte sich an Dmitri. »Bitte sorgen Sie dafür, daß auf der Insel ein Helikopter bereitsteht und uns nach Neapel fliegt, und führen Sie die erforderlichen Gespräche vom öffentlichen Telefon am Hafen aus.«

»Jawohl, Sir.«

Dmitri Kaminski begab sich erneut an Land und trat in die Telefonzelle.

Zwanzig Minuten später war die *Blue Skies* ausgelaufen.

4. KAPITEL

Sein Vorbild war Dan Quayle, der für ihn zum politischen Leitbild geworden war, das er häufig beschwor.

»Es ist mir völlig egal, was die Leute über Quayle reden, denn er ist der einzige Politiker, der noch wahre Wertvorstellungen hat. Er glaubt an die Familie, denn ohne die Werte des Familienlebens würde es noch schlimmer um unser Land stehen. Wenn ich mir all die jungen unverheirateten Männer und Frauen vorstelle, die zusammenleben und Babys kriegen – das ist doch furchtbar. Da muß man sich über unsere hohe Kriminalitätsrate gar nicht wundern. Mit meiner Stimme hätte Dan Quayle als Präsidentschaftskandidat jedenfalls rechnen können.« Er empfand es als Schande, daß er wegen irgendeines blöden Paragraphen nicht mehr wählen durfte, doch an seinem unerschütterlichen Vertrauen zu Dan Quayle ließ er keinen Zweifel aufkommen.

Er hatte vier Kinder, einen achtjährigen Sohn, Billy, und drei Mädchen – Amy, Clarissa und Susan, die zehn, zwölf und vierzehn Jahre alt waren. Wundervolle Kinder, die sein ein und alles waren, und die Wochenenden waren dem Zusammensein mit den Kindern vorbehalten. Er grillte für sie, er spielte mit ihnen, ging mit ihnen ins Kino und ins Sportstadion, er half ihnen bei den Schularbeiten. Er wurde von allen Jugendlichen der Umgebung bewundert, er reparierte ihre Fahrräder, ihr Spielzeug, und er lud sie mit ihren Familien zu Picknicks ein. Sie gaben ihm einen Spitznamen: Papa.

An einem sonnigen Samstag morgen saß Papa auf der Zuschauertribüne und beobachtete das Baseballspiel. Es war ein richtiger Bilderbuch-Wochenendtag mit warmem Sonnenschein und Schäfchenwolken am Himmel. Sein achtjähriger Sohn Billy war am Schlagholz, richtig profihaft und erwachsen sah er aus in seinem Jugendligatrikot. Neben Papa saßen seine Frau und die drei Töchter. *Etwas Schöneres kann's doch gar nicht geben*, dachte Papa. *Warum sind nicht alle Familien so wie wir?*

Das achte Inning ging dem Ende entgegen, es stand unentschieden, zwei Spieler waren draußen und die Male vorbereitet. Billy stand am Heimmal, und von drei Bällen hatte er zwei vergeben.

»Kauf sie dir, Billy!« schrie der Vater ihm aufmunternd zu. »Hau den Ball über den Zaun!«

Billy wartete auf den Wurf. Schnell und tief kam der Ball geflogen, und Bill schlug wie wild nach dem Ball – daneben.

»Dritter Schlag!« rief der Schiedsrichter.

Das Inning war vorbei.

Von der Zuschauertribüne, wo Eltern, Verwandte und Familienfreunde saßen, ertönte lautes Aufstöhnen und Jubeln. Billy blieb beim Seitenwechsel der beiden Mannschaften mit herunterhängenden Armen mutlos stehen.

»Alles in Ordnung, Sohn!« rief Papa. »Beim nächsten Mal schaffst du's bestimmt.«

Billy hatte Mühe, sich zu einem Lächeln durchzuringen.

Der Teamchef John Cotton wartete auf Billy. »Du bist draußen!« rief er laut.

»Aber, Mr. Cotton...«

»Los, lauf schon. Runter vom Spielfeld!«

Billys Vater beobachtete staunend und mit verletztem Stolz, wie sein Sohn das Feld verließ. *Das kann er doch nicht machen*, dachte er. *Er muß Billy noch eine Chance geben. Ich werde es Mr. Cotton klarmachen.* Genau in diesem Moment begann jedoch sein Mobiltelefon zu läuten, dessen Nummer nur einem einzigen

Menschen bekannt war. *Er weiß aber doch, daß ich's nicht leiden kann, an Wochenenden gestört zu werden.* Billys Vater war äußerst verärgert.

Er zögerte, bevor er die Antenne herauszog, zögerte, bevor er den Knopf drückte, zögerte, bis er endlich ins Mundstück sprach. »Hallo?«

Die Stimme am anderen Ende der Leitung redete ein paar Minuten lang ruhig auf ihn ein. Papa hörte zu, nickte von Zeit zu Zeit mit dem Kopf und sagte schließlich: »Ja, ich verstehe, ich werd mich drum kümmern.« Dann steckte er das Telefon in die Tasche zurück.

»Alles in Ordnung, Schatz?« fragte seine Frau.

»Nein, leider nicht. Ich soll übers Wochenende arbeiten, und dabei hatte ich morgen ein so schönes Grillfest für uns geplant.«

Seine Frau nahm seine Hand und beruhigte ihn liebevoll: »Mach dir deswegen keine Gedanken. Die Arbeit ist wichtiger.«

Aber nicht so wichtig wie mein Familienleben, dachte Papa. *Dan Quayle würde meinen Widerstand gegen Arbeit am Wochenende bestimmt verstehen.*

Seine Hand begann schrecklich zu jucken. *Woher kommt bloß dieses Jucken?* überlegte er. *Ich sollte wirklich einen Hautarzt aufsuchen.*

John Cotton arbeitete als stellvertretender Filialleiter im örtlichen Supermarkt. Weil sein Sohn der Jugendmannschaft angehörte, hatte der kräftige, sportliche Mann sich bereit erklärt, sie als Trainer zu betreuen. An diesem Nachmittag nun hatte seine Mannschaft nur wegen dem kleinen Billy verloren.

Der Supermarkt war bereits geschlossen, und John Cotton lief über den Parkplatz zu seinem Auto, als ein Unbekannter mit einem Paket im Arm auf ihn zukam.

»Verzeihung – Mr. Cotton.«

»Ja bitte?«

»Könnte ich Sie wohl einen Augenblick sprechen?«

»Der Supermarkt hat bereits geschlossen.«

»Ja nun, mit dem Geschäft hat das auch nichts zu tun, ich möchte mit Ihnen über meinen Sohn sprechen. Billy ist sehr verstört, weil Sie ihn aus der Mannschaft ausgeschlossen haben und ihn auch in Zukunft nicht mehr mitspielen lassen wollen.«

»Billy ist Ihr Sohn? Ich bedaure, daß er bei uns überhaupt mitgespielt hat. Aus dem wird nie ein richtiger Ballspieler.«

»Sie sind unfair, Mr. Cotton«, widersprach Billys Vater streng. »Schließlich kenne ich Billy besser, eigentlich ist er ein hervorragender Spieler. Sie werden es ja sehen, wenn er am nächsten Samstag spielt...«

»Er wird aber am nächsten Samstag nicht mitspielen. Er ist *draußen.*«

»Aber...«

»Da gibt's kein Aber, meine Entscheidung steht fest. Falls es jedoch sonst noch etwas...«

»Ja, da wäre noch etwas.« Der Vater wickelte das Paket aus, das er mitgebracht hatte, und zum Vorschein kam ein Baseball-Schlagholz. »Hier ist das Schlagholz«, sagte er in flehendem Ton, mit dem Billy letzten Samstag gespielt hat. Sehen Sie nur – das Holz ist gesplittert, deswegen wäre es auch nicht fair, ihn zu bestrafen, weil –«

»Hören Sie, Mister, das Schlagholz kümmert mich einen feuchten Dreck. Ihr Sohn ist aus der Mannschaft raus!«

Billys Vater stieß einen Seufzer aus, der zum Ausdruck brachte, daß er die Reaktion seines Gegenübers sehr bedauerte. »Sie sind sicher, daß Sie Ihre Meinung nicht ändern wollen?«

»Absolut.«

Als Cotton die Hand nach dem Türgriff seines Wagens ausstreckte, wurde die Heckscheibe von Billys Vater mit einem weit ausholenden Schlag zertrümmert.

Cotton starrte ihn völlig entsetzt an. »Was... tun Sie da?«

»Aufwärmen«, erklärte Papa, hob das Schlagholz hoch und holte von neuem aus, um es Cotton gegen die Kniescheibe sausen zu lassen.

John Cotton schrie auf, stürzte und krümmte sich vor Schmerzen am Boden. »Sie sind verrückt!« brüllte er. »Hilfe!«

Billys Vater kniete sich neben ihn hin und sagte mit gedämpfter Stimme: »Wenn Sie noch mal um Hilfe schreien, zertrümmere ich Ihnen auch die zweite Kniescheibe.«

Cotton hob den Kopf – einen Ausdruck von Schmerz und panischem Schrecken in den Augen.

»Falls mein Sohn am nächsten Samstag nicht mitspielen darf, bring ich Sie um, und Ihren Sohn ebenfalls. Habe ich mich klar genug ausgedrückt?«

Cotton sah dem Mann in die Augen und nickte. Er mußte an sich halten, um nicht vor Schmerz aufzuheulen.

»Gut. Ach ja, noch etwas – ich möchte nicht, daß diese Sache bekannt wird. Ich habe Freunde, die würden Ihnen das sehr übelnehmen.« Er schaute auf seine Armbanduhr. Er hatte gerade noch Zeit, um die nächste Maschine nach Boston zu erreichen.

Plötzlich begann seine Hand wieder zu jucken.

Am Sonntag morgen um sieben Uhr schritt er – in einem Dreiteiler, mit einem teuren Diplomatenkoffer aus Leder in der Hand – am Vendome vorbei über Copley Square, lief zielbewußt weiter in die Stuart Street und betrat eine halbe Straßenlänge nach Park Plaza Castle das Boston Trust Building, wo er sofort auf den Wachposten zusteuerte. Das riesige Bürogebäude beherbergte Dutzende von Mietern, und da war es so gut wie ausgeschlossen, daß der Dienstmann an der Rezeption alle herein- und hinausgehenden Personen kannte und auf Unbekannte mißtrauisch reagieren würde.

»Guten Morgen«, grüßte der Mann.

»Guten Morgen, Sir. Kann ich Ihnen irgendwie behilflich sein?«

Der Mann seufzte ergeben. »Mir könnte nicht einmal Gott

helfen. Die glauben, daß ich nichts Besseres zu tun hätte, als die Sonntage damit zu verbringen, Arbeiten zu erledigen, die eigentlich andere erledigen sollten.«

Der Dienstmann empfand Mitgefühl. »Das Gefühl kenn ich auch.« Er schob ihm das Besucherregister hin. »Wenn Sie sich bitte hier eintragen würden.«

Der Mann trug sich ein und ging zum Lift. Das gesuchte Büro lag im fünften Stock. Er fuhr in den sechsten Stock, lief über die Treppe eine Etage zurück und schlich durch den Flur bis zur Tür mit der Aufschrift RENQUIST, RENQUIST & FITZGERALD – eine Anwaltskanzlei. Der Mann vergewisserte sich, daß sich in dem langen Flur auch wirklich niemand aufhielt, dann öffnete er seinen Koffer und nahm eine kleine Picke und ein Spanngerät heraus, und fünf Sekunden später öffnete sich die Tür. Er trat ein und schloß die Tür hinter sich.

Der Empfangsraum war auf altmodische, konventionelle Art eingerichtet – ganz in dem Stil, den man bei einer führenden Anwaltskanzlei in Boston erwarten würde. Der Mann blieb einen Moment stehen, um sich zu orientieren, und begab sich dann in den Aktenraum, wo alle Unterlagen aufbewahrt wurden. Die Stahlschränke waren nach Buchstaben geordnet. Er rüttelte an der Schranktür mit dem Etikett R–S; der Schrank war abgeschlossen.

Er nahm Generalschlüssel, Feile und Kombizange aus seinem Koffer, schob den Generalschlüssel ins Schrankschloß, bewegte ihn behutsam hin und her, zog ihn wieder heraus und sah sich die schwarzen Markierungen an. Er hielt den Schlüssel mit der Kombizange fest und feilte mit großer Vorsicht an den schwarzen Stellen. Danach schob er den Generalschlüssel ein zweitesmal ins Schloß und wiederholte den Vorgang. Beim Öffnen des Schlosses begann er, leise vor sich hin zu summen, und mußte plötzlich lächeln, als ihm der Titel der Melodie einfiel: *Far away places.*

Ich werde mit meiner Familie in Urlaub fahren, überlegte er in einem plötzlich aufwallenden Glücksgefühl. *Wir werden endlich einmal richtig Ferien machen. Hawaii würde den Kindern bestimmt gefallen.*

Das Schrankfach ließ sich bewegen, es war nicht festgeschraubt, und er hatte die gesuchte Akte bald gefunden. Er holte eine kleine Pentax-Kamera aus seinem Koffer und machte sich ans Werk, und binnen zehn Minuten war alles geschafft. Dann nahm er ein paar Kleenextücher aus dem Koffer, ging zum Wasserbehälter, um sie anzufeuchten, lief in den Aktenraum zurück, um die Stahlspäne vom Fußboden aufzuwischen, verschloß den Aktenschrank, trat auf den Flur hinaus, schloß die Tür von außen ab und verließ das Gebäude.

5. KAPITEL

Am späteren Abend, die *Blue Skies* befand sich schon auf hoher See, betrat Kapitän Vacarro die Kabine von Harry Stanford.
»Signor Stanford?«
»Ja?«
Der Kapitän deutete auf die elektronische Seekarte an der Wand. »Bedaure, aber der Wind wird stärker. Der Mittelpunkt dieses *libeccio* liegt in der Meerenge von Bonifacio. Ich erlaube mir den Vorschlag, daß wir in einem Hafen Schutz suchen, bis –«
Stanford unterbrach ihn. »Die Jacht ist ein gutes Schiff, und Sie sind ein tüchtiger Kapitän. Ich bin fest davon überzeugt, daß Sie der Situation gewachsen sind.«
Kapitän Vacarro zögerte. »Ganz wie Sie meinen, Signor. Ich werde mein Bestes tun.«
»Davon gehe ich aus, Kapitän.«

Harry Stanford saß im Arbeitszimmer seiner Suite an der Planung seiner nächsten Schritte. Die Konferenz mit René in Korsika würde ihm die Lösung aller anstehenden Probleme bringen. Danach würde der Helikopter ihn nach Neapel bringen, und dort würde er dann ein Flugzeug chartern, um nach Boston weiterzufliegen.
Es wird alles gut werden, sagte er sich. *Das einzige, was ich jetzt noch brauche, ist Zeit – achtundvierzig Stunden Zeit. Nur achtundvierzig Stunden.*

Das wilde Stampfen der Jacht und der heulende Sturm rissen ihn aus dem Schlaf, es war zwei Uhr früh. Harry Stanford hatte schon einige Stürme durchgestanden, aber so schlimm war es noch nie gewesen. Kapitän Vacarro hatte recht gehabt. Harry Stanford kletterte aus dem Bett, griff mit den Händen nach dem Nachttisch, um nicht das Gleichgewicht zu verlieren, und hangelte sich zur Seekarte an der Wand. Die Jacht befand sich in der Meerenge von Bonifacio. *In ein paar Stunden müßten wir Ajaccio erreichen,* dachte er. *Und wenn wir erst einmal dort sind, befinden wir uns in Sicherheit.*

Über die Vorfälle, die sich in jener Nacht ereigneten, ist viel gemutmaßt und gerätselt worden. Die auf dem Oberdeck verstreuten Papiere gaben Anlaß zu der Annahme, daß andere Unterlagen von Windböen erfaßt und fortgetragen worden sein könnten, so daß Harry Stanford zwar versuchte, sie zu retten, aber wegen des starken Schlingerns der Jacht das Gleichgewicht verlor und über Bord ging. Dmitri hat ihn ins Meer stürzen sehen und sofort über die Bordanlage Alarm ausgelöst.

»Mann über Bord!«

6. KAPITEL

Capitaine François Durer, der Polizeipräsident von Korsika, war schlecht gelaunt. Die Insel war überfüllt mit blöden Sommertouristen, die nicht einmal fähig waren, auf ihre Pässe, Brieftaschen oder Kinder achtzugeben. Den ganzen lieben langen Tag lang hatte es im winzigen Polizeihauptquartier am Cours Napoléon 2, abseits der Rue Sergeant Casalonga, Meldungen und Anzeigen gehagelt.

»Ein Mann hat mir die Börse aus der Hand gerissen...«

»Das Schiff ist ohne mich abgefahren, mit meiner Frau an Bord...«

»Ich habe diese Uhr hier von einem Straßenhändler erworben, und sie hat kein Uhrwerk...«

»In der Apotheke gibt es die Tabletten nicht, die mir mein Arzt verordnet hat...«

Die Probleme wollten einfach kein Ende nehmen.

Und jetzt hatte der Capitaine allem Anschein nach auch noch eine Leiche am Hals.

»Dafür hab ich jetzt keine Zeit«, bellte er.

»Aber die Leute stehen im Vorraum und warten«, erklärte sein Assistent geduldig. »Was soll ich ihnen sagen?«

Capitaine Durer konnte es kaum abwarten, zu seiner Geliebten zu kommen, und hätte seinem Assistenten am liebsten geantwortet: »Sollen sie ihre Leiche doch auf eine andere Insel verfrachten.« Aber Dienst ist Dienst, und er war nun einmal der höchste Polizeibeamte Korsikas.

Er seufzte. »Na gut, dann werde ich sie eben empfangen.«

Gleich darauf wurden Kapitän Vacarro und Dmitri Kaminski in seine Amtsstube geleitet.

»Nehmen Sie Platz.« Capitaine Durer sagte es in einem ausgesprochen unfreundlichen Ton und deutete auf die Stühle vor seinem Schreibtisch.

Die beiden Männer setzten sich.

»Schildern Sie mir bitte genau, was vorgefallen ist.«

»Genau weiß ich es nicht«, erwiderte Kapitän Vacarro. »Ich habe es nicht selber gesehen...« Er machte eine Kopfbewegung zu Dmitri Kaminski. »Er war der Augenzeuge. Vielleicht wäre es besser, wenn er über den Hergang berichten würde.«

Dmitri holte tief Luft. »Es war schrecklich. Ich arbeite... ich habe für den Mann gearbeitet.«

»Und als was, Monsieur?«

»Leibwächter, Masseur, Chauffeur. Unsere Jacht befand sich im Sturm der vergangenen Nacht auf See, und es war ein furchtbarer Sturm. Er forderte mich auf, ihn zu massieren, zur Entspannung, und danach mußte ich ihm eine Schlaftablette bringen, die ich aus dem Badezimmer holte. Als ich zurückkam, war er an Deck und lehnte an der Reeling. Die Jacht wurde vom Sturm hin und her geworfen. Er hielt Papiere in der Hand, einige wurden von einem Windstoß ergriffen und ihm aus der Hand gerissen, er hat den Arm danach ausgestreckt, das Gleichgewicht verloren und fiel über die Reling ins Meer. Ich bin gerannt, um ihn zu retten, konnte aber nichts mehr machen, und so habe ich Alarm ausgelöst. Kapitän Vacarro hat sofort das Schiff gestoppt, und dank der heldenhaften Bemühungen des Kapitäns haben wir ihn gefunden und aus dem Wasser holen können. Es war jedoch zu spät. Er war schon ertrunken.«

»Das tut mir außerordentlich leid.« In Wahrheit hätte ihm überhaupt nichts auf der Welt gleichgültiger sein können.

Nun setzte Kapitän Vacarro den Bericht fort. »Daß wir die

Leiche überhaupt gefunden haben, war reiner Zufall, weil sie wieder auf die Jacht zugetrieben wurde. Wir möchten Ihre Erlaubnis einholen, den Toten in seine Heimat zu überführen.«

»Da dürfte es eigentlich keine Probleme geben.« Capitaine Durer kalkulierte blitzschnell: Ihm würde noch genügend Zeit für einen Drink mit seiner Geliebten bleiben, bevor er zu seiner Ehefrau nach Hause mußte. »Ich werde sofort den Auftrag erteilen, daß die Sterbeurkunde und das Ausfuhrvisa für die Leiche ausgefertigt werden.« Er nahm einen gelben Notizblock vom Schreibtisch. »Name des Opfers?«

»Harry Stanford.«

Für einen Augenblick erstarrte Capitaine Durer, dann hob er den Kopf. »Harry Stanford?«

»Richtig.«

»*Der* Harry Stanford?«

»Genau.«

Da erschien Capitaine François Durer die Zukunft mit einem Schlag in ungleich schönerem Licht. Die Götter hatten ihm ein Geschenk gemacht. Harry Stanford war eine internationale Berühmtheit, und die Nachricht von seinem Tod würde wie ein Lauffeuer um die ganze Welt gehen, und er, Capitaine François Durer, war der Mann, der alles in der Hand hatte und kontrollierte. Da sah er sich unmittelbar mit der Frage konfrontiert, wie er diese Geschichte zu optimalem persönlichen Nutzen wenden könnte. Reglos saß Durer auf seinem Stuhl, mit einem Blick, der sich im Nichts verlor, und dachte angestrengt nach.

»Wie rasch können Sie die Leiche freigeben?« wollte Kapitän Vacarro wissen.

Durer schaute auf. »Ach so, ja, eine gute Frage.« *Wie lange würde es dauern, bis die ersten Pressevertreter auf Korsika einträfen? Sollte ich den Kapitän der Jacht bitten, an der Pressekonferenz teilzunehmen? Nein. Warum den Ruhm mit ihm teilen? Ich werde die Sache allein abwickeln.* »Zuvor muß noch eine Reihe von

Dingen geklärt werden«, bemerkte Capitaine Durer mit einem Ausdruck aufrichtigen Bedauerns. »Da gilt es zunächst, verschiedene Formalitäten zu berücksichtigen...« Er ließ ein betrübtes Seufzen vernehmen. »Das alles könnte durchaus eine Woche beanspruchen. Oder auch länger.«

Kapitän Vacarro reagierte entsetzt. »Eine Woche oder mehr? Aber Sie haben doch vorhin gesagt...«

»Wir müssen uns an die Vorschriften halten«, belehrte ihn Durer streng. »Solche Dinge brauchen nun einmal ihre Zeit, da darf man nichts überstürzen.« Er konzentrierte sich wieder auf seinen gelben Notizblock. »Wer sind die nächsten Angehörigen des Verstorbenen?«

Kapitän Vacarro wandte sich hilfesuchend an Dmitri.

»Ich glaube, in der Frage sollten Sie sich besser an Mr. Stanfords Anwälte in Boston wenden.«

»Ihre Namen?«

»Renquist, Renquist & Fitzgerald.«

7. KAPITEL

Obwohl die Türaufschrift RENQUIST, RENQUIST & FITZGERALD lautete, so waren doch die beiden Renquists längst dahingeschieden. Simon Fitzgerald dagegen war höchst lebendig und trotz seiner sechsundsiebzig Lebensjahre der Dynamo der Kanzlei, in der unter seiner Leitung sechzig Anwälte tätig waren. Er wirkte erschreckend dürr, sein schlohweißes Haar glich einer Löwenmähne, und er hatte die aufrechte Haltung eines Berufsoffiziers, als er in seinem Büro auf und ab marschierte, doch innerlich standen die Zeichen bei ihm auf Sturm.

Er blieb vor seiner Sekretärin stehen. »Hat Mr. Stanford bei seinem Anruf keinerlei Hinweise darauf gegeben, weshalb er mich so dringend sprechen wollte?«

»Nein, Sir, er hat mich nur informiert, daß er Sie am Montag morgen um neun Uhr bei sich zu Hause erwartet und daß Sie sein Testament und einen Notar mitbringen sollten.«

»Vielen Dank. Bitten Sie Mr. Sloane zu mir herein.«

Steve Sloane gehörte zu den innovativen Nachwuchsanwälten der Kanzlei. Absolvent der Harvard Law School, Anfang Vierzig, hochgewachsen und schlank, blond, mit amüsiert blickenden Augen und einem durchdringenden, forschenden Blick, aufgeschlossen, von entgegenkommendem Wesen, das selbst eine gespannte Atmosphäre entkrampfte: Er war der Troubleshooter des Anwaltsbüros und der Kronprinz von Simon Fitzgerald. *Wenn ich einen Sohn gehabt hätte*, dachte Fitzgerald, *so hätte ich mir gewünscht, daß er wie Steve wäre.*

Der eintretende Sloane musterte ihn mit einem Ausdruck mißbilligenden Erstaunens.

»Du hier? Du solltest eigentlich in Neufundland sein, beim Lachsangeln«, sagte Steve streng.

»Etwas Unvorhergesehenes. Setz dich, Steve. Wir haben ein Problem.«

Steve seufzte. »Sonst noch Neuigkeiten?«

»Es betrifft Harry Stanford.«

Harry Stanford war ein Renommierklient der Kanzlei. Mit der Wahrnehmung der juristischen Interessen seines Konzerns hatte er eine Handvoll anderer Kanzleien betraut; seine Privatangelegenheiten ließ er jedoch von Renquist, Renquist & Fitzgerald erledigen, wo allerdings außer Simon Fitzgerald bisher niemand seine persönliche Bekanntschaft gemacht hatte. Er war eine Legende.

»Was hat Stanford denn jetzt schon wieder angestellt?« fragte Steve.

»Er hat sich ums Leben gebracht.«

»Er hat *was*?« stieß Steve entsetzt hervor.

»Ich habe soeben von der Polizei in Korsika ein Fax erhalten, demzufolge Stanford offenbar gestern von seiner Jacht ins Meer gestürzt und ertrunken ist.«

»O mein Gott!«

»Du hast ihn nie kennengelernt, aber ich bin über drei Jahrzehnte lang der Anwalt seines Vertrauens gewesen – er war ein schwieriger Mensch.« Fitzgerald lehnte sich im Sessel zurück und dachte an die Vergangenheit. »Im Grunde hat es immer zwei ganz und gar verschiedene Harry Stanfords gegeben – den Stanford, wie ihn die Öffentlichkeit kannte, der es auf geniale Weise verstand, die Vögel vom Baume des Kapitals in seine Netze zu locken, und der Schweinekerl, dem es einen Heidenspaß machte, andere Menschen zu zerstören. Er war ein unglaublicher Charmeur, der sich jedoch urplötzlich in eine Kobra verwandeln und sich gegen jeden wenden konnte. Er war eine gespaltene Persönlichkeit – er war beides in einem, Schlangenbeschwörer *und* Schlange.«

»Klingt interessant.«

»Es ist gut dreißig Jahre her – einunddreißig Jahre, um genau zu sein –, daß ich in diese Kanzlei eingetreten bin, und damals hat ihn der alte Renquist betreut. Du kennst ja das Klischee von der ›Überlebensgröße‹ bestimmter Menschen – nun ja, Harry Stanford war wirklich überlebensgroß. Wenn es ihn nicht gegeben hätte – *den* hätte bestimmt keiner erfunden. Er war ein Gigant, besaß eine unvorstellbare Tatkraft sowie unbändigen Ehrgeiz, er war ein großer Sportler, als Student Boxchampion seines Colleges und ein hervorragender Polospieler. Als Mensch war Harry Stanford aber bereits in jungen Jahren unmöglich. In meinem langen Leben bin ich niemandem begegnet, der so wie er ohne den leisesten Anflug von Mitgefühl war. Er war ein Sadist und ausgesprochen rachsüchtig – er hatte den Instinkt eines Aasgeiers. Es machte ihm ungeheuren Spaß, seine Konkurrenten in den Bankrott zu treiben, und wenn man den Gerüchten glaubt, hat er mehr als einen Selbstmord auf dem Gewissen.«

»Klingt ja ganz so, als ob er ein wahres Ekel gewesen wäre.«

»War er auch – einerseits, aber er hatte auch eine andere Seite: In Neu-Guinea hat er ein Waisenhaus, in Bombay ein Krankenhaus gestiftet, und er hat Millionen für wohltätige Zwecke gespendet, und zwar anonym. Er war ein Mensch, bei dem niemand wissen konnte, was er im nächsten Augenblick tun würde.«

»Und wie ist er zu seinem Reichtum gekommen?«

»Kennst du dich in der griechischen Mythologie aus?«

»In diesem Bereich sind meine Kenntnisse leicht eingerostet.«

»Die Geschichte von Ödipus ist dir aber vertraut?«

Steve nickte zustimmend. »Hat seinen Vater umgebracht, damit er an die Mutter herankam.«

»Richtig, und genauso war's bei Harry Stanford, nur daß der seinen Vater umbrachte, damit er ans *Stimmrecht* seiner Mutter herankam.«

Steve war sprachlos. »Wie bitte?«

Fitzgerald lehnte sich vor. »Harrys Vater hat als Lebensmittelhändler in Boston angefangen. Das Geschäft ging so gut, daß er bald einen zweiten Laden aufmachte, und es dauerte gar nicht lange, bis er Eigentümer einer hübschen kleinen Kette von Filialen war. Nach Harrys Collegeabschluß hat er ihn zum Teilhaber und Mitglied der Geschäftsführung gemacht. Aber wie ich schon sagte – Harry hatte einen unbändigen Ehrgeiz, und er hatte Visionen. Er wollte nicht bei Fleischfabriken und Gemüsegroßhändlern einkaufen, sondern plädierte dafür, daß die Lebensmittel-Ladenkette ihr eigenes Gemüse anbaute und Ländereien zur Aufzucht eines eigenen Viehbestands für die Fleischversorgung erwarb, mit dem man auch den Konservenbedarf selber decken konnte. Der Vater war dagegen, und es kam zwischen den beiden häufig zu Streitereien.

Dann hatte Harry die größte Idee aller Zeiten. Er entwickelte den Plan zur Gründung einer Supermarktkette, wo schlichtweg alles verkauft werden sollte – von Automobilen und Möbeln bis zu Lebensversicherungen, und das alles zu Discountpreisen; finanzieren wollte er das Ganze hauptsächlich über die Kunden, die durch Beitragszahlungen als Mitglieder sozusagen Kleinaktionäre ohne Stimmrecht würden. Der Vater hielt Harry für übergeschnappt und lehnte den Plan ab. Harry war jedoch nicht bereit, zu akzeptieren, daß sich ihm jemand oder etwas in den Weg stellte – also beschloß er, sich den alten Herrn vom Halse zu schaffen. Er überredete ihn zu einem langen Urlaub, und während der Abwesenheit des Vaters machte Harry sich daran, die Mitglieder des Aufsichtsrats von seiner Idee zu überzeugen.

Er war ein brillanter Verkäufer und hat es geschafft, ihnen sein Konzept zu verkaufen. Seine Tante und seinen Onkel, die beide im

Aufsichtsrat saßen, hat er überredet, für ihn zu stimmen. Danach hat er die anderen Aktionäre mit Sitz und Stimme im Aufsichtsrat becirct, hat sie mittags zum Gespräch in Luxusrestaurants eingeladen, und mit einem ist er zur Fuchsjagd ausgeritten, mit einem anderen zum Golfspielen gegangen. Einer stand unter dem Pantoffel seiner Frau – also hat Harry mit der Frau geschlafen, und sie hat ihren Mann für ihn herumgekriegt. Allerdings befanden sich die meisten Firmenanteile im Besitz seiner Mutter, deren Votum folglich entscheidend war. Und Harry hat seine Mutter tatsächlich dahin gebracht, daß sie ihre Stimmrechte an ihn abtrat – damit er ihren Mann ausbooten konnte.«

»Unglaublich!«

»Als Harrys Vater dann aus den Ferien zurückkehrte, mußte er feststellen, daß seine Verwandten ihm in seiner eigenen Firma das Ruder aus der Hand genommen hatten.«

»Großer Gott!«

»Das ist aber noch nicht alles, denn das war Harry noch lange nicht genug. Als sein Vater in sein eigenes Büro wollte, mußte er feststellen, daß er Hausverbot hatte. Und vergiß eines nicht: Harry war damals gerade erst Anfang Dreißig. Kein Wunder, daß man ihm im Betrieb den Spitznamen ›der Eismensch‹ verpaßt hatte. Doch Ehre, wem Ehre gebührt, Steve. Er hat es aus eigener Kraft geschafft, Stanford Enterprises zu einem der größten Mischkonzerne der Welt aufzubauen. Die Firma expandierte, bis sie Bauholz, Chemie, Kommunikation, Elektronik und einen atemberaubenden Immobilienbesitz umfaßte. Und am Ende war er auch noch einziger Aktionär.«

»Er muß ja wirklich unvorstellbare Erfolge gehabt haben«, kommentierte Steve.

»Hatte er auch, im Umgang mit Männern – wie bei Frauen.«

»Ist er verheiratet gewesen?«

Simon Fitzgerald schwieg nachdenklich und erklärte schließlich: »Harry Stanford war verheiratet – mit einer der schönsten

Frauen, die ich je kennengelernt habe – mit Emily Temple. Aus der Ehe sind drei Kinder hervorgegangen, zwei Jungen und ein Mädchen. Emily entstammte einer Familie der oberen Gesellschaftsschicht in Hobe Sound, Florida. Sie hat Harry angebetet, und sie hat sich Mühe gegeben, seine außerehelichen Eskapaden zu ignorieren, doch eines schönen Tages war das Maß voll. Sie hatte eine Gouvernante für die Kinder eingestellt, eine gewisse Rosemary Nelson, eine reizende junge Frau, und für Harry noch reizvoller, als sie sich weigerte, mit ihm ins Bett zu gehen. Das hat ihn schier wahnsinnig gemacht, denn er war es nicht gewöhnt, abgewiesen zu werden. Da hat Harry Stanford seinen ganzen Charme aufgeboten, er konnte unwiderstehlich sein, und zu guter Letzt hat er's eben doch geschafft, Rosemary ins Bett zu kriegen. Sie wurde schwanger und ist zum Arzt gegangen. Aber leider hatte dieser Arzt einen Schwiegersohn, der Klatschkolumnist war, und als der von der Sache Wind bekam, hat er sie in die Presse gebracht, und es gab einen furchtbaren Skandal. Du kennst ja Boston. Die Zeitungen waren voll davon. Ich habe mir damals alle Artikel ausgeschnitten.«

»Hat sie eine Abtreibung machen lassen?«

Fitzgerald schüttelte den Kopf. »Nein. Harry hat sie natürlich dazu gedrängt abzutreiben, aber sie hat abgelehnt. Es kam zwischen den beiden zu einem schrecklichen Streit. Er gab vor, sie zu lieben und sie heiraten zu wollen – was er natürlich bereits Dutzenden von Frauen erklärt hatte. Doch diesmal hatte Emily Harrys Beteuerungen mitgehört und hat sich noch in der gleichen Nacht das Leben genommen.«

»Wie gräßlich. Und was ist aus der Gouvernante geworden?«

»Rosemary Nelson ist von der Bildfläche verschwunden. Wir wissen, daß sie im St.-Josephs-Krankenhaus in Milwaukee eine Tochter zur Welt gebracht hat und ihr den Namen Julia gab. Sie hat Harry damals benachrichtigt, doch ich glaube, er hat sich nicht einmal die Mühe gemacht zu antworten, denn zu der Zeit hatte er sich längst mit einer anderen Frau eingelassen, und an Rosemary hatte er keinerlei Interesse mehr.«

»Wie reizend...«

»Die eigentliche Tragödie geschah später, denn die Kinder haben Harry, völlig zu Recht, für den Selbstmord ihrer Mutter verantwortlich gemacht. Zu dieser Zeit waren sie zehn, zwölf und vierzehn Jahre alt gewesen, alt genug, um Leid und Trauer zu empfinden, doch zu jung, um gegen den Vater vorzugehen. Sie haben ihn gehaßt. Harrys größte Sorge war, daß seine Kinder ihm eines Tages genau das antun würden, was er mit seinem Vater gemacht hatte. Also hat er alles getan, um zu verhindern, daß es dazu kommen könnte. Er hat sie von zu Hause weggeschickt, voneinander getrennt in verschiedenen Internaten untergebracht und es so einzurichten verstanden, daß sie sich möglichst selten sahen, und sie haben von ihm kein Geld bekommen. Sie lebten von einem kleinen Treuhandvermögen, das sie von der Mutter geerbt hatten. Er hat sie immer nur nach der Methode ›Zuckerbrot und Peitsche‹ behandelt, hat ihnen sein Vermögen als Zuckerbrot vor die Nase gehalten und alle Versprechungen jedesmal sofort wieder zurückgenommen, wenn sie ihn ärgerten.«

»Was ist aus den Kindern geworden?«

»Tyler ist Richter am Bezirksgericht in Chicago. Woodrow macht gar nichts – ein Playboy, der sein Leben in Hobe Sound mit Polo- und Golfspielen verplempert. Vor ein paar Jahren hat er in einem Schnellrestaurant eine Kellnerin aufgelesen, die er geschwängert und dann zur allgemeinen Verblüffung geheiratet hat. Kendall ist mittlerweile eine erfolgreiche Modedesignerin und mit einem Franzosen verheiratet. Die beiden leben in New York.« Fitzgerald stand auf. »Steve – bist du schon einmal in Korsika gewesen?«

»Nein.«

»Ich wäre dankbar, wenn du hinfliegen würdest. Man hält dort

Harry Stanfords Leiche fest, die Polizei verweigert die Freigabe. Bitte, bring die Sache in Ordnung.«

»Selbstverständlich.«

»Falls du's einrichten könntest, heute noch...«

»Gut. Ich werde es möglich machen.«

»Danke, ich weiß deinen Einsatz zu schätzen.«

In der Linienmaschine der Air France von Paris nach Korsika las Steve Sloane einen Reiseführer – er hatte gar nicht gewußt, daß Ajaccio, die größte Stadt der überwiegend gebirgigen Insel, der Geburtsort Napoleons war. Das Buch enthielt überhaupt eine Menge interessanter Informationen und Statistiken; von der Schönheit der Insel war Steve dann trotzdem völlig überwältigt. Beim Anflug fiel ihm, tief unten, ein hoher, solider Wall weißer Klippen auf, der ihn an die englische Felsküste bei Dover erinnerte. Einfach atemberaubend.

Am Flughafen von Ajaccio stieg Steve in ein Taxi, das ihn über den Cours Napoléon, der Hauptstraße, die sich vom Place Général-de-Gaulle in nördlicher Richtung bis zum Bahnhof erstreckt, ins Zentrum der Stadt brachte. Steve hatte alle nötigen Vorbereitungen getroffen; auf dem Flughafen stand eine Maschine bereit, die Harry Stanfords Leiche nach Paris fliegen würde, wo der Sarg in ein Flugzeug nach New York umgeladen werden sollte. Jetzt gab es für Steve nur noch eines zu tun: die Freigabe der Leiche zu erreichen.

Steve ließ sich am Cours Napoléon vor der Préfecture absetzen, ging eine Treppe hinauf und betrat den Empfangsraum, wo ein uniformierter Sergeant hinter dem Schreibtisch saß.

»*Bonjour. Puis-je vous aider?*«

»Wer ist hier verantwortlich?«

»Capitaine Durer.«

»Bitte, ich möchte ihn gern sprechen.«

»Und in welcher Angelegenheit?«

Steve zückte seine Visitenkarte. »Ich bin Harry Stanfords Anwalt und bin gekommen, um seine Leiche in die Vereinigten Staaten zu überführen.«

Der Sergeant zögerte. »Einen Augenblick, bitte.« Er verschwand in Capitaine Durers Amtszimmer und zog die Tür hinter sich zu, denn hier herrschte ein dichtes Gedränge; aus aller Welt waren die Fernsehreporter und Journalisten der Nachrichtenagenturen gekommen; und alle sprachen durcheinander.

«Capitaine – warum hat er sich in dem Sturm auf See befunden, obwohl doch...«

»Wie läßt sich das überhaupt erklären, daß er mitten in der Nacht von der Jacht ins Meer...«

»Gibt es irgendwelche Hinweise, daß es sich hier um ein Verbrechen handeln könnte?«

»Haben Sie eine Autopsie angeordnet?«

»Wer hat sich sonst noch auf dem Schiff...«

»Bitte! Meine Herrschaften.« Capitaine Durer hob die Hand. »Bitte, meine Herrschaften. Bitte!« Er ließ den Blick durch den Raum wandern, über die Gesichter der vielen Reporter, die ihm jedes Wort von den Lippen abzulesen suchten – und geriet vor lauter Begeisterung fast ins Schwärmen. Von solch einem Augenblick hatte er schon immer geträumt. *Wenn ich mich jetzt richtig verhalte und alles unter Kontrolle behalte, müßte mir das eigentlich einen gewaltigen Karrieresprung sichern und –*

Er wurde in seinen Gedanken von dem Sergeanten unterbrochen. »Capitaine...«, flüsterte ihm der Sergeant ins Ohr und überreichte ihm Steve Sloanes Visitenkarte.

Capitaine Durer musterte sie kurz und reagierte schroff. »Ich habe jetzt keine Zeit für ihn«, bellte er. »Sag ihm, daß er morgen früh um zehn wiederkommen soll.«

»Jawohl, *mon Capitaine*.«

Capitaine Durer schaute dem Sergeanten nach, der den Raum verließ. Er hatte nicht die Absicht, sich diesen Moment des Ruhms nehmen zu lassen – von niemandem. Er wandte sich mit einem selbstzufriedenen Lächeln den Reportern zu. »Also, was haben Sie wissen wollen...?«

Im Vorraum mußte Steve Sloane hören: »Bedaure, aber Capitaine Durer ist momentan sehr beschäftigt. Er bittet Sie, sich morgen früh um zehn Uhr zur Verfügung zu stellen.«

Steve Sloane betrachtete den Sergeanten mit einem Ausdruck ungläubigen Entsetzens. »Morgen früh? Aber das ist doch lächerlich! So lange will ich nicht warten.«

Der Sergeant zuckte die Schultern. »Ganz wie Sie wünschen, Monsieur.«

Steve machte eine finstere Miene. »Na gut. Ich hatte kein Zimmer gebucht. Können Sie mir ein Hotel empfehlen?«

»*Mais oui.*« Er sprach plötzlich englisch. »Ich be-ärrre mich, Ihn' das Colomba empfohlen zu haben. Avenue de Paris, Nummer acht.«

Steve zögerte. »Gäbe es nicht vielleicht doch eine Möglichkeit...«

»Zehn Uhr, morgen früh.«

Steve drehte sich auf dem Absatz um und verließ das Gebäude.

Inzwischen war Durer nur zu glücklich, sich den Fragen der Reporter stellen zu dürfen.

»Woher nehmen Sie die Gewißheit, daß es sich um einen Unglücksfall gehandelt hat?« wollte ein Fernsehjournalist wissen.

Durer richtete den Blick direkt in die Kamera. »Glücklicherweise haben wir einen Augenzeugenbericht über dieses furchtbare Ereignis. Die Kabine Monsieur Stanfords hat ein offenes Verdeck, und allem Anschein nach riß ihm der Wind wichtige Papiere aus der Hand, woraufhin er losgerannt ist, um sie wieder zurückzuholen. Als er die Hand nach ihnen ausstreckte, verlor er das Gleichgewicht und fiel ins Meer. Sein Leibwächter hat es beobachtet und sofort Alarm ausgelöst, und das Schiff hat gestoppt. Auf die Weise konnte die Leiche geborgen werden.«

»Was hat die Autopsie ergeben?«

»Meine Herren, Korsika ist eine kleine Insel. Wir verfügen nicht über die nötigen Einrichtungen zur Durchführung einer vollen Autopsie. Unser Leichenbeschauer hat jedoch festgestellt, daß Monsieur Stanfords Tod durch Ertrinken eingetreten ist, wir haben in seinen Lungen Meereswasser entdeckt. Prellungen oder irgendwelche Anzeichen von fremdem Einwirken sind an keiner einzigen Stelle des Körpers festzustellen gewesen.«

»Wo befindet sich die Leiche jetzt?«

»Wir bewahren sie in einem kalten Lagerraum auf, bis die Genehmigung für den Transport in die Heimat erteilt wird.«

»Würde es Ihnen etwas ausmachen, wenn wir von Ihnen ein Foto aufnähmen, Capitaine?« fragte ein Fotoreporter.

Eine dramatische Sekunde lang zögerte Capitaine Durer die Antwort hinaus, bevor er sich in das Unabänderliche schickte: »Nein. Bitte, meine Herren, tun Sie Ihre Pflicht.«

Und die Blitzlichter der Kameras zuckten.

Das Colomba war ein bescheidenes, aber sauberes Hotel, und das Zimmer zufriedenstellend. Als erstes rief Steve bei Simon Fitzgerald an.

»Die Sache wird leider längere Zeit in Anspruch nehmen, als ich dachte«, sagte Sloane.

»Wo liegt das Problem?«

»Bürokratie. Ich habe morgen früh einen Termin bei dem zuständigen Beamten, dann werde ich alles klären. Am morgigen Nachmittag sollte ich auf dem Rückflug nach Boston sein.«

»Ausgezeichnet, Steve, wir sprechen uns morgen.«

Im Restaurant La Fontana an der Rue Notre Dame aß er zu Mittag, und weil er sich irgendwie die Zeit vertreiben mußte, besichtigte er anschließend die Stadt.

Ajaccio ist eine farbenfrohe Mittelmeerstadt, die sich noch

immer in dem Ruhme sonnt, der Geburtsort Napoleons zu sein. *Harry Stanford hätte sich hier bestimmt zu Hause gefühlt,* dachte Steve.

Auf Korsika war Hochsaison, und die Straßen wurden von Touristen aus England, Frankreich, Italien und Japan bevölkert.

Abends speiste Steve italienisch im Restaurant Le Boccaccio und kehrte dann ins Hotel zurück.

»Irgendwelche Nachrichten?« fragte er nach der Rückkehr ins Hotel an der Rezeption erwartungsvoll.

»Nein, Monsieur.«

Später fand er lange keinen Schlaf, da ihm das Gespräch mit Simon Fitzgerald über Harry Stanford einfach nicht aus dem Kopf ging.

»Hat sie eine Abtreibung durchgeführt?«

»Nein. Harry hat sie natürlich dazu gedrängt abzutreiben, aber sie hat sich geweigert. Es kam zwischen den beiden zu einem schrecklichen Streit. Er gab vor, sie zu lieben und sie heiraten zu wollen – was er bereits Dutzenden von Frauen erklärt hatte, doch diesmal hat Emily seine Beteuerungen mitgehört und sich noch in der gleichen Nacht das Leben genommen.« Steve überlegte, auf welche Art Emily Stanford Selbstmord begangen hatte.

Schließlich sank er in einen unruhigen Schlaf.

Am nächsten Morgen erschien Steve Punkt zehn Uhr wieder auf der Préfecture, wo der Sergeant vom Vortag Dienst hatte.

»Guten Morgen«, sagte Steve.

»*Bonjour*, Monsieur. Kann ich Ihnen behilflich sein?«

Steve reichte dem Sergeanten eine zweite Visitenkarte. »Ich bin da, um Capitaine Durer zu sprechen.«

»Einen Augenblick.« Die gleiche Prozedur: Der Sergeant erhob sich, verschwand im Amtszimmer seines Chefs und zog die Tür fest hinter sich zu.

Capitaine Durer – in einer eindrucksvollen neuen Uniform –

wurde soeben von einem italienischen Fernsehteam für RAI interviewt und sprach in die Kamera. »Als ich den Fall übernahm, habe ich mich als erstes vergewissert, daß Monsieur Stanfords Tod in keiner Weise als Folge eines Verbrechens eingetreten sein konnte.«

»Und Sie waren hundertprozentig davon überzeugt, daß hier kein Verbrechen vorliegt?« fragte der Interviewer.

»Hundertprozentig. Es gibt gar keinen Zweifel daran, daß es sich um einen bedauerlichen Unglücksfall gehandelt hat.«

»*Bene*«, sagte der Regisseur zum Kameramann. »Bitte eine neue Einstellung, eine Nahaufnahme.«

Diesen Moment nutzte der Sergeant, um Capitaine Durer Sloanes Visitenkarte in die Hand zu drücken. »Er wartet draußen.«

»Was ist bloß in Sie gefahren?« knurrte Durer. »Sehen Sie denn nicht, daß ich beschäftigt bin? Sagen Sie ihm, er soll morgen wiederkommen.« Er hatte gerade erfahren, daß ein weiteres Dutzend Reporter nach Korsika unterwegs war – darunter auch Journalisten aus Ländern wie Rußland und Südafrika. »*Demain!*«

»*Oui.*«

»Sind Sie soweit, Capitaine?« fragte der Regisseur.

Capitaine Durer setzte ein breites Lächeln auf. »Ich bin soweit.«

Unterdessen war der Sergeant ins Vorzimmer zurückgekehrt. »Es tutt mir laiit, Monsieur«, erklärte er in gebrochenem Englisch. »Aber Durer ist heute aus dem Geschäft.«

»Dann geht's ihm wie mir!« herrschte ihn Steve an. »Teilen Sie ihm mit, daß er lediglich das Formular unterzeichnen muß, das die Freigabe von Mr. Stanfords Leiche autorisiert, und er ist mich los. Das ist doch wohl nicht zuviel verlangt, oder?«

»Leider ja. Der Capitaine hat viiiele Verpflichtungen, und...«

»Kann ich diese Autorisierung denn nicht von jemand anderem erhalten?«

»O nein, Monsieur. Solche Autorisierung kann Ihnen nur der Capitaine erteilen.«

Steve Sloane kochte innerlich. »Und wann *ist* er zu sprechen?«
»Ich schlage vor, daß Sie es morgen noch einmal versuchen.«
Es war diese Wendung – *noch einmal versuchen* –, die Steve ins Ohr stach. »Das werde ich auch«, sagte er. »Übrigens – meines Wissens hat es bei dem Unfall einen Augenzeugen gegeben – Mr. Stanfords Leibwächter, ein gewisser Dmitri Kaminski.«
»Jawohl.«
»Ich möchte ihn gerne sprechen. Darf ich wissen, wo er sich aufhält?«
»Australien.«
»Ist das der Name eines hiesigen Hotels?«
»Nein, Monsieur.« Der mitleidige Ton seiner Stimme war nicht zu überhören. »Australien ist ein Land.«
Da wurde Steve um etliche Dezibel lauter. »Wollen Sie damit ausdrücken, daß der einzige Augenzeuge von Mr. Stanfords Tod mit Zustimmung der korsischen Polizei ausreisen durfte, bevor ihn jemand verhören konnte?«
»Capitaine Durer hat ihn verhört.«
Steve Sloane atmete einmal tief durch. »Ich danke Ihnen.«
»Keine Ursache, Sir.«
Vom Hotel aus erstattete Steve Sloane telefonisch Simon Fitzgerald Bericht.
»Sieht so aus, als ob ich noch eine weitere Nacht hierbleiben müßte.«
»Was ist los, Steve?«
»Der verantwortliche Beamte scheint überbeschäftigt. Hier ist touristische Hochsaison, und er fahndet vermutlich nach verlorenen Brieftaschen. Aber morgen sollte ich's schaffen, von hier wegzukommen.«
»Bis morgen!«

Trotz seiner Verärgerung konnte sich Steve dem Zauber der Insel nicht entziehen. Korsika hat eine Küste von über anderthalbtausend Kilometer Länge und Gebirge aus Granitstein, dessen Gipfel bis zum Juli schneebedeckt bleiben. Bis zur Übernahme durch die Franzosen hatte die Insel unter italienischer Herrschaft gestanden; und die Vermischungen beider Kulturen waren faszinierend.

Während des Abendessens in der Crêperie U San Carlu fielen Steve erneut die Worte ein, mit denen Simon Fitzgerald Harry Stanfords Wesen charakterisiert hatte. »*Ich bin in meinem ganzen Leben noch keinem Menschen begegnet, der so wie er ohne den leisesten Anflug von Mitgefühl war. Er war ein Sadist, er war ausgesprochen rachsüchtig.*«

Nun ja, überlegte Steve, *dieser Harry Stanford verursacht sogar noch als Toter jede Menge Ärger.*

Auf dem Heimweg zum Hotel blieb Steve an einem Zeitungskiosk stehen, um sich die neueste Ausgabe der *International Herald Tribune* zu kaufen. Die Schlagzeile auf der Titelseite lautete: WAS WIRD AUS DEM STANFORD-IMPERIUM? Steve zahlte und wollte schon weitergehen, als sein Blick plötzlich auf die Schlagzeilen anderer ausländischer Zeitschriften fiel. Er nahm die Zeitungen in die Hand und las verdutzt. Es gab nicht eine einzige Zeitung ohne einen Bericht über den Tod von Harry Stanford auf der Titelseite, und auf allen Titelseiten prangte an prominenter Stelle ein Foto von Capitaine Durer – er strahlte Steve förmlich entgegen. *Also war das der Grund, warum er so beschäftigt gewesen war und keine Zeit für mich hatte! Na, das wollen wir doch mal sehen!*

Am nächsten Morgen erschien Steve absichtlich eine Viertelstunde zu früh und betrat schon um neun Uhr fünfundvierzig den Vorraum zum Amtszimmer Capitaine Durers. Der Sergeant saß nicht an seinem Schreibtisch, und die Tür zum anstoßenden Büro stand einen Spaltbreit offen. Steve schob sie auf und ging hinein. Der Polizeihauptmann wechselte soeben seine Uniform, um sich für die morgendliche Pressekonferenz zurechtzumachen. Bei Steves Eintreten hob er unwirsch den Kopf.

»*Qu'est-ce que vous faites ici? C'est un bureau privé! Allez-vous-en!*«

»Ich bin von der New York Times«, erklärte Steve Sloane, und sofort hellte sich Durers Gesicht auf. »Ach so, treten Sie doch ein, treten Sie ein. Sie sind... wie haben Sie doch gesagt?«

»Jones. John Jones.«

»Darf ich Ihnen vielleicht etwas anbieten? Einen Kaffee? Kognak?«

»Nein, vielen Dank.«

»Bitte. Bitte, nehmen Sie doch Platz.« Durers Stimme wurde feierlich. »Sie sind natürlich wegen der schrecklichen Tragödie gekommen, die sich auf unserer kleinen Insel zugetragen hat. Der arme Monsieur Stanford.«

»Wann gedenken Sie seinen Leichnam freizugeben?« fragte Steve.

Capitaine Durer ließ ein Seufzen vernehmen. »Ach, das wird noch viele, viele Tage dauern, fürchte ich. Im Fall eines so bedeutenden Menschen wie Monsieur Stanford gibt es ja so viele Formalitäten auszufüllen. Die Formalitäten müssen eingehalten werden, Sie verstehen.«

»Ich denke schon«, räumte Steve ein.

»Eventuell zehn Tage. Möglicherweise auch zwei Wochen.« *Dann*, dachte Durer, *wird das Medieninteresse abgeflaut sein.*

»Hier, meine Visitenkarte«, sagte Steve und reichte sie Durer.

Der Capitaine streifte sie mit einem flüchtigen Blick; dann schaute er gründlicher hin. »Sie sind Anwalt. Sie sind kein Reporter?«

»Nein, ich bin Harry Stanfords Anwalt.« Steve Sloane erhob sich. »Ich verlange Ihre Autorisierung zur Freigabe seiner Leiche.«

»Ach, ich würde sie Ihnen ja gern geben«, erklärte Capitaine

Durer mit einem Ausdruck tiefsten Bedauerns. »Leider sind mir jedoch die Hände gebunden. Ich wüßte nicht, wie...«

»Bis morgen.«

»Ausgeschlossen! Es besteht keinerlei Möglichkeit...«

»Dann mache ich Ihnen den Vorschlag, daß Sie sich mit Ihren Vorgesetzten in Paris in Verbindung setzen. Es ist so: Zum Stanford-Konzern gehören mehrere große Fabriken in Frankreich, und ich hielte es für bedauerlich, wenn unser Vorstand beschließen sollte, sie allesamt zu schließen und statt dessen in anderen Staaten neu zu investieren.«

Der Capitaine musterte ihn befremdet. »Ich... in dergleichen Dingen bin ich ohne jeden Einfluß, Monsieur.«

»*Ich* dagegen«, versicherte ihm Steve, »verfüge gerade in diesen Dingen über großen Einfluß. Sie sorgen jetzt dafür, daß Mr. Stanfords Leiche für morgen freigegeben wird, oder Sie befinden sich in Schwierigkeiten von einem Ausmaß, das Sie sich momentan noch gar nicht vorzustellen vermögen.« Er wollte gehen.

»Warten Sie! Monsieur! In einigen Tagen könnte ich eventuell —«

»Morgen.« Und Steve war auf und davon.

Es dauerte genau drei Stunden, bis Steve in seinem Hotel einen Anruf entgegennahm.

»Monsieur Sloane? Ich habe eine wunderbare Nachricht für Sie! Es ist mir gelungen, es zu bewerkstelligen, daß Mr. Stanfords Leichnam Ihnen unverzüglich übergeben wird. Ich hoffe, Sie wissen die Bemühungen zu würdigen, welche...«

»Danke. Die Maschine, die Mr. Stanfords Leichnam in die Vereinigten Staaten fliegen wird, startet morgen früh um acht Uhr. Ich gehe davon aus, daß alle notwendigen Formalitäten bis dahin erledigt sind.«

»Selbstverständlich, machen Sie sich keine Sorgen, ich werde...«

»Gut.« Steve legte auf.

Capitaine Durer blieb lange unbeweglich am Schreibtisch sitzen. *Merde! Was für ein Pech! Ich hätte noch mindestens eine weitere Woche berühmt bleiben können.*

Bei der Landung der Maschine auf dem Logan International Airport von Boston stand ein Leichenwagen bereit. Die Begräbnisfeierlichkeiten waren für drei Tage später angesetzt.

Steve Sloane meldete sich unverzüglich bei Simon Fitzgerald.

»Jetzt ist der Alte also endlich heimgekehrt«, meinte Fitzgerald. »Das wird eine schöne Familienfeier.«

»Eine Familienfeier?«

»Richtig, und sie dürfte wirklich recht interessant werden«, antwortete er. »Harry Stanfords Kinder werden sich versammeln, um den Tod ihres Vaters zu feiern. Tyler, Woody und Kendall.«

8. KAPITEL

Richter Tyler Stanford erfuhr es zuerst durch eine Sendung im Chicagoer Regionalfernsehen WBBM. Er war plötzlich wie hypnotisiert, sein Blick saugte sich am Bildschirm fest, sein Herz begann wild zu schlagen – tatsächlich, es war die Jacht *Blue Skies*, und dann hörte er die Meldung des Nachrichtensprechers: »... während eines Sturms im Meer vor Korsika, als es zu dem Unfall kam. Harry Stanfords Leibwächter Dmitri Kaminski wurde Augenzeuge des Geschehens, ohne jedoch seinen Arbeitgeber retten zu können. Harry Stanford galt in Finanzkreisen als einer der klügsten...«

Tyler saß wie erstarrt da, und die Erinnerungen wurden wieder lebendig...

Es waren die Stimmen gewesen, das Geschrei, das ihn mitten in der Nacht aufgeweckt hatte. Vierzehn Jahre alt war er gewesen, er hatte dem erregten Stimmengewirr ein paar Minuten lang zugehört und sich dann im oberen Flur zum Treppenaufgang geschlichen – unten, im Foyer, gingen seine Eltern aufeinander los. Seine Mutter kreischte, und er sah, wie sein Vater ihr ins Gesicht schlug.

Auf dem Bildschirm hatte die Szene gewechselt, Harry Stanford war jetzt im Oval Office des Weißen Hauses zu sehen, wo er Präsident Reagan die Hand schüttelte. »... Als eine tragende

Säule der neuen Taskforce, die der Präsident zur Lösung von Finanzproblemen begründete, erwies Harry Stanford sich als bedeutender Ratgeber für...«

Sie spielten Football im hinteren Hof, sein Bruder Woody warf den Ball in Richtung des Hauses, Tyler rannte hinter dem Ball her und fing ihn, da hörte er die Stimme seines Vaters auf der anderen Seite der Hecke. »Ich liebe dich, das weißt du doch!«
Tyler blieb stehen und war glücklich, daß seine Eltern sich einmal nicht stritten, doch dann hörte er die Stimme der Frau, und es war die Stimme der Gouvernante – es war Rosemary. »Sie sind ein verheirateter Mann. Lassen Sie mich bitte in Ruhe.«
Tyler wurde übel. Er hatte seine Mutter lieb, und Rosemary hatte er auch lieb, aber der Vater war ihm fremd, der Vater machte ihm angst.

Auf dem Bildschirm flimmerten andere Bilder von Harry Stanford vorbei – wie er sich mit Margaret Thatcher der Kamera stellte... an der Seite des französischen Präsidenten Mitterrand... neben Michail Gorbatschow –, und der Nachrichtensprecher kommentierte: »Der legendäre Wirtschaftskapitän war gleichermaßen bei Fabrikarbeitern und Weltpolitikern zu Hause.«

Er kam an der Tür zum Arbeitszimmer des Vaters vorbei, als Rosemarys Stimme nach draußen drang.
»Ich kündige.«
»Ich nehme deine Kündigung aber nicht an, du darfst nicht gehen. Du mußt jetzt vernünftig sein, Rosemary! Das ist die einzige Möglichkeit, für dich wie für mich...«
»Darauf laß ich mich nicht ein, und das Baby werde ich behalten.«
Am nächsten Tag war Rosemary nicht mehr da.

Das Fernsehen zeigte mittlerweile schon wieder andere Bilder, alte Aufnahmen: Die Familie Stanford stand vor einer Kirche und beobachtete, wie ein Sarg auf den Leichenwagen gehoben wurde, und der TV-Ansager berichtete: »...Harry Stanford mit den Kindern neben dem Sarg... Als Grund für Mrs. Stanfords Freitod werden gesundheitliche Probleme genannt. Laut Informationen der Polizei hat Harry Stanford...«

Es war erneut finstere Nacht gewesen, als sein Vater ihn wachgerüttelt hatte. »Steh auf, Junge, ich hab eine schlechte Nachricht.«
Der vierzehnjährige Tyler begann am ganzen Körper zu zittern.
»Deine Mutter ist verunglückt, Tyler.«
Eine Lüge war es gewesen, denn der Vater hatte sie umgebracht; wegen seiner Beziehung zu Rosemary hatte die Mutter sich das Leben genommen.
Die Zeitungen waren voll gewesen von der Geschichte. Es war ein Skandal, der die Bostoner Gesellschaft in den Grundfesten erschütterte, und die Boulevardpresse schlachtete die Sache erbarmungslos aus. Es war absolut unmöglich, es den Kindern zu verheimlichen, und die Klassenkameraden machten ihnen das Leben zur Hölle. Binnen vierundzwanzig Stunden hatten die Kinder die zwei Menschen verloren, die sie am meisten liebten, die ihnen alles bedeuteten. Und schuld daran war der Vater.
»Es ist mir ganz egal, daß er unser Vater ist«, schluchzte Kendall. »Ich hasse ihn.«
»Ich auch!«
»Und ich auch!«
Sie wollten von zu Hause weglaufen, wußten aber nicht, wohin. Und so entschlossen sie sich zur Rebellion.
Tyler bekam den Auftrag, im Namen aller mit ihrem Vater zu reden. »Wir wollen einen anderen Vater. Dich wollen wir nicht.«
Und Harry Stanford hatte ihn eiskalt gemustert und geantwortet: »Das läßt sich arrangieren.«

Drei Wochen danach waren die drei Geschwister voneinander getrennt und in verschiedenen Internaten untergebracht.

Den Vater hatten die Kinder in den darauffolgenden Jahren nur selten gesehen. Sie lasen von ihm in der Zeitung, oder sie sahen ihn im Fernsehen, in Begleitung hinreißend schöner Frauen oder im Gespräch mit berühmten Persönlichkeiten. Sie erlebten ihn immer nur bei besonderen »Anlässen«, an Weihnachten oder sonstigen Feiertagen und in den Ferien – und bei Fototerminen, damit Harry Stanford sich vor aller Welt als liebevoll sorgender Vater präsentieren konnte. Danach wurden die Kinder wieder in ihre Internate oder in getrennte Ferienlager geschickt – bis zum nächsten »Anlaß«.

Tyler stand völlig im Bann des Fernsehberichts, der Folge der Bilder von Firmen und Fabriken in mehreren Kontinenten, und immer wieder sein Vater. ». . . einer der größten Mischkonzerne der Welt in Privatbesitz. Harry Stanford, der dieses Wirtschaftsimperium geschaffen hat, war eine Legende . . . Was die Finanzexperten der Wall Street jetzt bewegt, ist die Frage: Was wird nach dem Tod des Firmengründers aus diesem Unternehmen in Familienbesitz? Harry Stanford hinterläßt zwar drei Kinder, doch ist bisher nicht bekanntgeworden, wer sein milliardenschweres Vermögen erbt oder die Konzernleitung übernimmt . . .«

Tyler war sechs Jahre alt und liebte es, durch das große Haus zu streunen und die vielen faszinierenden Räume zu erforschen. Es gab allerdings einen Raum, zu dem der Zutritt streng untersagt war: das Arbeitszimmer des Vaters. Tyler hatte verstanden, daß dort viele wichtige Zusammenkünfte stattfanden; denn dort gingen Männer von beeindruckender Erscheinung in dunklen Anzügen ein und aus. Doch gerade die Tatsache, daß hier der Zutritt verboten war, machte das Zimmer für Tyler unwiderstehlich.

Während einer Geschäftsreise des Vaters nahm Tyler eines

Tages allen Mut zusammen und ging hinein. Es war ein riesengroßer Raum. Von dem Anblick überwältigt, blieb Tyler einen Moment ehrfürchtig stehen. Sein Blick fiel auf den immensen Schreibtisch und die Ledersessel des Vaters. *Aber eines Tages werd ich in diesem Sessel sitzen,* dachte Tyler. *Eines Tages werd ich genauso bedeutend sein wie mein Vater.* Er trat näher heran, bemerkte Dutzende von amtlich wirkenden Papieren, schlich sich hinter den Schreibtisch und nahm im Sessel des Vaters Platz. Er kam sich großartig und wunderbar vor. *Jetzt bin ich auch wichtig!*

»Verdammt, was machst du da?!«

Tyler fuhr erschrocken herum. An der Tür stand sein Vater, wutentbrannt.

»Wer hat dir erlaubt, an diesem Schreibtisch zu sitzen?«

Der zitternde kleine Junge begann zu stottern. »Ich ... ich wollte doch nur sehen, wie das ist.«

Sein Vater stürzte auf ihn zu. »*Du* wirst nie erleben, wie das ist! *Niemals!* Und nun raus mit dir! Und *bleib* draußen!«

Tyler war nach oben gerannt und schluchzte hemmungslos, so daß ihm seine Mutter aufs Zimmer folgte und ihn tröstend in die Arme nahm. »Du mußt nicht weinen, mein Schatz. Es wird ja alles gut.«

»Es ... wird *nicht* alles gut«, wimmerte Tyler. »Er ... er haßt mich.«

»Nein, er haßt dich nicht.«

»Ich hab doch gar nichts verbrochen. Ich hab ja bloß auf seinem Stuhl gesessen.«

»Das ist aber *sein* Stuhl, mein Schatz. Auf dem darf niemand anders sitzen. Das mag er nicht.«

Er konnte nicht aufhören zu weinen, und seine Mutter hielt ihn eng umschlungen. »Bei unserer Heirat hat dein Vater mir erklärt«, sagte sie schließlich, »er wolle mir das Gefühl geben, daß ich Anteil habe an seinem Unternehmen, und er hat mir eine Aktie geschenkt. Es war so etwas wie ein Familienscherz. Diese eine Aktie schenk ich nun dir. Ich werde sie auf deinen Namen in einen Treuhandfonds übergeben, und damit hast du jetzt Anteil am Unternehmen, du gehörst dazu. Einverstanden?«

Da es insgesamt nur einhundert Stanford-Enterprises-Aktien gab, war Tyler also zum stolzen Besitzer von einem Hundertstel der Firma geworden.

Harry Stanford reagierte verärgert, als er von der Schenkung seiner Frau erfuhr. »Was hast du dir eigentlich dabei gedacht? Was kann er denn mit der einen Aktie machen? Die Firma übernehmen?«

Tyler schaltete den Fernseher aus, blieb jedoch noch lange sitzen, um die Konsequenzen der Nachricht zu überdenken. Er empfand tiefe Befriedigung. Normalerweise war es so, daß Söhne erfolgreich sein wollen, um den Vätern eine Freude zu machen. Tyler Stanford dagegen hatte immer nur nach Erfolg gelechzt, damit er stark genug würde, seinen Vater *vernichten* zu können.

Als Kind hatte er einen immer wiederkehrenden Traum gehabt: Er träumte, daß seinem Vater wegen Mordes an der Mutter der Prozeß gemacht wurde und daß er, Tyler, über ihn zu Gericht saß und das Urteil sprach: *Ich verurteile dich zum Tode auf dem elektrischen Stuhl!* Der Traum variierte manchmal in dem Sinne, daß er seinen Vater zum Tod durch den Strick oder durch Erschießen verurteilte. Und jetzt, so jubelte Tyler, war der Traum beinahe in Erfüllung gegangen.

Die Militärakademie, auf die Tyler geschickt wurde, lag in Mississippi; und die vier Jahre, die er dort verbringen mußte, waren für ihn die reinste Hölle. Tyler haßte die strenge Disziplin und Lebensweise. Während des ersten Schuljahres dachte er mehrfach ernsthaft daran, sich das Leben zu nehmen, und was ihn letztlich davon abhielt, war der Gedanke, daß er seinem Vater damit nur einen Gefallen täte. *Er hat meine Mutter umgebracht. Da darf ich doch nicht zulassen, daß er mich auch noch umbringt.*

Tyler gewann den Eindruck, daß die Lehrer mit ihm ganz besonders hart umsprangen, und er war überzeugt, daß er das seinem Vater zu verdanken hatte, aber er biß die Zähne zusammen und hielt durch.

Während der Ferien mußte er nach Hause, ebenso sein Bruder und seine Schwester, es blieb ihm gar keine andere Wahl. Die Begegnungen mit dem Vater wurden von Mal zu Mal unangenehmer, und unter den Geschwistern kam nie ein Gefühl von Zusammengehörigkeit, von Zuneigung oder Solidarität auf – solche Empfindungen hatte der Vater zerstört. Die drei waren einander fremd und warteten sehnlichst auf das Ende der Ferienzeit, damit sie das Weite suchen konnten.

Tyler wußte natürlich, daß sein Vater mehrfacher Milliardär war. Aber Woody, Kendall und er bekamen nur ein äußerst bescheidenes Taschengeld – das ihnen obendrein aus dem mütterlichen Nachlaß zufloß. Im Lauf der Jahre fragte sich Tyler, ob er später rechtmäßig Anspruch auf das Vermögen des Vaters erheben könnte. Daß Woody, Kendall und er von ihm betrogen wurden, stand für ihn außer Zweifel. *Ich brauche einen Anwalt.* Er hielt es jedoch für völlig ausgeschlossen, daß er jemanden fände, der bereit sein würde, gegen Harry Stanford gerichtliche Schritte zu unternehmen. Daher war sein nächster Gedanke konsequent: *Ich will Rechtsanwalt werden.*

Als Harry Stanford von den Berufsplänen seines Sohnes erfuhr, spottete er: »Anwalt willst du also werden? So so. Da gehst du vermutlich von der Annahme aus, daß ich dir bei den Stanford Enterprises eine Stellung verschaffe. Mach dir da nur keine falschen Hoffnungen, denn ich würde dich nicht mal *in die Nähe* meines Konzerns kommen lassen!«

Nach dem Jurastudium hätte Tyler als Anwalt in Boston praktizieren können; im übrigen hätten sich gleich Dutzende von Firmen glücklich geschätzt, ihn in den Vorstand zu berufen. Tyler zog es jedoch vor, die Nähe des Vaters gänzlich zu meiden und weit weg zu ziehen.

Er beschloß, in Chicago eine eigene Kanzlei zu gründen, und anfangs tat er sich schwer, weil er es ablehnte, aus seinem Namen Kapital zu schlagen und Klienten Mangelware blieben. Im übrigen war es so, daß in Chicago alles über die »Maschine« lief, die einflußreiche Lawyers Association of Cook County im inneren Stadtbezirk – eine Tatsache, die Tyler ebenso rasch begriff wie den Vorteil, den es einem jungen Anwalt bringen müßte, sich diesem Juristenverband anzuschließen. Dank dieser Verbindung fand er eine Stellung im Büro des Staatsanwalts, und es dauerte nicht lange, bis Tyler, der einen scharfen Verstand und eine rasche Auffassungsgabe besaß, sich dort unentbehrlich gemacht hatte. Bei den Prozessen, in denen er Anklage erhob – und zwar wegen aller möglichen Verbrechen –, gab es eine unverhältnismäßig hohe Quote an Verurteilungen.

Er machte rasch Karriere und wurde für seine unermüdliche Arbeit schließlich mit der Ernennung zum Bezirksrichter von Cook County belohnt, ein prestigeträchtiges Amt im Zentrum Chicagos. Er hatte es weit gebracht und fand, nun hätte der Vater endlich Grund, stolz auf ihn zu sein – ein Irrtum, wie sich herausstellte.

»Du? Ein *Bezirksrichter*? Gütiger Himmel – dir würde ich ja nicht mal das Amt des Schiedsrichters in einem Bäckerwettbewerb anvertrauen!«

Richter Tyler Stanford war ein kleingewachsener, leicht übergewichtiger, schmallippiger Mann mit stechenden Augen und berechnendem Blick. Er besaß weder das Charisma noch die beeindruckende äußere Erscheinung des Vaters. Sein herausragendstes Charakteristikum war eine tiefe, sonore Stimme – ein optimales Instrument für Urteilsverkündungen.

Als Mensch war Tyler Stanford schüchtern und zurückhaltend; niemand wußte, was er wirklich dachte. Er wirkte wesentlich älter als vierzig und war völlig humorlos – ein Mangel, auf den er stolz war, weil er das Leben als zu ernst empfand, um Leichtfertigkeit gutheißen zu können. Er hatte nur ein einziges Hobby, das Schachspiel, dem er einmal wöchentlich in einem örtlichen Klub nachging und jedesmal siegte.

Bei seinen Kollegen genoß Tyler Stanford hohes Ansehen, und sein Rat war gesucht. Daß er zu *den* Stanfords gehörte, wußte eigentlich keiner, denn seinen Vater erwähnte er nie.

Die Amtsräume von Richter Stanford lagen im großen Justizpalast von Cook County an der Ecke von Twenty-Sixth und California Street, ein vierzehnstöckiges Gebäude mit einem breiten Treppenaufgang. Es stand in einer unsicheren Gegend, daher auch der Hinweis am Eingang: GEMÄSS ANORDNUNG DES GERICHTS HABEN SICH ALLE EINTRETENDEN PERSONEN EINER DURCHSUCHUNG ZU STELLEN.

In diesem Gebäude verbrachte Tyler seine Tage, hier saß er bei Verhandlungen wegen Einbruch, Vergewaltigung, Schießereien, Drogenmißbrauch und Mord zu Gericht. Er fällte unerbittlich strenge Urteile und galt als Richter, der mit der Todesstrafe rasch bei der Hand war. Den ganzen Tag lang hörte er sich an, was Angeklagte zu ihrer Entschuldigung an mildernden Umständen geltend machten – bittere Armut, Kindheitstraumata aufgrund von Mißbrauch und Mißhandlung, zerrüttete Elternhäuser und so weiter und so fort –, und ließ nichts gelten. Ein Verbrechen war ein Verbrechen und mußte als Verbrechen bestraft werden. Im Hintergrund seines Bewußtseins aber stand bei ihm stets der Vater.

Bei seinen Kollegen war über Tyler Stanfords Privatleben wenig bekannt. Man wußte wohl, daß er eine schwierige Ehe hinter sich hatte und nach der Scheidung allein lebte – in einem Fünfzimmerhaus an der Kimbark Avenue in Hyde Park, das im Stil des achtzehnten Jahrhunderts erbaut worden war, in einem Wohnviertel mit vielen schönen alten Häusern, denn Hyde Park war von der verheerenden Feuersbrunst verschont geblieben, die 1871 Chicago verwüstet hatte. Tyler hatte unter den Nachbarn keine Freunde; er lebte dort praktisch wie ein Unbekannter. Dreimal in der Woche kam eine Haushälterin, die Einkäufe erledigte er selbst, auf jene methodische Art und Weise, die seine ganze Lebensführung regelte. An jedem Samstagmorgen fuhr er für die nötigen Besorgungen entweder zu dem kleinen nahe gelegenen Einkaufszentrum Harper Court, zu Mr. G's Fine Foods oder zu Medici's an der Fifty-seventh Street.

Zu offiziellen Anlässen kamen Tylers Kollegen nebst Ehefrauen, die natürlich spürten, daß er einsam war, und ihn mit alleinstehenden Freundinnen bekannt machen wollten oder zu einem Abendessen zu sich einluden. Er lehnte jedesmal ab.
»An diesem Abend bin ich beschäftigt.«
Es hatte den Anschein, daß er immer beschäftigt war, doch niemand wußte, was er an den Abenden eigentlich machte.
»Tyler interessiert sich eben nur für die Rechtsprechung und sonst für gar nichts«, erklärte ein Richter seiner Frau. »Außerdem ist es für ihn noch zu früh, sich wieder um Frauen zu kümmern. Er hat gerade erst eine Ehe hinter sich, und die soll ja ganz schrecklich gewesen sein.«
Und damit hatte der Kollege durchaus recht.
Nach der Scheidung hatte Tyler sich geschworen, nie mehr eine feste Bindung einzugehen, aber dann war ihm Lee begegnet, und auf einmal sah alles ganz anders aus. Lee war nicht nur schön, sondern einfühlsam und liebevoll – genau die Art von Mensch, mit dem Tyler für immer und ewig zusammensein wollte. Tyler empfand eine tiefe Liebe für Lee. Aber warum sollte Lee, ein erfolgreiches Model mit Scharen von Bewunderern, von denen die meisten überaus wohlhabend waren – und Lee schätzte die schönen Seiten des Lebens –, ausgerechnet ihn, Tyler, lieben?

Tyler hatte es für hoffnungslos gehalten, um Lee zu werben, und im Vergleich mit den anderen Männern hatte er sich bei Lee keine Chancen ausgerechnet. Doch nun, nach dem Tod des Vaters, könnte sich über Nacht alles ändern. Er könnte plötzlich reicher sein, als er es sich in seinen wildesten Träumen ausgemalt hatte. Jetzt war er in der Lage, Lee die Welt zu Füßen zu legen.

Tyler begab sich in das Amtszimmer des Gerichtspräsidenten. »Es tut mir leid, Keith, aber ich muß für ein paar Tage nach Boston verreisen. Familienangelegenheiten. Hättest du jemanden, der meine anstehenden Fälle übernehmen könnte?«
»Selbstverständlich. Ich werde es in die Wege leiten«, erwiderte der Gerichtspräsident.
»Ich danke dir.«

Am Nachmittag des gleichen Tages war Richter Stanford bereits nach Boston unterwegs. Während des Flugs fielen ihm die Worte ein, die ihm der Vater damals, an jenem furchtbaren Tag, an den Kopf geworfen hatte: »Ich weiß um dein schmutziges Geheimnis.«

9. KAPITEL

In Paris goß es in Strömen, ein warmer Juliregen, der die Fußgänger schutzsuchend in die Hauseingänge trieb, unter Dachvorsprünge und Bäume, oder sie hielten verzweifelt nach einem Taxi Ausschau. Im Vorführungssaal des großen, grauen Gebäudes an einer Ecke der Rue Faubourg St-Honoré herrschte Panik. Ein Dutzend halbnackter Models rannte beinahe hysterisch durcheinander, während Platzanweiser unten im Saal noch ein paar Stühle aufstellten und Schreiner letzte Dekorationen festhämmerten. Alle schrien und gestikulierten gleichzeitig, und der Lärm war ohrenbetäubend.

Im Zentrum des Sturms befand sich die Chefin persönlich, Kendall Stanford Renaud, und gab sich redlich Mühe, Ordnung in das Chaos zu bringen. Die Modenschau sollte in vier Stunden beginnen, und es hatte ganz den Anschein, als ob an diesem Tag gar nichts klappen wollte.

Eine Katastrophe: John Fairfield aus *W* kam völlig unerwartet nach Paris, und es gab für ihn keinen Sitzplatz.

Eine Tragödie: Die Lautsprecheranlage funktionierte nicht.

Ein Desaster: Ein Topmodel war erkrankt.

Ein Hilferuf: Hinter den Kulissen lagen zwei Maskenbildner im Streit und waren mit ihrer Arbeit im Verzug.

Eine Kalamität: An den engen langen Röcken rissen die Nähte. Bei allen!

Mit anderen Worten, dachte Kendall sarkastisch, *es ist alles ganz normal, wie immer.*

Man hätte Kendall Stanford Renaud selbst für ein Model halten können; und sie hatte ja auch als Model angefangen. Vom goldblonden Haarknoten bis zu den Chanel-Pumps strahlte sie sorgsam arrangierte Eleganz aus. Alles an ihr unterstrich einen gepflegten Chic – der Winkel der Arme, die Farbschattierung des Nagellacks, das Timbre ihres Lachens. Ohne sorgfältiges Make-up hatte sie ein Alltagsgesicht; Kendall gab sich jedoch alle Mühe, daß sie niemand ungeschminkt sah.

Sie war überall gleichzeitig.

»Wer hat den Laufsteg beleuchtet, Ray Charles?«

»Ich hätte gern einen blauen Hintergrund...«

»Man kann das Futter des Kleides sehen. Festnähen!«

»Ich mag es nicht, daß Models sich im Gang das Haar und Make-up zurechtmachen. Lulu soll ihr einen Ankleideraum suchen.«

Der Manager kam herbeigerannt: »Kendall! Dreißig Minuten – das ist zu lang! Viel zu lang! Die Schau darf höchstens fünfundzwanzig Minuten dauern...«

Sie unterbrach ihre Tätigkeit. »Was schlagen Sie zur Lösung des Problems vor, Scott?«

»Wir könnten einige Kleider herausnehmen und...«

»Nein. Ich werde veranlassen, daß die Models sich rascher bewegen.«

Sie hörte, aus anderer Richtung, schon wieder ihren Namen und drehte sich um.

»Kendall – Pia ist nirgends zu finden. Soll Tami die holzkohlengraue Jacke zu den Hosen übernehmen?«

»Nein, geben Sie sie Dana. Tami soll den Katzenanzug mit der Tunika präsentieren.«

»Und wer führt das dunkelgraue Jerseykleid vor?«

»Monique. Und sorgen Sie dafür, daß Monique dunkelgraue Strümpfe trägt.«

Kendall schaute zu einer Tafel mit Polaroidfotos von Models in den verschiedenen Entwürfen, die die genaue Reihenfolge der Präsentation vorgab. Sie betrachtete die Reihenfolge mit einem kritischen Blick. »Das müssen wir noch ändern. Die beigefarbene Strickjacke zeigen wir zu Beginn. Danach die Separates, gefolgt von dem trägerlosen Seidenpullover, anschließend das Abendkleid aus Taft, dann die Straßenkleider mit den Mänteln...«

In dem Moment stürzten zwei Assistentinnen auf sie zu.

»Kendall, wir streiten uns wegen der Sitzordnung. Was wünschen Sie – sollen die Einzelhändler zusammensitzen oder unter die Berühmtheiten verteilt werden?«

Da meldete sich die zweite Assistentin zu Wort. »Aber wir könnten unsere berühmten Gäste auch mit den Leuten von der Presse zusammensetzen.«

Kendall hörte kaum mehr zu. Sie war ziemlich erschöpft, weil sie die letzten zwei Nächte durchgearbeitet hatte, um ein letztes Mal alle Details zu überprüfen. »Macht das unter euch aus«, sagte sie.

Ihr Blick wanderte durch den Saal, beobachtete das geschäftige Treiben, und sie dachte an die Modenschau, die gleich beginnen sollte, und an die Berühmtheiten aus aller Welt, die sich einfinden würden, um ihren Kreationen zu applaudieren. *Eigentlich bin ich meinem Vater Dank schuldig,* überlegte sie. *Wenn er mich nicht mit seiner Bemerkung provoziert hätte, daß ich nie und nimmer Erfolg haben würde...*

Sie hatte schon immer Modedesignerin werden wollen, und bereits als kleines Mädchen hatte sie ein sicheres Gespür für Stil und Geschmack gehabt und ihre Puppen stets nach der neuesten Mode gekleidet; und als sie der Mutter ihre Kreationen vorführte, hatte die Mutter erklärt: »Du bist wirklich sehr begabt, mein Liebling. Du wirst einmal eine große Modeschöpferin.«

Davon war Kendall felsenfest überzeugt gewesen.

In der Schule besuchte Kendall Kurse, um zu lernen, wie man

skizziert, Muster entwirft, perspektivisch zeichnet und Farbtöne aufeinander abstimmt.

»Du fängst am besten damit an«, empfahlen ihr die Lehrer, »daß du als Model arbeitest. Auf die Weise lernst du nämlich alle wichtigen Modedesigner kennen, und wenn du die Augen offenhältst, kannst du von ihnen eine Menge lernen.«

Als Kendall dem Vater von ihren Berufswünschen und -träumen erzählte, musterte er sie verächtlich von oben bis unten und kommentierte: »*Du* ein Model? Das soll wohl ein Witz sein!«

Nach Abschluß der Internatsschule kehrte Kendall nach Rose Hill zurück. *Vater braucht mich,* dachte sie, *ich muß ihm den Haushalt führen.* Es gab zwar ein Dutzend Bedienstete, doch war eigentlich niemand für alles zuständig; und da Harry Stanford viel reiste, war das Personal sich selbst überlassen geblieben. Kendall wollte ein bißchen Ordnung in den Haushalt bringen, koordinierte die Aufgaben und Pflichten, und bei gesellschaftlichen Anlässen übernahm sie die Rolle der Gastgeberin. Sie tat alles, um ihrem Vater das Leben so angenehm wie möglich zu machen. Sie sehnte sich nach seiner Anerkennung, und er überhäufte sie mit Kritik.

»Wer hat diesen inkompetenten Koch angestellt? Setz ihn sofort vor die Tür...«

»Das neue Geschirr, das du gekauft hast, gefällt mir nicht. Wo bleibt dein guter Geschmack...?«

»Wer hat dir erlaubt, mein Schlafzimmer neu streichen zu lassen? In meinem Schlafzimmer hast du nichts zu suchen...«

Was immer Kendall auch tat – es war nie gut genug.

Die erdrückende, herrschsüchtige Grausamkeit des Vaters trieb sie schließlich aus dem Haus. Lieblos war es dort ja von jeher zugegangen, denn für seine Kinder hatte der Vater noch nie Zeit und Aufmerksamkeit gehabt, sofern es nicht gerade darum ging, sie zu strafen und zu disziplinieren. Eines Tages hörte Kendall zufällig, wie ihr Vater einem Gast gegenüber bemerkte: »Meine

Tochter hat ein richtiges Pferdegesicht. Bei der Visage wird sie einen Haufen Geld brauchen, um sich irgendeinen widerwärtigen Schnorrer anzulachen.«

Das hatte das Faß zum Überlaufen gebracht. Am darauffolgenden Tag war Kendall nach New York abgereist.

In ihrem Hotelzimmer hatte Kendall sich Gedanken gemacht. *Also gut, ich bin jetzt in New York. Und was ist der nächste Schritt auf meinem Weg, um Designerin zu werden? Wie kriege ich einen Fuß in die Modebranche? Wie kann ich es dazu bringen, daß überhaupt jemand von mir Notiz nimmt?* Und da war ihr wieder der Rat ihrer Lehrerin eingefallen. *Du fängst am besten damit an, daß du als Model arbeitest.*

Am nächsten Morgen studierte Kendall das Branchenverzeichnis, schrieb sich einige Modelagenturen und ihre Adressen auf und machte sich auf den Weg. *Ich muß offen und ehrlich sein,* sagte sich Kendall. *Ich werde ihnen sofort gestehen, daß ich nur vorübergehend bei ihnen arbeiten kann, bis ich als Designerin anfangen werde.*

Sie betrat das Büro der Agentur, die auf ihrer Liste an erster Stelle stand. Dort saß eine Frau mittleren Alters am Empfang. »Kann ich Ihnen helfen?« fragte sie.

»Ja. Ich möchte Model werden.«

»Ich auch, Schätzchen. Schlagen Sie sich's aus dem Kopf.«

»Wie bitte?«

»Sie sind zu groß.«

Kendall straffte sich. »Ich möchte gern mit der Person sprechen, die hier die Verantwortung hat.«

»Sie steht vor Ihnen. Ich bin die Eigentümerin des Ladens.«

Die nächsten Termine verliefen keineswegs erfolgreicher.

»Sie sind zu klein.«

»Zu mager.«
»Zu dick.«
»Zu jung.«
»Zu alt.«
»Der falsche Typ.«
Am Ende der Woche wollte Kendall fast verzweifeln, denn auf ihrer Liste mit Agenturen stand nur noch ein einziger Name.

Bei Paramount Models, der Spitzenagentur in Manhattan, war die Rezeption nicht besetzt.
Aus einem Büroraum drang eine Stimme. »Am kommenden Montag wäre sie verfügbar, aber nur für diesen einen Tag. Sie ist für die folgenden drei Wochen fest gebucht.«
Kendall schlich zur Tür und lugte in den Raum – das Telefongespräch wurde von einer Dame im maßgeschneiderten Kostüm geführt.
»Gut. Ich werde sehen, was sich machen läßt.« Roxanne Marinack legte auf und hob den Blick. »Bedaure, Ihr Typ ist bei uns zur Zeit nicht gefragt.«
»Ich kann aber jeden Typ verkörpern, den Sie brauchen«, erwiderte Kendall mit dem Mut der Verzweiflung. »Ich kann größer oder kleiner sein, als ich bin. Jünger oder älter, dünner –«
Roxanne hob die Hand. »Aufhören!«
»Ich will doch nur eine Chance. Ich *brauche* eine Chance...«
Roxanne wartete. Die junge Frau hatte so etwas positiv Eindringliches an sich – und eine exquisite Figur. Nein, ausgesprochen schön war sie wirklich nicht, doch mit dem richtigen Makeup... »Haben Sie irgendwelche einschlägige Erfahrung?«
»Ja, ich habe mein Leben lang Kleider getragen.«
Da mußte Roxanne lauthals lachen. »Na schön, dann zeigen Sie mir mal Ihre Mappe.«
Kendall schaute sie verständnislos an. »Meine Mappe?«
Roxanne seufzte nachsichtig. »Mein liebes Kind – kein Model,

das etwas auf sich hält, läuft ohne ein Portfolio herum. Die Fotomappe ist Ihre Bibel. Sie enthält all das, woran Ihre prospektiven Kunden sich ein erstes Bild machen.« Roxanne stieß erneut einen Seufzer aus. »Besorgen Sie sich zwei Porträtaufnahmen – eines mit lächelnder, das andere mit ernster Miene. Und jetzt drehen Sie sich bitte einmal um.«

»In Ordnung.« Kendall drehte sich im Kreis.

»Langsamer.« Roxanne musterte sie kritisch. »Gar nicht so übel. Ich brauche ein Foto von Ihnen im Badeanzug oder in Unterwäsche – was immer Ihrer Figur mehr schmeichelt.«

»Ich bring Ihnen beide«, versprach Kendall beflissen.

Der Eifer entlockte Roxanne ein freundliches Lächeln. »Fein. Sie sind... ähm... irgendwie anders, aber wir könnten es ja mal versuchen.«

»Vielen Dank.«

»Danken Sie mir nicht zu früh. Es sieht leichter aus, als es in Wirklichkeit ist, als Model für Modezeitschriften zu arbeiten. Das ist ein harter Job.«

»Ich bin bereit, an mir zu arbeiten.«

»Wir werden sehen. Ich will es riskieren und nehme Sie zu einigen Schautreffs mit.«

»Verzeihung?«

»Auf einem Schautreff informieren sich unsere Kunden über alle neuen Models. Dort zeigen sich übrigens auch Models von anderen Agenturen, und da geht es so ähnlich zu wie auf einem Viehmarkt.«

»Damit werd ich schon fertig.«

So hatte alles angefangen. Kendall erschien auf einem guten Dutzend Schautreffs, bevor ein Designer Interesse bekundete, sie zum Vorführen von Kleidern einzusetzen, und bei dieser Gelegenheit war sie dermaßen verspannt, daß sie sich beinahe durch zu vieles Reden alles wieder verdarb.

»Ich finde Ihre Kreationen wirklich schön, ich glaube, sie würden mir auch gut stehen, das heißt, ich meine natürlich, sie würden allen Frauen gut stehen, die Entwürfe sind ja so herrlich, ich glaube aber, daß sie mir ganz besonders gut stehen würden.« Sie war so nervös, daß sie richtig ins Stottern kam.

Der Designer nickte mitfühlend. »Es ist Ihr erster Job, nicht wahr?«

»Ja, Sir.«

Er hatte tatsächlich gelächelt. »Gut. Ich werde es mit Ihnen versuchen. Wie heißen Sie noch?«

»Kendall Stanford.« Sie fragte sich, ob er wohl eine Verbindung zwischen ihr und *den* Stanfords erkennen würde; doch dazu bestand selbstverständlich keinerlei Anlaß.

Roxanne hatte recht gehabt: Das Leben eines Models war unglaublich hart. Kendall mußte damit leben lernen, daß sie bei ihren Vorstellungsterminen immer wieder abgelehnt wurde, daß ein Schautreff nach dem anderen ergebnislos verlief, daß sie wochenlang arbeitslos war. Und wenn sie Aufträge hatte, so war sie bereits morgens um sechs Uhr hergerichtet, absolvierte eine Fotoserie nach der anderen und war oft genug erst gegen Mitternacht wieder zu Hause.

Als sie nach einem solch langen Tag in der Garderobe in den Spiegel schaute, stöhnte sie auf: »Morgen werd ich nicht arbeiten können. Seht doch nur meine verschwollenen Augen!«

»Leg dir Gurkenscheiben auf die Augen!« riet eine Kollegin. »Oder du kannst auch Kamilleteebeutel in heißes Wasser tun, sie abkühlen lassen und anschließend für ein Viertelstündchen auf die Augen legen.«

Und wirklich – am nächsten Morgen sahen die Augen wieder frisch aus.

Kendall beneidete die Models, die ständig angefordert wurden. Sie konnte hören, wie Roxanne die Buchungen arrangierte. »Ursprünglich hatte ich Scaasi einen zweitrangigen Anspruch auf Michelle eingeräumt. Rufen Sie Scaasi an, und teilen Sie ihm mit, daß Michelle für den Termin jetzt definitiv verfügbar ist, das heißt, ich biete ihm die Möglichkeit, sie zu buchen...«

Kendall begriff sehr rasch, daß sie an den Kleidern, die sie vorführte, niemals Kritik üben durfte. Als sie einige Spitzenfotografen der Branche kennengelernt hatte, ließ sie für ihr Portfolio eine Fotoserie von sich machen. Sie kaufte sich eine Spezialtasche für Fotomodells, die optimalen Platz für ihre Berufsausrüstung bot – Kleidung, Make-up, Manikürset und Schmuck. Sie fand heraus, wie man das Haar fönen muß, damit es mehr Volumen bekommt; und daß man dem Haar mehr Lockenpracht verleiht, wenn man angewärmte Wickler benutzt.

Es gab unendlich viel zu lernen. Die Fotografen – bei ihnen erfreute sie sich größter Beliebtheit – waren besonders hilfreich. Einmal nahm sie einer beiseite, um ihr einen Rat zu geben: »Kendall – reservieren Sie Ihr Lächeln stets für die letzte Aufnahme. Auf die Weise reduzieren Sie nämlich die Faltenbildung der Mundpartie.«

Kendall wurde zunehmend beliebter. Sie war kein typisches Fotomodell, kein arrogant-gestyltes Schönheitsideal wie die anderen, sie bot mehr – eine anmutige Eleganz.

»Sie hat Klasse«, bemerkte ein Werbeagent.

Er brachte es auf den Punkt.

Im übrigen war Kendall einsam. Sie hatte zwar immer wieder mal ein Rendezvous, fand jedoch niemanden, der ihr etwas bedeutete. Sie arbeitete unermüdlich und zielbewußt, litt aber unter dem Eindruck, daß sie ihrem eigentlichen Ziel nicht näher war als zur Zeit ihrer Ankunft in New York. *Ich muß einen Weg finden, um mit den Topdesignern in Kontakt zu kommen,* sagte sie sich.

»Ihre nächsten vier Wochen sind voll ausgebucht, Kendall«, erklärte Roxanne. »Sie werden allseits geschätzt.«

»Roxanne...«

»Ja, Kendall?«

»Ich möchte nicht länger als Fotomodell arbeiten.«

Roxanne starrte sie ungläubig an. »Was sagen Sie da?«

»Ich möchte auf dem Laufsteg arbeiten.«

Dem Laufsteg galt der Ehrgeiz der meisten Models, denn bei Modeschauen Kleider vorzuführen – das war nicht nur die schönste, sondern auch die lukrativste Aufgabe, die es für ein Model gibt.

Roxanne schien gar nicht begeistert. »Es ist schier unmöglich, da Fuß zu fassen und –«

»Ich werde es schaffen.«

Roxanne musterte sie mit einem forschenden Blick. »Sie sind wirklich fest entschlossen, nicht wahr?«

»Ja.«

Roxanne nickte. »Also gut. Wenn es Ihnen damit ernst ist, müssen Sie zunächst einmal auf einem Balken laufen lernen.«

»Wie bitte!?«

Roxanne erklärte es ihr.

Am gleichen Nachmittag kaufte Kendall ein schmales, zwei Meter langes Holzbrett, das sie zuerst mit Sandpapier glättete und dann auf den Fußboden legte. Die ersten Gehversuche auf dem Brett mißlangen; sie fiel herunter. *Es wird zwar nicht leicht sein,* sagte sich Kendall, *aber ich krieg das schon hin.*

Sie stand Morgen für Morgen noch früher auf, um sich im Laufen – auf den Fußballen – auf dem schmalen Balken zu üben. *Führe mit dem Becken. Spüre es mit den Zehen. Senke die Fersen.* Und dank eines systematischen Trainings konnte sie ihr Gleichgewicht von Tag zu Tag besser halten.

Vor einem hohen Spiegel lief sie zu Musik auf dem Balken hin und her. Sie lernte, mit einem Buch auf dem Kopf zu gehen, steigerte ihre Sicherheit, indem sie beim Üben immer wieder Sportschuhe und Shorts gegen hochhackige Schuhe und Abendkleid tauschte.

Als Kendall es endlich geschafft zu haben glaubte, sprach sie erneut bei Roxanne vor.

»Ich riskiere meinen Hals«, sagte Roxanne. »Aber Ungaro sucht ein neues Laufstegmodel, und ich habe Sie empfohlen. Er wird Ihnen eine Chance geben.«

Kendall war völlig aus dem Häuschen. Ungaro! Einer der berühmtesten Modedesigner der Welt!

Kendall traf eine Woche später in Ungaros Atelier ein und gab sich Mühe, einen möglichst lockeren Eindruck zu machen.

Ungaro reichte ihr das erste Teil, das sie auf dem Laufsteg vorführen sollte. »Viel Glück.«

»Danke.«

Als sie dann den Laufsteg betrat, war es ganz so, als ob sie nie etwas anderes gemacht hätte, und selbst die Kolleginnen waren beeindruckt. Die Modenschau wurde für Kendall ein Bombenerfolg, jetzt zählte sie zur Elite, und nach und nach arbeitete sie für viele Berühmtheiten der Branche – für Yves Saint Laurent, Halston, Christian Dior, Donna Karan, Calvin Klein, Ralph Lauren und St. John. Kendall war sehr gefragt und ständig unterwegs. Die Modenschauen der Pariser Haute Couture fanden in den Monaten Januar und Juli statt, in Mailand fiel die Hochsaison in die Monate März, April, Mai und Juni, in Tokio lagen die Höhepunkte im April und Oktober. Für die vielbeschäftigte Kendall wurde das Leben hektisch, doch sie genoß es jede Minute.

Kendall war fleißig, und sie lernte unentwegt dazu. Da sie als Model die Entwürfe großer Modedesigner trug, nutzte sie die Gelegenheit, über Verbesserungen nachzudenken, die sie – wenn sie mal Designerin wäre – durchführen könnte. Sie bekam ein Auge dafür, wie die Kleidung dem Körper angepaßt werden mußte, wie die Stoffe sich bewegten und im Körperrhythmus mitschwangen. Sie vervollständigte ihre Kenntnisse über Schnitte, Stoffe und beim Schneidern; sie entwickelte ein Gespür dafür, welche Körperteile Frauen verbergen, welche sie hervorheben wollten. Sie fertigte in ihrer Wohnung eigene Entwürfe an; und ihr fielen unentwegt neue Ideen ein. Bis sie eines schönen Tages eine Mustermappe mit eigenen Entwürfen zusammenstellte, unter den Arm klemmte und damit zum Chefeinkäufer bei I. Magnin's ging, der sich stark beeindruckt zeigte und sich erkundigte: »Von wem stammen diese Entwürfe?«

»Von mir.«

»Die sind gut. Sogar sehr gut.«

Es dauerte keine zwei Wochen, und Kendall erhielt eine Anstellung als Assistentin bei Donna Karan; und so lernte sie die geschäftlichen Aspekte der Bekleidungsindustrie kennen. An den Abenden und Wochenenden aber entwarf sie weiterhin Modelle, und ein Jahr später hatte sie die erste eigene Modenschau – eine Katastrophe.

Die Entwürfe waren zu gewöhnlich, und niemand zeigte Interesse. Als Kendall eine zweite Modenschau veranstaltete, kam niemand mehr.

Ich bin in der falschen Branche, dachte Kendall.

»*Du wirst einmal eine berühmte Modedesignerin.*«

Was mache ich falsch? grübelte Kendall.

Und irgendwann, es war mitten in der Nacht, und sie wälzte sich schlaflos im Bett, kam ihr dann die rettende Idee: *Ich denke bei meinen Entwürfen immer an die Models, die die Sachen vorführen. Da liegt der Fehler. Ich muß an echte Frauen denken, an Frauen, die in einem gewöhnlichen Beruf tätig sind und neben ihrem Beruf ein normales Familienleben führen. Schön, aber bequem müssen die Kleider sein. Schick, aber praktisch.*

Nach einem weiteren Jahr des Lernens und harten Arbeitens präsentierte Kendall ihre dritte Modenschau, die auf Anhieb ein Erfolg wurde.

Nach Rose Hill fuhr Kendall nur selten zu Besuch. Es war jedesmal ein schreckliches Erlebnis, denn ihr Vater hatte sich nicht verändert, er war eher noch unerträglicher geworden.
»Hast dir wohl noch immer keinen Mann angeln können, wie? Wirst du wahrscheinlich sowieso nie schaffen.«

Auf einem Wohltätigkeitsball lernte sie Marc Renaud kennen, der in der internationalen Abteilung eines New Yorker Börsenmaklers Devisengeschäfte tätigte. Er war fünf Jahre jünger als Kendall, ein hochgewachsener, schlanker Franzose, höflich und liebenswürdig – und Kendall war sofort von ihm angetan. Er lud sie für den nächsten Abend zum Dinner ein, und Kendall ging noch in der gleichen Nacht mit ihm ins Bett. Danach waren sie jeden Abend zusammen.
»Kendall«, sagte Marc eines Abends, »weißt du eigentlich, daß ich mich heillos in dich verliebt habe?«
»Ich habe mein ganzes Leben lang nach dir Ausschau gehalten, Marc«, erwiderte sie leise.
»Es gibt da nur ein Problem: Du bist sehr erfolgreich, und ich verdiene längst nicht soviel wie du. Vielleicht in der Zukunft –«
Kendall legte ihm einen Finger auf die Lippen. »Still. Du hast mir mehr gegeben, als ich mir je erhofft habe.«

An Weihnachten reiste Kendall in Begleitung von Marc nach Rose Hill, um ihn dem Vater vorzustellen.
»*Den* willst du heiraten?« tobte Harry Stanford. »Er ist ein Niemand und heiratet dich nur wegen des Geldes, das du seiner Meinung nach einmal erben wirst.«
Falls Kendall wirklich noch einen Grund für eine Ehe mit Marc

benötigt hätte – jetzt hatte sie ihn. Die beiden heirateten prompt am folgenden Tag in Connecticut, und die Ehe mit Marc schenkte Kendall ein Gefühl persönlichen Glücks, wie sie es vorher noch nie gekannt hatte.

»Du mußt dich nicht von deinem Vater einschüchtern lassen«, hatte Marc ihr klargemacht. »Er hat seinen Reichtum immer als Waffe gegen dich und deine Geschwister gebraucht. Wir beide sind aber nicht auf sein Geld angewiesen.«

Dies war eine Aussage, deretwegen Kendall Marc nur noch inniger liebte.

Marc war ein zauberhafter Ehemann – freundlich, rücksichtsvoll, fürsorglich. *Ich hab alles, was ich mir nur wünschen kann*, dachte Kendall. *Leid und Kummer der Vergangenheit sind vorbei.* Sie war – trotz ihres Vaters – erfolgreich geworden, und in ein paar Stunden würde sie im Zentrum der Aufmerksamkeit der Modewelt stehen.

Es hatte aufgehört zu regnen. Kendall empfand es als gutes Omen.

Die Modenschau wurde ein überwältigender Erfolg, und als Kendall zum Schluß im Blitzlichtgewitter auf den Laufsteg kam und sich vor ihren Gästen verneigte, wurde sie mit stehenden Ovationen gefeiert. Kendall hätte sich nur gewünscht, daß Marc bei ihr in Paris gewesen wäre, um ihren Triumph mitzuerleben; aber seine Firma hatte ihm nicht einen freien Tag geben wollen.

Als das Publikum gegangen war, ging Kendall in einem Zustand der Euphorie in ihr Büro. »Hier, ein Brief für Sie. Er wurde durch Boten zugestellt.«

Beim Anblick des braunen Kuverts lief es Kendall plötzlich kalt über den Rücken, und sie hätte ihn nicht öffnen müssen, um seinen Inhalt zu erfahren. Sie las:

Sehr geehrte Mrs. Renaud,
ich bedaure, Ihnen mitteilen zu müssen, daß der Verband zum Schutz der Tiere in freier Wildbahn erneut auf Unterstützung angewiesen ist. Zur Deckung unserer laufenden Unkosten benötigen wir unverzüglich $ 100 000. Diese Summe sollte per telegrafischer Überweisung eingehen auf das Konto Nummer 804072-A beim Schweizer Kreditverein in Zürich.

Der Brief war ohne Unterschrift.

Kendall saß da wie vom Blitz getroffen und konnte den Blick nicht von dem Stück Papier lösen. *Das wird nie mehr ein Ende nehmen, diese Erpressung wird nie mehr aufhören.*

In dem Moment kam eine zweite Assistentin zu ihr ins Büro gestürzt. »Es tut mir ja so leid, Kendall, aber ich habe schlechte Nachrichten.«

Noch mehr schlechte Nachrichten halte ich nicht mehr aus, dachte Kendall müde. »Was... Was ist denn geschehen?«

»Es war in den Fernsehnachrichten. Ihr Vater... Er ist tot, er ist ertrunken.«

Es dauerte eine Weile, bis Kendall es fassen konnte, dann schoß ihr als erstes der Gedanke durch den Sinn: *Was hätte ihn wohl mit größerem Stolz erfüllt? Mein beruflicher Erfolg von vorhin oder die Tatsache, daß ich eine Mörderin bin?*

10. KAPITEL

Obwohl Peggy Malkovitch schon seit zwei Jahren mit »Woody« Stanford verheiratet war, nannten die Einwohner von Hobe Sound sie noch immer: »diese Kellnerin«.

Peggy hatte im Restaurant Rain Forest Grill bedient, als ihr Woody zum ersten Mal begegnet war – Woody Stanford, der »goldene Junge von Hobe Sound«, Resident einer Familienvilla, ein Mann von klassisch schöner Erscheinung, charmant, gesellig, das Idol aller Mädchen der feinen Gesellschaft von Hobe Sound, Philadelphia und Long Island. Und so war es ein furchtbarer Schock, daß er urplötzlich eine nicht mal hübsche, fünfundzwanzigjährige Kellnerin ohne Schulabschluß ehelichte – die Tochter eines Tagelöhners.

Der Schock war um so größer, weil alle erwartet hatten, daß Woody die schöne, intelligente Mimi Carson heiraten würde, Alleinerbin eines großen Vermögens, die ihn abgöttisch liebte.

Im allgemeinen war es so, daß die feinen Leute von Hobe Sound sich lieber über Skandale ihrer Dienerschaft als über ihresgleichen aufregten; Woodys Fall aber fiel so aus dem Rahmen, und seine Heirat war etwas dermaßen Unerhörtes, daß sie eine Ausnahme machten, und bald machte ein Gerücht die Runde: daß er Peggy geschwängert und deswegen geheiratet hätte.

»Um Himmels willen, ich kann ja verstehen, daß der Junge was mit ihr hatte – aber eine Kellnerin *heiratet* man doch nicht!«

Die ganze Geschichte war ein klassischer Fall von *déjà vu*. Es war etwa zwanzig Jahre her, daß die Stanfords in Hobe Sound einen ähnlichen Skandal verursacht hatten, als Harry Stanford die Gouvernante seiner Kinder schwängerte und seine Frau, Emily Temple, Tochter einer amerikanischen Gründerfamilie, sich daraufhin das Leben nahm.

Woody Stanford machte kein Geheimnis aus der Tatsache, daß er seinen Vater von ganzem Herzen haßte – was zu der Vermutung Anlaß gab, daß er die Kellnerin nur aus Trotz heiratete; um zu beweisen, daß er anders und ehrenhafter war als sein Vater.

An der Hochzeit nahm nur ein einziger Gast teil, und der kam aus New York, nämlich Peggys zwei Jahre älterer Bruder Hoop, der in einer Bäckerei in der Bronx arbeitete – ein hochgeschossener, ausgemergelter Kerl mit pockennarbigem Gesicht und starkem Brooklyn-Akzent.

»Da kriegst du aber 'n tolles Mädchen von Frau«, erklärte er Woody nach der Feier.

»Ich weiß«, erwiderte Woody tonlos.

»Du wirst doch gut für sie sorgen, ja?«

»Ich werd mein Bestes tun.«

»Yeah. Okay.«

Ein wenig erinnerungswürdiges Gespräch zwischen einem Bäcker und dem Sohn eines der reichsten Männer der Welt.

Vier Wochen nach der Hochzeit verlor Peggy das Baby.

Hobe Sound war die exklusivste Wohngegend und Jupiter Island wiederum das exklusivste Wohnviertel von Hobe Sound. Die Insel wird im Westen vom Intracoastal Waterway und im Osten vom Atlantik begrenzt. Sie ist das Paradies für ein geschütztes Privatleben der Reichen; im Verhältnis zur Einwohnerzahl gibt es nirgends auf der ganzen Welt so viele Polizisten wie hier. Im übrigen hält man im superreichen Hobe Sound viel von Understatement – man fährt ein Auto der Mittelklasse und besitzt nur ein kleines Segelschiff, etwa eine sechs Meter lange Lightning oder eine acht Meter lange Quickstep.

Wer dieser Gesellschaft nicht durch Geburt angehört, muß sich den Anspruch auf Akzeptanz und Mitgliedschaft verdienen. Nach der Heirat Woodrow Stanfords mit »dieser Kellnerin« hieß die Preisfrage: Wie werden sich die Leute von Hobe Sound gegenüber der Braut verhalten?

Für solch strittige Fragen in Hobe Sound war Mrs. Anthony Pelletier zuständig, die es als ihre vornehmliche Lebensaufgabe betrachtete, die Gemeinschaft gegen Parvenüs und Neureiche abzuschotten. Frisch Zugereiste, die das Pech hatten, Mrs. Pelletier zu mißfallen, erhielten von ihr – durch ihren Chauffeur überbracht – einen Reisekoffer aus echtem Leder; das Signal, daß sie in der hiesigen Gesellschaft unwillkommen waren.

Mrs. Pelletiers Freundinnen erzählen gern die Geschichte von dem Kfz-Mechaniker und seiner Frau, die ein Haus in Hobe Sound erworben hatten. Als Mrs. Pelletier dem Ehepaar nach dem Einzug wie üblich einen Reisekoffer zustellte und die Frau erfuhr, was es mit dem Geschenk auf sich hatte, soll sie nur laut gelacht haben: »Wenn die alte Hexe meint, mich so einfach vertreiben zu können, hat sie nicht alle Tassen im Schrank!«

Dann mußte sie jedoch die seltsame Erfahrung machen, daß plötzlich die Handwerker keine Zeit mehr für sie hatten, daß das Lebensmittelgeschäft nie das auf Lager hatte, was sie gerade kaufen wollte; und es erwies sich als völlig unmöglich, beim Jupiter Island Club als Mitglied aufgenommen zu werden oder bei den besseren Restaurants am Ort eine Tischreservierung zu bekommen; außerdem sprach niemand mit den beiden. Und so verkauften der Kfz-Mechaniker und seine Frau ihr Haus drei Monate nach Erhalt des ledernen Reisekoffers wieder und zogen fort.

Aus ebendiesem Grund hielt die feine Gesellschaft sozusagen kollektiv den Atem an, als die Nachricht von Woodys Heirat bekannt wurde. Ein Verstoß von Peggy Malkovitch hätte ja auch den gesellschaftlichen Ausschluß ihres allseits beliebten Ehemannes bedeutet, und so wurden klammheimlich etliche Wetten abgeschlossen.

In den ersten Wochen wurden Woody und Peggy nicht zu den Abendgesellschaften und anderen obligaten Veranstaltungen eingeladen. Da man Woody aber gern hatte und seine Großmutter mütterlicherseits immerhin zu den Gründungsmitgliedern von Hobe Sound zählte, siegte schließlich die Neugier, und einer nach dem anderen lud ihn und seine Frau privat ein: Man wollte die Braut kennenlernen.

»Das alte Mädchen muß ja was Besonderes haben, sonst hätte Woody sie doch nicht geheiratet.«

Da stand den Herrschaften von Hobe Sound nun allerdings eine herbe Enttäuschung bevor, denn Peggy war langweilig und ohne Anmut, eine Person ohne Ausstrahlung und ohne Schick. »Schäbig« – das war der Ausdruck, der ihnen in den Sinn kam.

Woodys alte Freunde waren ratlos. »Was findet er bloß an ihr? Und dabei hätte er jede haben können, die er wollte!«

Eine der ersten Einladungen kam von Mimi Carson. Die Nachricht von Woodys Heirat hatte sie tief getroffen, allerdings war sie viel zu stolz, um es sich anmerken zu lassen.

Als ihre engste Freundin sie trösten wollte und sagte: »Schlag ihn dir aus dem Sinn, Mimi, du wirst schon darüber hinwegkommen«, hatte Mimi traurig erwidert: »Ich werde damit leben müssen, aber ihn vergessen – das schaff ich nie.«

Woody tat, was er konnte, damit es eine glückliche Ehe wurde. Er war sich sehr wohl darüber im klaren, daß er einen Fehler begangen hatte – nur wollte er auf jeden Fall verhindern, daß Peggy dafür büßten mußte, und er gab sich verzweifelt Mühe, ein guter

Ehemann zu sein. Aber das war nicht das Problem; das Problem lag ganz woanders – daß es zwischen Peggy und ihm und auch seinen Freunden nichts Gemeinsames gab.

Es gab überhaupt nur einen Menschen, in dessen Gesellschaft sich Peggy wohl fühlte – bei ihrem Bruder, mit dem sie tagtäglich telefonierte.

»Er fehlt mir«, beklagte sie sich bei Woody.

»Möchtest du ihn einladen, damit er für ein paar Tage zu uns kommt?« fragte Woody.

Sie blickte ihren Mann fassungslos an. »Das könnte er doch gar nicht«, sagte sie, und fügte dann in einem gehässigen Ton hinzu: »Weil er nämlich 'nen Job hat und arbeiten muß.«

Auf Partys versuchte Woody immer wieder, Peggy in die Gespräche einzubeziehen, doch stellte sich nur allzubald heraus, daß sie nichts zur Unterhaltung beitragen konnte. Sie verzog sich still in eine Ecke, leckte sich nervös die Lippen und fühlte sich sichtlich unwohl.

Wenngleich Woody in der Stanford-Villa wohnte, war seinen Freunden durchaus bekannt, daß er ein distanziertes Verhältnis zu seinem Vater hatte und von den geringen Jahresrenditen aus dem Erbe der Mutter lebte. Seiner Leidenschaft, dem Polospiel, konnte er nur frönen, indem er auf Pferden von Freunden ritt. In der Welt des Polospiels wird der Rang der Spieler nach der Anzahl der Tore bewertet; die höchste Punktzahl ist zehn; Woody lag mit neun Toren an zweiter Stelle; er war mit Mariano Aguerre aus Buenos Aires, Wicky el Effendi aus Texas, Andres Diniz aus Brasilien und Dutzenden weiterer Spitzenspieler geritten. Es gab nur zwölf Zehntorespieler, und Woodys ganzer Ehrgeiz zielte dahin, in diese absolute Elitegruppe aufzurücken.

»Du kennst ja den Grund, warum er sich das in den Kopf gesetzt hat«, sagte einer seiner Freunde. »Weil sein Vater zur Zehnerelite gehörte.«

Da Mimi Carson genau wußte, daß Woody das Geld zum Erwerb eigener Polopferde fehlte, kaufte sie eine Koppel, die sie ihm zum Reiten überließ. Auf die Frage, warum sie so etwas täte, erwiderte sie: »Ich möchte ihn gern glücklich machen, soweit das in meiner Macht steht.«

Wenn Neuankömmlinge sich erkundigten, womit Woody seinen Lebensunterhalt verdiene, zuckte man die Schultern. Die Wahrheit war, daß er ein Leben aus zweiter Hand führte – er kam zu Geld, indem er bei Golfspielen als Partner einsprang und bei Poloturnieren Wetten abschloß; er lieh sich die Pferde anderer Leute zum Polospielen; die Jachten anderer Leute zum Segeln – und bei Gelegenheit auch die Ehefrauen anderer Männer.

Woody wollte es nicht wahrhaben, daß seine eigene Ehe zerbrach.

»Peggy«, sagte er flehend, »nun versuch doch wenigstens, dich an der Unterhaltung zu beteiligen, wenn wir auf einer Party sind.«

»Warum sollte ich? Deine Freunde halten sich doch sowieso für bessere Menschen.«

»Sind sie aber nicht«, versicherte ihr Woody.

Die literarische Gesellschaft von Hobe Sound versammelte sich einmal wöchentlich im Country Club zum Gespräch über die neuesten Bücher und zum gemeinsamen Mittagessen.

Man saß bereits bei Tisch, als der Ober sich Mrs. Pelletier näherte. »Mrs. Woodrow Stanford ist draußen. Sie möchte sich gern Ihrer Gesellschaft anschließen.«

Am Tisch wurde es auf einmal totenstill.

»Führen Sie sie herein«, sagte Mrs. Pelletier.

Gleich darauf betrat Peggy den Speisesaal – mit frisch gewaschenen Haaren, in ihrem besten Kleid –, blieb am Eingang stehen und schaute nervös herüber.

Mrs. Pelletier nickte ihr zu und sagte höflich: »Mrs. Stanford.«

»Ja, Ma'am«, antwortete Peggy mit einem beflissenen Lächeln.

»Wir werden Ihre Dienste nicht benötigen. Wir haben bereits eine Kellnerin.« Und damit wandte sich Mrs. Pelletier wieder den Speisen zu.

Als Woody von dem Vorfall erfuhr, wurde er sehr zornig. »Wie kann sie es wagen, dich so zu behandeln!« fluchte er und nahm Peggy in die Arme. »Aber das nächste Mal frag mich bitte vorher, Peggy. An einem solchen Essen im Club kann man nur auf Einladung teilnehmen.«

»Das hab ich doch nicht gewußt«, sagte Peggy mürrisch.

»Ist ja gut. Heute abend sind wir bei den Blakes eingeladen, da möchte ich –«

»Ich komm nicht mit!«

»Aber wir haben die Einladung angenommen.«

»Dann geh du allein hin.«

»Ich möchte aber nicht ohne –«

»Ich geh da nicht hin.«

Woody ging allein – und von dem Tag an besuchte er alle Partys ohne Peggy.

Er kam spät heim, manchmal erst lange nach Mitternacht, so daß Peggy fest überzeugt war, daß er bei anderen Frauen gewesen war.

Der Unfall änderte alles.

Es passierte während eines Polospiels. Woody spielte auf der Position Nummer drei, als aus nächster Nähe ein Spieler der gegnerischen Mannschaft den Ball zu schlagen versuchte und zufällig die Beine von Woodys Pferd traf. Das Pferd stürzte, wälzte sich auf ihn, und im folgenden Aufprall weiterer Reiter wurde Woody von einem anderen Pferd getreten. In der Notfallstation des Krankenhauses diagnostizierten die Ärzte ein gebrochenes Bein, drei Rippenbrüche und eine perforierte Lunge.

In den folgenden zwei Wochen wurde Woody dreimal operiert,

und er litt entsetzliche Schmerzen, zu deren Linderung die Ärzte ihm Morphium verabreichten. Peggy besuchte ihn jeden Tag, und Hoop flog von New York her, um seine Schwester zu trösten.

Die physischen Schmerzen waren unerträglich, und Linderung verschafften ihm einzig die Mittel, die ihm die Ärzte verschrieben. Die Veränderungen in Woodys Verhalten begannen sich kurz nach seiner Entlassung aus dem Krankenhaus zu zeigen. Man bemerkte – bei ihm etwas völlig Neues – heftige Stimmungswechsel; im einen Augenblick war er ganz der überschwengliche alte Woody, um gleich darauf einen Tobsuchtsanfall zu bekommen oder in eine Depression zu sinken. Während der Mahlzeit wirkte er fröhlich und witzig, und unvermittelt wurde er bösartig, griff Peggy an und stürzte aus dem Zimmer. Es kam vor, daß er mitten im Satz in tiefes Grübeln und Träumen versank. Er wurde nachlässig, vergaß Verabredungen, lud Leute zu sich nach Hause ein und war dann nicht da. Allmählich machten sich alle Sorgen um ihn.

Es dauerte nicht lange, und er behandelte Peggy auch in Gesellschaft schlecht. Als sie eines Morgens einem Freund eine Tasse Kaffee brachte und verschüttete, spottete er höhnisch: »Kellnerin bleibt Kellnerin.«

Man beobachtete an Peggy auch Spuren physischer Mißhandlung, aber wenn sie nach der Ursache gefragt wurde, gab sie ausweichende Antworten.

»Ich bin gegen eine Tür gerannt«, sagte sie dann, oder: »Ich bin hingefallen«, und sie versuchte jedesmal den Eindruck zu erwecken, als ob es nichts zu bedeuten hätte. Die Leute in Hobe Sound waren empört und begannen Peggy zu bemitleiden. Wenn aber jemand Woodys unberechenbares Verhalten kritisierte, nahm Peggy Woody in Schutz.

»Woody steht unter starkem Druck«, sagte sie. »Er ist momentan nicht er selbst.« Sie duldete es nicht, daß schlecht von ihm gesprochen wurde.

Dr. Tichner sprach es endlich offen aus, als er Peggy zu einer Unterredung in seine Praxis bat.

Sie war sichtlich nervös. »Stimmt etwas nicht, Doktor?«

Er musterte sie kurz und bemerkte die Prellung auf der Wange und das geschwollene Auge.

»Sind Sie sich eigentlich darüber im klaren, Peggy, daß Woody Drogen nimmt?«

Sie sah ihn entrüstet an. »Nein! Das glaub ich Ihnen nicht!« Sie erhob sich. »So was muß ich mir nicht anhören!«

»Setzen Sie sich, Peggy. Es wird Zeit, daß Sie der Wahrheit ins Gesicht blicken. Sie haben die Veränderung in seinem Verhalten gewiß bemerkt: In einem Moment ist er der glücklichste Mensch auf Erden, der nur von der Schönheit des Lebens schwärmt, im nächsten Moment ist er suizidgefährdet.«

Peggy starrte ihn wortlos an.

»Er ist rauschgiftsüchtig.«

Sie preßte die Lippen zusammen. »Nein!« widersprach sie stur. »Das ist nicht wahr.«

»Doch, er *ist* drogenabhängig. Sie müssen realistisch sein. Wollen Sie ihm denn nicht helfen?«

»Natürlich will ich ihm helfen!« Sie rang die Hände. »Ich würde alles tun, um ihm zu helfen. *Alles!*«

»Gut, dann wollen wir mal anfangen. Ich brauche nämlich Ihre Hilfe, damit Woody seiner Einlieferung in eine Klinik für den Entzug zustimmt. Ich habe ihn deswegen zu einem Gespräch in die Praxis gebeten.«

Peggy musterte ihn lange, bis sie mit dem Kopf nickte. »Ich werde mit ihm reden«, versprach sie.

Als Woody noch am gleichen Nachmittag Dr. Tichners Sprechzimmer betrat, befand er sich in Hochstimmung. »Sie möchten mich sprechen, Doktor? Es geht um Peggy, nicht wahr?«

»Nein, es betrifft Sie selber, Woody.«

Woody warf ihm einen erstaunten Blick zu. »Mich? Habe ich etwa ein Problem?«
»Sie wissen genau, was Ihr Problem ist.«
»Ich weiß wirklich nicht, wovon Sie sprechen.«
»Wenn Sie so weitermachen, ruinieren Sie nicht nur Ihr eigenes Leben, sondern auch Peggys. Was nehmen Sie?«
»Nehmen?«
»Sie haben mich schon verstanden.«
Schweigen.
»Ich möchte Ihnen doch nur helfen.«
Woody saß regungslos und mit gesenktem Blick auf seinem Stuhl. Als er endlich sprach, klang seine Stimme heiser. »Sie haben völlig recht. Ich... ich habe versucht, mir etwas vorzumachen, aber ich halte es nicht mehr aus.«
»Wovon sind Sie abhängig?«
»Heroin.«
»O mein Gott!«
»Ich habe ja versucht, damit aufzuhören, glauben Sie mir, aber... ich schaffe es nicht.«
»Sie brauchen Hilfe. Es gibt Kliniken, wo man Ihnen helfen kann.«
»Ich kann nur hoffen, daß Sie recht haben«, sagte Woody müde.
»Ich bitte Sie, sich der Harbour Group Clinic in Jupiter anzuvertrauen. Werden Sie es dort probieren?«
Kurzes Zögern, dann: »Ja.«
»Wer versorgt Sie mit Heroin?« wollte Dr. Tichner wissen.
Woody schüttelte den Kopf. »Das kann ich Ihnen nicht sagen.«
»Na schön. Ich werde Sie in der Klinik anmelden.«

Am Morgen darauf sprach Dr. Tichner beim Polizeipräsidenten vor.
»Irgend jemand versorgt ihn mit Heroin«, erklärte der Arzt, »er will mir aber nicht verraten, wer.«

Polizeipräsident Murphy sah Dr. Tichner in die Augen und nickte mit dem Kopf. »Ich glaube, ich weiß, wer's ist.«

Es gab mehrere Verdächtige. Hobe Sound war eine kleine Gemeinde, so daß jeder wußte, was der andere so trieb.

An der Bridge Road hatte kürzlich ein Spirituosengeschäft eröffnet, das die Kunden in Hobe Sound tagtäglich rund um die Uhr belieferte.

Ein Arzt aus dem Krankenhaus war angezeigt und bestraft worden, weil er unverhältnismäßig hohe Dosierungen von Arzneimitteln verschrieben hatte.

Auf der anderen Seite des Kanals war vor einem Jahr eine Turnhalle in Betrieb genommen worden, und es ging das Gerücht, daß der Trainer selbst Steroide einnahm und für gute Kunden auch noch andere Drogen bereithielt.

Der Polizeichef Murphy dachte allerdings an jemand anders.

Tony Benedotti betreute bei vielen Familien in Hobe Sound schon seit langer Zeit die Gärten. Er hatte Gartenbau studiert; er liebte nichts mehr, als seine Zeit mit dem Anlegen von Gärten zu verbringen, und die von ihm gestalteten Gärten und Rasenflächen waren die schönsten weit und breit. Er war ein stiller Mensch, der zurückgezogen lebte, und die Leute, für die er arbeitete, wußten kaum etwas über ihn, für einen Gärtner jedoch wirkte er viel zu kultiviert, so daß man über seine Vergangenheit rätselte.

Murphy bestellte ihn zu sich ins Präsidium.

»Falls es um meinen Führerschein geht, so kann ich Ihnen gleich sagen, daß ich ihn erneuert habe«, erklärte Benedotti.

»Setzen Sie sich«, wies Murphy ihn an.

»Gibt es ein Problem?« wollte Benedotti wissen.

»In der Tat. Sie sind doch ein gebildeter Mensch, nicht wahr?«

»Ja.«

Der Polizeichef lehnte sich in seinem Stuhl zurück. »Und wieso arbeiten Sie dann als Gärtner?«

»Ich liebe nun mal die Natur.«
»Und was lieben Sie sonst noch?«
»Ich verstehe nicht.«
»Wie lang sind Sie schon Gärtner?«
Benedotti schaute Murphy fragend an. »Sollten sich etwa Kunden von mir bei Ihnen beschwert haben?«
»Bitte antworten Sie auf meine Frage.«
»Etwa fünfzehn Jahre.«
»Und Sie besitzen ein hübsches Haus und ein Schiff?«
»Ja.«
»Kann man sich denn bei den Einkünften eines Gärtners so etwas leisten?«
»So groß ist mein Haus nun auch wieder nicht«, wandte Benedotti ein. »Mein Schiff übrigens auch nicht.«
»Vielleicht verdienen Sie ja ein bißchen nebenbei.«
»Was wollen Sie damit...«
»Sie arbeiten doch für ein paar Leute in Miami, habe ich recht?«
»Ja.«
»Dort wohnen eine Menge Italiener. Leisten Sie denen gelegentlich ein paar Gefälligkeiten?«
»Was für Gefälligkeiten?«
»Indem Sie Drogen verkaufen, zum Beispiel.«
»Du großer Gott!« Benedotti betrachtete ihn mit einem Ausdruck blanken Entsetzens. »Aber nein, natürlich nicht!«
Murphy beugte sich vor. »Ich will Ihnen mal was sagen, Benedotti. Ich beobachte Sie nun schon ein Weilchen, und ich habe mich mit etlichen Leuten unterhalten, für die Sie hier arbeiten, und die wollen mit Ihnen und Ihren Mafiafreunden nicht das geringste zu tun haben. Ist das klar?«
Benedotti kniff für eine Sekunde die Augen zusammen und öffnete sie wieder. »Absolut klar«, sagte er.
»Gut. Ich erwarte, daß Sie bis morgen verschwunden sind. Ich möchte Sie hier in Hobe Sound nie mehr sehen.«

Woody Stanford blieb drei Wochen lang in der Harbor Group Clinic und war nach seiner Entlassung wieder ganz der gute alte liebenswürdige, elegante Woody, in dessen Gesellschaft sich jeder wohl fühlte. Er nahm auch das Polospiel wieder auf und ritt Mimi Carsons Pferde.

Am Sonntag, als der achtzigste Jahrestag der Gründung des Palm Beach Polo & Country Clubs gefeiert wurde und dreitausend Fans anreisten, herrschte auf dem South Shore Boulevard dichter Verkehr. Alles drängte zum Poloplatz, um sich einen Sitzplatz auf der westlichen Seite und auf der überdachten Zuschauertribüne gegenüber zu sichern, da an diesem Tag einige der weltbesten Polospieler mitwirken würden.

Peggy saß neben Mimi Carson, die sie eingeladen hatte, in einer Loge.

»Woody hat mir erzählt, daß Sie heute zum ersten Mal einem Polospiel zuschauen. Warum sind Sie eigentlich bisher noch nie hiergewesen?«

Peggy leckte sich verlegen die Lippen. »Ich ... es war so, daß ich immer ganz nervös war, wenn Woody spielte. Polo ist doch ein gefährlicher Sport, oder nicht?«

»Bei acht Spielern mit einem Gewicht von je rund hundertsechzig Pfund auf achthundert Pfund schweren Pferden, die mit einer Geschwindigkeit von fast sechzig Stundenkilometern über dreihundert Meter aufeinander losrasen – da kann es schon zu Unfällen kommen.«

Peggy schüttelte sich. »Ich könnt's nicht ertragen, wenn Woody noch mal was zustoßen würde. Ich würd's einfach nicht aushalten. Ich mach mir schrecklich Sorgen um ihn.«

»Sie brauchen sich aber keine Sorgen zu machen«, sagte Mimi Carson leise. »Er gehört nämlich zu den sichersten und besten Spielern. Er hat bei Hector Barrantas gelernt, wissen Sie.«

»Bei wem?« Peggy schaute sie fragend an.

»Hector Barrantas. Er ist absolute Spitze, eine Legende in der Welt des Polospiels.«

»Ach so.«

In der Zuschauermenge entstand ein Raunen – die Spieler ritten aufs Spielfeld.

»Und was passiert jetzt?« fragte Peggy.

»Sie haben ihre Runde zum Aufwärmen absolviert. Gleich geht das Spiel los.«

Die beiden Mannschaften formierten sich unter der heißen Floridasonne und warteten auf den Balleinwurf des Schiedsrichters.

Woody sah fantastisch aus: sonnengebräunt, körperlich fit und agil, kampfbereit. Peggy winkte und warf ihm eine Kußhand zu.

Die Mannschaften standen sich in Reih und Glied gegenüber, und die Spieler hielten ihre anderthalb Meter langen Schläger nach unten.

»Ein Spiel hat gewöhnlich sechs Runden«, erläuterte Mimi Carson, »eine Spielrunde dauert immer sieben Minuten, dann wird eine Glocke geläutet, und es folgt eine kurze Ruhepause. Für jede neue Runde wird das Pferd gewechselt. Sieger ist die Mannschaft, die die meisten Tore erzielt.«

»Aha.«

Die Augen der Spieler auf dem Feld waren auf den Schiedsrichter konzentriert, der seinen Blick über die Zuschauer wandern ließ und den weißen Plastikball plötzlich in einem hohen Bogen zwischen die beiden gegnerischen Reihen warf! Das Match hatte begonnen.

Es war ein rasant schnelles Spiel. Woody brachte sich als erster in Ballbesitz, landete eine gekonnte Vorderhand, und der Ball sauste in Richtung eines gegnerischen Spielers, der ihm übers Feld nachgaloppierte, doch dann blockte ihm Woody, der auf ihn zugeritten war, den Schläger ab, um den Schuß zu vereiteln.

»Warum hat Woody das gemacht?« wollte Peggy wissen.

»Wenn der Gegner sich den Ball holt«, erläuterte Mimi Carson, »dann darf man ihm den Schläger abblocken, um ihn am Torschießen oder Weitergeben zu hindern. Als nächstes wird Woody einen Abseitsschlag versuchen, um im Besitz des Balls zu bleiben.«

Auf dem Spielfeld verlief alles so schnell, daß man kaum zu folgen vermochte.

Zurufe waren zu hören.

»Mitte...«

»Ungültig...«

»Laß ihn...«

Die Spieler galoppierten mit Höchstgeschwindigkeit über den Rasen. Der Erfolg eines Reiters hing größtenteils davon ab, wie gut seine Pferde waren – meist reinrassige oder Dreiviertel-Vollblüter, die schnell sein und »Polo-Instinkt« haben mußten, nämlich die Fähigkeit, jede Bewegung ihres Reiters vorauszuahnen.

In den ersten drei Spielphasen spielte Woody brillant, erzielte jeweils zwei Tore und wurde von der jubelnden Menge nach jedem Treffer noch mehr angefeuert. Sein Poloschläger tauchte immer und überall auf – das war ganz der alte, schnelle, furchtlose Woody Stanford. Nach der fünften Spielzeit lag Woodys Mannschaft mit einem sicheren Vorsprung vorn.

Als die Spieler zur Pause das Feld verließen, schenkte Woody beiden, Peggy und Mimi – sie saßen in der ersten Zuschauerreihe – beim Vorbeireiten ein strahlendes Lächeln.

Peggy war plötzlich ganz aufgeregt und wandte sich zu Mimi. »Ist er nicht wundervoll?!«

Mimi hielt ihrem Blick stand. »Ja. In jeder Hinsicht.«

Woody wurde von seinen Mitspielern beglückwünscht.

»Absolut Spitze, alter Junge! Du warst einfach fantastisch!«

»Großartige Leistung!«
»Danke.«
»Gleich werden wir denen noch mal zeigen, was Sache ist. Die sind völlig chancenlos.«
Woody grinste. »Kein Problem.«
Als er seine Mannschaftskameraden beim Verlassen des Feldes beobachtete, fühlte er sich auf einmal erschöpft. *Ich habe mir zuviel abverlangt,* dachte er. *Es war zu früh, ich hätte vielleicht doch nicht spielen sollen, ich war noch nicht wieder soweit. Ich werde nicht durchhalten können. Beim nächsten Einsatz werd ich mich blamieren.* Und plötzlich packte ihn eine panische Angst, und sein Herz schlug wie wild. *Jetzt bräuchte ich einen kleinen Impuls. Nein! Das werde ich nicht tun! Darf ich nicht, ich habe es fest versprochen. Aber mein Team braucht mich. Nur dieses eine Mal noch, und dann nie wieder. Ich schwöre es, bei Gott, es wird das allerletzte Mal sein.* Er lief zu seinem Auto und griff ins Handschuhfach.

Mit unnatürlich glänzenden Augen kehrte er, fröhlich vor sich hin summend, aufs Feld zurück, winkte der Menge zu und begab sich wieder zu seiner Mannschaft. *Ich bräuchte nicht mal ein Team,* dachte er. *Ich könnte die Schufte ganz allein besiegen.* Verdammt, er begann zu kichern, *ich bin der beste Spieler der Welt.*

Der Unfall ereignete sich in der sechsten Spielphase. Es gab da allerdings auch ein paar Zuschauer, die später laut und deutlich erklärten, es sei kein Unfall gewesen.
Die Pferde rasten dicht gedrängt dem Tor entgegen. Woody, der gerade im Ballbesitz war, nahm aus den Augenwinkeln den Gegenspieler wahr, der auf ihn zukam, und schickte den kleinen Holzball mit einer Rückhand nach hinten. Rick Hamilton, der beste Spieler der Gegenseite, fing den Ball ab und galoppierte aufs Tor zu. Woody setzte ihm nach und versuchte, Hamiltons Schlä-

ger abzublocken – vergebens. Die Pferde näherten sich dem Tor, und Woody mühte sich verzweifelt ab, an den Ball zu kommen – umsonst.

Als Hamilton dem Tor bereits gefährlich nahe war, lenkte Woody sein Pferd mit Absicht zur Seite, um Hamilton zu rammen und vom Ball wegzudrängen. Hamilton samt Pferd ging zu Boden, die Zuschauer sprangen schreiend von den Sitzen auf. Die Pfeife des Schiedsrichters schrillte, und er hob die Hand.

Bei Polo gilt eine Grundregel: Es ist strikt verboten, einem aufs Tor zujagenden Spieler im Ballbesitz den Weg abzuschneiden, weil ein solches Foul eine höchst gefährliche Situation heraufbeschwört.

Das Spiel wurde abgebrochen.

Der Schiedsrichter lief auf Woody zu. »Mr. Stanford«, rief er mit zornerfüllter Stimme, »das war ein absichtliches Foul.«

Woody grinste unverschämt. »Es war nicht mein Fehler, daß sein verdammtes Pferd –«

»Als Strafe wird der Gegenmannschaft ein Tor angerechnet!«

Die siebte Runde wurde zum Desaster. In den nächsten drei Spielminuten beging Woody zwei weitere eklatante Regelverstöße, die Freistöße zur Folge hatten, die beide Male erfolgreich waren. Und in den letzten dreißig Sekunden erzielte die Gegenseite das entscheidende Tor zum Sieg. Aus einem anfangs sicher erscheinenden Sieg wurde eine böse Niederlage.

Mimi Carson war von den Ereignissen wie betäubt.

»Das ist nicht gut gelaufen, wie?« fragte Peggy ängstlich.

»Nein, Peggy«, erwiderte Mimi bedrückt, »leider nicht.«

Ein Ordner näherte sich ihrer Loge. »Miss Carson, könnte ich Sie einmal kurz sprechen?«

»Entschuldigen Sie mich bitte einen Augenblick«, sagte Mimi Carson.

Peggy blieb hilflos allein zurück.

Die Mannschaft wirkte merkwürdig still, als Mimi Carson auf Woody zueilte, der offenbar Schuldgefühle hatte und sich schämte, seinen Kameraden in die Augen zu sehen.

»Es tut mir leid, Woody. Aber ich muß dir eine schreckliche Nachricht mitteilen.« Sie legte ihm eine Hand auf die Schulter. »Dein Vater ist gestorben.«

Woody starrte sie an, schüttelte den Kopf und begann hemmungslos zu schluchzen. »Ich... dafür bin nur ich verantwortlich. Es ist meine Schuld.«

»Nein, du mußt dir keinerlei Vorwürfe machen. Es ist ganz bestimmt nicht deine Schuld.«

»Es ist doch meine Schuld!« schrie Woody. »Begreifst du denn nicht? Wenn ich nicht die Strafstöße verursacht hätte, wären wir Sieger geworden!«

11. KAPITEL

Julia Stanford hatte ihren Vater nie kennengelernt, und nun war er tot – nur noch eine schwarze Schlagzeile auf der Titelseite des *Kansas City Star*: WIRTSCHAFTSKAPITÄN HARRY STANFORD AUF HOHER SEE ERTRUNKEN! Sie betrachtete das Foto auf der Titelseite mit widersprüchlichen Gefühlen. *Hasse ich ihn nun wegen seines unmöglichen Verhaltens meiner Mutter gegenüber – oder habe ich ihn lieb, weil er nun mal mein Vater ist? Habe ich Schuldgefühle, weil ich nie versucht habe, mit ihm in Verbindung zu treten – oder bin ich verärgert, weil er sich nie die Mühe gemacht hat, mich aufzuspüren? Aber das spielt jetzt keine Rolle mehr*, überlegte sie. *Er ist tot.*

Für sie persönlich war der Vater zeitlebens tot gewesen, nun war er eben noch einmal gestorben und hatte sie damit endgültig um etwas betrogen, wofür sie keinen Ausdruck fand. Sie empfand unerklärlicherweise Schmerz – ein Gefühl des Verlustes. *Aber das ist doch blöd!* dachte Julia. *Wie kann mir denn ein Mensch fehlen, den ich nie gekannt habe?* Sie sah sich das Zeitungsfoto noch einmal an. *Sehe ich ihm überhaupt ähnlich?* Julia betrachtete sich angestrengt im Wandspiegel. *Die Augen*, dachte sie, *ich habe die gleichen tiefliegenden, grauen Augen.*

Julia ging zum Schlafzimmerschrank und holte eine Pappschachtel heraus, der sie ein in Leder gebundenes Sammelalbum entnahm. Sie setzte sich auf das Bett, schlug das Buch auf und betrachtete mal wieder den vertrauten Inhalt: unzählige Fotos, die ihre Mutter, in Gouvernantentracht, neben Harry Stanford und seiner Ehefrau mit drei kleinen Kindern zeigten; die meisten Fotos waren auf der Jacht, in Rose Hill oder in der Villa von Hobe Sound aufgenommen worden.

Julia nahm die vergilbten Zeitungsausschnitte in die Hand, die Berichte über den Skandal, der sich vor langer Zeit in Boston zugetragen hatte, las die verblaßten, reißerischen Schlagzeilen:

LIEBESNEST IN BEACON HILL

SKANDAL UM MILLIARDÄR HARRY STANFORD

INDUSTRIELLENGATTIN BEGEHT SELBSTMORD

GOUVERNANTE ROSEMARY NELSON SPURLOS VERSCHWUNDEN

Julia dachte lange über diese Zeugnisse einer fernen Vergangenheit nach.

Sie war im St. Josephs-Krankenhaus in Milwaukee zur Welt gekommen. Ihre frühesten Erinnerungen waren triste, kleine Mansardenwohnungen und Umzüge, immer wieder Umzüge von einer Stadt zur anderen. Es hatte Zeiten gegeben, da sie kein Geld und kaum genug zu essen hatten, weil die Mutter ständig krank war und Mühe hatte, eine feste Arbeit zu finden. Julia hatte rasch begriffen, daß es nicht richtig war, die Mutter um neue Kleider oder Spielsachen zu bitten.

Als Julia mit fünf Jahren in die Schule kam, wurde sie von den Klassenkameradinnen verspottet, weil sie Tag für Tag dasselbe Kleid und immer dieselben verschlissenen Schuhe trug. Julia wehrte sich gegen die ewigen Hänseleien, reagierte mit Trotz und wurde regelmäßig zum Direktor bestellt – die Lehrer waren ratlos und wußten nicht, was sie mit ihr anstellen sollten. Sie verursachte ständig Probleme, und man hätte sie wahrscheinlich von der Schule verwiesen, wenn nicht eines für sie gesprochen hätte – sie war Klassenbeste.

Ihre Mutter hatte Julia erklärt, sie habe keinen Vater mehr, er sei tot, und Julia hatte das akzeptiert, bis sie, als Zwölfjährige, eines Tages zufällig ein Album mit Fotos entdeckte, auf denen ihre Mutter mit fremden Menschen zu sehen war.

»Wer sind diese Leute?« hatte Julia wissen wollen.

Da hielt die Mutter den Zeitpunkt für gekommen, Julia alles zu erzählen.

»Setz dich, mein Schatz.« Sie nahm Julias Hand und hielt sie ganz fest. Sie konnte die Wahrheit nur direkt sagen; es gab keine Möglichkeit, sie ihrer Tochter schrittweise zu erzählen. »Das ist dein Vater, das dort ist deine Halbschwester, und die beiden Jungen sind deine Halbbrüder.«

Julia hatte die Mutter völlig verwirrt angeschaut. »Das verstehe ich nicht.«

Und so war die Wahrheit schließlich ans Licht gekommmen und hatte Julias Seelenfrieden zerstört. Ihr Vater war noch am Leben, und sie hatte eine Halbschwester und zwei Halbbrüder! Es wollte ihr nicht in den Sinn. »Warum... warum hast du mich angelogen?«

»Du warst zu klein, um das verstehen zu können. Dein Vater und ich... wir hatten ein Verhältnis. Er war verheiratet... und ich mußte ihn verlassen, damit ich dich behalten konnte.«

»Ich hasse ihn!« rief Julia.

»Du darfst ihn nicht hassen.«

»Wie hat er dir das antun können?« wollte Julia wissen.

»Es war ja nicht nur seine Schuld.« Ihr tat jedes Wort weh. »Dein Vater war ein sehr attraktiver Mann, und ich war damals noch ein dummes junges Ding. Ich hätte wissen müssen, daß es für uns beide keine Zukunft gab, aber er hat mir erklärt, daß er mich liebt, gewiß... aber er war verheiratet, und er hatte Kinder. Und... dann bin ich schwanger geworden.« Das Sprechen machte ihr Mühe. »Ein Reporter bekam von der Sache Wind und brachte alles in die Zeitung, und da bin ich weggelaufen. Ich hatte zuerst vor, irgendwann zu ihm zurückzukehren, nach deiner Geburt, mit dir, doch seine Frau hat sich das Leben genommen, und ich...

Danach konnte ich ihren Kindern nicht mehr in die Augen sehen. Es war doch meine Schuld, verstehst du. Deshalb darfst du ihm nicht die Schuld geben.«

Es gab da jedoch einen Aspekt bei der Geschichte, den sie Julia nicht erzählte. Der Standesbeamte hatte nach der Geburt des Babys gemeint: »Wir müssen die Geburtsurkunde ausstellen. Der Name des Babys lautet Julia Nelson?«

Rosemary hatte schon zustimmen wollen, aber dann hatte sie trotzig überlegt: *Nein. Sie ist Harry Stanfords Tochter, und sie hat ein Recht auf seinen Namen und seine Unterstützung.*

»Meine Tochter hat den Namen Julia Stanford.«

Anschließend hatte sie Harry Stanford geschrieben und ihm Julias Geburt mitgeteilt – aber nie Antwort erhalten.

Die Vorstellung, daß sie mit Leuten verwandt war, von deren Existenz sie nichts gewußt hatte, ließ Julia keine Ruhe; ebenso die Tatsache, daß ihre neuen Verwandten so berühmt waren, daß die Zeitungen ständig über sie berichteten. Und deshalb ging Julia in die öffentliche Bibliothek, um alles zu lesen, was sich über Harry Stanford finden ließ. Sie entdeckte zahllose Artikel über ihn. Er war Milliardär, und er lebte in einer anderen Welt, von der sie und ihre Mutter ausgeschlossen waren.

Als Julia eines Tages wieder einmal wegen ihrer Armut von den Klassenkameradinnen verhöhnt wurde, gab sie trotzig zurück: »Ich bin aber gar nicht arm! Mein Vater ist einer der reichsten Männer der Welt. Wir besitzen eine Jacht und ein Privatflugzeug und ein Dutzend schöner Häuser.«

Ein Lehrer hatte dies gehört. »Julia, komm mal her.«

Julia trat vor.

»Du darfst nicht solche Lügen erzählen.«

»Es ist aber keine Lüge«, widersprach Julia. »Mein Vater ist wirklich ein Milliardär! Er ist mit Königen und Staatspräsidenten bekannt!«

Der Lehrer musterte das kleine Mädchen in den schäbigen Kleidern, das da vor ihm stand, und sagte: »Julia, das ist nicht wahr.«

Julia blieb stur. »Es ist schon wahr!«

Und wieder einmal mußte sie sich bei dem Direktor melden, und danach hatte sie den Namen ihres Vaters in der Schule nie mehr erwähnt.

Julia erfuhr den Grund, warum ihre Mutter von einer Stadt zur anderen zog – wegen der Presse. Da Harry Stanfords Name ständig in der Zeitung stand und die Boulevard- und Regenbogenpresse den alten Skandal immer wieder an die Öffentlichkeit zerrte, fanden die Reporter immer wieder heraus, wer Rosemary Nelson in Wirklichkeit war und wo sie wohnte, und dann sah sie keinen Ausweg mehr, außer wieder einmal die Flucht zu ergreifen.

Julia las jeden Zeitungsartikel über Harry Stanford, die ihr in die Hände fiel, und war jedesmal von neuem versucht, ihn anzurufen. Sie wollte Gewißheit haben – daß Harry während all der Jahre in Wahrheit verzweifelt nach ihrer Mutter gesucht hatte. *Ich werde seine Nummer wählen und ihm mitteilen: »Ich bin deine Tochter. Wenn du uns sehen möchtest...«*

Und dann würde er zu ihnen kommen und sich wieder in ihre Mutter verlieben und ihre Mutter heiraten, und dann würden sie alle zusammen glücklich sein.

Mit dem Tod der Mutter fanden diese Träumereien ein abruptes Ende. Julia litt unter einem überwältigenden Gefühl des Verlusts. *Ich muß meinen Vater verständigen*, dachte sie, *Mutter war doch ein Teil seines Lebens.* Sie verschaffte sich die Telefonnummer des Konzerns in Boston. Dort meldete sich eine weibliche Stimme.

»Guten Morgen, hier Stanford Enterprises.«

Julia zögerte.

»Stanford Enterprises. Hallo? Kann ich Ihnen helfen?«

Julia legte ganz langsam den Hörer auf. *Dieser Anruf wäre Mutter bestimmt nicht recht gewesen.*

Nun war sie also ganz allein und hatte keinen einzigen Menschen mehr.

Zur Beerdigung Rosemary Nelsons auf dem Memorial Park Cemetery in Kansas City fand sich nicht ein einziger weiterer Trauernder ein. *Das ist nicht fair, Mama,* dachte Julia, als sie allein am Grab stand. *Du hast einen Fehler begangen und hast dafür dein ganzes Leben lang büßen müssen. Wenn ich dir doch nur einen Teil deines Leids hätte abnehmen können. Ich habe dich sehr lieb, Mama. Und ich werde dich immer lieb haben.* Alles, was ihr als Erinnerung an ihre Mutter geblieben war, war eine Sammlung von Fotos und Zeitungsausschnitten.

Nach dem Tod ihrer Mutter wandten Julias Gedanken sich den Stanfords zu. Sie waren reich. Sie könnte sie doch um Unterstützung bitten. *Niemals!* sagte sie sich. *Nicht nach all dem, was Harry Stanford meiner Mutter angetan hat.*

Sie mußte jedoch irgend etwas unternehmen, um sich ihren Lebensunterhalt zu verdienen. Sie mußte einen Beruf ergreifen. *Vielleicht könnte ich Gehirnchirurgin werden,* dachte sie. *Oder Malerin? Opernsängerin? Ärztin? Astronautin?*

Sie entschied sich schließlich für einen Sekretärinnenkurs an der Abendschule des Kansas Community College.

Nach Abschluß des Lehrgangs suchte Julia eine Arbeitsvermittlungsagentur auf und fand in dem überfüllten Wartezimmer neben einer hübschen, gleichaltrigen Frau Platz.

»Hi! Ich bin Sally Connors.«

»Julia Stanford.«

»Ich muß einfach eine Stelle finden! Heute noch!« stöhnte Sally. »Ich bin aus meiner Wohnung rausgeworfen worden.«

Julias Name wurde aufgerufen.
»Viel Glück!« sagte Sally.
»Danke.«
Julia betrat das Büro.
»Bitte, setzen Sie sich.«
»Vielen Dank.«
»Wie ich aus Ihrem Bewerbungsformular ersehe, haben Sie einen College-Abschluß und aufgrund von Ferienjobs auch ein wenig Erfahrung. Außerdem hat Ihnen die Sekretärinnenschule eine exzellente Referenz ausgestellt.« Die Stellenvermittlerin suchte im Dossier, das vor ihr auf dem Schreibtisch lag. »Sie schaffen neunzig Wörter Steno pro Minute und tippen sechzig Wörter pro Minute?«
»Ja, Ma'am.«
»Dann könnte ich genau das Richtige für Sie haben. Ein kleines Architekturbüro sucht eine Sekretärin. Das Gehalt ist allerdings leider nicht besonders üppig...«
»Das ist schon in Ordnung«, warf Julia rasch ein.
»Sehr gut. Ich schicke Sie hin.« Sie reichte Julia ein Blatt Papier mit Namen und Adresse. »Das Vorstellungsgespräch ist morgen mittag.«
Julia lächelte dankbar. Sie war richtig aufgeregt.
Als sie das Büro verließ, wurde gerade Sallys Name aufgerufen.
»Ich drücke Ihnen die Daumen, daß Sie eine Stelle bekommen«, sagte Julia.
»Vielen Dank!«
Aus einem unerklärlichen Impuls heraus beschloß Julia, auf Sally zu warten, die zehn Minuten später mit einer glücklichen Miene aus dem Büro kam.
»Ich hab ein Vorstellungsgespräch! Sie hat telefoniert, morgen geh ich zur American Mutual Insurance Company, um mich für die Stelle am Empfang zu bewerben. Wie ist es Ihnen ergangen?«
»Ich werde morgen ebenfalls Bescheid wissen.«

»Wir schaffen es bestimmt, da bin ich ganz sicher. Warum essen wir zur Feier nicht gemeinsam zu Mittag?«

Das Gespräch während des Mittagessens besiegelte die Freundschaft.

»Ich habe mir am Overland Park eine Wohnung angesehen«, sagte Sally. »Wohnzimmer, Küche, Bad und zwei Schlafzimmer. Eine echt hübsche Wohnung. Allein könnte ich sie mir ja nicht leisten, aber wenn wir zu zweit...«

»Liebend gern«, unterbrach Julia und kreuzte die Finger. »Falls ich die Stelle kriege!«

»Wirst du bestimmt!« versicherte ihr Sally.

Auf dem Weg zum Architekturbüro Peters, Eastman & Tolkin überlegte Julia: *Das könnte die große Chance für mich sein. Ich meine, das ist doch nicht bloß so ein Job. Ich arbeite für Architekten! Für Menschen mit Visionen zur Verschönerung der Städte, Menschen, die aus Stein, Stahl und Glas Wunderwerke errichten! Vielleicht werde ich ja selber Architektur studieren, damit ich ihnen helfen und an der Umsetzung ihrer Pläne mitwirken kann.*

Die Büroräume lagen in einem schäbigen alten Geschäftshaus am Amour Boulevard, wo Julia mit dem Lift in den dritten Stock fuhr und im Flur eine arg verschrammte Tür mit dem Schild PETERS, EASTMAN & TOLKIN, ARCHITEKTEN entdeckte. Vor dem Anklopfen atmete sie erst einmal tief durch.

Sie wurde bereits erwartet – im Eingangsraum standen drei Herren, die sie neugierig musterten.

»Sie kommen wegen der Stelle als Sekretärin?«

»Jawohl, Sir.«

»Ich bin Al Peters.« Der Glatzkopf.

»Bob Eastman.« Der mit dem Pferdeschwanz.

»Max Tolkin.« Der Schmerbauch.

Alle drei anscheinend in den Vierzigern.

»Es ist unseres Wissens Ihre erste Stelle als Sekretärin«, bemerkte Al Peters.

»So ist es«, entgegnete Julia und fügte sofort schnell hinzu: »Ich bin aber sehr lernfähig, und ich werde mir große Mühe geben.« Ihre Idee von vorhin, selber Architektin zu werden, ließ sie vorsichtshalber fürs erste unerwähnt; sie hatte den Eindruck, daß es ratsam wäre, damit zu warten, bis sie die drei Herren ein wenig besser kannte.

»In Ordnung, wir können es ja mit Ihnen versuchen«, meinte Bob Eastman, »und mal sehen, wie es so läuft.«

Julia wurde ganz aufgeregt. »Ach, vielen Dank. Ich werde Sie bestimmt nicht –«

»Was das Gehalt betrifft«, unterbrach Max Tolkin, »so tut es uns leid, doch für den Anfang können wir Ihnen wirklich nicht viel zahlen...«

»Das ist schon in Ordnung«, sagte Julia. »Ich –«

»Dreihundert die Woche«, sagte Al Peters.

Max Tolkin hatte leider nur zu recht gehabt – das war in der Tat nicht viel. Julia überlegte kurz und traf eine Entscheidung. »Ich bin einverstanden.«

Den drei Männern war die Erleichterung anzusehen.

»Großartig!« sagte Al Peters. »Darf ich Ihnen das Büro zeigen?«

Die Besichtigung war im Nu erledigt. Außer dem kleinen Empfangsraum gab es drei winzige Büroräume, die eher den Eindruck erweckten, als ob sie von der Heilsarmee eingerichtet worden wären, und die Toilette befand sich am Flurende. Alle drei Herren waren Architekten, Al Peters kümmerte sich um die Finanzen, Bob Eastman fungierte als Akquisiteur von Aufträgen, und Max Tolkin war für die Entwürfe zuständig.

»Sie sind für uns drei tätig«, betonte Al Peters.

»Prima.« Julia nahm sich vor, sich bei ihnen unentbehrlich zu machen.

Al Peters blickte auf seine Armbanduhr. »Es ist genau zwölf Uhr dreißig. Wie wär's mit Mittagessen?«

Julia empfand eine leichte Euphorie: Sie war akzeptiert, ins Team aufgenommen! *Man lud sie zum Mittagessen ein.*

»Ein kleines Stück die Straße hoch«, fuhr Al Peters fort, »finden Sie ein Delikatessengeschäft. Ich hätte gern ein Sandwich mit Corned beef auf Roggenbrot mit Senf und Kartoffelsalat. Und ein Hefeteilchen.«

»Aha.« *Von wegen Einladung zum Mittagessen*, dachte Julia.

»Und ich ein Pastramibrot und eine Hühnersuppe«, sagte Tolkin.

»Jawohl, Sir.«

»Für mich bitte eine Scheibe kalten Braten und ein alkoholfreies Getränk.«

»Ach ja, und geben Sie bitte acht, daß das Corned beef auch schön mager ist«, fügte Al Peters hinzu.

»Mageres Corned beef.«

»Und passen Sie auf, daß die Suppe heiß ist«, rief Max Tolkin.

»In Ordnung. Eine *heiße* Suppe.«

»Und«, warf Bob Eastman ein, »als alkoholfreies Getränk bitte eine Cola Light.«

»Eine Cola Light.«

»Hier haben Sie Geld.« Al Peters gab ihr zwanzig Dollar.

Als Julia eine knappe Viertelstunde später im Delikatessengeschäft dem Mann hinter der Theke die Bestellungen weitergab – ohne etwas für sich selbst zu verlangen –, meinte der Verkäufer: »Sie arbeiten bestimmt bei Peters, Eastman & Tolkin.«

In der darauffolgenden Woche zogen Julia und Sally in die möblierte Wohnung am Overland Park ein, deren Einrichtung durch langjährige Benutzung bei häufigem Mieterwechsel arg strapaziert war. *Da wird garantiert niemand auf die Idee kommen, daß wir im Ritz Hotel abgestiegen sind*, dachte Julia sarkastisch.

»Beim Kochen können wir uns abwechseln«, schlug Sally vor.
»Einverstanden.«
Sallys erste Mahlzeit schmeckte vorzüglich.

Als am nächsten Abend Julia den Kochlöffel übernommen hatte, meinte Sally nach dem ersten Bissen: »Julia, ich bin nicht lebensversichert – warum halten wir's nicht so, daß ich das Kochen übernehme und du das Putzen?«

Die Wohngenossinnen kamen prächtig miteinander aus. An Wochenenden gingen sie im Glenwood 4 ins Kino, die Lebensmitteleinkäufe tätigten sie im Bannister Mall, Kleiderkäufe im Super Flea Discount House. Sie gingen einmal wöchentlich abends in ein billiges Restaurant – in Stephenson's Old Apple Farm oder, wenn sie die Mittelmeerküche bevorzugten, ins Café Max. Und wenn sie sich's leisten konnten, schauten sie bei Charlie Charlies vorbei, um Jazz zu hören.

Die Tätigkeit bei Peters, Eastman & Tolkin machte Julia Spaß. Es wäre eine Untertreibung gewesen, wenn sie behauptet hätte, daß es der Firma nicht besonders gut ging – Klienten und Aufträge waren ausgesprochene Mangelware. Julia mußte sich eingestehen, daß von einem Mitwirken an der Verschönerung kaum die Rede sein konnte; doch die Zusammenarbeit mit den drei Architekten tat ihr gut, denn sie bildeten so etwas wie eine Ersatzfamilie, und jeder vertraute Julia seine persönlichen Probleme an. Sie entpuppte sich als eine fähige, fleißige Sekretärin und hatte das Büro binnen kurzem besser organisiert.

Julia wollte dem Kundenmangel abhelfen, sie wußte nur nicht, wie, bis ihr eines schönen Tages eine Möglichkeit in den Sinn kam, als sie im *Kansas City Star* eine Meldung entdeckte: Ein neugegründeter Chefsekretärinnenverein unter dem Vorsitz von Susan Bandy traf sich zu einem Clubessen.

»Könnte sein, daß ich heute mittag ein bißchen später zurückkomme«, meinte Julia am nächsten Tag.

Al Peters lächelte freundlich. »Kein Problem, Julia.« Sie waren froh, daß sie so eine Sekretärin wie Julia hatten.

Als Julia im Plaza Inn eintraf und sich schnurstracks zu dem gekennzeichneten Saal begab, wurde sie an der Tür von einer Frau angesprochen: »Kann ich etwas für Sie tun?«

»Gewiß. Ich bin zum Chefsekretärinnenessen gekommen.«

»Ihr Name?«

»Julia Stanford.«

Die Frau checkte ihre Namensliste. »Bedaure, aber ich kann Ihren...«

Julia grinste. »Typisch Susan, ich werd gleich ein Wörtchen mit ihr reden. Ich bin Chefsekretärin bei Peters, Eastman & Tolkin.«

Die Frau machte einen unsicheren Eindruck. »Also...«

»Machen Sie sich keine Sorgen. Ich spreche gleich mit Susan.«

Julia marschierte zielbewußt auf eine Gruppe schick gekleideter Damen zu, die in einer Ecke des Bankettsaals standen, um sich bei einer von ihnen höflich zu erkundigen: »Verzeihung, wo ist Susan Bandy?«

»Dort drüben«, sagte die Frau und deutete auf eine hochgewachsene, auffallend hübsche Mittvierzigerin.

Julia ging zu ihr hinüber. »Hallo, ich bin Julia Stanford.«

»Hallo.«

»Ich arbeite bei Peters, Eastman & Tolkin. Sie haben doch bestimmt schon von uns gehört.«

»Nun, ich...«

»Ein expandierendes Architekturbüro in Kansas City.«

»Verstehe.«

»Ich habe leider nur sehr wenig Zeit, aber ich würde gern alles in meinen Kräften Stehende tun, um die Vereinsarbeit zu unterstützen.«

»Das ist sehr freundlich von Ihnen, Miss...?«

»Stanford.«
Damit war der Anfang gemacht.

In dem Verein waren die meisten führenden Firmen vertreten, und es dauerte gar nicht lang, bis Julia ihr Kontaktnetz aufbauen konnte. Sie aß mindestens einmal wöchentlich mit einem Vereinsmitglied allein zu Mittag.
»Unsere Firma plant ein neues Gebäude in Olathe.«
Julia gab die Nachricht schnurstracks an ihre Chefs weiter.
»Mr. Hanley will sich ein Sommerhaus in Toganoxie bauen.«
Bevor irgend jemand anders von solchen anstehenden Aufträgen erfuhr, waren sie bereits bei Peters, Eastman & Tolkin gelandet.
»Sie haben eine Gehaltserhöhung verdient, Julia«, erklärte Bob Eastman eines Tages. »Sie leisten fantastische Arbeit. Sie sind eine Spitzenkraft.«
»Würden Sie mir einen Gefallen tun?«
»Klar doch.«
»Ernennen Sie mich offiziell zur Chefsekretärin, das würde meine Glaubwürdigkeit erhöhen.«

Julia las gelegentlich in der Zeitung über ihren Vater, hin und wieder sah sie ihn auch in einem Fernsehinterview. Gegenüber Sally oder ihren Arbeitgebern erwähnte sie ihn nie.
Als Teenager hatte Julia oft von ihrer Entführung an irgendeinen herrlichen, zauberhaften Ort geträumt, weg von Kansas City, in eine Luxusstadt mit Jachten, Privatflugzeugen und Palästen, doch die Nachricht vom Tode ihres Vaters beendete für immer die Verwirklichung solcher Träume. *Na ja,* dachte sie halb belustigt, *immerhin hab ich meinen Weg in Kansas gemacht.*
Jetzt bin ich allein. Jetzt habe ich gar keine Verwandten mehr. Aber Moment mal, überlegte Julia, *das ist ja gar nicht wahr, ich habe ja noch eine Halbschwester und zwei Halbbrüder. Sie sind*

meine Angehörigen – meine Familie. Sollte ich sie besuchen? Wäre das eine gute Idee? Eine schlechte Idee? Was würden wir wohl füreinander empfinden?

Julia traf eine Entscheidung, die für sie zur Frage von Leben oder Tod werden sollte.

12. KAPITEL

Es war ein Treffen einander fremdgewordener Menschen, da es Jahre her war, daß die Geschwister sich gesehen oder auch nur miteinander in Verbindung gestanden hatten.

Richter Tyler Stanford kam mit dem Flugzeug nach Boston.

Kendall Stanford Renaud flog von Paris ein, ihr Mann Marc reiste mit dem Zug aus New York an.

Woody und Peggy Stanford kamen mit dem Wagen aus Hobe Sound herübergefahren.

Die Erbengemeinschaft war davon in Kenntnis gesetzt worden, daß die Bestattung in der King's Chapel stattfand. Die Straße vor der Kirche war abgesperrt worden, und Polizei war bereitgestellt, um Neugierige zurückzuhalten, die die Ankunft der berühmten Persönlichkeiten beobachten wollten. Angesagt hatten sich für den Trauergottesdienst der Vizepräsident der Vereinigten Staaten von Amerika, Senatoren, Botschafter und Staatsmänner selbst aus so weit entfernten Ländern wie die Türkei und Saudi-Arabien. Harry Stanford hatte in seinem Leben einen großen Schatten geworfen, und die siebenhundert Plätze in der Kapelle würden ausnahmslos besetzt sein.

Tyler sowie Woody und Kendall nebst Ehepartnern trafen sich in der Sakristei, distanziert und verlegen, die nichts verband außer der Tote im Leichenwagen draußen vor der Kirche.

»Darf ich euch meinen Mann Marc vorstellen«, sagte Kendall.

»Meine Frau Peggy. Peggy – meine Schwester Kendall und mein Bruder Tyler.«

Man begrüßte sich höflich, stand beklommen herum, musterte sich gegenseitig, bis ein Ordner sich der Gruppe näherte.

»Verzeihung«, sagte er mit gedämpfter Stimme. »Der Gottesdienst fängt gleich an, würden Sie mir bitte folgen?«

Er führte sie zu der reservierten vordersten Kirchenbank, auf der sie Platz nahmen und warteten. Jeder war mit seinen eigenen Gedanken beschäftigt.

Tyler fühlte sich ausgesprochen unwohl. Seine positiven Erinnerungen an Boston führten zurück in die Zeit, als seine Mutter und Rosemary noch lebten. Seinen Vater hatte er immer nur als Saturn identifiziert, seit er mit elf Jahren einen Druck des berühmten Gemäldes *Saturn frißt seinen Sohn* von Goya gesehen hatte.

Und als Tyler nun zu dem Sarg hinschaute, den die Sargträger in die Kirche hereintrugen, kam ihm der Gedanke: *Saturn ist tot.*

»Ich kenne dein kleines schmutziges Geheimnis.«

Der Geistliche stieg auf die historische Kirchenkanzel, die einem Weinkelch nachgebildet war.

»Und Jesus sagte zu ihr: Ich bin die Auferstehung und das Leben. Wer an mich glaubt, der wird leben, ob er denn stürbe; und wer lebt und an mich glaubt, wird den Tod nicht sehen.«

Woody befand sich in einer euphorischen Stimmung. Er hatte sich vor der Fahrt zur Kirche einen Schuß Heroin verpaßt, und die Wirkung dauerte noch an. Er betrachtete seine Schwester und seinen Bruder. *Tyler hat zugenommen und sieht auch wie ein Richter aus. Kendall ist eine Schönheit geworden. Sie scheint aber unter Druck zu stehen, sie leidet. Weil Vater gestorben ist? Das bestimmt nicht. Sie hat ihn nicht weniger gehaßt als ich.* Er musterte seine Frau, die neben ihm saß. *Schade, daß ich sie ihm nie vorstellen konnte. Er hätte bestimmt einen Herzanfall gekriegt.*

Der Geistliche las weiter.

»Wie ein Vater Mitleid hat mit seinen Kindern, so hat der Herr Mitleid mit denen, die ihn fürchten. Denn er weiß, woraus wir erschaffen sind; er weiß, daß wir Staub sind.«

Kendall hörte nicht zu. Sie mußte an die Geschichte mit dem roten Kleid denken. Ihr Vater hatte sie eines Nachmittags in New York angerufen.

»*Aus dir ist also eine große Modedesignerin geworden, wie? Nun, da wollen wir doch mal sehen, ob du wirklich so gut bist, wie man sagt. Ich gehe Samstag abend mit einer neuen Freundin auf einen Wohltätigkeitsball. Sie hat deine Größe. Ich erteile dir hiermit den Auftrag, für sie ein Kleid zu entwerfen.*«

»*Bis Samstag? Aber Vater, das ist unmöglich, ich...*«

»*Du wirst es trotzdem machen.*«

Sie hatte das häßlichste Kleid geschneidert, das sie sich vorstellen konnte. Mit einer großen schwarzen Schleife vorn und Metern von Rüschen und Spitzen. Was sie ihrem Vater zugeschickt hatte, war eine Monstrosität. Er hatte sich daraufhin telefonisch gemeldet.

»Ich habe das Kleid erhalten. Ach ja, meine Freundin ist am Samstag verhindert, da wirst du mich zu dem Ball begleiten müssen und kannst das Kleid selber tragen.«

»Nein!«

Und dann der furchtbare Satz: »*Du wirst mich doch wohl nicht enttäuschen wollen, oder?*«

Und sie war tatsächlich mit ihm auf den Ball gegangen und hatte sich auch nicht getraut, ein anderes Kleid anzuziehen, und sie hatte sich noch nie so erniedrigt und gedemütigt gefühlt.

»Denn mit nichts sind wir in diese Welt gekommen, und es ist gewiß, daß wir sie mit nichts verlassen.

Der Herr hat's gegeben, der Herr hat's genommen, der Name des Herrn sei gelobt.«

Peggy Stanford fühlte sich unwohl. Sie fand den Pomp der riesigen Kirche und die eleganten Menschen erdrückend. Sie war noch nie in Boston gewesen – Boston, das bedeutete für sie die Welt der Stanfords mit ihrem ganzen Reichtum und ihrer Macht. Die Leute hier waren ihr alle weit überlegen. Sie tastete nach der Hand ihres Mannes.

»Alles Fleisch ist wie Gras, und all die Güte wie die Blumen auf dem Felde... Das Gras verdorrt, die Blume verwelkt; aber das Wort des Herrn bleibet immer und ewiglich.«

Marc konnte den Erpresserbrief nicht vergessen, den seine Frau erhalten hatte. Der Brief war sehr umsichtig formuliert worden, sehr raffiniert, und es wäre völlig unmöglich, herauszufinden, wer dahintersteckte. Marc warf einen verstohlenen Blick auf Kendall, die blaß und angespannt neben ihm saß. *Wieviel wird sie wohl noch aushalten können?* überlegte er und rückte näher an sie heran.

»... wir empfehlen dich Gottes Gnade und Barmherzigkeit an. Der Herr segne dich und behüte dich. Der Herr lasse sein Angesicht über dir leuchten und sei dir gnädig. Der Herr... und gebe dir seinen Frieden, jetzt und immerdar. Amen.«

Am Ende des Gottesdienstes gab der Geistliche bekannt: »Die Begräbnisfeier wird im engsten, privaten Kreis stattfinden – nur für Familienangehörige.«

Tyler betrachtete den Sarg und dachte an die Leiche darin. Er war am Vorabend vom Bostoner Logan International Airport direkt zum Bestattungsinstitut gefahren, da er dort sein wollte, bevor der Sarg versiegelt wurde.

Er hatte seinen Vater als Toten sehen wollen.

Woody schaute dem Sarg nach, der an den Trauergästen vorbei aus der Kirche hinausgetragen wurde, und konnte ein Lächeln nicht unterdrücken: *Man ließ die Leute hören, was sie hören wollen.*

Die Bestattungszeremonie auf dem alten Mount Auburn Cemetery in Cambridge war kurz. Die Familie beobachtete, wie Harry Stanford in seine letzte Ruhestätte hinabgelassen wurde, und nachdem der Geistliche eine Handvoll Erde auf den Sarg geworfen hatte, sagte er zu den Umstehenden: »Sie müssen nicht länger bleiben, wenn Sie es nicht wünschen.«

Woody nickte. »Gut.« Die Wirkung des Heroins begann nachzulassen, und er wurde allmählich nervös und unsicher. »Machen wir, daß wir hier wegkommen.«

»Und wohin sollen wir gehen?« fragte Marc.

Tyler antwortete: »Wir wohnen in Rose Hill, und wir bleiben, bis die Nachlaßfrage geklärt ist.«

Wenig später saßen sie in Limousinen und waren zum Haus unterwegs.

Boston hatte eine streng hierarchisch gegliederte Gesellschaft: Die Neureichen wohnten an der Commonwealth Avenue, die Aufsteiger an der Newbury Street. Die nicht so wohlhabenden, alten Familien hatten ihr Domizil an der Marlborough Street. Als gute Adresse galt das neue Wohnviertel von Back Bay, doch war Beacon Hill nach wie vor die Zitadelle der ältesten und reichsten Familien – ein faszinierendes Gemisch von Stadthäusern aus dem neunzehnten Jahrhundert und modernen Sandsteingebäuden, alten Kirchen und schicken Einkaufszentren.

Rose Hill, der Sitz der Stanfords, stand in Beacon Hill – ein herrliches altes Gebäude aus dem neunzehnten Jahrhundert auf einem drei Morgen großen Grundstück, das bei den Stanford-Kindern nur unangenehme Erinnerungen weckte, als die Limousinen vor dem Haus hielten und alle ausstiegen. Sie blickten mit sichtlichem Befremden auf den alten Familienbesitz.

»Ich kann mir gar nicht vorstellen, daß Vater nicht auf uns wartet«, meinte Kendall.

»Er ist vollauf damit beschäftigt, die Dinge in der Hölle auf Trab zu bringen«, erwiderte Woody mit einem hämischen Grinsen.

Tyler holte tief Luft. »Gehen wir hinein.«

Beim Näherkommen öffnete sich die Eingangstür wie von selbst, und vor ihnen stand Clark, der Butler – ein Mann in den Siebzigern, ein würdevoller, tüchtiger Diener, der seit mehr als dreißig Jahren in Rose Hill beschäftigt war und das Großwerden der Kinder und die Familientragödien miterlebt hatte.

Beim Anblick der Gruppe hellte sich Clarks Gesicht auf. »Guten Tag!«

Kendall umarmte ihn herzlich. »Wie schön, Sie wiederzusehen, Clark!«

»Es ist lange her, Miss Kendall.«

»Ich bin jetzt Mrs. Renaud, und das hier ist mein Mann – Marc.«

»Angenehm.«

»Meine Frau hat mir viel von Ihnen erzählt.«

»Hoffentlich nicht allzuviel Schlechtes, Sir.«

»Ganz im Gegenteil, an Sie hat meine Frau nur gute Erinnerungen.«

»Vielen Dank, Sir.« Clark wandte sich Tyler zu. »Guten Tag, Richter Stanford.«

»Hallo, Clark.«

»Es ist eine Freude, Sie wiederzusehen, Sir.«

»Danke fürs Kompliment. Sie sehen gut aus.«

»Sie auch, Sir, und herzliches Beileid.«

»Danke. Haben Sie es so einrichten können, daß wir hier alle wohnen?«

»O ja. Ich denke doch, daß wir es allen bequem machen können.«

»Wohne ich wieder in meinem alten Zimmer?«

Clark lächelte. »So ist es.« Er sagte zu Woody: »Ich freue mich, Sie wiederzusehen, Mr. Woodrow. Ich möchte –«

Woody klammerte sich an Peggys Arm. »Komm schon«, sagte er schroff. »Ich möchte mich frisch machen.«

Die anderen waren überrascht, als Woody mit Peggy an ihnen vorbeieilte und die Treppe hinaufstürmte.

Die anderen begaben sich ins riesige Wohnzimmer, das von zwei massiven Louis-XIV-Schränken dominiert wurde, wenngleich dort auch ein Konsoltischchen aus Edelholz mit eingefaßter Marmorplatte und ein paar exquisite antike Stühle und Sofas im Raum standen, ein Messingkandelaber von der hohen Decke herabhing und an den Wänden mittelalterliche Gobelins prunkten.

»Richter Stanford«, sagte Clark, »ich habe Ihnen eine Nachricht zu bestellen. Mr. Simon Fitzgerald bittet um Ihren Anruf und um Mitteilung, wann eine Zusammenkunft mit den Familienmitgliedern genehm wäre.«

»Wer ist Simon Fitzgerald?« fragte Marc.

»Unser Hausanwalt«, erwiderte Kendall. »Er war schon immer für Vater tätig, aber wir haben ihn nie persönlich kennengelernt.«

»Er wird vermutlich die testamentarischen Verfügungen mit uns besprechen wollen«, klärte Tyler die anderen auf. »Wenn es euch recht ist, schlage ich einen Termin für morgen früh vor.«

»Das wäre ganz in unserem Sinne«, sagte Kendall.

»Der Küchenchef muß das Abendessen vorbereiten«, warf Clark ein. »Ist Ihnen acht Uhr genehm?«

»Ja«, antwortete Tyler, »und vielen Dank.«

»Die Zimmer werden Ihnen die beiden Hausmädchen zeigen – Eva und Millie.«

Tyler sagte zu Kendall und Marc: »Wir treffen uns um acht Uhr im Eßzimmer, einverstanden?«

Als sie in ihrem Zimmer im ersten Stock waren, fragte Peggy besorgt: »Geht's dir nicht gut?«

»Ist schon okay«, knurrte Woody. »Laß mich in Ruhe.«

Er verschwand im Badezimmer und knallte die Tür hinter sich zu. Sie wartete draußen.

Zehn Minuten später kam ein strahlender Woody heraus. »Hi, Baby.«

»Hi.«

»Nun, wie gefällt dir das alte Haus?«

»Es ist... riesig groß.«

»Gräßlich ist's.« Er kam zum Bett herüber und nahm sie in die Arme. »Dies war mein Zimmer, als Junge. Damals waren die Wände vollgehängt mit Sportposters – von den Bruins, den Celtics, den Red Sox. Ich wollte doch Sportler werden, und ich hatte berechtigte Hoffnungen, große Hoffnungen. Auf dem Internat hab ich's im Abschlußjahr zum Kapitän der Footballmannschaft gebracht, und wegen unserer Erfolge haben sich die Footballtrainer Dutzender von Colleges um mich gerissen und mir freie Studienplätze angeboten.«

»Und für welches College hast du dich entschieden?«

Er schüttelte den Kopf. »Für gar keines. Mein Vater war der Auffassung, daß die Colleges nur am Namen Stanford interessiert waren und daß sie nur Geld von ihm wollten. Er hat mich auf eine Ingenieurschule geschickt, wo überhaupt kein Football gespielt wurde.« Woody schwieg. Dann murmelte er leise: »Und dabei hätte ich's bis zum Wettkämpfer bringen können...«

Sie blickte ihn verständnislos an. »Was?«

Er hob den Kopf. »Hast du denn den Film *On the Waterfront* nicht gesehen?«

»Nein.«

»Der Satz ist ein Zitat aus diesem Film von Marlon Brando. Er bedeutet, daß wir beide um unsere Chance betrogen worden sind.«

»Dein Vater muß sehr streng mit dir gewesen sein.«

Woody stieß ein kurzes, verächtliches Lachen aus. »Das ist das Netteste, was je über ihn gesagt worden ist. Ich kann mich an eine Geschichte aus der Kindheit erinnern: Als kleiner Junge bin ich vom Pferd gefallen, aber ich wollte wieder aufsitzen und weiterreiten, doch mein Vater hat mir's nicht erlaubt. ›Du wirst nie richtig reiten lernen‹, hat er mir an den Kopf geworfen. ›Dafür bist du viel zu ungelenk.‹« Woody schaute zu ihr hoch. »Jetzt weißt du auch den Grund, warum ich ein Top-Polospieler geworden bin.«

Sie saßen in drückendem Schweigen bei Tisch, Fremde, die sich nichts zu sagen hatten; das einzige, was sie verband, waren ihre Kindheitstraumata.

Kendall ließ ihren Blick durchs Eßzimmer wandern, schreckliche Erinnerungen mischten sich mit einem Gefühl der Bewunderung für die Schönheit des Raums. Der Eßtisch stammte aus Frankreich, ein frühes Louis-XV-Möbelstück; die Stühle aus Walnußholz stammten aus dem Directoire, und der blau- und cremefarben bemalte Schrank in der Ecke war ein seltenes französisches Stück aus der Provinz. Die Bilder an den Wänden waren Watteaus und Fragonards.

Kendall richtete ihren Blick auf Tyler. »Ich habe in der Zeitung von deinem Urteil im Fall Fiorello gelesen. Das hat ja einigen Staub aufgewirbelt. Ich finde, daß er die Strafe, die du ihm aufgebrummt hast, voll und ganz verdient.«

»Der Richterberuf muß wirklich aufregend sein.«

»Manchmal schon.«

»Mit was für Fällen hast du eigentlich zu tun?« erkundigte sich Marc.

»Strafrecht – Vergewaltigungen, Drogen, Mord.«

Kendall wurde plötzlich blaß und wollte etwas sagen, doch Marc nahm ihre Hand und drückte sie fest – zur Warnung.

»Und aus dir ist eine erfolgreiche Modedesignerin geworden«, bemerkte Tyler höflich.

»Ja.« Kendall hatte Mühe zu sprechen.

»Sie ist fantastisch«, lobte Marc.

»Und was machst du, Marc?«

»Ich arbeite in einer Börsenfirma.«

»Aha – du bist einer von den jungen Wallstreet-Millionären.«

»Nicht wirklich. Ich stehe noch ganz am Anfang.«

Tyler warf Marc einen herablassenden Blick zu. »Da kannst du ja von Glück reden, daß du eine so tüchtige Frau hast.«

Kendall errötete und flüsterte Marc ins Ohr: »Hör nicht hin und vergiß nie, daß ich dich liebe.«

Bei Woody begann die Wirkung der Droge spürbar zu werden. Er musterte seine Frau kritisch von Kopf bis Fuß. »Peggy könnte ein paar anständige Sachen gebrauchen«, sagte er. »Dabei ist's ihr selber völlig egal, wie sie aussieht. Hab ich recht, mein Engel?«

Peggy errötete und wußte nicht, was sie darauf antworten sollte.

»Vielleicht ein Kellnerinnen-Outfit?« schlug Woody höhnisch vor.

»Entschuldigt mich«, sagte Peggy, stand auf und floh nach oben.

Die Blicke der anderen richteten sich fragend auf Woody.

Er grinste frech. »Was soll's? Sie ist überempfindlich. Na gut, dann werden wir uns also morgen über das Testament unterhalten, wie?«

»So ist es«, entgegnete Tyler.

»Ich geh jede Wette mit dir ein, daß der Alte uns nicht mal 'nen Pfennig vermacht hat.«

»Er muß euch doch ein Riesenvermögen hinterlassen haben«, bemerkte Marc befremdet.

Woody schnaubte verächtlich. »Da kennst du unseren Vater aber schlecht. Der hat *uns* wahrscheinlich nur seine alten Jacketts und eine Kiste Zigarren vererbt, denn bei Lebzeiten hat er das viele Geld hauptsächlich dazu verwendet, uns unter Kontrolle zu halten. Es hieß bei ihm immer: ›Du wirst mich doch wohl nicht enttäuschen wollen, oder?‹, und dann sind wir jedesmal wieder hübsch brav geworden – weil er, du hast es ja gerade selbst gesagt, das viele Geld hatte. Na ja, ich wette, er hat am Ende einen Weg gefunden, es mitzunehmen.«

»Morgen werden wir es ja wissen, nicht wahr?« sagte Tyler beruhigend.

Als Simon Fitzgerald am nächsten Morgen in Begleitung von Steve Sloane eintraf, führte Clark die beiden Anwälte in die Bibliothek. »Ich werde die Familienangehörigen verständigen, daß Sie da sind«, sagte er und ließ sie allein.

Die Bibliothek, ein großer Raum mit einer dunklen Eichenholztäfelung und hohen Wandregalen voller Bücher mit schönen Lederrücken, wirkte noch größer, da er sich durch zwei breite Fenstertüren zum Garten hin öffnete. Dank der geschickt gruppierten, tiefen Sessel und den italienischen Leselampen strahlte er eine einladende Gemütlichkeit aus. In einer Ecke stand ein Mahagonivitrinenschrank, eine Spezialanfertigung, die Harry Stanfords beneidenswerte Schußwaffensammlung präsentierte, mit Schubladen unter dem Schaukasten, die eigens zur Aufbewahrung der Munition entworfen worden waren.

»Das dürfte ein interessanter Vormittag werden«, meinte Steve Sloane. »Ich bin neugierig, wie sie reagieren werden.«

»Wir werden es bald genug erfahren.«

Kendall und Marc traten als erste ein.

»Guten Morgen«, grüßte Simon Fitzgerald und stellte sich und Steve Sloane vor.

»Ich bin Kendall Renaud – mein Mann, Marc Renaud.«

Die Männer gaben sich die Hand.

Als nächste fanden sich Woody und Peggy ein.

Kendall machte sie mit den Anwälten bekannt.

»Hi«, sagte Woody. »Haben Sie das Geld gleich bar mitgebracht?«

»Also, um ehrlich zu sein...«

»Ich mach doch bloß Spaß«, meinte Woody, bevor er Peggy vorstellte und fortfuhr: »Ich würde natürlich schon gern wissen, ob der alte Herr mir was vermacht hat oder...«

In diesem Moment erschien Tyler.

»Guten Morgen.«

»Richter Stanford?«

»Ja.«

»Ich bin Simon Fitzgerald, neben mir steht mein Partner Steve Sloane. Steve hat die Überführung der Leiche Ihres Vaters aus Korsika in die Wege geleitet.«

Tyler wandte sich Steve zu. »Ich bin Ihnen sehr verbunden. Übrigens – da in den Medien unterschiedliche Versionen über den Hergang herumgeistern, wissen wir nicht so recht, was genau passiert ist. War es ein Verbrechen?«

»Nein. Allem Anschein nach handelte es sich wirklich um einen Unfall im Zusammenhang mit einem furchtbaren Sturm, in den die Jacht Ihres Vaters vor der korsischen Küste geriet. Laut Augenzeugenaussage des Leibwächters Dmitri Kaminski stand Ihr Vater auf dem Deck vor seiner Kabine im Freien, als ihm eine Windböe Unterlagen aus der Hand riß, die er wieder einfangen wollte – und dabei hat er das Gleichgewicht verloren und ist über Bord gefallen. Und als er aus dem Wasser gezogen wurde, kamen alle Wiederbelebungsversuche zu spät.«

Kendall erschauderte. »Welch furchtbare Art zu sterben!«

»Haben Sie mit dieser Person ... mit Kaminski gesprochen?« wollte Tyler wissen.

»Leider nein. Bei meiner Landung in Korsika hatte er die Insel bereits verlassen.«

»Der Kapitän der Jacht«, erläuterte Simon Fitzgerald, »hatte Ihren Vater vorher inständig gewarnt, bei diesem Sturm auszulaufen. Aus einem uns nicht bekannten Grund hatte Ihr Vater es jedoch sehr eilig, nach Amerika zurückzukehren. Er hatte einen Helikopter gechartert, der ihn von Korsika aus nach Hause bringen sollte. Es gab da wohl irgendein dringendes Problem.«

»Und Sie wissen, was für ein Problem das war?« fragte Tyler.

»Leider nein. Ich befand mich in den Ferien, als er anrief und mir ausrichten ließ, er müsse mich unbedingt sofort in Boston sprechen. Ich weiß also nicht, um was –«

»Das alles ist ja recht interessant«, unterbrach ihn Woody, »aber längst Vergangenheit, oder? Wir müssen über Vaters Testament reden.« Seine Hände zitterten. »Hat er uns nun was vermacht oder nicht?«

»Warum nehmen wir nicht Platz?« schlug Tyler vor.

Sie setzten sich. Simon Fitzgerald nahm ihnen gegenüber hinter dem Schreibtisch Platz, öffnete seine Aktentasche und begann, die Papiere herauszuholen.

Woody wäre vor Ungeduld fast geplatzt. »Also, was ist nun! Um Himmels willen! Ja oder nein?«

»Woody!« sagte Kendall mahnend. »Du ...«

Doch ihr Bruder schnitt ihr das Wort ab. »Ich kenne die Antwort schon! Nicht einen verdammten Cent hat er uns hinterlassen!«

Fitzgerald musterte die Gesichter der Sprößlinge von Harry Stanford mit ausdrucksloser Miene. »Ganz im Gegenteil«, erklärte er nüchtern, »die Hinterlassenschaft geht zu gleichen Teilen an Sie alle.«

Steve konnte die Euphorie spüren, die sich plötzlich im Raum ausbreitete.

Woody starrte Fitzgerald mit offenem Mund an. »*Was?* Ist das Ihr Ernst?« Er sprang auf. »Aber das ist ja fantastisch!« Er drehte sich zu den anderen um. »Habt ihr das gehört? Der alte Mistkerl hat endlich einmal an uns gedacht!« Er richtete den Blick wieder auf Fitzgerald. »Um welche Summe handelt sich's denn?«

»Ich verfüge nicht über eine Kenntnis der genauen Zahlen. Laut der Zeitschrift *Forbes* – in ihrer jüngsten Nummer – beläuft sich der Wert des Konzerns Stanford Enterprises auf sechs Milliarden Dollar, die im wesentlichen in Firmen angelegt sind. Die liquiden Mittel betragen vierhundert Millionen Dollar.«

Die Mitteilung verschlug Kendall fast den Atem. »Aber das würde ja heißen, daß jeder von uns mehr als hundert Millionen Dollar kriegt. Unglaublich!« *Und für mich persönlich bedeutet es Freiheit!* jubelte sie innerlich. *Ich kann mich für immer freikaufen.* Sie strahlte und drückte heimlich Marcs Hand.

»Glückwunsch«, sagte Marc, der eine konkrete Vorstellung davon hatte, was eine solche Summe bedeutete.

Simon Fitzgerald hob die Stimme. »Wie Sie wissen, hat Ihr Vater persönlich neunundneunzig Prozent der Aktien an den Stanford Enterprises gehalten – diese Aktien fallen nun zu gleichen Teilen an die Kinder. Im übrigen«, er sah Tyler an, »geht das bisher treuhänderisch verwaltete, restliche eine Prozent der Aktien mit dem Tode Ihres Vaters in Ihr persönliches Eigentum über, Richter Stanford. Selbstverständlich sind vorher gewisse Formalitäten zu erledigen. Außerdem muß ich Sie von der Möglichkeit eines weiteren, vierten Erben in Kenntnis setzen.«

»Eines weiteren Erben?« fragte Tyler, als ob er nicht richtig gehört hätte.

»Das Testament Ihres Vaters enthält die ausdrückliche Bestimmung, daß seine Hinterlassenschaft zu gleichen Teilen unter allen Nachkommen aufzuteilen ist.«

Peggy stutzte. »Was... was hat das zu bedeuten – ›alle Nachkommen‹?«

Tyler klärte sie auf. »Einschließlich außerehelicher und rechtmäßig adoptierter Kinder.«

Fitzgerald nickte. »Ganz recht. Damit werden alle außerhalb der Ehe geborenen Kinder wie die Kinder aus der Ehe von Vater und Mutter behandelt, deren Schutz und Interessen nach Gesetz und Recht gewährleistet sind.«

»Und was heißt das nun konkret?« fragte Woody unwirsch.

»Konkret heißt das: Es könnte auch noch eine andere Person Anspruch auf das Erbe erheben.«

Kendall sah ihm offen in die Augen. »Wer denn?«

Simon Fitzgerald zögerte, mußte sich aber eingestehen, daß Rücksicht und Takt in diesem Moment nicht weiterhelfen würden. »Sie sind sich, wie ich gewiß annehmen darf, der Tatsache bewußt, daß Ihr Vater vor vielen Jahren mit der Gouvernante hier in Rose Hill ein Kind zeugte.«

»Mit Rosemary Nelson«, sagte Tyler.

»Genau. Die Tochter wurde im St.-Josephs-Krankenhaus in Milwaukee geboren und auf den Namen Julia getauft.«

Man hätte die Stille im Raum mit dem Messer schneiden können.

»He!« rief Woody. »Das ist ziemlich genau fünfundzwanzig Jahre her.«

»Sechsundzwanzig, um ganz genau zu sein.«

»Weiß jemand, wo sie lebt?« fragte Kendall.

Simon Fitzgerald klang plötzlich wieder Harry Stanfords Stimme im Ohr. *Sie hat mir geschrieben, daß sie ein Mädchen zur Welt gebracht hat. Aber wenn sie meint, daß sie deswegen auch nur einen Cent von mir bekommt, dann soll sie zur Hölle fahren.*

»Nein«, antwortete Fitzgerald gedehnt, »das weiß niemand.«

»Wozu zerbrechen wir uns dann den Kopf?!« rief Woody laut.

»Ich habe nur sichergehen wollen, daß Sie alle sich darüber im klaren sind – falls diese Tochter auftaucht, hat sie Anrecht auf ein gleichgroßes Erbteil wie Sie.«

»Damit wird ja wohl kaum zu rechnen sein«, wandte Woody ein. »Sie weiß wahrscheinlich nicht einmal, wer ihr Vater war.«

An diesem Punkt schaltete Tyler sich mit einer Frage an Simon Fitzgerald ein. »Sie haben vorhin gesagt, daß Ihnen der genaue Wert der Hinterlassenschaft unbekannt ist. Darf ich nach dem Grund fragen?«

»Weil unsere Kanzlei Ihren Vater privat vertreten hat, in seinen geschäftlichen Belangen wurde er von zwei anderen Anwaltskanzleien betreut, mit denen ich schon mit der Bitte um baldmögliche Aufklärung über die Finanzlage Verbindung aufgenommen habe.«

»Aber um was für einen zeitlichen Rahmen geht es hier?« erkundigte sich Kendall. »*Wir brauchen zur Deckung unserer aufgelaufenen Unkosten unverzüglich hunderttausend Dollar.*«

»Zwei bis drei Monate vermutlich.«

»Besteht denn keine Möglichkeit«, erkundigte sich Marc, der die sorgenumwölkte Miene seiner Frau bemerkte, »da ein bißchen Druck auszuüben?«

»Leider nein.« Die Antwort kam von Steve Sloane, der erläuterte: »Das Testament muß nämlich zuerst vom Nachlaßgericht für unbedenklich befunden werden, und der Terminkalender des Nachlaßgerichts ist gedrängt voll.«

»Was ist denn das schon wieder – ein Nachlaßgericht?« fragte Peggy unsicher.

»Nachlaß«, belehrte sie Tyler, »ist ein anderer Ausdruck für Hinterlassenschaft, und über deren Verwendung verfügt das Testament, weshalb die Frage nach seiner Rechtsgültigkeit –«

»Sie hat dich doch nicht um Nachhilfeunterricht gebeten!« schimpfte Woody. »Warum können wir die Sache nicht einfach so erledigen?«

»So funktioniert die Rechtsordnung nun einmal nicht«, wies

Tyler ihn scharf zurecht. »Nach einem Todesfall muß das Testament dem Nachlaßgericht vorgelegt werden. Dann müssen sämtliche Besitztümer des Toten – Immobilien, Aktien, Barmittel, Schmuck – erfaßt, geschätzt und aufgelistet werden, und die Inventarliste muß dann ebenfalls beim Gericht hinterlegt werden. Dann gilt es noch, die Frage der Erbschaftssteuern zu klären und vorrangige Sondervermächtnisse abzuführen. Erst nachdem all das geschehen ist, kann ein Antrag um Erlaubnis zur Aufteilung der restlichen Erbmasse an die Erben eingereicht werden.«

Woody grinste. »Na schön, was macht das schon? Ich habe vierzig Jahre darauf warten müssen, Millionär zu werden, da werde ich mich jetzt noch ein bis zwei Monate länger gedulden können.«

Simon Fitzgerald erhob sich. »Abgesehen von dem Vermächtnis Ihres Vaters an Sie, gibt es ein paar kleinere Schenkungen, welche allerdings die Substanz der Hinterlassenschaft nicht berühren.« Er ließ seinen Blick über die Anwesenden gleiten. »Wenn es sonst nichts gibt, was ich für Sie –«

Tyler stand ebenfalls auf. »Ich denke nicht. Wir sind Ihnen beiden sehr zu Dank verpflichtet – Mr. Fitzgerald, Mr. Sloane. Falls irgendwelche Fragen auftreten sollten, werden wir mit Ihnen Kontakt aufnehmen.«

Fitzgerald verabschiedete sich mit einem höflichen Kopfnicken: »Meine Damen, meine Herren«, sagte er, drehte sich um und ging, gefolgt von Steve Sloane, hinaus.

In der Auffahrt wandte Simon Fitzgerald sich zu Steve um. »So, nun hast du seine Kinder kennengelernt. Was ist dein Eindruck?«

»Das war eher eine Jubelfeier als eine Versammlung von Trauernden. Da gibt es jedoch einen Punkt, den ich wirklich nicht begreife, Simon. Wenn Harry Stanford, und daran besteht ja wohl kein Zweifel, seine Kinder genauso gehaßt hat wie sie ihn – warum hat er ihnen dann alles hinterlassen?«

Simon Fitzgerald zuckte die Schultern. »Das werden wir vermutlich nie erfahren. Vielleicht wollte er mich deshalb unbedingt sprechen – weil er sein Testament ändern und sein Vermögen jemand anders vermachen wollte.«

In dieser Nacht fand niemand Schlaf, alle waren mit ihren Gedanken beschäftigt.

Tyler dachte: *Es ist eine Tatsache. Es ist Wirklichkeit. Ich kann Lee die Welt zu Füßen legen. Ich kann Lee alles bieten. Alles!*

Kendall dachte: *Sobald ich das Geld habe, werde ich einen Weg finden, um sie für immer zufriedenzustellen, ich werde dafür sorgen, daß sie mich nie mehr belästigen.*

Woody dachte: *Ich werde die besten Polopferde der Welt besitzen, und mich nicht mehr mit Leihpferden begnügen müssen. Ich werde ein Spieler der absoluten Spitzenklasse!* Er warf einen Blick auf seine Frau, die neben ihm lag und schlief. *Als allererstes werde ich mir aber diese dumme Kuh vom Hals schaffen.* Er korrigierte sich sofort: *Nein, das darf ich nicht tun...* Er stieg aus dem Bett, ging ins Bad, und als er wieder herauskam, fühlte er sich bereits wieder gut.

Beim Frühstück herrschte eine geradezu überschwenglich gute Laune.

»Nun erzählt mal!« sagte Woody munter, »ihr habt doch bestimmt Pläne geschmiedet.«

Marc zuckte die Schultern. »Wie soll man denn in so einer Situation konkrete Pläne schmieden? Solch große Summen übersteigen einfach jedes Vorstellungsvermögen!«

»Die Erbschaft wird unser aller Leben von Grund auf verändern«, versicherte Tyler.

Woody nickte zustimmend. »Der Mistkerl von einem Vater hätte es uns schenken sollen, als er noch lebte – da hätten wir alle miteinander Freude gehabt. Wenn es nicht unschicklich wäre, Tote zu hassen, dann würde ich euch jetzt was erzählen...«

»Woody!« rief Kendall tadelnd.

»Wir wollen doch keine Heuchler sein. Wir haben ihn alle verachtet, und er hatte es verdient. Erinnert euch doch nur, wie er versucht hat, uns –«

In dem Moment betrat Clark den Raum, blieb an der Tür stehen und sagte: »Entschuldigung, aber draußen wartet eine gewisse Julia Stanford.«

Mittag

13. KAPITEL

»Julia Stanford?«

Sie sahen sich bestürzt an, waren wie versteinert.

Woody explodierte. »Wenn das Julia Stanford ist, freß ich 'nen Besen!«

»Ich schlage vor«, warf Tyler ein, »daß wir in die Bibliothek gehen«, um gleich darauf Clark anzuweisen: »Bringen Sie die junge Dame bitte dorthin.«

»Jawohl, Sir.«

In der Tür blieb sie stehen, blickte zu ihnen herüber, und es war nicht zu übersehen, daß ihr die Situation peinlich war. »Ich... ich wäre wohl besser nicht gekommen.« Ihre Stimme zitterte.

»Da haben Sie verdammt recht!« platzte Woody heraus. »Wer sind Sie überhaupt?«

»Ich bin Julia Stanford.« Sie war so nervös, daß sie stotterte.

»Ich will doch nicht wissen, wie Sie sich *nennen*!« fuhr er sie an. »Ich will wissen, wer Sie *sind*! Wer Sie *wirklich* sind, meine ich.«

Sie wollte etwas sagen. »Ich...«

Sie schluckte und schüttelte den Kopf. »Meine Mutter hieß Rosemary Nelson. Harry Stanford war mein Vater.«

Die anderen tauschten fragende Blicke.

»Können Sie das beweisen?« fragte Tyler.

»Ich glaube nicht«, sie räusperte sich, »daß ich dafür einen vorzeigbaren Beweis habe.«

»Natürlich nicht!« donnerte Woody. »Wie können Sie den Nerv haben, uns –«

Kendall unterbrach ihn. »Sie können sich gewiß vorstellen, daß Ihr Erscheinen uns überrascht. Falls Ihre Behauptung wahr ist, dann... wären Sie ja unsere Halbschwester.«

Julia nickte. »Sie sind Kendall.« Sie deutete mit einer Kopfbewegung zum Richter. »Sie sind Tyler.« Sie sah den jüngeren Bruder an. »Und Sie sind Woodrow, man nennt Sie aber Woody.«

»Was Sie natürlich in jeder beliebigen Illustrierten gelesen haben könnten«, bemerkte Woody mit ätzendem Sarkasmus.

Da schaltete sich Tyler ein. »Sie können sich gewiß in unsere Lage versetzen, Miss... ähm... Ohne einen hieb- und stichfesten Beweis können wir unmöglich akzeptieren, daß...«

»Verstehe.« Sie schaute sich unsicher um. »Ich weiß gar nicht, warum ich überhaupt hergekommen bin.«

»Ach nein, da bin ich aber anderer Ansicht«, höhnte Woody. »Der Grund liegt doch klar auf der Hand – das Geld.«

»Ich bin nicht am Geld interessiert!« widersprach sie in einem Ton der Entrüstung. »In Wahrheit ist es so, daß ich... Ich hatte nur gehofft, endlich meine Angehörigen kennenzulernen... meine Familie.«

Kendall musterte sie prüfend. »Und wo ist Ihre Mutter?«

»Sie ist gestorben. Als ich die Nachricht vom Tod unseres Vaters las...«

»Haben Sie sofort beschlossen, uns aufzusuchen«, brachte Woody ihren Satz zu Ende.

Tyler ignorierte ihn. »Sie behaupten«, wandte er sich an die junge Frau, »daß Sie keinen juristischen Beweis für Ihre Identität besitzen?«

»Einen juristischen...? Nein, ich glaube nicht. Diese Frage ist mir nie in den Sinn gekommen. Aber manche Dinge könnte ich unmöglich wissen, wenn ich sie nicht von meiner Mutter gehört hätte.«

»Was zum Beispiel?« fragte Marc.

Sie dachte kurz nach. »Ich kann mich erinnern, daß meine Mutter ein Gewächshaus hinter dem Hause hier erwähnte. Sie war eine Pflanzen- und Blumennärrin und hat dort oft Stunden zugebracht...«

»Von dem Gewächshaus hat mehr als eine Zeitschrift Fotos gebracht!«

»Was haben Sie sonst noch von Ihrer Mutter gehört?« wollte Tyler wissen.

»Ach, Sie hat mir ja so viel erzählt! Von Ihnen allen und von der schönen Zeit, die sie damals mit Ihnen erlebt hat – meine Mutter hat immer wieder gern davon erzählt.« Sie überlegte. »An einem Tag ist meine Mutter beispielsweise mit Ihnen, da müssen Sie aber noch ganz klein gewesen sein, vielleicht können Sie sich deshalb nicht mehr daran erinnern, im Schwanenboot über den Teich gerudert, und dabei ist einer von Ihnen fast ins Wasser gefallen. Ich weiß aber nicht mehr, wer es gewesen ist.«

Woody und Kendall schauten Tyler an.

»Das war ich«, bekannte Tyler.

»An einem anderen Tag hat meine Mutter Sie zum Einkaufen bei Fylene mitgenommen, und ein Kind hat sich im Kaufhaus verlaufen, was große Panik ausgelöst hat.«

»An dem Tag habe ich die anderen verloren«, gestand Kendall.

»Ja? Sonst noch was?« fragte Tyler.

»Einmal hat meine Mutter Sie zum Union Oyster House mitgenommen, da haben Sie zum ersten Mal Austern gegessen, davon ist Ihnen schlecht geworden.«

»Ich kann mich daran erinnern.«

Schweigen. Die drei Geschwister wechselten verlegene Blicke.

Die junge Frau sah Woody offen in die Augen. »Und Sie sind mit meiner Mutter einmal nach Charlestown zur Besichtigung der *USS Constitution* im Hafen der Kriegsmarine gefahren und wollten dann nicht mehr vom Schiff herunter. Meine Mutter hat Sie förmlich von dort wegschleifen müssen.« Sie richtete den Blick auf Kendall. »Und Sie haben einmal in den öffentlichen Parks Blumen gepflückt und wären deshalb beinah eingesperrt worden.«

Kendall schluckte. »Stimmt.«

Inzwischen hörten alle im Raum gebannt zu.

»An einem anderen Tag hat meine Mutter Sie alle ins Naturgeschichtliche Museum geführt, und vor dem Urelefanten und dem Seeschlangenskelett haben Sie sich schrecklich gefürchtet.«

»In der Nacht hat keiner von uns einschlafen können«, ergänzte Kendall nachdenklich.

Julia sprach Woody an. »Einmal hat meine Mutter Sie zum Schlittschuhlaufen mitgenommen, es war am Weihnachtstag, Sie sind gestürzt, und Sie haben einen Zahn verloren. Und als Sie mit sieben Jahren von einem Baum fielen, hatten Sie Schürfwunden am Bein, die genäht werden mußten, und davon ist eine Narbe zurückgeblieben.«

»Die habe ich immer noch«, räumte Woody widerstrebend ein.

Sie wandte sich an die anderen. »Einer von Ihnen ist von einem Hund gebissen worden, ich habe vergessen, wer, meine Mutter hat ihn jedenfalls zur Unfallstation im Allgemeinen Krankenhaus von Massachussetts gefahren.«

Tyler nickte. »Ich mußte danach gegen Tollwut geimpft werden.«

Jetzt strömten die Worte nur so aus ihr heraus. »Als Achtjähriger sind Sie einmal weggelaufen, Woody, weil Sie nach Hollywood wollten, um Schauspieler zu werden. Ihr Vater war Ihnen furchtbar böse und hat Sie ohne Abendessen aufs Zimmer geschickt, aber Ihre Mutter hat Ihnen heimlich was zu essen gebracht.«

Woody bestätigte dies durch ein stummes Kopfnicken.

»Ich... ich weiß nicht, was ich Ihnen sonst noch erzählen

könnte«, doch fiel ihr gleich darauf plötzlich etwas ein. »Ich habe ein Foto bei mir, in der Handtasche.« Sie holte es heraus und streckte es Kendall hin.

Alle wollten das Foto sehen, das die drei kleinen Stanfords neben einer hübschen jungen Frau im typischen Gouvernantenkleid zeigte.

»Das habe ich von meiner Mutter.«

»Hat sie Ihnen sonst noch etwas hinterlassen?« erkundigte sich Tyler.

»Leider nein.« Sie schüttelte traurig den Kopf. »Sie wollte nichts bei sich haben, was sie an Harry Stanford erinnert hätte.«

»Außer Ihnen natürlich«, bemerkte Woody bissig.

Sie wehrte sich trotzig. »Es ist mir völlig gleichgültig, ob Sie mir glauben oder nicht. Sie wollen mich offenbar nicht verstehen... Ich... ich hatte nur die Hoffnung...«

In der plötzlich eingetretenen Stille ergriff Tyler das Wort. »Wie meine Schwester vorhin schon sagte, hat Ihr Erscheinen uns einen ziemlichen Schock versetzt. Ich meine... da taucht jemand wie aus dem Nichts auf und behauptet, zur Familie zu gehören. Ich denke, wir brauchen jetzt erst einmal ein bißchen Zeit für uns.«

»Das kann ich natürlich verstehen.«

»Wo sind Sie in Boston abgestiegen?«

»Im Hotel Tremont House.«

»Warum kehren Sie jetzt nicht dorthin zurück? Wir lassen Sie hinfahren und werden uns dann wieder mit Ihnen in Verbindung setzen. Es dauert bestimmt nicht lange.«

Sie nickte, fixierte jeden im Raum kurz und erklärte dann mit leiser, aber fester Stimme: »Sie können denken, was Sie wollen, aber ich gehöre zu Ihrer Familie.«

»Ich begleite Sie zur Haustür«, sagte Kendall.

Sie lächelte. »Das ist nicht nötig, ich finde schon hinaus. Mir ist, wie wenn ich jeden Zentimeter dieses Hauses kennen würde.«

Sie schauten ihr nach.

»Also«, meinte Kendall. »Das... Es sieht ja ganz so aus, als ob ihr außer mir noch eine zweite Schwester hättet.«

»Davon bin ich keineswegs überzeugt«, widersprach Woody.

»Ich habe den Eindruck...«, sagte Marc, doch gingen seine Worte unter im Durcheinander der Stimmen, da plötzlich alle gleichzeitig sprachen.

Tyler hob die Hand und brachte sie zum Schweigen. »So kommen wir nicht weiter. Betrachten wir das Ganze doch einmal logisch. In einem gewissen Sinn steht diese Person hier als Angeklagte vor Gericht, und wir sind die Geschworenen, das heißt, unsere Aufgabe besteht darin, sie für schuldig oder nicht schuldig zu befinden. Bei einem solchen Prozeß müssen die Geschworenen ein einstimmiges Urteil abgeben. Das heißt, wir müssen uns auf ein und dieselbe Meinung einigen.«

»Okay«, sagte Woody.

»Dann möchte ich als erster mein Votum abgeben«, erklärte Tyler. »Also: Nach meiner Überzeugung ist diese Dame eine Hochstaplerin.«

»Eine Hochstaplerin? Aber wieso?« fiel ihm Kendall ins Wort. »Außer der echten Julia Stanford könnte doch niemand solche Details von uns wissen.«

Tyler blieb unbeeindruckt. »Denk mal nach, Kendall«, sagte er. »Wie viele Bedienstete haben während unserer Kindheit in diesem Hause gearbeitet?«

Kendall betrachtete ihn mißtrauisch. »Warum?«

»Dutzende, stimmt's? Und von denen könnte manch einer das gewußt haben, was die junge Dame uns vorhin erzählt hat. So wie sie ja auch das Foto von einem der Hausmädchen, Chauffeure, Butler oder Köche von damals haben könnte.«

»Du meinst... daß sie mit einem ehemaligen Hausangestellten in Rose Hill unter einer Decke steckt?«

»Vielleicht auch mit mehreren«, erwiderte Tyler. »Vergeßt bitte nicht, daß es hier um Riesensummen geht.«

»Aber sie hat doch gesagt, daß sie gar kein Geld will«, merkte Marc an.

Woody zog die Brauen hoch. »Ja, sagt sie.« Er warf Tyler einen fragenden Blick zu. »Aber wie sollen wir *beweisen*, daß sie eine Betrügerin ist? Ich sehe keine Möglichkeit...«

»Es gibt eine Möglichkeit«, erwiderte Tyler bedächtig.

Aller Augen richteten sich auf ihn.

»Wie denn?«

»Auf die Frage werde ich euch morgen eine präzise Antwort geben.«

»Wollen Sie mir etwa erzählen, daß nach all den Jahren Julia Stanford aufgetaucht ist?« sagte Simon Fitzgerald langsam.

»Bei uns ist eine Frau erschienen, die *behauptet*, Julia Stanford zu sein«, korrigierte Tyler ihn kühl.

»Das heißt, Sie glauben ihr nicht?« hakte Steve nach.

»Nein, absolut nicht. Zum einzigen Beweis für ihre Echtheit hat sie ein paar Anekdoten aus unseren Kindertagen geliefert, die mindestens zwei Dutzend ehemaliger Hausangestellter bekannt gewesen sein müssen, sowie ein altes Foto, das gar nichts beweist. Es könnte durchaus sein, daß sie sich mit irgend jemandem abgesprochen hat. Ich bin jedenfalls fest entschlossen, sie als Hochstaplerin zu entlarven.«

Steve wurde ernst. »Und wie gedenken Sie vorzugehen?«

»Ganz einfach. Ich will einen DNS-Test durchführen lassen.«

Steve Sloane gab sich nicht die geringste Mühe, sein Erstaunen zu verbergen. »Das würde jedoch eine Exhumierung der Leiche Ihres Vaters erforderlich machen.«

»Genau.« Tyler richtete seine Aufmerksamkeit auf Simon Fitzgerald. »Wäre das ein Problem?«

»In Anbetracht der vorliegenden Situation würde ich wahrscheinlich eine Erlaubnis zur Exhumierung erreichen können. Ist die Frau ihrerseits mit dem Test einverstanden?«

»Ich habe sie noch nicht gefragt. Sollte sie die Zustimmung verweigern, wäre immerhin bewiesen, daß sie das Ergebnis fürchtet.« Er schwieg einen Moment. »Ich muß gestehen, daß mir das alles unangenehm ist. Andererseits sehe ich keine andere Möglichkeit, die Wahrheit festzustellen.«

Fitzgerald schien zu überlegen. »Also gut.« Er wandte sich an Steve. »Wirst du die Sache in die Hand nehmen?«

»Selbstverständlich.« Er betrachtete Tyler. »Das Prozedere ist Ihnen vermutlich bekannt. Der nächste Anverwandte – in diesem Falle Sie, Ihr Bruder oder Ihre Schwester – muß beim Amt des Leichenbeschauers einen Antrag auf Exhumierung stellen, den Sie natürlich begründen müssen. Wird er akzeptiert, verständigt der Leichenbeschauer das zuständige Bestattungsinstitut, und bei der Exhumierung ist die Anwesenheit eines Vertreters der Polizei erforderlich.«

»Und wieviel Zeit könnte der Vorgang insgesamt beanspruchen?« fragte Tyler.

»Die Genehmigung haben Sie in schätzungsweise drei bis vier Tagen. Heute ist Mittwoch, es müßte also möglich sein, die Exhumierung am kommenden Montag vorzunehmen.«

»Gut.« Tyler überlegte kurz. »Wir werden einen DNS-Fachmann benötigen, jemand, der im Gerichtssaal zu überzeugen versteht – für den Fall, daß wir die Sache vor Gericht bringen müssen. Ich hatte gehofft, daß Sie einen entsprechenden Experten kennen.«

»Ich weiß genau den Richtigen für Sie«, antwortete Steve. »Perry Winger. Er wird in ganz Amerika bei solchen Prozessen als Sachverständiger hinzugezogen. Ich werde ihn informieren.«

»Ich weiß es zu schätzen. Je rascher wir die Sache hinter uns bringen, desto besser für alle Beteiligten.«

Auf Tylers Vorschlag hin hatten sie sich – Woody, Peggy, Kendall und Marc – am nächsten Morgen in der Bibliothek von Rose Hill versammelt und warteten voller Spannung, denn einen Grund für das Treffen hatten sie nicht erfahren, als Tyler Punkt zehn Uhr in Begleitung eines Unbekannten hereinmarschierte.

»Ich möchte euch Perry Winger vorstellen«, sagte Tyler.

»Und wer ist Perry Winger?« wollte Woody wissen.

»Er ist Experte für DNS-Analysen.«

Kendall war sichtlich überrascht. »Und wozu, wenn ich fragen darf, brauchen wir einen solchen Experten?«

»Um zu beweisen«, antwortete Tyler, »daß die Person, die genau im richtigen Moment aus dem Nichts bei uns erschien, eine Hochstaplerin ist. Ich habe nicht die Absicht, ihre Behauptung ungeprüft hinzunehmen.«

»Du willst unseren alten Herrn ausbuddeln lassen?« fragte Woody mit einem Ausdruck ungläubigen Staunens.

»Genau das. Ich habe unsere Anwälte bereits beauftragt, eine Genehmigung zur Exhumierung der Leiche einzuholen. Falls diese Person tatsächlich unsere Halbschwester ist, wird es der DNS-Test beweisen. Andernfalls haben wir den umgekehrten Beweis.«

»Tut mir leid«, meinte Marc, »aber diese Geschichte mit der DNS verstehe ich nicht.«

Perry Winger räusperte sich. »Um es simpel auszudrücken: Desoxyribonukleinsäure – oder DNS – ist das Erbmolekül und enthält den einmaligen genetischen Kode eines Menschen. Es läßt sich aus Blut, Sperma, Speichel, Haarwurzeln und sogar aus Knochen extrahieren. Spuren von DNS bleiben mehr als fünfzig Jahre in einer Leiche erhalten.«

»Verstehe – eine absolut problemlose Sache«, meinte Marc.

Daraufhin setzte Perry Winger allerdings die typische Miene des Experten auf, der sein Fachwissen gegenüber Laien verteidigt. »Ich muß Sie bitten, mir zu glauben, daß die Sache so problemlos keineswegs ist. Es gibt zwei Methoden für DNS-Tests, einmal das sogenannte DCR-Verfahren, bei dem nach drei Tagen die Resultate vorliegen, und dann das erheblich kompliziertere RFLP-Verfahren, das bis zu acht Wochen beansprucht. Für unsere Zwecke wird allerdings das einfache Verfahren ausreichen.«

»Und wie wird dieser Test durchgeführt?« erkundigte sich Kendall.

»In mehreren Phasen. Zunächst einmal wird eine Probe genommen und die DNS in Bruchstücke aufgeschlossen. Die Teilchen werden nach Länge sortiert, indem sie auf ein Bett aus Gel plaziert und unter Strom gesetzt werden. Die DNS, die negativ geladen ist, bewegt sich zur positiven Ladung, und nach einigen Stunden haben sich die Fragmente längenmäßig gruppiert.« Er erwärmte sich sichtlich für sein Thema. »Zum Aufschließen der DNS-Bruchstücke werden alkalische Substanzen benutzt, dann werden die Fragmente auf ein Nylontuch übertragen, das in ein Bad getaucht worden ist, und radioaktive Sondierungen –«

Das Interesse seiner Zuhörer schwand zusehends.

»Wie steht es um die Zuverlässigkeit des Tests?« unterbrach Woody.

»Er ist hundertprozentig zuverlässig, sofern es die Erkenntnis betrifft, daß die fragliche Person nicht der Vater ist. Falls der Test jedoch positiv ausfällt, besteht nur eine neunundneunzigprozentige Sicherheit.«

Woody wandte sich an seinen Bruder. »Tyler, du bist doch Richter. Nehmen wir einmal an, rein hypothetisch, daß die junge Dame tatsächlich Harry Stanfords Kind ist, aber ihre Mutter ja nie mit unserem Vater verheiratet war. Warum sollte sie dann Erbansprüche geltend machen können?«

»Laut Gesetz«, klärte Tyler ihn auf, »wäre sie genauso erbberechtigt wie wir – aber nur, *falls* die Vaterschaft erwiesen sein sollte.«

»Dann sollten wir jetzt mit diesem verflixten DNS-Test anfangen und sie als Hochstaplerin entlarven!«

Tyler, Woody, Kendall, Marc und Julia saßen an einem Tisch im Restaurant Tremont; Peggy war in Rose Hill geblieben. »All dies Gerede vom Ausbuddeln von einer Leiche – da krieg ich ja 'ne Gänsehaut«, hatte sie erklärt.

Man konfrontierte die junge Frau, die sich als Julia Stanford ausgab, mit der Notwendigkeit des Tests.

»Ich kann wirklich nicht verstehen, warum Sie das von mir verlangen.«

»Das ist doch gar nicht schwer zu verstehen«, erläuterte Tyler. »Schauen Sie: Ein Arzt wird bei Ihnen eine Hautprobe nehmen und Ihre Haut mit der Haut unseres Vaters vergleichen. Wenn die DNS-Moleküle übereinstimmen, so ist das ein positiver Beweis dafür, daß Sie tatsächlich seine Tochter sind. Andererseits, falls Sie nicht einmal bereit sind, sich diesem Test zu unterziehen...«

»Ich... Die Idee gefällt mir überhaupt nicht.«

»Warum eigentlich nicht?« schaltete sich Woody ein.

»Ich weiß nicht.« Sie erschauerte. »Die Vorstellung, daß die Leiche meines Vaters wieder ausgegraben werden soll... nur damit...«

»Damit Ihre Identität unter Beweis gestellt wird.«

Sie blickte sie der Reihe nach an. »Ich hätte mir eigentlich gewünscht, daß Sie alle –«

»Ja?«

»Ich kann Sie wohl nicht überzeugen, daß ich wirklich Julia Stanford bin, nicht wahr?«

»Doch, das können Sie«, entgegnete Tyler, »indem Sie diesem Test zustimmen.«

Schweigen.

»In Ordnung. Ich bin einverstanden.«

Wie Simon Fitzgerald, der diese Aufgabe persönlich übernommen hatte, erkennen mußte, machte der amtliche Leichenbeschauer bei der Freigabe der Leiche zur Exhumierung mehr Schwierigkeiten als erwartet.

»Nein! Verdammt noch mal, Simon! Das kann ich unmöglich gestatten. Sind Sie sich eigentlich darüber im klaren, was das für einen Rummel auslösen würde? Ich meine, wir haben es schließlich nicht mit Hinz oder Kunz zu tun – es betrifft Harry Stanford! Wenn das je an die Öffentlichkeit kommt, werden die Medien verrückt spielen.«

»Es ist aber sehr wichtig, Marvin, es geht um Milliarden. Hören Sie – Sie müssen alle nötigen Vorkehrungen treffen, daß es nicht an die Öffentlichkeit kommen *kann*.«

»Gibt es denn gar keine andere Möglichkeit, um –«

»Leider nein. Die junge Dame macht einen sehr überzeugenden Eindruck.«

»Nur die Angehörigen sind nicht überzeugt.«

»Korrekt.«

»Und Sie – halten Sie diese Frau für eine Betrügerin, Simon?«

»Offen gesagt – ich weiß es nicht, aber meine persönliche Meinung spielt keine Rolle. In dieser Sache ist jede subjektive Meinung belanglos. Vor Gericht kommt es nur auf Beweise an, und einen Beweis kann hier nur der DNS-Test bringen.«

Der Direktor des Leichenbeschauamts schüttelte traurig den Kopf. »Ich habe den alten Harry Stanford persönlich gekannt, und das wäre ihm sicher nicht recht gewesen. Ich sollte es nicht...«

»Sie werden aber.«

Der Beamte seufzte gequält. »Ich werde wohl müssen. Würden Sie mir wenigstens einen Gefallen tun?«

»Selbstverständlich.«

»Halten Sie diese Angelegenheit unter der Glocke. Sorgen Sie dafür, daß es nicht in die Medien kommt.«

»Ich gebe Ihnen mein Ehrenwort. Absolute Geheimsache. Bei der Exhumierung werden nur die nächsten Familienangehörigen zugegen sein, und sonst niemand.«

»Und wann soll die Exhumierung durchgeführt werden?«
»Wir würden es gern am Montag hinter uns bringen.«
Der Beamte seufzte noch einmal. »Also gut. Ich werde das Bestattungsunternehmen anrufen. Aber damit stehen Sie jetzt in meiner Schuld, Simon.«
»Ich werde es Ihnen nie vergessen.«

Am Montag um neun Uhr früh war auf dem Mount Auburn Cemetery der Friedhofsteil mit Harry Stanfords Grab wegen »Instandsetzungsarbeiten« vorübergehend abgesperrt – Zutritt streng verboten. Am Grabe Harry Stanfords waren Woody, Peggy, Tyler, Kendall, Marc, Julia, Simon Fitzgerald, Steve Sloane sowie Dr. Collins als Vertreter des Leichenbeschauamts und beobachteten, wie vier Friedhofsangestellte den Sarg aus der Erde hoben. Perry Winger stand abseits.

Als der Sarg herausgehoben worden war, fragte der Vorarbeiter die Gruppe der Wartenden: »Und jetzt? Was soll ich tun?«

»Öffnen Sie bitte den Sarg«, wies ihn Fitzgerald an und erkundigte sich dann bei Perry Winger: »Wie lange werden Sie brauchen?«

»Höchstens eine Minute. Ich werde nur rasch eine Hautprobe entnehmen.«

»In Ordnung.« Fitzgerald gab dem Vorarbeiter ein Zeichen. »Fangen Sie an.« Die Friedhofsarbeiter begannen damit, die Sargversiegelung zu öffnen.

»Ich möchte mir das eigentlich nicht ansehen«, sagte Kendall. »Ist es denn wirklich nötig, daß wir...«

»Jawohl!« erklärte Woody. »Es ist wirklich nötig, daß wir es mit unseren eigenen Augen sehen und bezeugen.«

Aller Augen verfolgten gebannt, wie mit äußerster Behutsamkeit der Deckel des Sargs entfernt und zur Seite gelegt wurde, und spähten neugierig ins Sarginnere.

»Oh, mein Gott!« rief Kendall.
Der Sarg war leer.

14. KAPITEL

In Rose Hill hatte Tyler gerade den Hörer aufgelegt. »Fitzgerald meint, daß die Sache wasserdicht ist und nichts an die Medien gelangen wird. Der Friedhofsverwaltung könne an negativer Reklame nicht gelegen sein, Dr. Collins sei von seinem Chef im Amt des Leichenbeschauers zu Stillschweigen verpflichtet worden, und Perry Winger könne man vertrauen, der werde sowieso nicht reden.«

Woody hörte überhaupt nicht zu. »Ich weiß nicht, wie sie das hingekriegt hat! Das Miststück!« schimpfte er. »Aber damit kommt sie mir nicht durch!« Seine Augen glühten, er versuchte, die anderen herauszufordern, Position zu beziehen. »Ihr teilt meine Meinung wohl nicht, daß es ihr Werk war?«

»Ich muß dir beipflichten, Woody, leider.« Tyler sprach langsam, gedehnt, als wenn es ihm schwerfiele, es zuzugeben. »Ich wüßte wirklich niemanden außer ihr, der ein Motiv gehabt haben könnte. Die Frau ist äußerst raffiniert, sie hat Ideen, und sie arbeitet mit Sicherheit nicht allein. Wenn ich nur wüßte, mit wem oder was wir es hier zu tun haben!«

»Und was *machen* wir jetzt?« fragte Kendall.

Tyler zuckte die Schultern. »Offen gesagt, ich weiß es auch nicht. Und das macht mich sehr unglücklich, weil ich nämlich davon überzeugt bin, daß sie gerichtliche Schritte unternehmen wird, um ihr Erbteil einzuklagen.«

»Und hat sie eine Chance, den Prozeß zu gewinnen?« fragte Peggy schüchtern.

»Ich fürchte, ja. Sie hat große Überzeugungskraft. Sie hat es ja sogar geschafft, einige von uns zu überzeugen.«

»Aber wir müssen etwas unternehmen!« rief Marc. »Warum schalten wir eigentlich nicht die Polizei ein?«

»Wie Fitzgerald vorhin am Telefon erwähnte, ist die Polizei bereits wegen des Verschwindens der Leiche eingeschaltet worden, sie kommt aber auch nicht weiter. Im übrigen will die Polizei die Sache möglichst geheimhalten, weil sie befürchtet, daß sonst alle möglichen Verrückten mit einer Leiche anrücken.«

»Aber wir könnten die Polizei doch bitten, diese Hochstaplerin unter die Lupe zu nehmen!«

Tyler schüttelte heftig den Kopf. »Das ist nichts für die Polizei. Das ist eine Privat...« Er hielt inne und wurde auf einmal nachdenklich: »Moment mal. Wißt Ihr, was...«

»Was?«

»Wir könnten doch einen Privatdetektiv mit ihrer Entlarvung beauftragen!«

»Keine schlechte Idee. Kennst du jemanden?«

»Nicht in Boston. Es wäre natürlich möglich, Fitzgerald zu bitten, jemanden für uns zu finden. Oder...« Er zögerte. »Ich bin ihm zwar nie persönlich begegnet, ich weiß aber von einem Privatdetektiv in Chicago, den der Staatsanwalt häufig einsetzt und der einen ausgezeichneten Ruf hat.«

»Warum bemühen wir uns dann nicht um ihn?« schlug Marc vor.

Tylers Blick wanderte über die Anwesenden. »Seid ihr damit einverstanden?«

»Was haben wir schon zu verlieren?« meinte Kendall.

»Die Sache könnte teuer werden«, warnte Tyler.

Woody schnaubte verächtlich. »Was redest du da von teuer? Es geht um Millionen!«

»Natürlich.« Tyler nickte. »Du hast völlig recht.«

»Wie heißt der Privatdetektiv?«

Tyler überlegte. »Ich kann mich nicht genau erinnern. Simpson... Simmons... Nein, das ist nicht sein Name. Aber so ähnlich – ich könnte beim Staatsanwalt in Chicago nachfragen.«

Alle beobachteten Tyler, als er den Hörer des Telefons auf dem Wandtisch abhob, wählte und zwei Minuten später einen Staatsanwalt an der Leitung hatte. »Hier Richter Tyler Stanford. Ihr Amt setzt meines Wissens gelegentlich einen Privatdetektiv ein, der ausgezeichnete Arbeit leistet. Der Name lautet so ähnlich wie Simmons oder...«

»Ach so«, sagte die Stimme am anderen Ende der Leitung. »Sie meinen wohl Frank *Timmons*.«

»Timmons! Ja, genau.« Über Tylers Gesicht zog das Lächeln eines Menschen, der erleichtert feststellt, daß auf sein Gedächtnis doch noch einigermaßen Verlaß ist. »Ob Sie mir wohl freundlicherweise seine Telefonnummer geben könnten, damit ich mich mit ihm in Verbindung setzen kann?«

Tyler notierte eine Nummer und legte auf.

»Also gut«, meinte Tyler. »Wenn ihr damit einverstanden seid, will ich versuchen, ihn zu erreichen.«

Alle nickten.

Am darauffolgenden Nachmittag saßen sie in der Bibliothek zusammen, als Clark Mr. Timmons ankündigte.

Er war ein Mann in den Vierzigern, blaß, der Körper gedrungen und stämmig wie bei einem Boxer. Er hatte eine gebrochene Nase und helle, forschende Augen, die von Tyler über Marc zu Woody wanderten, fragend: »Richter Stanford?«

»Der bin ich«, sagte Tyler.

»Frank Timmons«, stellte er sich vor.

»Nehmen Sie doch bitte Platz.«

»Danke.« Timmons setzte sich. »Das waren Sie, mit dem ich am Telefon gesprochen habe, nicht wahr?«

»Ja.«

»Um ganz ehrlich zu sein – ich weiß nicht so recht, ob ich Ihnen sehr nützlich sein kann. Hier in Massachusetts habe ich zu den Behörden keinerlei Beziehungen.«

»Es handelt sich um etwas ganz und gar Inoffizielles«, beruhigte ihn Tyler. »Wir bitten Sie nur um Aufklärung über die familiäre Herkunft einer jungen Dame.«

»Sie erwähnten am Telefon, daß sie sich als Ihre Halbschwester ausgibt und daß für einen DNS-Test die nötigen Voraussetzungen fehlen.«

»Richtig!« antwortete Woody.

»Sie glauben aber nicht«, er schaute die Anwesenden der Reihe nach fragend an, »daß sie Ihre Halbschwester ist?«

Daraufhin herrschte kurzes Schweigen.

»Nein, keineswegs«, erwiderte Tyler. »Andererseits besteht natürlich auch die Möglichkeit, daß sie die Wahrheit sagt. Unser Auftrag an Sie lautet, unwiderlegbare Beweise dafür beizubringen, ob die Dame echt oder eine Hochstaplerin ist.«

»Kein Problem. Mein Honorar beträgt tausend Dollar pro Tag, zuzüglich Spesen.«

Tyler schluckte. »*Tausend*...«

»Die zahlen wir Ihnen!« überstimmte Woody seinen Bruder.

»Ich brauche sämtliche Informationen über die Frau, die Sie besitzen.«

»Das ist nicht gerade viel«, sagte Kendall.

»Sie hat keinerlei Beweise für ihre Behauptung«, berichtete Tyler. »Und die Geschichten aus unseren Kindertagen, die sie angeblich von ihrer Mutter gehört hat –«

Timmons hob abwehrend eine Hand. »Moment! Wer war ihre Mutter?«

»Ihre *angebliche* Mutter war eine Gouvernante namens Rosemary Nelson, die uns Kinder damals betreut hat.«

»Was passierte mit ihr?«

Sie wechselten verlegene Blicke.

»Sie hatte«, sagte Woody, »ein Verhältnis mit unserem Vater und wurde schwanger. Daraufhin hat sie sich aus dem Staub gemacht und hat dann ein Mädchen zur Welt gebracht.« Er zuckte die Schultern. »Sie ist spurlos verschwunden.«

»Verstehe. Und diese junge Frau gibt vor, ihre Tochter zu sein?«

»So ist es.«

»Das sind nicht gerade viele Anhaltspunkte.« Timmons dachte nach. »In Ordnung«, meinte er schließlich. »Ich will sehen, was sich machen läßt.«

Als erstes suchte er die Boston Public Library auf, wo er sämtliche Zeitungsberichte auf Mikrofiches über den sechsundzwanzig Jahre zurückliegenden Skandal betreffend Harry Stanford, die Gouvernante und den Selbstmord von Mrs. Stanford las. Was er da an Material fand, hätte genug Stoff für einen Roman abgegeben.

Sein zweiter Schritt bestand darin, daß er Simon Fitzgerald einen Besuch abstattete.

»Mein Name ist Frank Timmons. Ich –«

»Ich weiß über Sie Bescheid, Mr. Timmons. Richter Stanford hat mich gebeten, Ihnen behilflich zu sein. Was kann ich für Sie tun?«

»Ich möchte die uneheliche Tochter Harry Stanfords ausfindig machen. Sie ist jetzt etwa sechsundzwanzig Jahre alt, nicht wahr?«

»Richtig. Sie wurde am 9. August 1969 im St.-Josephs-Krankenhaus in Milwaukee, Wisconsin, geboren. Ihre Mutter hat ihr den Namen Julia gegeben.« Er zuckte die Schultern. »Die beiden sind nie wieder aufgetaucht. Bedaure, aber das ist alles, was wir an Informationen über die beiden besitzen.«

»Es ist immerhin etwas«, meinte Timmons. »Damit ist wenigstens ein Anfang gemacht.«

Die Verwaltungsdirektorin des St.-Josephs-Krankenhauses in Milwaukee, Mrs. Dougherty, eine grauhaarige Dame in den Sechzigern, konnte sich noch erinnern.

»Aber natürlich«, sagte sie. »Wie hätte ich das vergessen können? Das war doch ein Riesenskandal, darüber haben damals alle Zeitungen berichtet – die Reporter haben herausgefunden, wer Rosemary Nelson war und die Arme überhaupt nicht mehr in Ruhe gelassen.«

»Und wohin ist sie mit ihrem Kind verzogen?«

»Das weiß ich nicht. Sie hat uns keine Nachsendeadresse hinterlassen.«

»Hat sie denn vor ihrer Entlassung die Rechnung für die Entbindung bezahlt?«

»Um die Wahrheit zu sagen – nein, das hat sie nicht.«

»Und wieso ist Ihnen das heute noch erinnerlich?«

»Weil das Ganze eine so traurige Geschichte war. Ich kann mich noch erinnern, sie hat in dem gleichen Stuhl gesessen, in dem jetzt Sie sitzen, und hat mir gebeichtet, daß sie nur einen Teil der Summe zahlen könne, und versprochen, den Rest später zu schikken. Na ja, natürlich war das gegen die Bestimmungen, aber sie hat mir so leid getan, sie war nämlich schwer krank, als sie uns verließ, müssen Sie wissen, da habe ich also eingewilligt.«

»Und sie hat Ihnen die Restsumme später tatsächlich überwiesen?«

»O ja, gewiß. Etwa zwei Monate später. Und jetzt fällt es mir auch wieder ein – sie hatte bei einer Sekretärinnenvermittlung eine Anstellung gefunden.«

»Sie können sich nicht zufällig auch noch an den Ort erinnern?«

»Leider nein. Du meine Güte, Mr. Timmons – das liegt nun schon sechsundzwanzig Jahre zurück!«

»Eine letzte Frage, Mrs. Dougherty: Heben Sie die Akten ehemaliger Patienten auf?«

»Selbstverständlich.« Sie hob den Blick. »Möchten Sie, daß ich die Unterlagen von Miss Nelson heraussuche?«

Er schenkte ihr sein liebenswürdigstes Lächeln. »Wenn es Ihnen nichts ausmacht.«

»Würde es Rosemary helfen?«
»Es würde ihr sogar sehr helfen.«
»Wenn Sie mich einen Moment entschuldigen würden.«
Mrs. Dougherty ließ ihn allein.
Eine Viertelstunde später war sie wieder zurück – mit einem Blatt Papier in der Hand. »Da haben wir es: Rosemary Nelson. Die Absenderadresse lautet: The Elite Typing Service, Omaha, Nebraska.«

Der Elite Typing Service in Omaha, Nebraska, wurde von einem gewissen Mr. Otto Broderich geleitet, der das sechzigste Lebensjahr bestimmt längst überschritten hatte.
Er protestierte. »Wenn Sie wüßten, wie viele Frauen wir beschäftigen! Wie soll ich mich da an eine erinnern, die hier vor so langer Zeit tätig war?«
»Es war aber eine ziemlich ungewöhnliche Angestellte – eine alleinstehende Frau Ende Zwanzig, kränkelnd, mit einem Baby, das kurz davor zur Welt gekommen war und –«
»Rosemary!«
»Genau. Und wieso können Sie sich jetzt auf einmal doch an sie erinnern?«
»Nun ja, per Assoziation. Sie verstehen etwas von Mnemotechnik?«
»Ja.«
»Also – ich praktiziere eine Mnemotechnik, die sich auf das Assoziieren von Wörtern und Begriffen stützt. Damals kam gerade ein Film mit dem Titel *Rosemarys Baby* in die Kinos, und als sich fast gleichzeitig Rosemary bei uns bewarb und erwähnte, daß sie erst kürzlich ein Baby bekommen hätte, da habe ich eine Verbindung hergestellt und –«
»Wie lang hat Rosemary Nelson bei Ihnen gearbeitet?«
»Ach, ein Jahr ungefähr. Dann hat nämlich die Presse Wind davon bekommen, wissen Sie, und die Reporter gaben keine Ruhe

mehr. Sie hat die Stadt mitten in der Nacht verlassen, um den Journalisten zu entwischen.«

»Und haben Sie eine Idee, wohin sie abgereist sein könnte, Mr. Broderick?«

»Meines Wissens nach Florida, denn sie brauchte ein wärmeres Klima. Ich habe sie einer mir bekannten Agentur empfohlen.«

»Darf ich den Namen dieser Agentur erfahren?«

»Gewiß. Es handelt sich um die Gale Agency. Daran kann ich mich noch erinnern, weil ich den Namen der Agentur mit den Stürmen assoziierte, von denen Florida jährlich heimgesucht wird.«

Zehn Tage nach seiner ersten Zusammenkunft mit den Stanfords war er wieder in Rose Hill, nachdem er sich telefonisch angekündigt hatte. Als er das Wohnzimmer betrat, wurde er schon sehnsüchtig erwartet.

»Sie erwähnten, daß Sie uns Neuigkeiten mitzuteilen hätten, Mr. Timmons«, hob Tyler an.

»So ist es.« Timmons öffnete seine Aktentasche und zog einen Stapel Unterlagen heraus. »Ein außergewöhnlich interessanter Fall«, begann er. »Als ich zunächst –«

»Kommen Sie zur Sache!« fiel ihm Woody ins Wort. »Ist sie eine Hochstaplerin? Ja oder nein?«

Timmons blickte von seinen Papieren auf. »Wenn es Ihnen recht ist, Mr. Stanford, würde ich die Sache gern auf meine Art präsentieren.«

Tyler warf Woody einen ermahnenden Blick zu. »Selbstverständlich, fahren Sie bitte fort.«

Er konsultierte seine Aufzeichnungen. »Mrs. Rosemary Nelson, ehemals Gouvernante bei den Stanfords, hatte ein Kind weiblichen Geschlechts, dessen Erzeuger Harry Stanford war. Sie ist mit diesem ihrem Kind nach Omaha, Nebraska, verzogen, wo sie beim Elite Typing Service beschäftigt war. Wie ich von dem

Arbeitgeber erfuhr, bekam sie dort jedoch Schwierigkeiten mit dem Klima.

Daraufhin bin ich ihrer Spur nach Florida gefolgt, wo sie für die Gale Agency gearbeitet hat. Sie ist ziemlich oft umgezogen, es ist mir jedoch gelungen, ihr und der Tochter bis nach San Francisco zu folgen, wo die beiden bis vor genau zehn Jahren ansässig waren. Von da an sind sie von der Bildfläche verschwunden.« Er hob den Kopf.

»Und das ist *alles*, Timmons?« fuhr ihn Woody barsch an. »Sie haben die Spur verloren?«

»Nein, das ist *nicht* alles.« Er griff erneut in seine Aktentasche und nahm ein weiteres Stück Papier heraus. »Die Tochter, diese Julia, hat im Alter von siebzehn Jahren einen Führerschein beantragt.«

»Und inwiefern könnte uns das jetzt weiterhelfen?« fragte Marc.

»Bei solchen Anträgen verlangt der Staat Kalifornien die Abnahme der Fingerabdrücke des Fahrers.« Er hielt eine Karte hoch. »Ich bin im Besitz der Fingerabdrücke der wahren Julia Stanford.«

Tylers Stimme verriet Erregung. »Aha! Und im Fall einer Übereinstimmung –«

»Wäre sie tatsächlich unsere Schwester«, vollendete Woody den Satz.

Timmons nickte mit dem Kopf. »Genau. Ich habe eine mobile Ausrüstung zur Abnahme von Fingerabdrücken mitgebracht – für den Fall, daß ich die Überprüfung der Abdrücke jetzt gleich durchführen soll. Ist sie anwesend?«

»Sie hält sich in einem Hotel am Ort auf«, antwortete Tyler. »Ich habe jeden Morgen mit ihr gesprochen, um sie zu überreden, in Boston zu bleiben, bis die Angelegenheit geklärt ist.«

»Sie sitzt in der Falle!« jubelte Woody. »Los! Fahren wir zu ihr!«

Als die Gruppe eine halbe Stunde ihr Zimmer im Tremont House betrat, war sie gerade beim Kofferpacken.

»Wo wollen Sie denn hin?« fragte Kendall.

Sie trat ihnen einen Schritt entgegen. »Nach Hause. Es war ein Fehler, daß ich überhaupt hierhergekommen bin.«

»Aber, aber«, meinte Tyler pikiert, »Sie können doch uns nicht die Schuld geben...«

Sie ging mit blitzenden Augen auf ihn los. »Seit meiner Ankunft, vom ersten Augenblick an, ist mir nichts als Mißtrauen entgegengeschlagen. *Sie* glauben, ich sei nur gekommen, um Ihnen Geld wegzunehmen. Also, das ist nicht wahr. Ich bin hier, weil ich meine Angehörigen kennenlernen wollte. Ich... Ach, Schwamm drüber.« Sie machte sich wieder ans Packen.

»Ich möchte Ihnen Frank Timmons vorstellen«, sagte Tyler. »Er ist Privatdetektiv.«

Sie blickte auf. »Was soll das nun schon wieder? Bin ich etwa verhaftet?«

»Keineswegs, Ma'am. Julia Stanford hat im Alter von siebzehn Jahren in San Francisco den Führerschein erworben.«

Sie hielt inne. »Ja, ist das etwa strafbar?«

»Nein, Ma'am. Die Sache ist die –«

»Die Sache ist die«, mischte sich Tyler ein, »daß sich auf diesem Führerschein Julia Stanfords Fingerabdrücke befinden.«

Sie schaute sie ratlos an. »Ich verstehe nicht. Was...«

Woody hob die Stimme. »Wir möchten Ihre Fingerabdrücke anhand der Registrierkarte vom Verkehrsamt überprüfen.«

Sie preßte die Lippen zusammen. »Nein! So lasse ich mich nicht behandeln.«

»Soll das etwa heißen, daß Sie sich die Fingerabdrücke nicht abnehmen lassen wollen?«

»Genau.«

»Und warum nicht?« wollte Marc wissen.

Sie hatte sich total verkrampft. »Weil Sie mir das Gefühl geben, eine Verbrecherin zu sein. Ich komme mir ja schon fast selber wie eine vor, aber jetzt ist es genug. Lassen Sie mich bitte in Frieden!«

»Aber das gibt Ihnen doch die Chance zu beweisen, daß Sie tatsächlich Julia Stanford sind. Im übrigen sind wir nicht weniger verunsichert wie Sie, uns liegt sehr an einer definitiven Klärung der Frage.«

Sie richtete sich auf, sah ihnen ins Gesicht, einem nach dem anderen, und sagte schließlich müde und erschöpft: »Na schön, bringen wir es hinter uns.«

»Gut.«

»Mr. Timmons...«, sagte Tyler.

»In Ordnung.« Er holte ein kleines Fingerabdruckset aus der Aktentasche, stellte es auf den Tisch und öffnete das Stempelkissen. »Wenn Sie bitte näher treten würden.«

Die anderen schauten gebannt zu. Timmons nahm Julias Hand, drückte einen Finger nach dem anderen auf das Stempelkissen und preßte die Fingerballen anschließend auf ein weißes Tuch. »Also – das war doch gar nicht so schlimm, oder?«

Er nahm die Fingerabdrücke und legte sie neben den Führerschein.

Die anderen traten an den Tisch und verglichen die beiden Muster: Sie waren identisch.

Woody sprach es als erster aus. »Sie... sind... identisch.«

Kendall betrachtete die junge Frau mit einem Ausdruck widerstreitender Gefühle. »Dann sind Sie also wirklich unsere Schwester, nicht wahr?«

Sie lächelte unter Tränen. »Das habe ich Ihnen doch die ganze Zeit über klarzumachen versucht.«

Plötzlich sprachen alle durcheinander.

»Unglaublich...«

»Nach all diesen Jahren...«

»Warum ist deine Mutter bloß nie zurückgekommen...«

»Entschuldige, daß wir dir die Sache so schwer gemacht haben...«

Sie lächelte strahlend. »Ist schon gut, jetzt ist alles gut.«

Woody nahm die Karte mit den Fingerabdrücken vom Tisch und betrachtete sie mit einer ehrfürchtigen Miene. »Mein Gott! So eine kleine Karte – und eine Milliarde wert!« Er steckte sie in die Jackentasche. »Ich lasse sie mir in Bronze gießen.«

»Das ist ein Grund zum Feiern!« rief Tyler. »Ich schlage vor, daß wir nach Rose Hill zurückfahren.« Er schenkte ihr ein warmes Lächeln. »Wir werden eine herzliche Willkommensparty für dich geben. Also – machen wir uns auf den Weg.«

Julia schaute sie mit Tränen in den Augen an. »Es ist wie ein Traum – wie ein Traum, der wahr wird. Ich bin endlich zu Hause bei meiner Familie!«

Eine halbe Stunde später waren alle wieder in Rose Hill. Julia richtete sich in ihrem neuen Zimmer ein, die anderen blieben unten in lebhaftem Gespräch zurück.

»Ihr muß ja zumute sein wie nach einem Verhör durch die Inquisition«, überlegte Tyler.

»Das war's wohl auch«, meinte Peggy. »Ich versteh überhaupt nicht, wie sie's durchgehalten hat.«

»Ich bin nur neugierig«, meinte Kendall, »wie sie wohl mit dem neuen Leben zurechtkommen wird.«

»So wie wir alle«, erwiderte Woody, »mit Champagner und Kaviar.«

Tyler erhob sich. »Ich bin jedenfalls froh, daß nun endlich alles geklärt ist. Ich gehe kurz nach oben und schaue, ob ich ihr behilflich sein kann.«

Er ging nach oben und lief über den Flur bis zu ihrem Zimmer. Er klopfte an die Tür und rief laut: »Julia?«

»Die Tür ist offen. Komm herein!«

Er blieb an der Tür stehen, und die beiden schauten sich schweigend an. Dann schloß Tyler die Tür hinter sich und kam ihr mit ausgestreckten Armen und unverschämt schadenfroher Miene entgegen.

»Wir haben es geschafft, Margo! Wir haben es geschafft!«

Nacht

15. KAPITEL

Er hatte alles geplant, Zug um Zug, mit jener unglaublichen Fähigkeit analytischen Denkens, mit dem er beim Schachspielen immer glänzte – nur daß es sich hier um das lukrativste Schachspiel der Weltgeschichte handelte, bei dem es um Dollarmilliarden ging – und er hatte gesiegt! Er war von einem Gefühl unvorstellbarer Macht erfüllt. *War es diese Art von Selbstwertgefühl, die dich nach großen Deals überwältigt hat, Vater? Aber einen solch großen Deal wie ich jetzt hast du in deinem ganzen Leben nie geschafft. Ich habe mir das perfekte Verbrechen des Jahrhunderts ausgedacht – und mit Erfolg durchgeführt! Ich bin damit durchgekommen!*

In gewissem Sinne hatte er es Lee zu verdanken, mit ihm hatte alles angefangen – Lee, »der schönste, wunderbarste Mensch«, der Mensch, den er über alles liebte. Sie hatten sich im »Berlin« kennengelernt, der Schwulenbar an der West Belmont Avenue; einem so schönen Mann wie dem großen, muskulösen, blonden Lee war Tyler vorher noch nie begegnet.

Begonnen hatte es mit einer Einladung Tylers: »Darf ich Ihnen einen Drink spendieren?«

Woraufhin Lee ihn von oben bis unten gemustert und dann mit dem Kopf genickt hatte: »Das wäre nett.«

Nach dem zweiten Drink hatte Tyler vorgeschlagen: »Warum gehen wir nicht zu mir?«

»Ich bin aber teuer«, hatte Lee daraufhin mit einem offenen Lächeln erwidert.

»Wie teuer?«

»Fünfhundert Dollar pro Nacht.«

Tyler hatte keine Sekunde gezögert. »Gehen wir.«

Lee war die ganze Nacht geblieben.

Lee zeigte sich aufgeschlossen, einfühlsam und liebevoll. Tyler hatte solche menschliche Nähe nie erlebt, wurde von Empfindungen überwältigt, von denen er nicht einmal gewußt hatte, daß es sie gab, und war am Morgen danach hoffnungslos verliebt.

Frühere Gewohnheiten – im »Cairo«, im »Bijou Theatre« und etlichen anderen Schwulentreffs in Chicago hatte er junge Männer aufgelesen – waren plötzlich Vergangenheit; er wußte, daß er ein neues Leben anfangen mußte und nur noch Lee begehrte.

»Was würdest du gern am Abend unternehmen?« erkundigte Tyler sich beim Vorbereiten des Frühstücks.

Lee sah ihn überrascht an. »Heute abend bin ich leider schon verabredet.«

Tyler glaubte, einen Schlag in die Magengegend bekommen zu haben.

»Aber Lee... Ich dachte, daß wir beide, du und ich...«

»Tyler, mein Lieber, ich bin ein kostbares Gut und gehe immer zum Meistbietenden. Ich hab dich wirklich gern, bin aber für dich wohl kaum erschwinglich.«

»Ich kann dir alles bieten, was du willst«, versprach Tyler.

Lee lächelte. »Wirklich? Na gut – ich würde gern auf einer schönen weißen Jacht nach St-Tropez segeln. Verfügst du dafür über die nötigen Mittel?«

»Ich bin reicher als alle deine Freunde zusammen, Lee.«

»Ach ja? Ich dachte, du hättest dich mir als Richter vorgestellt.«

»Natürlich, das bin ich auch, ja, aber ich *werde* einmal reich sein. Ich meine... steinreich.«

Lee legte ihm einen Arm um die Schulter. »Sei mir nicht böse,

Tyler, aber bis Mittwoch nächster Woche bin ich vergeben. Übrigens – das Rührei scheint fertig zu sein.«

Das war der Auslöser gewesen. Nicht, daß für Tyler Geld vorher unwichtig gewesen wäre, doch von dem Moment an war er wie besessen davon. Er brauchte es für Lee, der sein ganzes Denken und Handeln bestimmte; der Gedanke, daß Lee mit anderen Männern ins Bett ging, war Tyler unerträglich. *Ich muß ihn ganz für mich haben.*

Tyler hatte seit seinem zwölften Lebensjahr gewußt, daß er homosexuell war. Eines Tages hatte ihn sein Vater mit einem Schulkameraden beim Schmusen überrascht und ihn mit maßlosem Zorn überschüttet. »Nicht zu fassen – *mein* Sohn eine Tunte! Wenigstens kenne ich jetzt dein dreckiges kleines Geheimnis – aber paß nur auf, ich werde dich im Auge behalten, Süße.«

Daß Tyler heiratete, war ein Treppenwitz der Weltgeschichte, den ein Gott mit Sinn für schwarzen Humor riß.

»Ich muß dich unbedingt mit jemandem bekannt machen«, hatte Harry Stanford Tyler erklärt.

Es war zu Weihnachten gewesen, und Tyler war über die Feiertage in Rose Hill. Kendall und Woody waren bereits wieder abgereist, und Tyler packte gerade seine Koffer, als die Bombe platzte.

»Du wirst heiraten.«

»Ich? Heiraten? Ausgeschlossen! Ich werde nie...«

»Nun hör mir mal gut zu, Süße. Die Leute fangen an, über dich zu reden. Das kann ich nicht dulden, denn es schadet meinem guten Ruf. Aber wenn du heiratest, werden die Leute das Maul halten.«

Tyler wehrte sich. »Die Leute können sagen, was sie wollen«, erwiderte er trotzig, »das ist mir völlig egal. Es ist schließlich *mein* Leben.«

»Und ich möchte, daß dir ein *reiches* Leben beschert wird, Tyler. Ich werde langsam älter, und es wird nicht mehr lang dauern...« Er zuckte die Schultern.

Zuckerbrot und Peitsche.

Naomi Schuyler war nicht eben eine Schönheit. Sie kam aus einer kleinbürgerlichen Familie, gierte nach gesellschaftlichem Aufstieg und war vom Status und dem Namen Harry Stanford dermaßen beeindruckt, daß sie seinen Sohn wahrscheinlich sogar geheiratet hätte, wenn er Tankwart gewesen wäre und nicht Richter.

Auf die Frage, wieso er eigentlich mit Naomi ins Bett gegangen war – er hatte ein einziges Mal mit ihr geschlafen –, erwiderte Harry Stanford: »Weil sie gerade da war.«

Und weil sie ihm danach auf die Nerven ging, kam er auf die Idee, daß sie genau die Richtige für Tyler wäre. Und was Harry Stanford wollte, das bekam er auch.

Die Hochzeit fand zwei Monate später statt, eine »kleine Hochzeit« mit nur einhundertfünfzig Gästen, anschließend reiste das junge Paar nach Jamaica in die Flitterwochen, die die reinste Katastrophe wurden.

»Verdammt, wen hab ich da geheiratet!?« tobte Naomi in der Hochzeitsnacht. »Mann! Wozu hast du bloß einen Schwanz?«

Tyler versuchte sie zu beruhigen. »Wir müssen aber doch nicht sexuell miteinander... es kann doch jeder seinen eigenen Weg gehen, auch wenn wir zusammenleben. Da hat eben jeder von uns... Freunde.«

»Darauf kannst du Gift nehmen! Und ob ich mir einen Freund suchen werde!«

Naomi rächte sich, indem sie sich einem wahren Konsumrausch hingab, in Chicago nur die teuersten Geschäfte beehrte und obendrein Einkaufsreisen nach New York unternahm.

»Solche Extravaganzen kann ich mir bei meinem Einkommen nicht leisten«, klagte Tyler.

»Dann sieh zu, daß du eine Gehaltserhöhung bekommst. Ich bin nun einmal deine Frau und habe Anspruch darauf, daß du mich unterhältst.«

Tyler suchte seinen Vater auf, um ihm seine Notlage darzulegen. Harry Stanford grinste. »Frauen können verdammt kostspielig sein, nicht wahr? Aber damit mußt du klarkommen.«

»Aber Vater, ich brauche etwas –«

»Eines Tages wirst du alles Geld besitzen, das du dir nur wünschen kannst.«

Tyler versuchte es Naomi klarzumachen. Naomi verspürte jedoch keinerlei Neigung, auf »die große Zukunft« zu warten, da sie befürchtete, daß »die große Zukunft« eventuell für immer auf sich warten ließe. Als sie alles aus Tyler herausgepreßt hatte, was möglich war, reichte sie die Scheidungsklage ein, gab sich mit dem zufrieden, was noch auf seinem Bankkonto verblieben war und verschwand auf Nimmerwiedersehen.

Harry Stanford quittierte die Nachricht mit den Worten: »Tunte bleibt Tunte.«

Damit war die Sache für ihn erledigt.

Harry Stanford hatte alles getan, was in seiner Macht stand, um Tyler zu demütigen. Während eines Prozeßtages war der Gerichtsdiener – während der Verhandlung! – an Tyler herangetreten, um ihm zuzuflüstern: »Verzeihung, Euer Ehren...«

Tyler hatte sich irritiert nach ihm umgedreht und gesagt: »Ja?«

»Telefon für Sie.«

»*Wie bitte?!* Sind Sie verrückt? Ich befinde mich mitten in einem –«

»Ihr Herr Vater ist am Telefon, Euer Ehren. Es sei sehr dringend, er müsse Sie sofort sprechen.«

Tyler kochte innerlich: Sein Vater hatte nicht das Recht, ihn bei seiner Arbeit zu stören. Er war drauf und dran, den Anruf nicht anzunehmen. Andererseits, wenn es nun doch wichtig wäre...

Tyler erhob sich. »Die Sitzung wird für eine Viertelstunde unterbrochen.«

Tyler rannte in sein Büro und ergriff den Hörer. »Vater?«

»Hoffentlich störe ich nicht, Tyler.« Der boshafte Ton in der Stimme war nicht zu überhören.

»Um ganz ehrlich zu sein – du störst. Ich bin mitten in einem Prozeß und –«

»Dann brumm ihm rasch eine Geldstrafe auf, bring's hinter dich.«

»Vater –«

»Ich brauche deine Hilfe. Ich habe ein großes Problem.«

»Was für ein Problem hast du denn?«

»Mein Koch bestiehlt mich.«

Tyler wollte seinen Ohren nicht trauen, und der aufwallende Zorn verschlug ihm fast die Sprache. »Du hast mich aus dem Gerichtssaal rufen lassen, weil...«

»Du bist doch ein Hüter von Gesetz und Recht, oder? Nun, er verletzt Recht und Gesetz. Ich bestehe darauf, daß du unverzüglich nach Boston kommst und das gesamte Dienstpersonal überprüfst. Man raubt mich aus.«

Tyler konnte seine Wut kaum mehr unterdrücken. »Vater...«

»Man kann sich heute einfach nicht mehr auf die Empfehlungen der Personalagenturen verlassen.«

»Ich befinde mich mitten in einem Prozeß und kann unmöglich sofort nach Boston kommen.«

Daraufhin entstand ein kurzes, bedrohliches Schweigen. »Was hast du da gerade gesagt?«

»Ich habe gesagt...«

»Du willst mich doch wohl nicht schon wieder enttäuschen, Tyler? Vielleicht sollte ich mit Fitzgerald reden, damit er einige Änderungen in meinem Testament vornimmt.«

Da war es wieder, das Zuckerbrot, das Geld, sein Anteil an den Dollarmilliarden, die ihn nach dem Tode des Vaters erwarteten.

Tyler räusperte sich. »Wenn du mir dein Privatflugzeug schikken könntest...«

»Nun hör aber mal – nein! Eines Tages wird das Flugzeug dir gehören, wenn du das richtige Spiel spielst, laß dir das mal in Ruhe durch den Kopf gehen. Bis dahin fliegst du mit Linienmaschinen wie alle anderen auch. Aber ich will dich sofort hier bei mir haben!« Und damit war die Leitung tot.

Tyler fühlte sich beleidigt und erniedrigt. *So behandelt mein Vater mich nun schon das ganze Leben! Soll er sich doch zur Hölle scheren! Ich fliege nicht nach Boston, nie und nimmer.*

Am Abend des gleichen Tages saß Tyler in einer Maschine nach Boston.

Harry Stanfords Hauspersonal zählte zweiundzwanzig Angestellte – eine Phalanx von Sekretärinnen, Butlern, Haushälterinnen, Zimmermädchen, Köchen, Chauffeuren und Gärtnern sowie einen Leibwächter.

»Allesamt Räuber und Diebe!« schimpfte Harry Stanford.

»Warum heuerst du nicht einen Privatdetektiv an? Oder, noch besser, warum rufst du nicht die Polizei?«

»Weil ich ja dich habe«, erwiderte Harry Stanford. »Du bist doch Richter, ja? Na also. Dann nimm du die Sache in die Hand.«

Es war pure Bosheit.

Tyler schaute sich um in dem riesigen Haus mit seinen exquisiten Möbeln und Gemälden, und dabei fiel ihm immer wieder das schäbige, kleine Haus ein, in dem er wohnte. *Das Haus hier hätte ich verdient,* sagte er sich, *und eines schönen Tages wird es auch mein Eigentum sein.*

Tyler führte Gespräche mit Clark, dem Butler, und mit anderen langgedienten, vertrauenswürdigen Angestellten. Er vernahm das Personal, einen nach dem anderen, überprüfte ihre Akten und stellte fest, daß die meisten hier erst seit kurzer Zeit tätig waren.

Harry Stanford war ein schwieriger Arbeitgeber, und so herrschte eine erhebliche Fluktuation bei den Angestellten. Bei den jüngsten Einstellungen gab es einige, die früher Taschendiebstähle begangen hatten, und einer war Alkoholiker, ansonsten konnte Tyler jedoch keinen Problemfall entdecken.

Mit einer Ausnahme – Dmitri Kaminski.

Dmitri war als Leibwächter und Masseur angestellt worden, und da Tyler aufgrund seiner Tätigkeit eine gehörige Portion Menschenkenntnis entwickelt hatte, erregte Dmitri sofort sein Mißtrauen. Er war erst vor kurzem eingestellt worden, da Harry Stanfords früherer Leibwächter gekündigt – den Grund konnte Tyler sich denken – und Kaminski empfohlen hatte.

Kaminski war ein Hüne von Mann mit massigem Brustkorb und auffallend muskulösen Armen.

»Sie wollen mich sprechen?«

Sein Englisch hatte einen starken russischen Akzent.

»Richtig.« Tyler winkte ihn zu einem Stuhl. »Nehmen Sie Platz.« Er hatte sich den Beschäftigungsnachweis des Mannes angeschaut, aus dem sich allerdings wenig Anhaltspunkte ergaben – außer daß Kaminski erst kürzlich in Amerika eingetroffen war.

»Sie sind in Rußland zur Welt gekommen?«

»Ja.« Er musterte Tyler argwöhnisch.

»Wo in Rußland?«

»Smolensk.«

»Warum haben Sie Rußland verlassen und sind nach Amerika emigriert?«

Kaminski zuckte die Schultern. »Hier gibt es bessere Möglichkeiten.«

Möglichkeiten wozu? überlegte Tyler. Der Kerl verhielt sich seltsam ausweichend, und nach dem zwanzigminütigen Gespräch war Tyler fest überzeugt, daß Dmitri Kaminski etwas zu verbergen hatte.

Tyler rief Fred Masterson an, einen guten Bekannten, der beim FBI arbeitete. »Ich möchte dich um einen Gefallen bitten.«

»Gern. Falls ich mal nach Chicago kommen sollte, wirst du dann dafür sorgen, daß meine Strafzettel annulliert werden?«

»Ich meine es ernst.«

»Dann mal los.«

»Ich hätte gern einen Russen überprüft, der vor sechs Monaten in den USA eingetroffen ist.«

»Moment mal – das ist doch ein Fall für die CIA, oder?«

»Schon, aber bei der CIA kenne ich niemanden.«

»Da geht's dir wie mir.«

»Ich wäre dir wirklich *sehr* dankbar, wenn du das für mich erledigen könntest, Fred.«

Tyler hörte am anderen Ende der Leitung ein Seufzen.

»Okay. Wie heißt er?«

»Dmitri Kaminski.«

»Ich will dir sagen, was ich tun werde. Ich kenne da jemanden in der russischen Botschaft in Washington, und den werde ich fragen, ob er Informationen über Kaminski hat. Wenn nicht, kann ich dir leider nicht helfen.«

»Ich weiß deine Bemühungen zu schätzen.«

Während des Abendessens in Rose Hill wurde Tyler sich seines Wunsches deutlich bewußt, daß sein Vater gealtert, zerbrechlicher und verletzlicher geworden wäre, doch statt dessen mußte er feststellen, wie ungemein munter und bei bester Gesundheit Harry Stanford war. *Er wird ewig leben,* dachte Tyler verzweifelt, *er wird uns alle überleben.*

Das Gespräch bei Tisch verlief absolut einseitig.

»Ich habe gerade den Vertrag über den Erwerb des Kraftwerks in Hawaii ausgehandelt...«

»Nächste Woche fliege ich nach Amsterdam, um ein paar Probleme mit GATT auszuräumen...«

»Der Botschafter hat mich eingeladen, ihn auf seiner Chinareise zu begleiten...«

Tyler konnte kaum ein Wort anbringen.

Nach der Mahlzeit stand sein Vater sofort auf. »Wie kommst du mit dem Problem bei meinem Personal voran?«

»Ich habe meine Überprüfungen noch nicht abgeschlossen, Vater.«

»Na, laß dir damit nicht ewig Zeit«, knurrte der Vater und verließ das Zimmer.

Fred Masterson vom FBI rief am folgenden Morgen an.

»Tyler?«

»Am Apparat.«

»Da bist du aber auf ein richtiges Juwel gestoßen.«

»Ach ja?«

»Dmitri Kaminski war ein Killer der *polgoprudnenskaya*.«

»Was, zum Teufel, ist das denn?«

»Ich will's dir erläutern. Moskau befindet sich in der Hand von acht verbrecherischen Vereinigungen, die sich gegenseitig bekämpfen; die stärksten Rivalitäten gibt es jedoch zwischen den Tschechenen und der *polgoprudnenskaya*, und für letztere hat dein Freund Kaminski gearbeitet. Er wurde vor drei Monaten auf einen Tschechenen-Führer angesetzt, hat ihn aber nicht umgelegt, sondern ist zu ihm gegangen und hat sich eine beachtliche Summe zahlen lassen. Die *polgoprudnenskaya* hat das herausgekriegt und jemanden auf ihn angesetzt. Dazu muß man wissen, daß die Banden drüben seltsame Praktiken haben: Als erstes säbeln sie dir die Finger ab, dann lassen sie dich ein Weilchen bluten, und am Ende erschießen sie dich.«

»O mein Gott!«

»Jetzt kannst du vielleicht verstehen, daß Kaminski sich aus Rußland herausschmuggeln ließ. Die *polgoprudnenskaya* suchen aber noch immer nach ihm, und zwar mit allen Mitteln.«

»Das ist ja unglaublich«, meinte Tyler.

»Aber noch nicht alles. Nach ihm fahndet nämlich auch die russische Staatspolizei – wegen einiger Morde. Man wäre dir also sehr zu Dank verpflichtet, falls du seinen Aufenthaltsort weitergeben würdest.«

Tyler dachte kurz nach und kam zu dem Schluß, daß er sich auf gar keinen Fall in eine solche Geschichte hineinziehen lassen durfte. *Sonst müßte ich eventuell noch als Zeuge aussagen, und das würde mich eine Menge Zeit kosten.*

»Ich habe keine Ahnung, wo er sich aufhält. Ich hatte lediglich einem russischen Freund versprochen, Erkundigungen über ihn einzuholen. Vielen Dank, Fred.«

Tyler fand Kaminski in seinem Zimmer; er las gerade in einer Pornozeitschrift und erhob sich bei Tylers Eintreten.

»Ich fordere Sie hiermit auf, sofort Ihre Sachen zu packen und das Haus zu verlassen.«

Dmitri starrte ihn an. »Was ist los?«

»Ich lasse Ihnen die Wahl: Entweder Sie sind heute nachmittag verschwunden, oder ich informiere die russische Polizei, daß Sie sich hier aufhalten.«

Dmitri erblaßte.

»Haben Sie mich verstanden?«

»*Da.* Ich habe verstanden.«

Tyler suchte seinen Vater. *Er wird mit mir zufrieden sein,* dachte Tyler, *da habe ich ihm wirklich einen großen Dienst erwiesen.* Er fand seinen Vater in der Bibliothek.

»Ich habe das gesamte Dienstpersonal überprüft«, begann Tyler, »und...«

»Ich bin schwer beeindruckt«, erwiderte Harry Stanford. »Hast du ein paar Jungs entdeckt, mit denen du schlafen kannst?«

Tyler lief knallrot an. »Vater...«

»Du bist schwul, Tyler, und du bleibst schwul. Mir ist unbegreiflich, daß du überhaupt die Frucht meiner Lenden bist. Verzieh dich – fahr wieder nach Chicago zurück zu deinen Strichjungen.«

Tyler rang um Selbstbeherrschung. »In Ordnung«, sagte er schließlich steif und ging zur Tür.

»Hast du bei meinen Angestellten zufällig etwas entdeckt, das ich wissen sollte?«

Tyler drehte sich um und musterte seinen Vater. »Nein«, entgegnete er langsam. »Nicht das geringste.«

Als Tyler eintrat, war Kaminski beim Packen.

»Ich reise ab«, erklärte Kaminski.

»Tun Sie's nicht«, sagte Tyler. »Ich habe meine Meinung geändert.«

Dmitri richtete sich auf. Er schien nicht zu begreifen. »Was sagen Sie da?«

»Ich möchte nicht, daß Sie von hier weggehen. Es ist vielmehr mein Wunsch, daß Sie als Leibwächter meines Vaters bleiben.«

»Und was ist... Sie wissen schon, mit der anderen Geschichte?«

»Die werden wir einfach vergessen.«

Dmitri beäugte ihn mißtrauisch. »Warum? Was wollen Sie von mir?«

»Ich möchte Sie bitten, daß Sie mein Auge und Ohr sind. Ich brauche jemanden, der meinen Vater aus nächster Nähe beobachtet und mich über alle Vorgänge informiert.«

»Und warum sollte ich das wohl tun?«

»Aus einem ganz einfachen Grund: Weil ich Sie nicht an die Russen verraten werde, wenn Sie tun, was ich von Ihnen verlange, und weil ich Sie dann zu einem reichen Mann machen werde.«

Dmitri Kaminski musterte ihn eine Weile, dann breitete sich langsam ein Grinsen über seine Züge aus. »Ich bleibe hier.«

Das war der Eröffnungszug gewesen: Der erste Bauer war bewegt worden.

Das alles lag nun zwei Jahre zurück. Dmitri Kaminski hatte Tyler von Zeit zu Zeit Informationen geliefert, meist belangloses Zeug – Klatsch über Harry Stanfords neueste erotischen Eskapaden oder Bruchstücke von geschäftlichen Transaktionen, die Dmitri zufällig mitgehört hatte –, und Tyler kamen erste Zweifel, ob er nicht doch einen Fehler begangen hatte und daß es vielleicht doch vernünftiger gewesen wäre, Dmitri der Polizei auszuliefern. Bis plötzlich der schicksalhafte Anruf aus Sardinien erfolgte und das riskante Spiel sich bezahlt gemacht hatte.

»*Ich bin jetzt auf der Jacht bei Ihrem Vater. Er hat soeben mit seinem Anwalt telefoniert. Er trifft ihn Montag morgen in Boston, um sein Testament zu ändern.*«

Und Tyler dachte wieder einmal an die endlosen Demütigungen, mit denen sein Vater ihn all die Jahre gequält hatte. *Wenn er sein Testament ändert, habe ich die ganzen Mißhandlungen umsonst erduldet, das lasse ich mir nicht gefallen! Es gibt eine Möglichkeit, es zu verhindern – aber nur die eine.*

»Bitte rufen Sie mich am Samstag wieder an, Dmitri.«
»Okay.«
Tyler legte auf und begann nachzudenken.
Der Zeitpunkt war gekommen, den Ritter ins Spiel zu bringen.

16. KAPITEL

Im Bezirksgericht von Cook County herrschte ein ständiges Kommen und Gehen von Menschen, die wegen Brandstiftung, Vergewaltigung, Drogenhandels, Mordes und einer Fülle sonstiger Verbrechen angeklagt waren. Im Laufe eines einzigen Monats hatte Richter Tyler Stanford es mit mindestens einem halben Dutzend Mordfälle zu tun. Die meisten kamen allerdings nie zur Verhandlung, da die Anwälte der Angeklagten das Angebot machten, bei Strafmilderung ein Geständnis abzulegen, und der Staat sich darauf für gewöhnlich einließ. Kläger und Angeklagte einigten sich auf einen Kompromiß und kamen zu Richter Stanford, um seine Zustimmung einzuholen.

Der Fall Hal Baker stellte allerdings eine Ausnahme dar.

Hal Baker war ein Mensch mit gutem Willen und schlechter Gesellschaft. Als er fünfzehn war, überredete sein älterer Bruder ihn zur Mittäterschaft beim Überfall auf ein Lebensmittelgeschäft. Hal hatte zunächst versucht, seinen Bruder von der Idee abzubringen, und als ihm das nicht gelang, machte er schließlich mit. Hal wurde gefaßt; der Bruder entkam. Und als Hal Baker zwei Jahre später aus dem Jugendgefängnis entlassen wurde, hatte er sich fest vorgenommen, nie wieder mit dem Gesetz in Konflikt zu kommen.

Einen Monat nach seiner Entlassung begleitete er einen Freund in ein Juweliergeschäft.

»Ich möchte für meine Freundin einen Ring abholen«, sagte der Freund und zog, noch während er sprach, eine Pistole und brüllte: »Dies ist ein Überfall!«

In dem entstehenden Chaos wurde ein Angestellter erschossen. Hal Baker wurde gefaßt und wegen bewaffneten Raubüberfalls angeklagt. Sein Freund entkam.

Im Gefängnis besuchte ihn die Sozialfürsorgerin Helen Gowan, die in der Zeitung von seinem Fall gelesen hatte und Mitleid für ihn empfand. Es war Liebe auf den ersten Blick, die beiden heirateten unmittelbar nach Bakers Entlassung aus dem Gefängnis, und während der ersten acht Ehejahre bekamen sie vier Kinder.

Die Familie war Hal Bakers ein und alles. Es war wegen seiner Vorstrafen nicht leicht für ihn, Arbeit zu finden, und um seine Familie ernähren zu können, ließ er sich, wenn auch widerstrebend, von seinem Bruder zu einem weiteren Einbruchsdiebstahl anstiften. Auf frischer Tat ertappt, wurde er sofort inhaftiert und angeklagt.

Es war soweit, die Urteilsverkündung von Richter Tyler Stanford stand bevor, und es gab gar keinen Zweifel, wie das Urteil ausfallen müßte: Baker war ein Wiederholungstäter, und es war ein eindeutiger Fall, so daß die Staatsanwälte bereits Wetten abschlossen über die Höhe der Gefängnisstrafe, zu der Richter Stanford den Angeklagten verurteilen würde. »Er wird ihm die höchstmögliche Strafe aufbrummen!« meinte einer. »Wetten, daß er zwanzig Jahre Haft bekommt. Stanford gilt ja nicht umsonst als ein Befürworter der Todesstrafe.«

Hal Baker, der sich im tiefsten Innern seines Herzens unschuldig fühlte, verteidigte sich selbst, ohne Anwalt. In seinem besten Anzug stand er vor dem Richter und erklärte: »Euer Ehren, ich weiß, daß ich einen Fehler gemacht habe, aber wir sind alle nur Menschen, nicht wahr? Ich bin mit einer wundervollen Frau verheiratet, und wir haben vier Kinder. Ach, wenn ich Sie Ihnen doch nur vorstellen könnte, Euer Ehren – es sind großartige Kinder. Und was ich getan habe, habe ich nur für sie getan.«

Tyler Stanford saß auf der Richterbank und hörte mit unbewegter Miene zu. Er konnte es kaum erwarten, daß Hal Baker endlich aufhörte zu reden, damit er sein Urteil verkünden konnte. *Glaubt dieser Idiot etwa wirklich, daß er mit so einer rührseligen Geschichte davonkommt?*

Hal Baker näherte sich dem Ende seines Plädoyers. ». . . und da sehen Sie nun, Euer Ehren, selbst wenn ich etwas Falsches getan habe, so habe ich doch in richtiger Absicht gehandelt: für meine Angehörigen, für die Familie. Ihnen muß ich doch nicht erklären, wie wichtig das ist. Falls ich ins Gefängnis muß, werden meine Frau und meine Kinder verhungern. Ich bin mir bewußt, daß ich einen Fehler begangen habe, aber ich bin bereit, ihn wiedergutzumachen. Ich bin von ganzem Herzen bereit, Euer Ehren, alles zu tun, was Sie von mir verlangen...«

Und es war dieser eine Satz, der Stanfords Aufmerksamkeit erregte, so daß er den Angeklagten mit größtem Interesse betrachtete. »*Bereit, alles zu tun, was Sie von mir verlangen.*« Tyler reagierte jetzt genauso instinktiv wie bei Dmitri Kaminski: Der Mann dort könnte ihm bei Gelegenheit einmal sehr nützlich werden.

Der Ankläger fiel aus allen Wolken, als Tyler sein Urteil verkündete: »Mr. Baker, in Ihrem Fall sind mildernde Umstände anzuerkennen. Aufgrund solcher mildernden Umstände und mit Rücksicht auf Ihre Familie gebe ich Ihnen fünf Jahre auf Bewährung, und ich erwarte von Ihnen eine Leistung von sechshundert Arbeitsstunden zugunsten der Öffentlichkeit. Kommen Sie zu mir ins Amtszimmer, damit wir uns im einzelnen über diesen Punkt verständigen.«

Als sie im Amtszimmer ungestört beisammen saßen, warnte Tyler: »Ich könnte Sie für eine sehr lange Zeit ins Gefängnis schikken, wissen Sie.«

Hal Baker erbleichte. »Aber, Euer Ehren, Sie haben mir doch...«

Tyler beugte sich vor. »Wissen Sie eigentlich, was mich an Ihnen so beeindruckt?«

Hal Baker dachte angestrengt darüber nach, was wohl an ihm so eindrucksvoll sein könnte, mußte jedoch zugeben: »Nein.«

»Ihr Familiensinn«, sagte Tyler andächtig. »Sehr bewundernswert.«

Hal Bakers Miene hellte sich auf. »Vielen Dank für das Kompliment, Sir. Meine Familie ist das Allerwichtigste, was es auf der Welt für mich gibt. Ich...«

»Dann wollen Sie Ihre Familie gewiß nicht verlieren, stimmt's? Falls ich Sie ins Gefängnis schicken würde, müßten Ihre Kinder nämlich ohne Sie aufwachsen, und Ihre Frau würde sich höchstwahrscheinlich einen anderen Mann suchen. Sie verstehen, worauf ich hinauswill?«

Hal Baker war verwirrt. »N... Nein, Euer Ehren, eigentlich nicht.«

»Also – ich sorge dafür, daß Ihnen Ihre Familie erhalten bleibt, Baker, und dafür erwarte ich umgekehrt Dankbarkeit von Ihnen.«

»Oh, *die* ist Ihnen sicher, Euer Ehren!« beteuerte Hal Baker voller Überzeugung. »Ich kann Ihnen gar nicht sagen, wie dankbar ich bin.«

»Vielleicht können Sie's mir in Zukunft beweisen. Ich werde Sie möglicherweise einmal darum bitten, ein paar Kleinigkeiten für mich zu erledigen.«

»Ich werde alles tun, was Sie wünschen!«

»Gut. Ich lasse Sie auf Bewährung laufen, aber falls ich in Ihrem Verhalten irgend etwas entdecken sollte, was mein Mißfallen erregt...«

»Sie brauchen mir nur zu sagen, was ich für Sie tun kann!« flehte ihn Baker an.

»Ich werde Ihnen Bescheid geben, wenn der Zeitpunkt gekommen ist, außerdem bleibt dieses Gespräch strikt unter uns beiden.«

Hal Baker legte sich die Hand aufs Herz. »Lieber will ich sterben, als es auch nur einer Menschenseele zu erzählen.«

»So ist's recht«, sagte Tyler.

Kurze Zeit später meldete sich Dmitri Kaminski telefonisch bei Tyler. *»Ihr Vater hat seinen Anwalt angerufen und hat sich mit ihm in Boston verabredet. Montag morgen. Er will sein Testament ändern.«*

Tyler begriff, daß er dieses Testament unbedingt sehen mußte.

Und dies war der richtige Moment, um mit Hal Baker in Kontakt zu treten und seine Dienste in Anspruch zu nehmen.

». . . der Name der Anwaltskanzlei lautet Renquist, Renquist & Fitzgerald. Machen Sie von dem Testament eine Kopie, und bringen Sie mir die Kopie.«

»Kein Problem, Euer Ehren, ich besorge Ihnen die Kopie.«

Als Tyler zwölf Stunden später eine Fotokopie des Testaments in Händen hatte, versetzte ihn die Lektüre in Hochstimmung. Woody, Kendall und er waren die einzigen Erben. *Und am Montag will Vater das Testament ändern. Der Mistkerl will uns alles wegnehmen!* dachte Tyler verbittert. *Nach all den Jahren der Demütigungen, die wir uns von ihm gefallen lassen mußten... gehören seine Milliarden wirklich uns, und wir haben sie uns redlich verdient!*

Es gab nur eine Möglichkeit, ihn an der Änderung seines letzten Willens zu hindern.

Als Dmitri das nächste Mal anrief, befahl Tyler: »Sie müssen ihn umbringen. Diese Nacht.«

Langes Schweigen.

»Aber wenn ich gefaßt werde...«

»Sorgen Sie dafür, daß Sie nicht gefaßt werden. Die Jacht wird auf See sein, und auf See kann doch alles mögliche passieren.«

»In Ordnung. Und danach...«

»Die vereinbarte Summe und ein Flugticket nach Australien werden für Sie bereitliegen.«

Und etwas später kam der letzte, der erlösende Anruf von Dmitri.

»Ich hab's getan, und es war gar nicht schwierig.«

»Nein! Nein! Nein! Ich will die Details hören, alle Details! Erzählen Sie mir jede Kleinigkeit, alles. Lassen Sie nichts aus...«

Und während Tyler zuhörte, liefen die Ereignisse auf der Jacht vor seinem inneren Auge ab.

»Wir befanden uns auf der Fahrt nach Korsika und gerieten in einen schweren Sturm. Er rief mich zu sich in die Kabine. Ich sollte ihn massieren.«

Tyler umklammerte den Hörer. »Ja. Weiter...«

Auf dem Weg zur Kabine Harry Stanfords hatte Dmitri wegen des starken Schlingerns der Jacht im Sturm Mühe gehabt, sich auf den Beinen zu halten. Als er die Tür der Kabine erreichte, hörte er auf sein Anklopfen sogleich Stanfords Stimme.

»Eintreten!« rief Stanford, der bereits auf dem Massagetisch lag. »Den unteren Rücken.«

»Ich werde ihn pflegen. Entspannen Sie sich, Mr. Stanford.«

Dmitri trat zum Massagetisch, verteilte Öl über Stanfords Rücken, um dann mit seinen kräftigen Fingern geschickt die Muskelverkrampfungen zu bearbeiten, was recht bald zu einer Entspannung führte.

»Tut das gut«, stöhnte Stanford.

Die Massage dauerte eine ganze Stunde, und Stanford war fast eingeschlafen, als Dmitri aufhörte.

»Ich werde Ihnen ein warmes Bad einlaufen lassen«, sagte Dmitri. Nachdem er den Wasserhahn für warmes Seewasser aufgedreht hatte, kehrte er ins Schlafzimmer zurück, wo Stanford noch mit geschlossenen Augen auf dem Massagetisch lag.

»Mr. Stanford...«

Stanford schlug die Augen auf.

»Das Bad ist fertig.«

»Ich glaube nicht, daß ich jetzt ein Bad brauche...«

»Es wird Ihnen guttun, und Sie werden danach fest schlafen.«

Er half Stanford vom Tisch und geleitete ihn zum Badezimmer.

Während Stanford sich in die Wanne setzte, ließ Dmitri ihn keine Sekunde aus den Augen.

Stanford hob unvermittelt den Kopf, sah die Eiseskälte in den Augen und begriff instinktiv, was ihm bevorstand. »Nein!« schrie er und wollte aufstehen.

Als Dmitri ihm seine großen Hände auf den Kopf legte und ihn in das Wasser drückte, da konnte sich Stanford noch so vehement zur Wehr setzen und alles versuchen, um wieder hochzukommen und Luft zu kriegen – aber gegen die Kraft des Hünen Kaminski kam er nicht an. Dmitri hielt Stanfords Kopf so lange unter Wasser, bis seine Lungen sich mit Seewasser füllten und jede Bewegung erstarb. Einen Augenblick blieb Dmitri schweratmend stehen, dann stürzte er ins Nebenzimmer.

Er mußte gegen das Schlingern des Schiffes ankämpfen, taumelte zum Schreibtisch hinüber, packte eine Handvoll Papiere und schob die Glastür zum Außendeck auf, dann verstreute er einige Papiere auf der Veranda und warf ein paar über Bord.

Danach kehrte er wieder ins Badezimmer zurück, zerrte den toten Stanford aus der Wanne, zog ihm Pyjama, Morgenmantel und Hausschuhe an und schleppte ihn auf Deck. Als Dmitri die Reling erreicht hatte, hielt er kurz inne, bevor er die Leiche über

Bord warf. Er zählte bis fünf, griff nach dem Hörer des Bordtelefons und brüllte hinein: »Mann über Bord!«

Bei Dmitris genauer Schilderung des Geschehens spürte Tyler sexuelle Erregung in sich aufsteigen. Er konnte fast das Seewasser auf der Zunge schmecken, das in die Lungen seines Vaters strömte, er spürte die schreckliche Angst – und dann nichts mehr.
Es ist aus, dachte Tyler, um sich sofort zu korrigieren: *Nein, jetzt fängt das Spiel überhaupt erst an. Jetzt ist der Moment für den Zug mit der Königin gekommen.*

17. KAPITEL

Auf den letzten Schachzug, die Krönung seines genialen Spielplans, kam Tyler durch Zufall.

Er hatte über das Testament des Vaters nachgedacht, als er plötzlich eine Stinkwut empfand, weil Woody und Kendall den gleichen Erbteil erhalten würden wie er. *Das steht ihnen nicht zu. Wenn ich nicht gewesen wäre, hätte Vater sie völlig aus seinem Testament gestrichen. Ohne mich hätten sie gar nichts bekommen, jetzt kriegen beide je ein Drittel von allem – das ist nicht fair. Aber was soll ich dagegen machen?*

Nun besaß er allerdings die eine Aktie am Konzern, die ihm seine Mutter vor langer Zeit geschenkt hatte. Und plötzlich fielen ihm wieder die Worte seines Vaters ein: »*Was soll er mit dieser einen Aktie anfangen? Die Firma übernehmen?*«

Tyler kam ins Grübeln. *Woody und Kendall haben zusammen genau eine Zweidrittelmehrheit der Stanford-Enterprises-Aktien aus dem väterlichen Besitz. Gibt es einen Weg, daß ich mit der einen zusätzlichen Aktie meiner Mutter die Kontrolle übernehmen kann?* Und wie aus heiterem Himmel fiel ihm eine so geniale Lösung dieses Problems ein, daß es ihm die Sprache verschlug.

»*Außerdem muß ich Sie von der Möglichkeit eines weiteren, vierten Erben in Kenntnis setzen ... Das Testament Ihres Vaters enthält die ausdrückliche Bestimmung, daß seine Hinterlassenschaft zu gleichen Teilen unter alle Nachkommen aufzuteilen ist ... Sie sind sich, wie ich gewiß annehmen darf, der Tatsache bewußt, daß Ihr Vater vor vielen Jahren mit der Gouvernante hier in Rose Hill ein Kind zeugte...«*

Und falls Julia auftauchen sollte, wären wir vier, überlegte Tyler. *Und falls ich über ihren Stimmenanteil verfügen könnte, besäße ich fünfzig Prozent der Aktien meines Vaters plus die eine Aktie, die mir bereits gehört. Damit könnte ich die Stanford Enterprises übernehmen, und ich könnte den Stuhl meines Vaters beanspruchen.* Und plötzlich machten seine Gedanken einen Sprung: *Rosemary ist tot und hat ihrer Tochter wahrscheinlich nie erzählt, wer ihr Vater ist. Warum muß also unbedingt die echte Julia Stanford auftauchen?*

Er war ihr vor zwei Monaten zum ersten Mal begegnet, gleich zu Beginn der neuen Sitzungsperiode. Der Gerichtsdiener hatte den Zuschauern verkündet: »Das Bezirksgericht von Cook County tritt zusammen unter dem Vorsitz des Ehrenwerten Richters Stanford. Erheben Sie sich.«

Tyler kam aus seinen Amtsräumen, nahm auf dem Richterstuhl Platz und blickte zur Angeklagten hinüber. Der erste Fall war *State of Illinois gegen Margo Posner*, die Anklage lautete auf Körperverletzung und versuchten Mord.

Der stellvertretende Staatsanwalt erhob sich. »Euer Ehren, die Angeklagte ist eine gefährliche Person, die sich auf den Straßen von Chicago nicht frei bewegen sollte. Der Staat wird zeigen, daß sie ein langes Vorstrafenregister hat: Sie ist des Diebstahls in Geschäften und privat überführt und als Prostituierte amtsbekannt. Sie gehörte einer Gruppe von Frauen an, die für einen Zuhälter namens Rafael tätig waren. Im Januar dieses Jahres kam es zwischen beiden zu einem heftigen Streit, bei dem die Angeklagte den Zuhälter und seinen Begleiter mit voller Absicht und kaltblütig erschoß.«

»Ist das eine oder das andere Opfer daran gestorben?«

»Nein, Euer Ehren, beide wurden mit schweren Verletzungen ins Krankenhaus eingeliefert. Die Pistole in Margo Posners Besitz war eine illegale Waffe.«

Tyler musterte die Angeklagte und war überrascht, denn sie entsprach so gar nicht der Vorstellung, die er sich nach den Worten des stellvertretenden Staatsanwalts von ihr gemacht hatte. Sie war eine gutgekleidete, attraktive junge Frau Ende Zwanzig und strahlte eine unaufdringliche Eleganz aus, die den gegen sie erhobenen Vorwürfen total widersprach. *Da sieht man wieder mal*, dachte Tyler. *Man kann wirklich nie wissen.*

Er hörte der Beweisführung beider Parteien zu, doch sein Blick war auf die Angeklagte gerichtet – sie hatte etwas an sich, das ihn an seine Schwester erinnerte.

Als die Plädoyers beendet waren, ging der Fall an die Geschworenen, die nach einer vierstündigen Beratung mit einem Schuldspruch bezüglich allen Punkten der Anklage in den Gerichtssaal zurückkehrten.

Tylers Blick ruhte auf der Angeklagten, als er die Strafe verkündete: »Das Gericht kann in diesem Fall keine mildernden Umstände erkennen. Sie sind hiermit zu einer fünfjährigen Haftstrafe im Dwight Correctional Center verurteilt... Der nächste Fall.«

Was ihn bei Margo Posner an Kendall erinnerte, fiel ihm erst ein, als sie abgeführt wurde: Sie hatte die gleichen grauen Augen, die Augen Harry Stanfords.

Nach Dmitris Anruf erinnerte er sich wieder an Margo Posner.

Der erste Teil des Schachspiels war erfolgreich beendet. Tyler hatte jeden Zug sorgfältig vorausgeplant und hatte die klassische Eröffnung mit der Königinstrategie verfolgt. Jetzt mußte er in die mittlere Spielphase eintreten.

Tyler stattete Margo Posner in der Frauenhaftanstalt einen Besuch ab.

»Sie erinnern sich an mich?« fragte Tyler.

»Wie könnte ich Sie vergessen!« Ihre Augen blitzten ihn an. »Ich verdanke es Ihnen, daß ich hier einsitze.«

»Wie geht's?« erkundigte sich Tyler.

Sie zog eine Grimasse. »Sie wollen mich wohl verarschen! Das ist hier die Hölle!«

»Was würden Sie davon halten herauszukommen?«

»Was würde ich...? Ist das Ihr Ernst?«

»Mein völliger Ernst. Ich könnte es arrangieren.«

»Also, das... das ist ja fantastisch! Und was hätte ich als Gegenleistung zu tun?«

»Nun, es gibt tatsächlich etwas, worum ich Sie bitten werde.« Sie betrachtete ihn kokett. »Klar doch, kein Problem.«

»Das ist es aber nicht, was ich mir vorstelle.«

»Und was stellen Sie sich vor, Richter?« fragte sie vorsichtig.

»Ich möchte Sie darum bitten, mir zu helfen, jemandem einen kleinen Streich zu spielen.«

»Was für einen Streich?«

»Ich möchte Sie bitten, sich als eine andere Frau auszugeben und deren Rolle zu übernehmen.«

»Mich als jemand anders ausgeben? Ich wüßte nicht, wie ich...«

»Für Sie springen dabei fünfundzwanzigtausend Dollar heraus.«

Ihr Ton änderte sich schlagartig. »Okay«, sagte sie rasch, »ich kann alle imitieren. Und an wen hatten Sie gedacht?«

Tyler beugte sich vor und erklärte es ihr.

Tyler sorgte dafür, daß Margo Posner auf seine Verantwortung auf freien Fuß kam.

»Ich habe in Erfahrung gebracht«, so erläuterte er dem Gerichtspräsidenten Keith Percy, »daß sie eine hochbegabte Künstlerin ist und daß ihr sehr daran liegt, ein normales, anständiges

Leben zu führen. Ich halte es für wichtig, daß wir solchen Menschen, wann immer möglich, eine Chance zur Rehabilitierung geben. Meinst du nicht auch?«

Keith Percy war beeindruckt – und erstaunt. »Absolut, Tyler. Großartig, Tyler, eine ausgezeichnete Maßnahme.«

Tyler ließ Margo in seinem Haus wohnen und erzählte ihr fünf Tage lang von den Besonderheiten seiner Angehörigen.

»Wie heißen deine Brüder?«
»Tyler und Woodruff.«
»Wood*row*.«
»Ach ja, richtig – Woodrow.«
»Und wie nennen wir ihn?«
»Woody.«
»Hast du auch eine Schwester?«
»Ja, Kendall. Sie ist Modedesignerin.«
»Ist sie verheiratet?«
»Sie ist mit einem Franzosen verheiratet. Er heißt... Marc Renoir.«
»*Renaud*.«
»Renaud.«
»Wie lautet der Name deiner toten Mutter?«
»Rosemary Nelson. Sie war die Gouvernante der Stanford-Kinder.«
»Warum ist sie fortgegangen?«
»Sie ist gefickt worden von...«
»Margo!« mahnte Tyler.
»Ich meine, Harry Stanford schwängerte sie.«
»Was ist aus Mrs. Stanford geworden?«
»Sie beging Selbstmord.«
»Was hat deine Mutter dir von den Kindern Stanfords erzählt?«
Margo dachte nach.
»Nun?«

»Einmal bist du auf dem Teich aus dem Schwanenboot ins Wasser gefallen.«

»Ich bin nicht ins Wasser gefallen«, widersprach Tyler heftig. »Ich *wäre* beinahe ins Wasser gefallen!«

»Genau, und Woody wäre beinahe verhaftet worden, weil er im öffentlichen Park Blumen gepflückt hat.«

»Das war Kendall...«

Er war erbarmungslos. Sie gingen die Szenarien immer wieder durch, bis spät in die Nacht hinein und bis Margo total erschöpft war.

»Kendall ist von einem Hund gebissen worden.«

»Von dem Hund bin *ich* gebissen worden.«

Sie rieb sich die Augen. »Ich kann schon gar nicht mehr richtig denken. Ich bin furchtbar müde und brauche ein bißchen Schlaf.«

»Schlafen kannst du später!«

»Wie lange soll das denn noch weitergehen!?« wehrte sie sich trotzig.

»Bis ich überzeugt bin, daß du es geschafft hast. Also – noch mal von vorn.«

Und so ging es weiter, bis Margo alles fehlerlos beherrschte. Tyler war erst an dem Tag mit ihr zufrieden, als sie auf jede Frage sofort die richtige Antwort parat hatte.

»Nun bist du soweit«, erklärte er und schob ihr ein Bündel juristischer Papiere hinüber.

»Was ist das denn?«

»Eine Formalität«, erwiderte Tyler wie nebenbei.

Was er sich von ihr unterschreiben ließ, war ein Vertrag, mit dem sie ihren Anteil an der Hinterlassenschaft von Harry Stanford auf eine Firma übertrug, die einer anderen Firma unterstand, die sich wiederum im Besitz einer ausländischen Firma befand, deren Alleininhaber Tyler Stanford war. Es war absolut unmöglich, die Zusammenhänge bis zu Tyler zurückzuverfolgen.

Tyler händigte Margo fünftausend Dollar in bar aus. »Den Rest bekommst du, wenn die Sache abgeschlossen ist«, erklärte er, »wenn du alle *überzeugt* hast, daß du Julia Stanford bist.«

Von dem Augenblick an, als Margo in Rose Hill auftauchte, hatte Tyler die Rolle des Advocatus Diaboli gespielt.

»Sie können sich gewiß in unsere Lage versetzen, Miss... ähm... Ohne einen hieb- und stichfesten Beweis können wir unmöglich akzeptieren, daß... Nach meiner Überzeugung ist diese Dame eine Hochstaplerin... Wie viele Bedienstete haben während unserer Kindheit in diesem Haus gearbeitet?... Dutzende, stimmt's? Und von denen könnte manch einer gewußt haben, was diese junge Dame uns vorhin erzählt hat. So wie sie ja auch das Foto von einem der Hausmädchen, Chauffeure, Butler oder Köche von damals erhalten haben könnte... Vergeßt bitte nicht, daß es hier um Riesensummen geht.«

Es war ein meisterlicher Schachzug von ihm gewesen, die Forderung zu stellen, daß sie sich einem DNS-Test unterziehen sollte. Er hatte Hal Baker angerufen und ihm entsprechende Instruktionen gegeben:

»Holen Sie Harry Stanfords Leiche aus dem Grab, und lassen Sie sie verschwinden.«

Und dann der begnadete Einfall, einen Privatdetektiv heranzuziehen. Er hatte damals Hal Baker angerufen und ihn später auch als Frank Timmons vorgestellt.

Tyler hatte ursprünglich nur daran gedacht, daß Hal Baker vortäuschen sollte, die nötigen Schritte zur Identifizierung von Julia Stanford vorgenommen zu haben; dann fand er jedoch, daß der Bericht mehr Eindruck machen würde, wenn Hal Baker die Sache selbst recherchiert hätte; und Bakers Ergebnisse waren von seinen Geschwistern und auch von Fitzgerald und Sloane sofort akzeptiert worden.

Und auch später hatte es nicht die geringsten Probleme mit Tylers Plan gegeben. Margo Posner hatte ihre Rolle perfekt gespielt, und der Vergleich der Fingerabdrücke hatte die Sache besiegelt, und alle waren davon überzeugt, es mit der wahren Julia Stanford zu tun zu haben.

18. KAPITEL

In der Kanzlei Renquist, Renquist & Fitzgerald saß Steve Sloane mit Simon Fitzgerald bei einer Tasse Kaffee zusammen.

»Um Shakespeare zu zitieren: ›Es ist etwas faul im Staate Dänemark.‹«

»Was beunruhigt dich?« fragte Fitzgerald.

Steve seufzte. »Ich weiß nicht so recht. Es betrifft die Stanfords: Sie geben mir Rätsel auf.«

Simon Fitzgerald schnaubte verächtlich. »Willkommen im Club.«

»Ich komme immer wieder auf eine zentrale Frage zurück, Simon, und finde keine Antwort.«

»Und wie lautet die Frage?«

»Den Kindern lag sehr viel daran, daß Harry Stanfords Leiche exhumiert wurde, um seine DNS-Werte mit denen von dieser Frau vergleichen zu können. Folglich müssen wir davon ausgehen, daß es für das Verschwinden der Leiche eigentlich nur eine mögliche Erklärung geben kann – nämlich einen Vergleich zwischen den DNS-Werten dieser Frau und Harry Stanfords zu *verhindern*. Doch die einzige Person, die davon profitieren könnte, wäre ebendiese Frau – sofern sie eine Betrügerin ist.«

»Richtig.«

»Trotzdem ist dieser Privatdetektiv, dieser Frank Timmons – ich habe mich beim Bezirksstaatsanwalt vergewissert, er genießt einen ausgezeichneten Ruf –, mit Fingerabdrücken angekommen, die beweisen, daß es sich bei dieser Frau um die wahre Julia Stanford handelt. Meine Frage lautet: Wer hat Harry Stanfords Leiche ausgegraben und verschwinden lassen? Und mit welcher Absicht?«

»Das ist die große Frage, falls –«

Die Sprechanlage summte, und eine Sekretärin sagte: »Mr. Sloane, ein Gespräch für Sie auf der zweiten Leitung.«

Steve Sloane nahm den Hörer ab. »Hallo...«

»Mr. Sloane«, sagte die Stimme am anderen Ende der Leitung, »hier Richter Stanford. Ich wäre Ihnen dankbar, wenn Sie noch heute vormittag in Rose Hill vorbeischauen könnten.«

Steve wechselte einen Blick mit Fitzgerald. »Einverstanden, in ungefähr einer Stunde?«

»Das wäre prima. Ich danke Ihnen.«

Steve legte den Hörer auf. »Eine Aufforderung zum Vorsprechen im Hause der Stanfords.«

»Da bin ich aber neugierig, was sie von dir wollen.«

»Ich wette zehn zu eins, daß es ihnen um eine Beschleunigung der Freigabe des Testaments geht, damit sie endlich an das viele schöne Geld herankommen.«

»Lee? Hier Tyler. Wie geht's?«

»Bestens, danke.«

»Du fehlst mir.«

Kurzes Schweigen, dann: »Du fehlst mir auch, Tyler.«

Dieser Satz tat ihm gut. »Lee, ich habe dir eine aufregende Neuigkeit mitzuteilen, aber ich kann darüber nicht am Telefon sprechen. Es betrifft etwas, das dich sehr glücklich machen wird. Wenn wir beide –«

»Ich muß auflegen, Tyler, ich bin nicht allein.«

»Aber...«

Die Leitung war tot.

Tyler saß einen Moment unbeweglich da und überlegte: *Er*

hätte sicherlich niemals gesagt, daß ich ihm fehle, wenn er es nicht auch so gemeint hätte.

Bis auf Woody und Peggy waren alle im Wohnzimmer in Rose Hill versammelt, und Steve Sloane studierte die Gesichter.

Richter Stanford machte einen ungewöhnlich entspannten Eindruck. Kendall wirkte seltsam verkrampft, und ihr Mann Marc, der für diese Zusammenkunft am Vortag aus New York eingetroffen war, war ein gutaussehender Franzose und ein paar Jahre jünger als seine Frau. Und schließlich Julia – sie nahm ihre Aufnahme in die Familie auffallend ruhig und gelassen hin. Steve wurde nachdenklich. *Ich hätte eigentlich erwartet, daß ein Mensch nach einer unerwarteten Millionenerbschaft ein bißchen aufgeregt ist.*

Er ließ ihre Gesichter noch einmal Revue passieren. Ob einer von ihnen Harry Stanfords Leiche gestohlen hatte? Und wenn ja, wer könnte es gewesen sein, und zu welchem Zweck?

Tyler hatte das Wort ergriffen. »Mr. Sloane, mit dem Erbschaftsrecht des Staates Illinois bin ich vertraut, nur weiß ich nicht, wie sehr es sich von den hiesigen Gesetzen unterscheidet. Wir hätten gern von Ihnen gewußt, ob sich die Prozedur nicht irgendwie beschleunigen ließe?«

Steve mußte innerlich grinsen. *Ich hätte darauf bestehen sollen, daß Simon meine Wette annimmt.* Er wandte sich Tyler zu. »Wir arbeiten dran, Richter.«

»Der Name Stanford«, sagte Tyler mit Nachdruck, »müßte doch helfen, ein bißchen Druck zu machen.«

Damit hat er völlig recht, dachte Steve und nickte. »Ich tue, was ich kann. Sofern es überhaupt möglich sein sollte, die...«

Von der Treppe her drangen laute Stimmen herüber.

»Halt endlich den Mund, du blöde Kuh! Ich will nichts mehr davon hören! Hast du mich verstanden!?«

Woody und Peggy kamen die Treppe herunter und betraten den

Raum. Peggys Gesicht war geschwollen, und sie hatte ein blaues Auge. Woody grinste, und seine Augen glänzten unnatürlich.

»Tag alle miteinander. Hoffentlich kommen wir nicht zu spät.«

Die Blicke aller Anwesenden richteten sich schockiert auf Peggy.

Kendall stand auf. »Was ist geschehen?«

»Gar nichts. Ich ... ich bin gegen eine Tür gerannt.«

Woody ließ sich auf einen Stuhl sinken, und Peggy nahm neben ihm Platz. Woody tätschelte ihr die Hand und erkundigte sich fürsorglich: »Fühlst du dich wohl, Liebste?«

Peggy nickte, sagte aber nichts.

»Gut.« Woody widmete seine Aufmerksamkeit den anderen. »Also – was habe ich verpaßt?«

Tyler warf ihm einen mißbilligenden Blick zu. »Ich hatte Mr. Sloane gerade gefragt, ob er nicht ein bißchen Druck machen kann, damit das Testament rasch in Kraft tritt.«

»Das wäre mir nur recht.« Woody wandte sich grinsend an Peggy. »Du hättest doch sicher gern ein paar neue Kleider, nicht wahr, mein Schatz?«

»Ich brauche keine neuen Sachen«, erwiderte sie nervös.

»Auch wahr. Du gehst ja doch nie aus, oder?« Er drehte sich wieder den anderen zu. »Peggy ist nämlich sehr schüchtern. Sie weiß nicht, worüber sie sich unterhalten könnte. Hab ich recht?«

Peggy rannte aus dem Zimmer.

»Ich will sehen, wie's ihr geht«, sagte Kendall, stand auf und ging aus dem Zimmer.

Du meine Güte! dachte Steve. *Wenn Woody sich schon in Gegenwart fremder Menschen so aggressiv aufführt, wie wird er sich da erst verhalten, wenn er mit seiner Frau allein ist!?*

Woody ergriff das Wort. »Wie lange«, fragte er Steve, »sind Sie schon in Fitzgeralds Kanzlei tätig?«

»Fünf Jahre.«

»Ich werde nie verstehen, wie Sie's ausgehalten haben, für meinen Vater zu arbeiten.«

»Ihr Vater konnte, soweit ich weiß«, Steve suchte nach dem richtigen Wort, ». . . ziemlich schwierig sein.«

Woody schnaubte. »Schwierig? Er war ein zweibeiniges Ungeheuer! Wußten Sie, daß er für jeden von uns einen Spitznamen hatte? Mich hat er immer nur Charlie genannt – nach Charlie McCarthy, einer Scheinperson des Bauchredners Edgar Bergen. Meine Schwester hieß bei ihm nur Pony, weil er fand, daß sie ein Pferdegesicht hatte. Und sein Spitzname für Tyler –«

Steve, dem die Sache peinlich war, fiel ihm ins Wort. »Ich glaube wirklich nicht, daß Sie –«

»Ist schon gut«, lenkte Woody ein. »Millionen von Dollar heilen viele Wunden.«

Steve erhob sich. »Nun denn, wenn Sie weiter nichts auf dem Herzen haben, sollte ich mich jetzt wohl besser verabschieden.« Er konnte es nicht abwarten, nach draußen an die frische Luft zu kommen.

Peggy drückte sich im Badezimmer gerade ein kaltes, feuchtes Tuch an die geschwollene Wange, als Kendall eintrat.

»Peggy? Geht es dir gut?«

Peggy drehte sich um. »Mir geht's gut, danke . . . Tut mir leid, das vorhin unten.«

»*Du* entschuldigst dich? Wütend solltest du sein. Seit wann schlägt er dich schon?«

»Er schlägt mich nicht«, widersprach Peggy und wiederholte stur: »Ich bin gegen eine Tür gerannt.«

Kendall trat näher. »Peggy – warum läßt du dir das bieten? Das hast du doch nicht nötig!«

Kurzes Schweigen. »Es ist nötig.«

»Aber wieso denn?« Kendall schaute sie verständnislos an.

»Weil ich ihn liebe.« Und dann strömten die Worte nur so aus ihrem Mund. »Und er liebt mich auch. Glaub mir, er ist nicht immer so. Es ist nur so, daß er... Manchmal ist er eben einfach nicht er selbst.«

»Du meinst, wenn er Drogen genommen hat.«

»Nein!«

»Peggy...«

»Nein!«

»*Peggy*...«

Sie zögerte, bevor sie zugab: »Wahrscheinlich hast du recht.«

»Wann hat das angefangen?«

»Gleich... gleich nach der Hochzeit.« Peggys Stimme klang heiser. »Angefangen hat es nach einem Polospiel. Woody wurde nach einem Sturz vom Pferd schwer verletzt und bekam dann im Krankenhaus starke Schmerzmittel. *Die* haben ihn auf die Idee gebracht.« Sie schaute Kendall flehentlich an. »Es war also nicht seine Schuld, verstehst du? Nach der Entlassung aus dem Krankenhaus hat er... hat er weiterhin Mittel genommen. Und wenn ich versucht habe, ihn davon abzubringen, hat er... hat er mich jedesmal geschlagen.«

»Um Gottes willen, Peggy! Er braucht Hilfe! Verstehst du das denn nicht? Allein schaffst du's nie. Er ist drogensüchtig. Was nimmt er denn? Kokain?«

»Nein.« Sie blieb einen Augenblick still. »Heroin.«

»O mein Gott! Kannst du ihn nicht soweit bringen, daß er einen Arzt aufsucht?«

»Ich hab's versucht.« Ihre Stimme war zu einem Flüstern geworden. »Du weißt ja nicht, wie oft ich's versucht habe! In drei Rehabilitationskliniken ist er schon gewesen.« Sie schüttelte den Kopf. »Danach geht's eine Zeitlang gut, aber dann... dann fängt er wieder damit an. Er... kann nicht anders.«

Kendall nahm Peggy in die Arme. »Das tut mir ja so leid«, sagte sie.

Peggy rang sich ein Lächeln ab. »Ich bin ganz sicher, daß

Woody es irgendwann schafft. Er gibt sich große Mühe, wirklich.« Ihre Miene hellte sich auf. »Am Anfang unserer Ehe war er ein prima Kumpel. Wir haben immer nur gelacht miteinander, und er hat mir kleine Geschenke gemacht und...« Ihr traten Tränen in die Augen. »Ich hab ihn ja so lieb!«

»Falls ich irgend etwas tun kann...«

»Danke«, flüsterte Peggy. »Das ist sehr nett von dir.«

Kendall ging wieder nach unten. *Als wir noch Kinder waren, vor dem Tod unserer Mutter,* dachte sie, *haben wir uns die Zukunft so schön vorgestellt.* »Du wirst eine berühmte Modeschöpferin, Schwesterlein, und ich werde einmal der beste Sportler der Welt!« *Und was das Traurige an der Sache ist – es wäre möglich gewesen. Und nun das.*

Kendall wußte plötzlich nicht mehr, ob sie mehr Mitleid mit Woody oder mit Peggy haben sollte.

Kendall war schon fast unten, als Clark mit einem Brief in der Hand auf sie zukam. »Verzeihung, Miss Kendall, dieser Brief ist eben von einem Boten abgegeben worde.« Er reichte ihr den Umschlag. Kendall blickte überrascht auf. »Wer...« Sie nickte wie geistesabwesend mit dem Kopf. »Danke, Clark.«

Kendall öffnete den Umschlag und erbleichte, als sie den Brief las. »Nein!« stieß sie gepreßt hervor. Ihr Puls raste, ihr wurde schwindelig, und sie mußte sich an einem Tisch festhalten. Sie versuchte, tief zu atmen.

Als sie sich endlich wieder im Griff hatte, ging sie ins Wohnzimmer, wo die Versammlung im Aufbruch begriffen war.

»Marc...« Kendall, kreidebleich, hatte Mühe, ruhig zu wirken. »Könnte ich dich einen Moment sprechen?«

Er schaute sie besorgt an. »Aber gewiß.«

»Geht's dir nicht gut, Kendall?« fragte Tyler.

Sie zwang sich zu einem Lächeln. »Alles in Ordnung, danke.«

Sie nahm Marc an der Hand und ging mit ihm nach oben. Im Schlafzimmer schloß sie die Tür hinter sich ab.

»Was ist los?« wollte Marc wissen.
Kendall reichte ihm den Umschlag. Der Brief lautete:

Liebe Mrs. Renaud,
Glückwunsch! Unser Tierschutzverband war hocherfreut, als wir durch die Zeitung von Ihrem großen Glück erfuhren. Da uns Ihre Anteilnahme für unsere Arbeit bekannt ist, rechnen wir weiterhin mit Ihrer Unterstützung. In diesem Sinne würden wir es gutheißen, wenn Sie innerhalb der nächsten zehn Tage eine Million US-Dollar auf unserem Nummernkonto in Zürich deponieren könnten. Wir sehen Ihrer baldigen Nachricht entgegen.

Wie in allen anderen Briefen auch, war der Buchstabe E beschädigt.
»Die Mistkerle!« schimpfte Marc.
»Wieso haben sie gewußt, daß ich hier bin?« fragte Kendall.
»Dazu brauchten sie doch nur eine Zeitung aufzuschlagen!« antwortete Marc bitter. Kopfschüttelnd las er den Brief noch einmal durch. »Die werden nie aufhören. Uns bleibt nichts anderes übrig, als die Polizei zu verständigen.«
»Nein!« rief Kendall. »Das ist unmöglich, dafür ist es zu spät. Verstehst du denn nicht? Dann wäre alles aus. *Alles!*«
Marc nahm sie in die Arme. »Ist ja gut. Dann müssen wir eben eine andere Möglichkeit finden.«
Doch Kendall wußte genau, daß es keine andere Möglichkeit gab.

Der Vorfall hatte sich vor einigen Monaten ereignet, an einem – wie es zunächst den Anschein hatte – wundervollen Frühlingstag. Kendall war zur Geburtstagsfeier einer Freundin nach Ridgefield, Connecticut, gefahren. Es war ein sehr schönes Fest geworden, und Kendall hatte sich nach langer Zeit mal wieder mit alten

Freundinnen unterhalten können. Sie hatte gerade ein Glas Champagner geleert und plauderte angeregt, als ihr Blick auf die Uhr fiel. »Oje, ich hab gar nicht gewußt, daß es schon so spät ist. Marc erwartet mich.«

Sie hatte sich eiligst verabschiedet, war zu ihrem Auto gerannt, eingestiegen und losgebraust. Unterwegs faßte sie den Entschluß, eine Abkürzung zu nehmen und über eine kurvenreiche Landstraße zu fahren, die zur Route J-864 nach New York führte. Sie fuhr mit etwa achtzig Stundenkilometer, als sie nach einer scharfen Biegung auf der rechten Straßenseite ein parkendes Fahrzeug bemerkte. Kendall riß instinktiv das Steuer nach links, und in diesem Moment überquerte eine Frau mit frisch gepflückten Blumen in der Hand die schmale Fahrbahn. Kendall versuchte verzweifelt, ihr auszuweichen – aber es war zu spät.

Das Folgende erlebte sie wie durch einen Schleier. Kendall hörte einen furchtbaren Aufprall, als sie die Frau mit der linken Stoßstange erfaßte, und brachte den Wagen mit quietschenden Reifen zum Stehen. Sie zitterte am ganzen Körper, sprang aus dem Wagen und rannte zu der Frau hin, die blutüberströmt auf der Straße lag.

Vor Schreck blieb sie wie angewurzelt stehen. Als sie endlich den nötigen Mut fand, sich bückte und die Frau auf den Rücken drehte, um in ihr Gesicht zu sehen, bemerkte sie die starren Augen. »O mein Gott!« flüsterte Kendall. Hilflos sah sie sich um, wußte nicht, was sie tun sollte – nirgends war ein anderes Auto in Sicht. *Sie ist tot*, dachte Kendall. *Ich kann ihr doch nicht mehr helfen. Es war nicht meine Schuld, aber man wird mir vorwerfen, unter Alkoholeinfluß unvorsichtig gefahren zu sein. Man wird einen Alkoholtest machen, und ich komme ins Gefängnis.*

Sie warf noch rasch einen letzten Blick auf die Tote, dann hastete sie zurück zu ihrem Wagen. Die Stoßstange wies vorne links eine Delle auf, außerdem einige Blutflecken. *Ich muß den Wagen in die Garage stellen*, sagte sich Kendall, *weil die Polizei natürlich nach dem Unfallwagen fahnden wird.* Sie stieg ein und brauste los.

Während der restlichen Fahrt schaute sie immer wieder in den Rückspiegel, da sie Blaulicht und Polizeisirenen erwartete, bis sie in die Garage an der Ninety-sixth Street fuhr und Sam, den Eigentümer, dort im Gespräch mit seinem Kfz-Mechaniker Red bemerkte. Kendall stieg aus.

»'n Abend, Mrs. Renaud«, grüßte Sam.

»Gu... guten Abend.« Sie hatte Mühe, gegen das Zähneklappern anzukämpfen.

»Soll'n wir ihn für die Nacht wegstellen?«

»Ja... Ja, bitte.«

Red musterte die Stoßstange. »Da haben Sie aber eine böse Delle, Mrs. Renaud. Scheint auch Blut dran zu kleben.«

Die beiden Männer wechselten einen vielsagenden Blick.

Kendall holte tief Luft. »Ich... ich habe auf dem Highway ein Reh erwischt.«

»Da können Sie aber von Glück reden, daß der Schaden nicht größer ist«, meinte Sam. »Als neulich einem Freund von mir ein Reh vor den Wagen lief, hatte sein Wagen Totalschaden.« Er lächelte verschmitzt. »Dem Reh ist's aber auch nicht gut bekommen.«

»Wenn Sie ihn für mich parken würden«, bat Kendall.

Sie ging zum Ausgang, schaute sich noch einmal um und sah die beiden Männer in einer angestrengten Begutachtung der Stoßstange vertieft.

Als Kendall zu Hause Marc von dem schrecklichen Unfall berichtete, nahm er sie in die Arme. »Oh, mein Gott, Liebling, wie konnte das...?«

Kendall schluchzte laut auf. »Ich... ich konnte es doch nicht verhindern. Sie ist mir direkt vor den Wagen gelaufen. Sie – sie hatte am Straßenrand einen Blumenstrauß gepflückt und –«

»Psst! Ich bin sicher, daß du keine Schuld hast. Es war ein Unfall. Wir müssen es der Polizei melden.«

»Ich weiß. Du hast ja recht. Ich... ich hätte dortbleiben und das Eintreffen der Polizei abwarten sollen. Ich habe... ich habe die Nerven verloren, habe Fahrerflucht begangen. Aber ich hätte nichts mehr für sie tun können, sie war tot. Du hättest ihr Gesicht sehen sollen. Es war furchtbar.«

Er hielt sie in den Armen, bis sie sich ein wenig beruhigt hatte.

»Marc«, sagte sie dann langsam. »... muß das sein, daß wir zur Polizei gehen?«

Er runzelte die Stirn. »Warum fragst du?«

Sie war einem Nervenzusammenbruch nahe. »Also, vorbei ist vorbei, oder? Sie kann doch nicht wieder lebendig gemacht werden. Ich kann nichts mehr tun. Was würde es ihr nützen, wenn ich bestraft werde? Ich habe es doch nicht absichtlich getan. Warum können wir denn nicht einfach so tun, als ob es nicht passiert wäre?«

»Kendall! Wenn es irgendwann herauskäme –«

»Aber wie denn? Es gab doch keine Augenzeugen.«

»Und was ist mit deinem Wagen? Ist er beschädigt worden?«

»Er hat eine Beule. Dem Garagenwachmann hab ich gesagt, ich hätte ein Reh überfahren.« Sie rang um Selbstbeherrschung. »Den Unfall hat doch niemand gesehen, Marc... Denk mal an die Folgen, falls ich verurteilt würde? Ich würde meine Firma verlieren, ich würde alles verlieren, was ich seit Jahren mühsam aufgebaut habe – und wofür? Wegen etwas, das unwiderruflich geschehen ist. Alles wäre aus.« Sie begann erneut, heftig zu schluchzen.

Er drückte sie an sich. »Psst! Warten wir's ab, warten wir's ab.«

Die Morgenzeitungen brachten die Geschichte groß heraus. Was dem Ganzen zusätzlich Tragik verlieh, war die Tatsache, daß die tote Frau nach Manhattan unterwegs gewesen war, um zu heiraten. *The New York Times* berichtete nur die nackten Fakten, *Daily*

News und *Newsday* dagegen bauschten alles zu einer herzzerreißenden Tragödie auf.

Kendall kaufte sämtliche Zeitungen, las sie allesamt, und ihr Entsetzen über die eigene Tat wurde immer größer, und sie dachte ununterbrochen darüber nach, was gewesen wäre, wenn...

Wenn ich nicht zum Geburtstag meiner Freundin nach Kentucky gefahren wäre...
Wenn ich an diesem Tag zu Hause geblieben wäre...
Wenn ich keinen Alkohol getrunken hätte...
Wenn die Frau die Blumen nur ein paar Sekunden später gepflückt hätte...
Ich bin für den Tod eines Menschen verantwortlich!

Kendall mußte an das furchtbare Leid denken, daß sie den Angehörigen der Toten und ihrem Verlobten zugefügt hatte.

Laut Zeitungsberichten bat die Polizei die Bevölkerung um Hinweise auf alles, was möglicherweise im Zusammenhang mit der Fahrerflucht stehen könnte.

Es besteht keine Möglichkeit, daß sie mir auf die Spur kommen könnten, dachte Kendall. *Ich muß mich nur so verhalten, als ob nichts geschehen wäre.*

Als Kendall am nächsten Morgen ihren Wagen aus der Garage abholte, war Red allein dort.

»Ich habe das Blut von Ihrem Wagen abgewischt«, erklärte er. »Soll ich auch die Delle beseitigen?«

Natürlich – daran hätte ich wirklich gleich denken müssen! »Ja, bitte.«

Red musterte sie mit einem merkwürdigen Gesichtsausdruck – oder bildete sie sich das nur ein?

»Ich hab mich gestern lang mit Sam über die Sache unterhalten«, bemerkte Red. »Das ist schon komisch, wissen Sie. Ein Reh hätte eigentlich einen viel größeren Schaden verursachen müssen.«

Kendalls Herz begann laut zu pochen. Ihr war der Mund plötzlich wie ausgedörrt, so daß sie kaum mehr reden konnte. »Es war... es war nur ein kleines Reh.«

Red nickte und meinte lakonisch: »Muß wirklich sein sehr kleines Reh gewesen sein.«

Kendall glaubte zu spüren, daß seine Blicke ihr folgten, als sie aus der Garage fuhr.

Im Büro fragte Kendalls Sekretärin Nadine beim Eintreten ihre Chefin besorgt: »Was ist denn mit Ihnen passiert?«

Kendall erstarrte. »Was... wie meinen Sie das?«

»Sie sehen richtig mitgenommen aus. Ich hole Ihnen einen Kaffee.«

»Ja, danke.«

Kendall trat vor den Spiegel. Sie sah blaß und erschöpft aus. *Man braucht mich bloß anzuschauen, und man weiß sofort Bescheid!*

Nadine kam mit einer Tasse Kaffee zurück. »Hier, das wird Ihnen guttun.« Sie musterte Kendall neugierig. »Ist irgendwas nicht in Ordnung?«

»Ich... ich hatte gestern einen kleinen Unfall«, erwiderte Kendall.

»Ja? Ist jemand verletzt worden?«

Kendall sah erneut das Gesicht der toten Frau vor sich.

»Nein... Mir ist nur ein Reh vor den Wagen gelaufen.«

»Und was ist mit dem Wagen?«

»Der ist zur Reparatur in der Werkstatt.«

»Ich werde bei der Versicherung anrufen.«

»Ach nein, bitte, Nadine, lassen Sie nur.«

Der erstaunte Blick Nadines war Kendall keineswegs entgangen.

Zwei Tage später war der erste Brief eingetroffen:

Liebe Mrs. Renaud,
ich bin Vorsitzender der Vereinigung zum Schutz der Tiere in freier Wildbahn, die sich in großen finanziellen Schwierigkeiten befindet. Ich bin sicher, daß Sie uns gern helfen möchten. Die Vereinigung benötigt dringend Mittel, um ihre Arbeit fortsetzen zu können. Eines unserer Hauptanliegen gilt dem Reh. Sie können $ 50 000 auf das Konto Nummer 804072-A bei der Schweizer Kreditbank in Zürich überweisen. Ich erlaube mir den ausdrücklichen Hinweis, daß diese Summe binnen der nächsten fünf Tage dort eingehen sollte.

Der Brief war ohne Unterschrift, und er war auf einer Schreibmaschine getippt worden, deren Buchstabe E beschädigt war. In dem Umschlag steckte außerdem ein Zeitungsausschnitt mit der Unfallmeldung. Kendall las den Brief zweimal durch: Die Drohung war unmißverständlich. *Marc hat recht gehabt*, überlegte Kendall. *Ich hätte wirklich zur Polizei gehen sollen.* Das Verschweigen hatte alles nur noch viel schlimmer gemacht. Sie hatte Fahrerflucht begangen, und wenn man sie jetzt schnappen würde, mußte sie unweigerlich mit einer Gefängnisstrafe und öffentlicher Schande rechnen – und mit dem Ende ihrer Karriere.

In der Mittagspause suchte sie ihre Bank auf. »Ich möchte gern fünfzigtausend Dollar telegrafisch nach Zürich überweisen...«

Als sie abends nach Hause kam, zeigte sie Marc den Brief.

Er war wie vom Donner gerührt. »Mein Gott!« rief er. »Wer könnte den geschrieben haben?«

»Jemand, der... aber von der Sache weiß doch niemand.«

»*Irgend jemand* weiß es eben doch, Kendall!«

Sie zuckte zusammen. »Aber die Umgebung des Unfallorts war total menschenleer, Marc! Ich –«

»Moment mal! Laß uns nachdenken. Versuche, dich genau an alles nach deiner Rückkehr in New York zu erinnern.«

»Da war gar nichts. Ich... ich habe den Wagen zur Garage gefahren, und –« Sie brach mitten im Satz ab. »*Da haben Sie aber eine böse Delle, Mrs. Renaud, scheint auch Blut dran zu kleben.*«

Marc bemerkte den veränderten Gesichtsausdruck seiner Frau. »Was?«

Kendall sagte gedehnt: »Der Garagenwachmann und der Kfz-Mechaniker waren anwesend, als ich den Wagen in die Garage fuhr – die haben das Blut an der Stoßstange bemerkt. Ich habe ihnen erklärt, daß ich ein Reh angefahren hätte, woraufhin sie einwandten, daß dann am Wagen ein größerer Schaden entstanden sein müßte.« Plötzlich kam ihr noch etwas anderes in den Sinn. »Marc...«

»Ja.«

»Nadine, meine Sekretärin. Der habe ich das gleiche erzählt, und ich habe bemerkt, daß sie mir ebenfalls nicht geglaubt hat. Es muß also eine von diesen drei Personen sein.«

»Nein«, widersprach Marc nachdenklich.

Sie starrte ihn überrascht an. »Was soll das heißen?«

»Setz dich, Kendall, und hör mir mal gut zu. Falls einer von diesen dreien Verdacht geschöpft hat, so wäre es durchaus möglich, daß er die Geschichte einem ganzen Dutzend anderer Menschen weitererzählt hat. Und über den Unfall selbst haben immerhin alle Zeitungen berichtet. Vermutlich hat irgend jemand einfach kombiniert. Obwohl ich persönlich ja der Ansicht bin, daß der Brief nur Bluff ist – ein Versuchsballon. Es war ein böser Fehler von dir, das Geld zu überweisen.«

»Aber wieso denn?«

»Weil die Person, die den Brief geschrieben hat, jetzt ganz genau weiß, *daß* du schuldig bist – daß *du* die Tat begangen hast. Verstehst du? Du hast ihm damit den fehlenden Beweis geliefert.«

»O mein Gott! Was soll ich nur machen?« jammerte Kendall.

Marc Renaud schwieg eine Weile und überlegte. »Ich habe da eine Idee, wie wir herausfinden können, wer dahintersteckt.«

Am nächsten Morgen saßen Kendall und Marc um zehn Uhr in der First Manhattan Security Bank dem stellvertretenden Direktor gegenüber.

»Was kann ich für Sie tun?« fragte Mr. Russell Gibbons die beiden.

»Wir möchten Sie bitten«, antwortete Marc, »ein Nummernkonto in Zürich zu überprüfen.«

»Ja?«

»Wir hätten gern den Namen des Kontoinhabers erfahren.«

Gibbons rieb sich verlegen das Kinn. »Besteht da ein Zusammenhang mit einer kriminellen Tat?«

»Nein!« erwiderte Marc schnell. »Aber wieso fragen Sie?«

»Nun ja, es müßte schon ein krimineller Tatbestand vorliegen, also Geldwäsche oder ein Vergehen gegen Schweizer oder amerikanische Gesetze, sonst wird die Schweiz das Geheimnis eines dortigen Nummernkontos nie preisgeben. Die Reputation der Schweizer Banken beruht auf Verschwiegenheit.«

»Aber es muß doch eine Möglichkeit geben...«

»Bedaure, leider nicht.«

Kendall und Marc wechselten einen fragenden Blick. Kendalls Gesicht verriet Verzweiflung.

Marc erhob sich. »Ich danke Ihnen, daß Sie sich für uns Zeit genommen haben.«

»Es tut mir leid, daß ich Ihnen nicht helfen konnte.« Er begleitete sie zur Tür.

Als Kendall abends ihren Wagen in die Garage fuhr, waren weder Sam noch Red zu sehen. Nachdem sie den Wagen abgestellt hatte, bemerkte sie auf einem Tischchen in dem winzigen Büroraum eine Schreibmaschine. Kendall blieb stehen und fragte sich, ob an dieser Maschine womöglich der Buchstabe E defekt wäre. *Ich muß es herauskriegen*, dachte sie.

Sie ging zum Eingang des Büros, zögerte kurz vor der Tür, trat dann aber doch ein und wollte sich eben der Schreibmaschine nähern, als wie aus dem Nichts Sam auftauchte.

»'n Abend, Mrs. Renaud«, grüßte er. »Kann ich Ihnen irgendwie behilflich sein?«

Sie drehte sich überrascht um. »Nein... Ich habe nur gerade mein Auto eingestellt. Gute Nacht.« Sie eilte zur Tür.

»Gute Nacht, Mrs. Renaud.«

Als Kendall am nächsten Morgen wieder an dem Büro vorbeikam, war die Schreibmaschine verschwunden, und an ihrem Platz stand ein Computer.

Sam bemerkte Kendalls prüfenden Blick. »Hübsch, nicht wahr? Hab beschlossen, die Firma auf den neuesten Stand der Bürotechnologie zu bringen.«

Weil er sich's jetzt leisten kann?

Als sie ihren Verdacht am Abend Marc gegenüber äußerte, meinte er: »Möglich wäre es schon, aber ohne Beweise kommen wir nicht weiter.«

Am Montag morgen wurde Kendall in ihrem Geschäft bereits von Nadine erwartet.

»Fühlen Sie sich heute besser, Mrs. Renaud?«

»Ja, danke der Nachfrage.«

»Ich hatte gestern Geburtstag. Sehen Sie mal, was mein Mann mir geschenkt hat!« Sie ging zum Wandschrank und holte einen herrlichen Nerzmantel heraus. »Wunderschön, nicht wahr?«

19. KAPITEL

Julia Stanford war überglücklich, die Wohnung mit Sally zu teilen. Sally war immer gut gelaunt und unternehmungslustig. Sie hatte eine schlechte Ehe hinter sich und erklärte, sich nie wieder mit einem Mann einlassen zu wollen – ein »nie wieder«, dessen Bedeutung Julia insofern schleierhaft war, als Sally anscheinend jede Woche mit einem anderen Mann ausging.

»Ich kann verheiratete Männer nur empfehlen!« argumentierte Sally. »Weil sie Schuldgefühle haben, machen sie einem dauernd Geschenke. Und bei einem alleinstehenden Mann muß man sich leider fragen: Warum ist der eigentlich noch immer allein?«

»Du gehst wohl mit niemand fest aus, oder?« erkundigte sich Sally.

»Nein.« Julia ließ die Männer vor ihrem geistigen Auge Revue passieren, die sich um sie bemüht hatten. »Ich habe keine Lust, nur um des Ausgehens willen auszugehen, Sally. Da müßte schon ein Mann kommen, der mir etwas bedeutet.«

»Also, ich weiß einen für dich!« rief Sally. »Der wird dir gefallen! Er heißt Tony Vinetti. Ich hab ihm von dir erzählt, und er will dich unbedingt kennenlernen.«

»Ich glaube wirklich nicht –«

»Er wird dich morgen abend Punkt acht Uhr abholen.«

Tony Vinetti war groß, sehr groß, und auf eine linkische Art durchaus anziehend, hatte dichtes, schwarzes Haar und zeigte ein strahlendes, entwaffnendes Lächeln, als er sich Julia zuwandte.

»Sally hat wirklich nicht übertrieben. Sie sind umwerfend!«

»Danke für das Kompliment«, erwiderte Julia lächelnd.

»Sind Sie schon einmal im Restaurant Houston gewesen?«

Houston's war eines der vornehmsten Lokale von Kansas City.

»Nein.« Sie hätte es sich nie leisten können, dort zu essen – nicht einmal nach der Gehaltserhöhung.

»Um so besser – ich habe dort einen Tisch für uns reserviert.«

Während des Essens redete Tony fast die ganze Zeit von sich selbst, aber das störte Julia kaum, weil Tony recht unterhaltsam und charmant war. »*Er ist absolut hinreißend*«, hatte Sally behauptet, und damit hatte sie durchaus recht.

Das Essen war köstlich, und zum Nachtisch bestellten Julia ein Schokoladensoufflé und Tony Eiscreme, und beim anschließenden Kaffee fragte sich Julia: *Ob er mich wohl einlädt, in seine Wohnung mitzukommen? Und falls ja – soll ich mitgehen? Nein, das darf ich nicht. Doch nicht gleich beim ersten Rendezvous. Da würde er mich billig finden. Das nächste Mal...*

Der Ober kam mit der Rechnung, die Tony rasch überflog. »Scheint okay zu sein«, meinte er, nachdem er die einzelnen Posten mit dem Bleistift abgehakt hatte. »Sie hatten Pastete und Hummer...«

»Ja.«

»Außerdem Pommes frites und den Salat und das Soufflé, stimmt's?«

Sie musterte ihn leicht verwirrt. »Ja...«

»In Ordnung.« Er addierte. »Ihr Anteil der Rechnung beläuft sich auf fünfzig Dollar und vierzig Cents.«

Julia war wie vom Blitz getroffen. »Wie bitte?«

Tony schenkte ihr ein warmes Lächeln. »Ich weiß doch, wie

selbständig und unabhängig ihr Frauen von heute seid. Ihr laßt ja nicht zu, daß die Jungs was für euch tun, oder? Na also«, meinte er generös, »aber Ihren Part fürs Trinkgeld übernehme ich trotzdem.«

»Tut mir leid, daß es nicht geklappt hat«, entschuldigte sich Sally.
»Der hat sich ja echt als Schätzchen entpuppt. Wirst du dich wieder mit ihm treffen?«
»Ich könnte ihn mir doch gar nicht leisten«, erwiderte Julia bitter.
»Also, dann hab ich jemand anders für dich, den wirst du vergöttern...«
»Nein. Sally, ich möchte nicht, ehrlich...«

Ted Riddle, der auf die Vierzig zuging, war – Julia mußte es zugeben – ziemlich attraktiv. Er führte sie in Jennie's Restaurant am Historic Strawberry Hill aus, das für seine original kroatische Küche bekannt war.
»Sally hat mir wirklich einen Gefallen getan«, erklärte Riddle. »Sie sind äußerst schön.«
»Danke für das Kompliment.«
»Hat Ihnen Sally eigentlich erzählt, daß ich Eigentümer einer Werbeagentur bin?«
»Nein, das hat sie mir nicht erzählt.«
»So ist es aber: Eine der größten Agenturen in Kansas City gehört mir. Mich kennt jeder.«
»Wie schön. Ich –«
»Einige unserer Klienten zählen zu den wichtigsten Unternehmen des Landes.«
»Tatsächlich? Ich bin nicht –«
»O ja. Wir betreuen Stars, Banken, Großindustrie, Einzelhandelsketten...«
»Nun ja, ich –«

».. . und Supermärkte. Es gibt keine Branche, für die wir nicht tätig wären.«

»Das ist –«

»Ich muß Ihnen erzählen, wie das alles angefangen hat...«

Er redete während des ganzen Essens, ununterbrochen und immer nur über ein Thema: Ted Riddle.

»Wahrscheinlich war er einfach nur nervös«, meinte Sally mit einem Ausdruck des Bedauerns.

»Zumindest hat er *mich* nervös gemacht, das kann ich dir sagen«, konterte Julia. »Falls du irgend etwas über Ted Riddle wissen möchtest, angefangen bei seiner Geburt, brauchst du künftig nur mich zu fragen.«

»Jerry McKinley.«

»Wie bitte?«

»Jerry McKinley, er ist mir wieder eingefallen. Er ging mit einer Freundin von mir, und sie war ganz verrückt nach ihm.«

»Nett von dir, Sally. Aber nein, danke.«

»Ich werde ihn anrufen.«

Und am nächsten Abend kam Jerry McKinley vorbei. Er machte einen angenehmen, freundlichen Eindruck und erklärte gleich beim Eintreten mit einem offenen, ehrlichen Blick: »Ich weiß, daß blind dates mühsam sind. Ich bin ziemlich schüchtern und kann daher verstehen, wie Ihnen zumute sein muß, Julia.«

Er gefiel ihr vom ersten Augenblick an. Sie gingen ins chinesische Restaurant Evergreen an der State Avenue zum Essen.

»Sie arbeiten für ein Architekturbüro, das muß aufregend sein. Ich glaube, die meisten Leute wissen die Bedeutung von Architekten für unsere Gesellschaft überhaupt nicht richtig zu schätzen.«

Er hat Feingefühl, dachte Julia glücklich und schenkte ihm ein strahlendes Lächeln. »Da muß ich Ihnen recht geben.« Es war ein wundervoller Abend, und Jerry gefiel Julia zunehmend besser.

»Möchten Sie zum Abschluß noch auf ein Gläschen zu mir in die Wohnung mitkommen?« fragte sie.

»Nein. Gehen wir doch zu mir.«

»Zu Ihnen?«

Er beugte sich vor und drückte ihre Hand. »Dort, wo ich die Peitschen und Ketten aufbewahre.«

Henry Wesson war Chef einer Steuerkanzlei mit Büros im gleichen Gebäude wie Peters, Eastman & Tolkin. Julia begegnete ihm zwei- oder dreimal wöchentlich morgens im Aufzug. Er wirkte recht zivilisiert – ein Mann Mitte Dreißig, mit hellblondem Haar und einer Brille mit dunklem Gestell, der in seiner Bescheidenheit einen intelligenten Eindruck machte.

Anfangs grüßten sie sich mit höflichem Kopfnicken, später mit einem »Guten Morgen«, und dann sagte er: »Heute sehen Sie aber besonders hübsch aus«, und nach einigen Monaten kam die Frage: »Ich frage mich, ob Sie nicht vielleicht mit mir ausgehen würden?« Er musterte sie gespannt und wartete auf eine Antwort.

Julia lächelte. »Warum nicht.«

Was Henry betraf, so war es Liebe auf den ersten Blick. Beim ersten Rendezvous führte er Julia ins EBT, eines der besten Restaurants von Kansas City. Ein klares Zeichen, daß ihm die Verabredung viel bedeutete.

Er erzählte ihr ein wenig von sich. »Ich bin hier im guten alten Kansas City zur Welt gekommen, wie schon mein Vater. Der Apfel fällt nicht weit vom Stamm, wenn Sie verstehen, was ich meine.«

Julia verstand ihn nur zu gut.

»Ich habe schon immer Steuerberater werden wollen, und gelernt habe ich gleich nach dem Schulabschluß bei der Bigelow & Benson Financial Corporation. Heute habe ich meine eigene Firma.«

»Wie schön für Sie«, sagte Julia.

»Mehr gibt es über mich eigentlich nicht zu erzählen. Erzählen Sie doch etwas von sich.«

Julia dachte kurz nach. *Ich bin die uneheliche Tochter von einem der reichsten Männer der Welt. Sie haben bestimmt schon von ihm gehört. Er ist kürzlich im Mittelmeer ertrunken. Ich bin eine vermögende Erbin.* Ihr Blick glitt durch den eleganten Raum. *Ich könnte dieses Restaurant kaufen, wenn ich wollte. Wenn ich wollte, könnte ich wahrscheinlich die ganze Stadt kaufen.*

Henry musterte sie besorgt. »Julia?«

»Oh!... Verzeihung. Ich wurde in Milwaukee geboren. Mein... Vater ist früh gestorben, ich war noch ein Kind. Ich bin dann mit meiner Mutter viel im Lande herumgezogen. Nach ihrem Tod habe ich mich entschlossen, hierzubleiben und eine Stellung zu suchen.« *Hoffentlich kriege ich jetzt vom Lügen keine dicke Nase, die mich verrät.*

Henry Wesson berührte ihre Hand. »Da hat es also in Ihrem Leben nie einen Mann gegeben, der Sie umsorgte.« Er beugte sich vor und sagte mit ernster Stimme: »Ich würde gern immer für Sie sorgen.«

Julia musterte ihn erstaunt: »Ich möchte ja nicht klingen wie Doris Day – aber wir kennen uns doch kaum.«

»Dabei darf es nicht bleiben.«

Zu Hause wurde Julia sofort von der wartenden Sally in Empfang genommen. »Nun?« fragte sie. »Wie ist es gelaufen?«

»Er ist sehr lieb«, sagte Julia gedehnt, nachdenklich, »und...«

»Er hat sich gleich in dich verliebt!«

Julia lächelte. »Ich glaube, er hat mir einen Heiratsantrag gemacht.«

Sally sah sie mit großen Augen an. »Du *glaubst*, daß er dir einen Heiratsantrag gemacht hat? Mein Gott – hat er dir nun einen Heiratsantrag gemacht oder nicht? So was *weiß* man doch!«

»Na ja, er hat gesagt, daß er immer für mich sorgen möchte.«
»Das *ist* ein Heiratsantrag!« rief Sally. »Und ob das ein Heiratsantrag ist! Heirate ihn! Schnell! Bevor er sich's anders überlegt.«
Da mußte Julia lachen. »Aber warum solche Eile?«
»Hör auf mich. Lade ihn hier in der Wohnung zum Abendessen ein, das Kochen übernehm ich – aber du kannst ihm ruhig sagen, daß es dein Werk ist.«
Julia prustete los. »Ich danke dir. Trotzdem: Nein. Wenn ich den Mann gefunden habe, den ich heiraten möchte, wird's zu Abend vielleicht eine chinesische Fertigmahlzeit aus Pappkartons geben, aber der Tisch, das darfst du mir glauben, der wird mit Blumen und Kerzen geschmückt sein.«

»Wissen Sie«, meinte Henry bei der nächsten Verabredung, »Kansas City ist eine absolute ideale Stadt, um Kinder großzuziehen.«
»Ja, das stimmt.« Das Problem bestand nur darin, daß Julia nicht überzeugt war, Kinder *von ihm* haben und großziehen zu wollen. Er war ein zuverlässiger Mensch, ein nüchterner, anständiger Kerl, aber...
Sie sprach darüber mit Sally.
»Er bittet mich immer wieder, seine Frau zu werden!«
»Und wie findest du ihn?«
Julia dachte kurz nach, sie suchte nach den liebevollsten und gefühlvollsten Attributen, die ihr zu Henry einfielen. »Er ist zuverlässig, realistisch, anständig...«
Sally sah ihr fest in die Augen. »Mit anderen Worten – er ist langweilig.«
»Nicht gerade langweilig...«, widersprach Julia abwägend.
Sally nickte. »Er *ist* langweilig. Heirate ihn.«
»Wie bitte?!«
»Heirate ihn. Anständige gute Ehemänner sind nämlich gar nicht leicht zu finden.«

Von einer Gehaltsauszahlung zur nächsten war es jedesmal ein schrecklicher Hürdenlauf. Wenn, nach den obligaten Abzügen, Miete, Autokosten, Lebensunterhalt und Kleiderkäufe bezahlt waren, blieb kaum mehr etwas übrig. Julia besaß einen Toyota Tercel, der mehr Kosten verursachte als sie selbst. Sie mußte immer wieder Sally anpumpen.

Als Julia sich eines Abends fürs Ausgehen zurechtmachte, fragte Sally: »Ein weiteres großes Rendezvous mit Henry, wie? Wohin nimmt er dich heute abend mit?«

»Wir gehen in die Symphony Hall, zu einem Konzert von Cleo Laine.«

»Hat der gute alte Henry dir wieder einen Heiratsantrag gemacht?«

Julia zögerte, denn es war so, daß Henry ihr bei jedem Zusammensein von neuem einen Heiratsantrag machte. Sie fühlte sich von ihm bedrängt, konnte sich aber nicht dazu bringen, ja zu sagen.

Vermutlich hat Sally recht, überlegte Julia. *Henry Wesson würde einen guten Ehemann abgeben. Er ist...* Sie hielt inne. *Er ist realistisch, verläßlich, anständig... Aber reicht das?*

Julia war schon an der Tür, als ihr Sally nachrief: »Darf ich mir für heute abend deine schwarzen Schuhe ausborgen?«

»Natürlich.« Und damit war Julia verschwunden.

Sally ging in Julias Schlafzimmer und öffnete die Schranktür. Das gewünschte Paar Schuhe stand auf dem obersten Regal. Als sie danach griff, fiel ein Karton herunter, der ziemlich weit vorne auf dem Regal gestanden hatte, und der Inhalt verstreute sich über den ganzen Fußboden.

»Verdammt!« Sally bückte sich, um die Papiere aufzusammeln: Zeitungsausschnitte, Fotos und Artikel, die allesamt mit der Familie Harry Stanfords zu tun hatten.

Da stürzte plötzlich Julia ins Zimmer und rief: »Ich habe ganz vergessen, meine –« Beim Anblick der Papiere auf dem Boden brach sie ab. »Was machst du da?«

»Tut mir leid«, entschuldigte sich Sally. »Der Karton ist vom Regal gefallen.«

Julia errötete verlegen und begann hastig, die Papiere wieder in den Karton zurückzulegen.

»Ich habe gar nicht gewußt, daß du dich für die Reichen und Berühmten dieser Welt interessierst«, meinte Sally.

Schweigend legte Julia die Papiere und Fotos in den Karton. Als sie einen Stapel Fotos hochhob, stieß sie auf ein kleines, herzförmiges Medaillon, das ihr die Mutter auf dem Totenbett übergeben hatte, und legte es zur Seite.

Sally musterte sie ratlos. »Julia?«

»Ja.«

»Was interessiert dich eigentlich so an Harry Stanford?«

»Mich? Gar nichts. Diese Sachen haben meiner Mutter gehört.«

Sally zuckte die Schultern. »Na schön.« Sie griff nach einem Stück Papier, das aus einer Zeitschrift herausgerissen worden war. Die Schlagzeile war ihr aufgefallen: WIRTSCHAFTSKAPITÄN SCHWÄNGERT GOUVERNANTE SEINER KINDER – AUSSEREHELICHES BABY GEBOREN – MUTTER UND KIND SPURLOS VERSCHWUNDEN!

Sally blieb der Mund offenstehen. Sie starrte Julia an: »O mein Gott! Du bist die Tochter von Harry Stanford!«

Julia preßte die Lippen zusammen, schüttelte den Kopf und sammelte den Rest der Papiere ein.

»Bist du es etwa nicht?«

Julia reagierte verschlossen und abweisend. »Bitte, darüber möchte ich lieber nicht sprechen, wenn du erlaubst.«

Sally sprang auf. »*Darüber möchtest du lieber nicht sprechen? Dein Vater ist einer der reichsten Männer der Welt, aber darüber möchtest du lieber nicht sprechen. Bist du verrückt geworden?*«

»Sally...«

»Weißt du eigentlich, wie reich er ist? Milliarden!«

»Das hat nichts mit mir zu tun.«

»Wenn du seine Tochter bist, geht es dich sehr wohl etwas an – dann erbst du nämlich. Du brauchst seine Angehörigen nur zu informieren, wer du bist, und –«

»Nein.«

»Nein... Was soll das heißen?«

»Das verstehst du nicht.« Julia stand auf, setzte sich dann aber aufs Bett. »Harry Stanford war ein fürchterlicher Mensch. Er hat meine Mutter sitzenlassen. Sie hat ihn gehaßt, und ich hasse ihn auch.«

»So reiche Männer haßt man nicht. Man versteht sie nur nicht.«

Julia schüttelte den Kopf. »Ich will nichts mit ihnen zu tun haben.«

»Julia – eine reiche Erbin haust nicht in einer miesen Wohnung und kauft ihre Kleider nicht auf dem Flohmarkt und borgt sich kein Geld, um die Miete bezahlen zu können. Deine Verwandten würden unglücklich sein, wenn sie wüßten, wie du lebst. Sie würden sich gedemütigt fühlen.«

»Sie wissen ja gar nicht, daß es mich überhaupt gibt.«

»Dann mußt du es ihnen sagen.«

»Sally...«

»Ja.«

»Laß uns das Thema wechseln.«

Sally betrachtete Julia schweigend. »Okay. Übrigens – könntest du mir bis zum nächsten Zahltag ein oder zwei Millionen borgen, ja?«

20. KAPITEL

Allmählich verlor Tyler die Geduld, denn seit vierundzwanzig Stunden versuchte er unentwegt, Lee telefonisch zu erreichen – vergeblich. Lee war nicht zu Hause. *Bei wem mag er sein?* Tyler litt Höllenqualen. *Was treibt er nur?*

Er nahm erneut den Hörer ab, um es noch einmal zu versuchen, und ließ endlos das Telefon läuten. Er wollte schon auflegen, als sich Lee meldete.

»Hallo.«

»Lee! Wie geht's?«

»Wer spricht denn da?«

»Ich bin's – Tyler.«

»Tyler?« Schweigen. »Ach ja.«

Tyler spürte einen Stich der Enttäuschung. »Wie geht's dir?«

»Prima«, sagte Lee.

»Ich hab dir doch gesagt, daß ich eine wunderbare Überraschung für dich haben würde.«

»Ja?« Lee klang gelangweilt.

»Du hast mir einmal gestanden, daß es dein Traum wäre, auf einer herrlichen weißen Jacht nach St-Tropez zu reisen. Erinnerst du dich?«

»Was ist damit?«

»Wie fändest du es, wenn diese Reise im nächsten Monat stattfinden würde?«

»Ist das dein Ernst?«

»Worauf du dich verlassen kannst.«
»Also, ich weiß nicht. Hast du einen Freund, dem so eine Jacht gehört?«
»Ich bin drauf und dran, mir eine solche Jacht zu *kaufen*.«
»Du hast doch nicht etwa ein krummes Ding vor, Richter?«
»Ein krummes Ding?... Nein, nein! Es ist nur, daß ich gerade eine Erbschaft gemacht habe. Ein Vermögen!«
»St-Tropez, wie? Doch – klingt gut. Klar würd ich dich gern begleiten. Liebend gern.«
Tyler war unendlich erleichtert. »Wunderbar. Und bis dahin laß dich bitte nicht...« Er wagte nicht einmal, den Gedanken zu Ende zu denken. »Ich bleibe in Kontakt, Lee.« Er legte auf und blieb auf der Bettkante sitzen. »*Klar würd ich dich gern begleiten. Liebend gern.*« Tyler triumphierte: *Eine Weltreise mit Lee an Bord einer herrlichen Jacht. Mit Lee!*
Er griff nach dem Telefonbuch und blätterte in den gelben Seiten.

In der Firma John Alden Yachts, Inc., im Bostoner Handelshafen wurde Tyler beim Eintreten sogleich vom Geschäftsführer in Empfang genommen. »Was kann ich für Sie tun, Sir?«
Tyler warf ihm kurz einen abschätzenden Blick zu und sagte in einem Ton, als ob es sich um etwas völlig Normales handelte: »Ich würde gern eine Jacht kaufen.« Die Worte glitten ihm genüßlich von der Zunge.
Es war anzunehmen, daß die väterliche Jacht zur Erbmasse gehörte, aber Tyler hatte nicht vor, sich ein Schiff mit den Geschwistern zu teilen.
»Motor- oder Segeljacht?«
»Ich... ähm... ich bin mir nicht sicher. Ich möchte eine Weltreise machen.«
»Dann reden wir wahrscheinlich doch eher von einer Motorjacht.«

»Es muß unbedingt eine weiße Jacht sein.«

Der Geschäftsführer betrachtete ihn mit einem kaum unterdrückten Ausdruck verwunderten Befremdens. »Selbstverständlich. Und welche Ausmaße dürfte dieses Schiff nach Ihren Vorstellungen haben?«

Die *Blue Skies* war etwa fünfzig Meter lang.

»Etwa siebzig Meter.«

Der Verkaufsleiter zuckte unwillkürlich mit den Augen. »Aha, verstehe. Eine Jacht dieser Größenordnung wäre natürlich eine sehr kostspielige Angelegenheit, Mr. äh...«

»Richter Stanford. Harry Stanford war mein Vater.«

Das Gesicht des Mannes strahlte.

»Der Preis spielt keine Rolle«, erklärte Tyler.

»Aber gewiß nicht! Nun, Richter Stanford, wir werden für Sie eine Jacht finden, um die sie alle beneiden werden. Eine weiße Jacht, selbstverständlich. Fürs erste überreiche ich Ihnen eine Mappe mit den Prospekten einiger lieferbarer Jachten. Rufen Sie mich doch bitte an, wenn Sie Klarheit gewonnen haben, welches Modell Sie interessiert.«

Woody Stanford träumte von Polopferden. Bisher war er immer darauf angewiesen gewesen, auf den Pferden von Freunden zu reiten; aber jetzt würde er sich die beste Koppel der Welt leisten können.

Er telefonierte mit Mimi Carson. »Ich möchte dir deine Pferde abkaufen«, teilte Woody ihr mit, und in seiner Stimme war die Aufregung zu hören. Er lauschte ihr einen Moment. »Genau – die ganze Koppel. Nein, es ist mein voller Ernst. Genau...«

Das Gespräch dauerte eine halbe Stunde, und als er den Hörer auflegte, lag ein fröhliches, zufriedenes Lächeln auf Woodys Gesicht. Er machte sich auf die Suche nach Peggy.

Sie saß allein auf der Veranda, und Woody konnte die Schwellungen und Blutergüsse von seinen Schlägen noch gut erkennen.

»Peggy...«

»Ja?« Sie hob argwöhnisch den Kopf.

»Ich muß mit dir reden. Ich... weiß nicht, wie ich anfangen soll.«

Sie rührte sich nicht, wartete ab.

Er holte tief Luft. »Ich weiß, daß ich ein schlechter Ehemann gewesen bin. Ich hab Sachen gemacht, für die es keine Entschuldigung gibt. Aber jetzt wird alles anders, Liebling. Verstehst du? Wir sind jetzt reiche Leute, sehr reiche Leute sogar, und ich will alles wiedergutmachen.« Er nahm ihre Hand. »Diesmal werde ich von den Drogen loskommen, wirklich. Wir werden ein vollkommen neues Leben anfangen.«

Sie sah ihm in die Augen. »Werden wir das, Woody?« fragte sie tonlos.

»Ja. Ich versprech's dir. Ich weiß, das hab ich dir schon oft versprochen, aber diesmal wird's ganz bestimmt klappen. Ich bin fest entschlossen, und ich werde mich in einer Klinik behandeln lassen, wo man mich völlig heilen kann. Ich will raus aus dieser Hölle, Peggy...« In seiner Stimme lag Verzweiflung. »Aber ohne dich schaff ich das nicht. Das weißt du ganz genau...«

Sie hielt seinem Blick lange stand, dann nahm sie ihn in die Arme. »Mein armes Baby. Ich weiß«, flüsterte sie. »Ich weiß. Ich werd dir helfen...«

Für Margo war der Zeitpunkt gekommen, um abzureisen.

Tyler fand sie im Studierzimmer. Er schloß die Tür hinter sich. »Ich wollte dir nur noch einmal für alles danken, Margo.«

Sie schenkte ihm ein glückliches Lächeln. »Es hat Spaß gemacht, und ich habe den Aufenthalt hier wirklich genossen.« Sie blickte ihn schelmisch an. »Vielleicht sollte ich Schauspielerin werden.«

Er grinste. »Du hättest das Zeug zu einer guten Schauspielerin. Das Publikum hier hast du jedenfalls total überzeugt.«

»Es ist mir wirklich gelungen, nicht wahr?«

»Ja, und hier ist deine zweite Rate.« Er zog einen Umschlag aus der Tasche. »Und das Rückflugticket nach Chicago.«

»Vielen Dank.«

Er schaute auf seine Armbanduhr. »Jetzt solltest du dich aber beeilen.«

»In Ordnung. Du solltest aber noch wissen, daß ich dir dafür dankbar bin, daß du mich aus dem Kittchen geholt hast. Und überhaupt.«

»Schon gut.« Er lächelte. »Gute Heimreise.«

»Danke.«

Er sah ihr nach, als sie die Treppe hinaufging. Das Spiel war gelaufen.

Schach und schachmatt.

Margo packte gerade ihre Koffer, als Kendall ins Zimmer trat.

»Hallo, Julia. Ich wollte nur –« Sie brach mitten im Satz ab. »Was machst du denn da?«

»Ich fahre heim.«

Kendall musterte sie erstaunt. »So bald schon? Aber wieso denn? Ich hatte gehofft, daß wir noch ein bißchen zusammenbleiben und uns besser kennenlernen könnten. Wir haben doch all die verlorenen Jahre nachzuholen.«

»Sicher. Na ja, ein andermal.«

Kendall ließ sich auf dem Bettrand nieder. »Das Ganze ist wie ein Wunder, nicht wahr? Daß wir uns überhaupt noch gefunden haben.«

Margo packte weiter. »Ja, ein wahres Wunder.«

»Du mußt dir ja vorkommen wie Aschenputtel. Ich meine, da lebst du ein absolut normales, bürgerliches Leben, und plötzlich händigt dir jemand eine Milliarde Dollar aus.«

Margo unterbrach das Packen. »Wie bitte?«

»Ich habe gesagt...«

»*Eine Milliarde Dollar?*«
»Ja. Laut dem Testament unseres Vaters erbt jeder von uns eine Milliarde Dollar.«
Margo war fassungslos. »Eine Milliarde Dollar – für jeden?«
»Hat man dir das denn nicht gesagt?«
»Nein«, sagte Margo gedehnt, »das hat man mir nicht gesagt.« Sie schien nachzudenken. »Weißt du, Kendall, du hast ja recht. Vielleicht wäre es doch gut, wenn wir uns besser kennenlernen.«

Tyler schaute sich im Solarium gerade Jachtfotos an, als Clark eintrat und sagte:
»Verzeihung, Richter Stanford, ein Anruf für Sie.«
»Ich nehme ihn hier entgegen.«
Es war Keith Perry in Chicago.
»Tyler?«
»Am Apparat.«
»Ich habe eine wirklich gute Nachricht für dich.«
»Ach ja?«
»Ich gehe ja bald in Pension... Was würdest du sagen, wenn du zum Gerichtspräsidenten ernannt würdest?«
Tyler hatte größte Mühe, ein Kichern zu unterdrücken. »Das wäre einfach wunderbar, Keith.«
»Nun, der Posten gehört dir!«
»Ich... also, mir fehlen die Worte!« *Was hätte er auf die Nachricht auch sagen sollen?* »Milliardäre sitzen aber nicht in einem dreckigen kleinen Gerichtssaal in Chicago über die Versager dieser Welt zu Gericht« *oder* »Wegen einer Weltreise auf meiner Jacht stehe ich für das Amt leider nicht zur Verfügung«*?*
»Wie schnell könntest du nach Chicago zurückkehren?«
»Es wird noch ein Weilchen dauern«, erwiderte Tyler. »Es gibt hier noch eine Menge zu erledigen.«
»Nun gut, wir warten auf dich.«
Dann wartet mal schön! »Wiederhören.« Tyler legte auf und

schaute auf seine Armbanduhr. Es war höchste Zeit, daß Margo sich zum Flughafen auf den Weg machte. Tyler ging nach oben, um zu sehen, ob sie abreisefertig war.

Sie war in ihrem Zimmer und packte aus.

Tyler war erstaunt. »Du bist noch nicht fertig?«

Sie erwiderte seinen fragenden Blick mit einem ironischen Lächeln. »Nein, ich packe den Koffer wieder aus, denn ich habe gemerkt, daß es mir hier eigentlich recht gut gefällt. Also sollte ich vielleicht noch ein bißchen länger bleiben.«

Er runzelte die Stirn. »Wovon redest du? Du mußt dich beeilen, damit du deine Maschine nach Chicago nicht verpaßt.«

»Es ist ja nicht die letzte Maschine, Richter.« Sie grinste ihn frech an. »Vielleicht könnte ich mir ja auch einen Privatjet zulegen.«

»Wovon redest du überhaupt?«

»Du hast mir erklärt, daß ich dir dabei helfen sollte, jemandem einen kleinen Streich zu spielen.«

»Und?«

»Nun, es sieht inzwischen ganz so aus, als ob der Streich auf meine Kosten gehen soll, denn ich habe mit meiner Rolle eine Milliarde Dollar verdient.«

Tylers Züge verhärteten sich. »Bitte, verlaß das Haus, und zwar sofort.«

»Das würde dir so in den Kram passen, wie?« höhnte Margo. »Ich geh aber erst, wenn's mir paßt, und noch ist es nicht soweit.«

Tyler musterte sie von Kopf bis Fuß. »Was... was willst du von mir?«

»Das ist schon besser.« Sie nickte beifällig. »Also, zugehört: Was diese Milliarde Dollar betrifft, die ich unter dem Namen von Julia Stanford erben sollte – die willst du für dich haben, stimmt's? Ich hatte mir ja von Anfang an gedacht, daß es dir bei diesem lustigen kleinen Täuschungsmanöver darauf ankam, ein bißchen Geld zusätzlich einzustecken – aber eine runde Milliarde Dollar! Das ist eine völlig neue Dimension. Ich denke, daß ich davon einen Teil verdient habe.«

Es klopfte an der Tür.

»Verzeihung«, sagte Clark, »das Mittagessen ist angerichtet.«

Margo wandte sich Tyler zu. »Geh nur, ich werde nicht mit euch essen. Ich habe ein paar wichtige Besorgungen zu erledigen.«

In Rose Hill wurden am späteren Nachmittag Pakete abgeliefert, Schachteln mit Kleidern von Armani, Sportkleidung von der Scaasi-Boutique, Unterwäsche von Jordan Marsh, ein Nerzmantel von Neiman Marcus sowie ein Diamantencollier von Cartier – alles adressiert an Miss Julia Stanford.

Als Margo um halb fünf heimkam, wurde sie von einem aufgebrachten Tyler empfangen.

»Was hast du dir eigentlich dabei gedacht?« schimpfte er.

Sie quittierte seinen Angriff mit einem provozierenden Grinsen. »Ich hab ein paar Sachen zum Anziehen gebraucht. Als deine Schwester muß ich doch wohl auf mein Äußeres achten, oder? Übrigens – es ist wahrhaft erstaunlich, was man als eine Stanford in solchen Geschäften alles auf Kredit kriegt. Du übernimmst die Rechnungen doch, nicht wahr?«

»Julia...«

»Ich heiße *Margo*«, rief sie ihm in Erinnerung. »Ach so, und nur ganz nebenbei – ich habe die Jachtfotos auf dem Tisch gesehen. So eine Jacht willst du dir kaufen?«

»Das geht dich nichts an.«

»Da sei dir mal nicht so sicher. Vielleicht werden wir ja zusammen auf Kreuzfahrt gehen. Wir könnten die Jacht *Margo* taufen, oder sollten wir ihr vielleicht besser den Namen *Julia* geben? Wir sollten gemeinsam um die Welt fahren, denn ich bin gar nicht gern allein.«

Tyler mußte an sich halten und schluckte seinen Ärger hinunter. »Ich habe dich offenbar unterschätzt. Du bist ja eine ungemein schlaue junge Frau.«

»Aus deinem Mund ist das ein großes Kompliment.«

»Ich kann nur hoffen, daß du auch eine vernünftige junge Frau bist.«

»Das kommt ganz darauf an, was du dir unter ›vernünftig‹ vorstellst.«

»Eine Million Dollar, bar auf die Hand.«

Da spürte sie plötzlich, wie ihr Herz schneller schlug. »Und die Sachen, die ich mir heute gekauft habe – darf ich die behalten?«

»Alle.«

Sie holte tief Luft. »Dann sind wir handelseinig.«

»Gut. Ich werde dir das Geld so rasch wie möglich zukommen lassen, da ich in ein paar Tagen nach Chicago zurückfliegen muß.« Er zog einen Schlüssel aus der Jackentasche und reichte ihn ihr. »Hier, da hast du die Schlüssel zu meinem Haus. Du kannst dort wohnen. Bleib und warte auf mich, bis ich zurückkomme, und rede mit niemandem.«

»Einverstanden.« Sie hatte Mühe, ihre Erregung zu unterdrükken. *Ich hätte vielleicht noch mehr verlangen sollen,* dachte sie.

»Ich werde dir einen Platz in der nächsten Maschine buchen.«

»Und was ist mit den Sachen, die ich . . .«

»Sie werden nachgeschickt. Ich kümmere mich darum.«

»Gut. He – die ganze Sache hat sich aber für uns beide wirklich gelohnt, was?«

Er nickte. »Ja, das hat sie.«

Tyler fuhr Margo persönlich zum Logan International Airport.

Auf dem Flughafen betrachtete sie ihn mit einem forschenden Blick. »Wie wirst du's den anderen erklären?« wollte sie wissen. »Meine plötzliche Abreise, meine ich.«

»Ich werde ihnen sagen, daß du eine sehr liebe alte Freundin besuchen mußtest, die unerwartet erkrankte – in Südamerika.«

Sie schaute ihn etwas traurig an. »Darf ich dir etwas gestehen, Richter? Diese Weltreise mit der Jacht – auf der hätten wir beide bestimmt unseren Spaß gehabt.«
Über Lautsprecher wurde ihr Flug aufgerufen.
»Dann muß ich wohl.«
»Gute Reise.«
»Danke, und auf Wiedersehen in Chicago.«
Tyler sah ihr nach, bis sie im Abflugterminal verschwunden war, und wartete den Start ihrer Maschine ab, bis er zur Limousine zurücklief. »Nach Rose Hill«, sagte er zum Chauffeur.

Zurück im Haus, lief er sofort in sein Zimmer und wählte die Durchwahl vom Gerichtspräsidenten Keith Perry in Chicago.
»Du wirst hier schon sehnsüchtig erwartet, wann kommst du denn endlich? Wir haben dir zu Ehren eine kleine Feier geplant.«
»Sehr bald, Keith«, erwiderte Tyler. »Unterdessen wäre ich dir dankbar für deine Hilfe bei einem kleinen Problem, das mir Kummer bereitet.«
»Aber natürlich. Was kann ich für dich tun?«
»Es geht um eine Verbrecherin, der ich zu helfen versucht hatte. Margo Posner. Wenn ich mich recht erinnere, hatte ich dich über den Fall unterrichtet.«
»Ich kann mich gut erinnern. Wo liegt das Problem?«
»Die arme Frau hat es sich in den Kopf gesetzt, daß sie meine Schwester ist. Sie ist mir nachgereist und wollte mich in Boston ermorden.«
»O mein Gott, das ist ja furchtbar.«
»Sie befindet sich zur Zeit auf dem Rückflug nach Chicago, Keith. Sie hat mir die Hausschlüssel gestohlen, und ich habe keine Ahnung, was sie als nächstes vorhat. Die Frau ist eine gefährliche Verrückte. Sie hat gedroht, meine ganze Familie umzubringen. Ich hätte gern, daß sie in die Reed Mental Health Facility eingeliefert wird. Wenn du die Einweisungsformulare ausfüllen und mir

faxen würdest, setze ich meine Unterschrift drunter und faxe sie dir zurück. Um die Durchführung der erforderlichen psychiatrischen Untersuchungen kümmere ich mich dann persönlich.«

»In Ordnung. Ich nehme die Sache sofort in die Hand, Tyler.«

»Ich weiß deine Hilfe zu schätzen. Die Posner fliegt mit der United Airlines Flug 307. Ankunft Chicago zwanzig Uhr fünfzehn. Ich würde vorschlagen, daß du ein paar Männer zum Flughafen schickst, damit sie an Ort und Stelle festgenommen und unverzüglich ins Reed eingeliefert wird – in den Hochsicherheitstrakt dort. Und Besuch sollte sie keinen empfangen dürfen.«

»Ich werde dafür sorgen. Tut mir aufrichtig leid, daß du das durchmachen mußtest, Tyler.«

Tylers Stimme verriet Resignation. »Du kennst ja das alte Sprichwort, Keith: ›Es gibt keine gute Tat, und sei sie noch so klein, für die man am Ende nicht bestraft wird.‹«

Es war Kendall, die sich abends bei Tisch erkundigte: »Ißt Julia denn nicht mit uns?«

»Leider nein«, erwiderte Tyler mit einem Ausdruck des Bedauerns. »Sie hat mich gebeten, euch ihre Abschiedsgrüße zu bestellen. Sie mußte fort, nach Südamerika, und sich dort um eine alte Freundin kümmern, die einen Schlaganfall erlitten hat. Es kam alles recht plötzlich und unerwartet.«

»Aber das Testament ist ja noch gar nicht...«

»Julia hat mir eine Generalvollmacht erteilt. Ich soll es so einrichten, daß ihr Erbteil auf ein Treuhandkonto überwiesen wird.«

Ein Diener servierte Tyler einen Teller mit dicker Muschelsuppe – eine Bostoner Spezialität.

»Oha«, meinte er, »das sieht ja köstlich aus, und ich habe heute einen besonders großen Appetit.«

Flug 307 der United Airlines setzte planmäßig zur Landung auf dem O'Hare International Airport an, und über Lautsprecher meldete sich eine metallisch harte Stimme: »Meine Damen und Herren, bitte legen Sie Ihre Sitzgurte an.«

Margo Posner hatte den Flug genossen und die meiste Zeit davon geträumt, was sie mit ihrer Million Dollar machen würde, und sich vorgestellt, wie sie in den vornehmen Sachen und mit den Juwelen aussehen würde, die sie in Boston gekauft hatte. *Und das alles verdanke ich im Grunde nur der Tatsache, daß ich ins Kittchen mußte. Ist das etwa kein Anlaß zum Jubeln?*

Nach der Landung suchte Margo Posner ihre Sachen zusammen und lief die Treppe hinunter, gefolgt von einem Flugbegleiter. Unten, in unmittelbarer Nähe der Maschine, stand ein Rettungswagen, daneben, ganz in Weiß, zwei Sanitäter und ein Arzt, denen der Flugbegleiter ein Zeichen gab: Er deutete auf Margo.

Als Margo unten an der Treppe ankam, trat ein weißgekleideter Mann auf sie zu und sagte: »Verzeihung, Ma'am.«

Margo hob den Kopf. »Ja?«

»Sind Sie Margo Posner?«

»Ja, was ist...?«

»Ich bin Dr. Zimmermann.« Er faßte sie am Arm. »Wir möchten Sie bitten, uns zu begleiten.« Er dirigierte sie in Richtung des Rettungswagens.

Margo versuchte sich loszureißen. »Moment mal! Was wollen Sie von mir?« schrie sie.

Inzwischen war je ein Sanitäter neben ihr aufgetaucht, und sie wurde in die Mitte genommen.

»Bitte folgen Sie uns«, sagte der Arzt.

»Hilfe!« schrie Margo Posner. »Hilfe!«

Die übrigen Passagiere starrten sie nur mit offenem Mund an.

»Was steht ihr da rum?« rief Margo. »Seid ihr denn blind? Ich werde gekidnappt! Ich bin Julia Stanford! Ich bin Harry Stanfords Tochter.«

»Natürlich sind Sie Harry Stanfords Tochter!« sagte Dr. Zimmermann beschwichtigend. »Nun beruhigen Sie sich doch!«

Die Zuschauer schauten erstaunt zu, wie Margo, schreiend und um sich schlagend, in den Ambulanzwagen geschoben wurde.

Drinnen nahm der Arzt eine Spritze und drückte Margo die Nadel in den Arm. »Entspannen Sie sich!« sagte er. »Es wird ja alles wieder gut.«

»Sie sind wohl verrückt!« rief Margo. »Sie müssen...« Ihr fielen die Augenlider zu.

Die Wagentüren wurden geschlossen, und die Ambulanz fuhr los.

Bei der Lektüre des Berichts mußte Tyler lauthals lachen, weil er sich das Bild gut vorstellen konnte, wie das geldgeile Miststück trotz heftiger Gegenwehr weggeschleppt und abtransportiert worden war. Er würde schon dafür sorgen, daß sie für den Rest ihres Lebens in der psychiatrischen Abteilung hinter Schloß und Riegel bliebe!

Jetzt habe ich das Spiel wirklich gewonnen, sagte er sich. *Ich hab's geschafft! Wenn der Alte wüßte, daß ich die Stanford Enterprises unterm Daumen habe, würde er sich im Grabe umdrehen – wenn er noch ein Grab hätte. Und jetzt kann ich auch Lee alle Träume erfüllen.*

Die Ereignisse dieses Tages hatten Tyler in sexuelle Erregung versetzt. *Ich muß mir Erleichterung verschaffen.* Er öffnete seinen Koffer und holte aus dem hinteren Fach ein Exemplar von *Damron's Address Book* heraus, wo er unter »Boston« eine Liste der zahlreichen Schwulenbars fand.

Er entschied sich für das »Quest« an der Boylston Street. *Das Abendessen werde ich mir heute schenken. Ich geh gleich in den Klub.*

Julia und Sally machten sich für die Arbeit zurecht.

»Und wie war dein Abend mit Henry?« wollte Sally wissen.

»Wie immer.«

»War's wirklich so schlimm, ja? Habt ihr euch schon auf den Hochzeitstermin geeinigt?«

»Gott bewahre!« rief Julia entsetzt. »Henry ist ja ein lieber Kerl, aber...« Sie stieß einen Seufzer aus. »Er ist nichts für mich.«

»*Henry* vielleicht nicht«, meinte Sally. »Aber *die* hier sind ganz bestimmt für dich«, und sie reichte Julia fünf Umschläge.

Rechnungen! Julia machte die Kuverts auf, drei der Rechnungen trugen den Vermerk ÜBERFÄLLIG, eine vierte die Notiz DRITTE MAHNUNG. Julia schaute sie einen Moment an.

»Sally, ob du mir wohl aushelfen könntest...?«

Sally musterte sie mit einem Ausdruck tiefsten Befremdens. »Ich verstehe dich nicht.«

»Was soll das heißen?«

»Du rackerst dich ab wie ein Galeerensklave, du hast kein Geld, um deine Rechnungen bezahlen zu können – und bräuchtest doch nur einen kleinen Finger zu heben, und schon hättest du ein paar Millionen Dollar.«

»Die gehören mir nicht.«

»Aber selbstverständlich gehören sie dir! Es ist *dein* Geld!« fuhr Sally sie an. »Harry Stanford war dein Vater, oder nicht? Na also – dann hast du, logischerweise, auch Anspruch auf einen Teil des Erbes. Und du weißt genau, daß ich im Leben nur selten etwas ›logisch‹ finde.«

»Schlag's dir aus dem Kopf. Ich habe dir ja erzählt, wie er meine Mutter behandelt hat. Da hat er *mir* bestimmt nicht mal einen Cent vermacht.«

Sally stöhnte laut auf. »Verdammt! Und ich hatte mich schon drauf gefreut, meine Wohnung mit einer Millionärin zu teilen.«

Sie gingen nach unten zum Parkplatz, auf dem sie nachts ihre

Autos abstellten. Julias Parkplatz war leer, und sie rief entsetzt: »Er ist weg!«

»Bist du auch absolut sicher, daß du ihn gestern abend hier geparkt hast?«

»Ja, absolut.«

»Dann ist er gestohlen worden!«

Julia schüttelte den Kopf. »Nein!« Sie sprach es langsam und gedehnt aus.

»Was denn sonst?«

Sie sah Sally an. »Der Verkäufer muß ihn sich zurückgeholt haben, denn ich bin mit drei Ratenzahlungen im Rückstand.«

»Wundervoll!« sagte Sally tonlos. »Einfach wundervoll.«

Sally ging die Situation ihrer Wohngenossin nicht mehr aus dem Kopf. *Eine Geschichte wie im Märchen*, dachte sie. *Eine Prinzessin, die nicht weiß, daß sie eine Prinzessin ist. Nur daß sie es in diesem Fall eben doch weiß und zu stolz ist, es für sich zu nutzen. Das ist nicht fair! Ihre Verwandten besitzen haufenweise Geld, und sie ist völlig mittellos. Na schön, wenn sie nichts für sich selber tun will, dann tu's eben ich. Sie kann mir ja hinterher danken.*

Als Julia am Abend außer Haus war, machte Sally sich noch einmal über den Karton mit den Zeitungsausschnitten her und nahm einen Artikel jüngeren Datums heraus, in dem berichtet wurde, daß Harry Stanfords Erben sich zu seiner Beerdigung in Rose Hill eingefunden hatten.

Wenn die Prinzessin sie nicht aufsuchen will, sagte sich Sally, *dann müssen sie eben die Prinzessin aufsuchen.*

Sally setzte sich an den Tisch und schrieb einen Brief, den sie an Richter Tyler Stanford adressierte.

21. KAPITEL

Tyler unterzeichnete die Formulare, die die Einlieferung Margo Posners in die psychiatrische Abteilung des Reed-Hospitals besiegelten. Sie mußten zwar noch von drei Psychiatern bestätigt werden, aber das ließ sich, wie Tyler wußte, ohne größere Probleme arrangieren.

Er überprüfte die Angelegenheit von Anfang an noch einmal kritisch und kam zu dem Ergebnis, daß sein Plan keinerlei Schwachstellen aufwies: Dmitri war in Australien von der Bildfläche verschwunden, Margo Posner war aus dem Wege geräumt. Blieb nur noch Hal Baker, aber der war kein Problem. Einen wunden Punkt hat jeder, und bei Baker war es dessen Familie. *Nein, Baker würde nie reden, weil er den Gedanken, sein Leben im Gefängnis und von seiner lieben Frau und den Kindern getrennt verbringen zu müssen, einfach nicht ertragen könnte.*

Es lief alles ganz nach Plan.

Sobald das Nachlaßgericht das Testament meines Vaters für unbedenklich erklärt hat, werde ich nach Chicago zurückkehren und Lee abholen, und vielleicht werden wir uns in St-Tropez sogar ein Haus kaufen, und wir werden eine Weltreise machen auf meiner Jacht. Ich habe schon immer nach Venedig reisen wollen... und Positano... und Capri. In Kenia werden wir auf Safari gehen und in Indien im Mondschein das Taj Mahal bestaunen. Und wem habe ich das alles zu verdanken? Meinem Daddy, dem guten alten

Daddy. »*Du bist schwul, Tyler, und wirst schwul bleiben. Ich werde nie begreifen, daß einer wie du die Frucht meiner Lenden sein kann...*«

Aber wer zuletzt lacht, lacht am besten – und wer lacht hier wohl zuletzt, Vater?

Tyler ging nach unten, um seinen Geschwistern beim Mittagessen Gesellschaft zu leisten. Er hatte seinen Appetit wiedergefunden.

»Es ist wirklich ein Jammer, daß Julia so früh abreisen mußte«, sagte Kendall. »Ich hätte sie gern ein wenig besser kennengelernt.«

»Sie wird bestimmt bald wieder hierherkommen wollen«, meinte Marc tröstend.

Das ist zweifellos wahr, dachte Tyler, *nur werde ich schon dafür sorgen, daß sie nie mehr frei herumläuft.*

Dann sprachen sie über aktuelle Fragen.

»Woody wird sich eine Gruppe Polopferde kaufen«, warf Peggy schüchtern ein.

»Doch keine ›Gruppe‹, das heißt ›Stall‹!« verbesserte Woody sie irritiert. »Man spricht immer nur von einem Stall Polopferde.«

»Tut mir leid, Liebling. Ich wollte nur –«

»Ist ja egal.«

»Und welche Pläne hast du?« wollte Tyler von Kendall wissen.

»... rechnen wir weiterhin mit Ihrer Unterstützung. In diesem Sinne würden wir es gutheißen, wenn Sie innerhalb der nächsten zehn Tage eine Million Dollar auf unserem Nummernkonto deponieren könnten.«

»Kendall?«

»Ach ja. Ich werde... ich werde geschäftlich expandieren und in London und Paris eine Filiale eröffnen.«

»Das klingt schrecklich aufregend«, meinte Peggy.

»In zwei Wochen habe ich in New York eine Modenschau und

muß bald abreisen, damit ich alle nötigen Vorbereitungen treffen kann.«

Kendall warf einen Blick hinüber zu Tyler. »Was wirst du eigentlich mit deinem Erbteil anfangen?«

»Ich werde das Geld hauptsächlich für karitative Zwecke einsetzen«, erwiderte Tyler scheinheilig. »Es gibt da ja so viele Organisationen, die finanzieller Unterstützung bedürfen.«

Er hörte den Gesprächen nur noch mit halbem Ohr zu, und sein Blick wanderte geistesabwesend über seine Geschwister. *Wenn es mich nicht gegeben hätte, wärt ihr leer ausgegangen. Ohne mich hättet ihr zwei nicht mal einen Pfennig geerbt.*

Er ließ seine Augen auf Woody ruhen. Drogensüchtig war sein Bruder geworden und hatte sein Leben verplempert. *Dem wird das viele Geld überhaupt nicht guttun,* schoß es Tyler durch den Kopf, *damit kann er sich nur noch mehr Drogen kaufen.*

Dagegen war seine Schwester, so fand Tyler, eine kluge, erfolgreiche Frau, die was aus sich gemacht und ihre Talente genutzt hatte.

Marc, der auf dem Stuhl neben ihr saß, erzählte Peggy gerade eine lustige Anekdote. *Ein gutaussehender, charmanter Kerl,* dachte Tyler, *welch ein Jammer, daß er verheiratet ist.*

Und dann gab es noch Peggy, die arme Peggy, wie er sie insgeheim nannte. Warum sie es mit Woody aushielt, war ihm schleierhaft. *Sie muß sehr in ihn verliebt sein, denn diese Ehe bringt ihr doch rein gar nichts.*

Was würden sie wohl für Gesichter machen, wenn er jetzt aufstünde und ihnen erklärte: »*Ich besitze die Aktienmehrheit beim Stanford-Konzern. Ich habe unseren Vater ermorden lassen, und ich bin's auch gewesen, der seine Leiche ausgraben und verschwinden ließ. Und ich habe eine Frau angeheuert, die sich als unsere Halbschwester ausgegeben hat.*« Bei diesem Gedanken konnte er ein Grinsen nicht unterdrücken und hatte Mühe, sein delikates Geheimnis für sich zu behalten.

Nach dem Mittagessen zog Tyler sich auf sein Zimmer zurück, um noch einmal Lee anzurufen, aber er war nicht da. *Er ist mit jemandem ausgegangen*, überlegte Tyler verzweifelt. *Er glaubt mir das mit der Jacht nicht. Aber ich werde es ihm beweisen! Wann gibt das verdammte Nachlaßgericht endlich das Testament frei? Ich werde Fitzgerald noch einmal anrufen müssen, oder diesen jungen Anwalt Steve Sloane.*

Ein Klopfen an der Tür. Tyler öffnete, und draußen stand Clark. »Verzeihung, Richter Stanford, für Sie ist ein Brief angekommen.«

Wahrscheinlich von Keith Perry, um mir zu gratulieren.

»Vielen Dank, Clark.« Er nahm den Umschlag entgegen, der in Kansas City aufgegeben worden war. Er schaute noch einmal irritiert hin, öffnete den Brief und las:

Sehr geehrter Richter Stanford,
Sie sollten, so meine ich, doch wissen, daß Sie eine Halbschwester namens Julia haben. Sie ist die Tochter von Rosemary Nelson und Ihrem Vater und lebt hier in Kansas City, und zwar unter der Adresse 1425 Metcalf Avenue, Apartment 3B, Kansas City, Kansas.

Ich bin sicher, daß Julia sich sehr freuen würde, von Ihnen zu hören.

Mit freundlichen Grüßen,
eine Freundin.

Tyler betrachtete den Brief mit ungläubiger Miene, und es lief ihm kalt den Rücken herunter. »Nein!« rief er laut. *Das werde ich nicht zulassen, wahrscheinlich ist sie eine Hochstaplerin.* Doch er hatte das unangenehme Gefühl, daß diese Julia tatsächlich die wahre Julia war. *Und jetzt meldet die Hexe sich, um ihren Anteil am Erbe zu beanspruchen. Meinen Anteil!* verbesserte er sich. *Er gehört ihr nicht. Ich muß verhindern, daß sie hier aufkreuzt. Es* würde mir alles zunichte machen, denn dann müßte ich ja auch erklären, wie es zu der anderen Julia kam, und... Tyler erschauerte. »Nein!« *Ich werde dafür sorgen, daß sich jemand um sie kümmert.*

Er griff nach dem Hörer und wählte Hal Bakers Nummer.

22. KAPITEL

Der Hautarzt schloß die Untersuchung mit einem Kopfschütteln ab. »Mir sind ja in meiner Praxis schon eine Menge Fälle vorgekommen, aber ein so schlimmer noch nie.«

Hal Baker nickte und kratzte sich am Kopf.

»Schauen Sie, Mr. Baker, wir haben drei Möglichkeiten: Ihr Ausschlag kann eine Pilzerkrankung sein, eine Allergie, oder es kann sich um Neurodermatitis handeln. Die Hautprobe von Ihrer Hand hat mir unter dem Mikroskop gezeigt, daß es keine Pilzerkrankung ist, und Sie hatten mir mitgeteilt, daß Sie beruflich nicht mit chemischen Stoffen in Berührung kommen...«

»Das stimmt.«

»Auf die Weise haben wir die Suche nach der Ursache einengen können. Sie leiden unter dem sogenannten *lichen simplex chronicus* beziehungsweise unter einer lokalen Neurodermatitis.«

»Das klingt ja furchtbar. Können Sie irgend etwas dagegen machen?«

»Glücklicherweise ja.« Aus einem Schrank in einer Ecke seines Behandlungsraums nahm der Arzt eine Tube, die er aufschraubte. »Verspüren Sie zur Zeit ein Jucken an Ihrer Hand?«

Hal Baker kratzte sich erneut. »Ja, es brennt wie Feuer.«

»Reiben Sie sich bitte etwas von der Salbe auf die Hand.«

Hal Baker rieb etwas Salbe in die Haut ein. Sie wirkte Wunder.

»Das Jucken hat aufgehört!« sagte Baker.

»Gut. Wenden Sie die Salbe regelmäßig an, dann werden Sie mit dem Jucken keine Probleme mehr haben.«

»Vielen Dank, Herr Doktor. Ich kann Ihnen gar nicht sagen, was für eine Erleichterung das bedeutet.«

»Ich schreibe Ihnen ein Rezept.«

»Danke.«

Auf der Heimfahrt sang Hal Baker laut vor sich hin – denn es war seit seiner Begegnung mit Richter Tyler Stanford das erste Mal, daß seine Hand nicht juckte. Er empfand ein herrliches Gefühl der Befreiung, und als er den Wagen in die Garage fuhr, pfiff er vor Glück. Helen wartete bereits in der Küche auf ihn.

»Da war ein Anruf für dich«, sagte sie. »Von einem gewissen Mr. Jones. Sei sehr dringend, hat er gesagt.«

Sofort juckte Hals Hand wieder.

Er hatte einigen Menschen weh getan – aber nur aus Liebe und Sorge für seine Kinder. Er hatte etliche Verbrechen begangen – aber nur im Interesse seiner Familie. Hal Baker war der festen Überzeugung, daß er bisher keine Schuld auf sich geladen und daß er sich nichts vorzuwerfen hätte. Aber diesmal lagen die Dinge anders. Was da von ihm verlangt wurde, war kaltblütiger Mord.

Hal hatte sich gewehrt. »Das kann ich nicht machen, Richter. Dafür werden Sie sich jemand andern suchen müssen.«

Auf seinen Protest hin folgte ein langes Schweigen, dann die Frage: »Und wie geht's Ihrer Familie?«

Richter Stanford hatte ihm genaue Anweisungen gegeben. »*Sie heißt Julia Stanford, und die Adresse und die Nummer des Apartments haben Sie. Sie weiß nichts von Ihrem Kommen, Sie müssen also einfach hingehen und die Sache erledigen.*«

Als Hal Baker nach einem ereignislosen Flug auf dem Kansas City Downtown Airport gelandet war, nahm er ein Taxi zum Zentrum.

»Schöner Tag heute«, meinte der Taxifahrer.

»Ja.«

»Und von wo kommen Sie?«

»Von New York, ich bin hier zu Hause.«

»Schöne Stadt zum Leben.«

»Ja, stimmt. Könnten Sie mich bei einer Eisenwarenhandlung absetzen? Ich hab in der Wohnung ein paar kleine Reparaturen zu machen.«

»Natürlich.«

Bald darauf stand Hal Baker in einem Eisenwarengeschäft. »Ich brauche ein Jagdmesser«, sagte er zum Verkäufer.

»Da haben wir genau das Richtige für Sie. Würden Sie mir bitte folgen?«

Das Messer war ein Prachtstück, mit einer etwa fünfzehn Zentimeter langen Klinge, die spitz zulief und eine gezackte Schneide hatte.

»Entspricht das Ihren Anforderungen?«

»Da bin ich sicher«, erwiderte Hal.

»Zahlen Sie in bar, oder soll ich Ihnen eine Rechnung schikken?«

»Bar.«

Anschließend ging Hal in ein Papierwarengeschäft.

Fünf Minuten lang blieb Hal Baker vor dem Wohnblock Nummer 1425 an der Metcalf Avenue stehen, um ihn genau in Augenschein zu nehmen und sich alle Ein- und Ausgänge einzuprägen. Danach lief er weiter, um bei Anbruch der Dunkelheit gegen zwanzig Uhr zurückzukehren. Er wollte sichergehen, daß Julia Stanford, die ja möglicherweise einem Beruf nachging, auch bestimmt zu Hause war. Einen Portier schien es in diesem Wohnblock nicht zu geben. Er lief die Treppen hinauf, da es ihm unklug erschien, den Aufzug zu nehmen. Im dritten Stock stellte er fest, daß das Apartment 3B im Flur links lag. Das Messer hatte er im Innenfutter der Jackentasche mit Tesafilm angeklebt. Er klingelte. Die Tür wurde prompt geöffnet, und er stand einer hübschen, jungen Frau gegenüber.

»Hallo.« Sie hatte ein warmes, Lächeln. »Kann ich Ihnen helfen?«

Sie war wesentlich jünger, als er erwartet hatte – weshalb sich ihm die Frage aufdrängte, warum Richter Stanford ihren Tod wollte. *Aber das geht mich nichts an,* dachte er und zog eine Visitenkarte aus der Tasche, die er der jungen Frau überreichte.

»Ich arbeite für die Firma A. C. Nielsen«, sagte er mit leiser Stimme. »Wir verfügen in dieser Gegend über keine TV-Testfamilie und sind auf der Suche nach Leuten, die an einer Mitarbeit interessiert sein könnten.«

Sie schüttelte den Kopf, »nein danke«, und wollte die Tür wieder zumachen.

»Wir zahlen einhundert Dollar die Woche.«

Die Tür blieb ein Stück weit geöffnet.

»Einhundert Dollar pro Woche?«

»Jawohl, Ma'am.«

Die Tür stand wieder sperrangelweit offen.

»Sie müssen nichts weiter tun, als die Namen der Fernsehprogramme aufzulisten, die Sie sich anschauen. Wir würden Ihnen einen Jahresvertrag geben.«

Das hieße fünftausend Dollar! »Kommen Sie herein«, sagte sie.

Er betrat die Wohnung.

»Bitte nehmen Sie doch Platz, Mr. . . . .«

»Allen. Jim Allen.«

»Mr. Allen. Wie sind Sie bei Ihrer Auswahl denn auf mich gekommen?«

»Die Firma A. C. Nielsen verfolgt das Prinzip einer willkürlichen Auswahl, da wir unbedingt sicherstellen müssen, daß unsere Testfamilien auf keinen Fall Verbindungen zu den Fernsehanstalten haben, damit unsere Erhebungen objektiv ausfallen. Sie haben doch keine Beziehungen zu irgendwelchen Fernsehproduktionsfirmen oder TV-Anstalten, nicht wahr?«

Sie lachte laut auf. »Du meine Güte – ganz bestimmt nicht. Was genau hätte ich eigentlich zu tun?«

»Etwas total Einfaches. Wir liefern Ihnen ein Blatt mit einer kompletten Programmübersicht, und Sie müssen nur das von Ihnen jeweils eingeschaltete Programm ankreuzen – das ist alles. Auf der Basis kann unser Computer dann die Einschaltquote aller Programme errechnen, da die Nielsen-Testfamilien über das ganze Gebiet der Vereinigten Staaten verteilt sind, so daß wir ein klares Bild von der Popularität der Programme nach Regionen und Bevölkerungsschichten erhalten. Hätten Sie Interesse an einer Mitarbeit?«

»O ja.«

Er zog Formulare und einen Stift aus der Tasche. »Wie viele Stunden sehen Sie täglich fern?«

»Nicht besonders viel. Ich habe eine Ganztagsstelle.«

»Aber Sie sehen fern?«

»Klar. Ich schaue mir immer die Abendnachrichten an, manchmal auch einen alten Film. Ich bin ein Fan von Larry King.«

Er machte sich eine Notiz. »Verfolgen Sie das Bildungsfernsehen?«

»An den Sonntagen.«

»Und Sie wohnen hier allein?«

»Ich teile die Wohnung mit einer Freundin, sie ist aber zur Zeit nicht da.«

Also war er jetzt mit ihr allein.

Seine Hand begann wieder zu jucken. Er wollte gerade in die Tasche greifen, um das Klebeband vom Messer zu lösen, als er draußen im Flur Schritte hörte.

»Und dafür bekäme ich jährlich fünftausend Dollar? Das haben Sie doch gesagt.«

»Richtig. Übrigens habe ich ganz vergessen zu erwähnen, daß Sie außerdem einen neuen Farbfernseher erhalten würden.«

»Das ist ja fantastisch!«

Die Schritte waren verhallt, und er griff erneut in die Tasche und spürte den Handgriff des Messers. »Könnte ich wohl bitte ein Glas Wasser bekommen? Es war ein langer Tag.«

»Selbstverständlich.« Als sie zu der kleinen Bar in der Ecke des Zimmers gegangen war, klappte er das Messer auf und trat von hinten an sie heran.

»Meine Wohngenossin schaut die Bildungsprogramme im Fernsehen viel öfter an als ich«, hörte er sie sagen.

Er hielt das Messer hoch und war bereit zuzustechen.

»Aber Julia ist überhaupt stärker an kulturellen Dingen interessiert.«

Bakers hoch erhobene Hand verharrte plötzlich unbeweglich in der Luft.

»Julia?«

»Meine Wohngenossin, sie *war* zumindest meine Wohngenossin, sie ist nämlich fort. Als ich heute von der Arbeit heimkam, fand ich einen Zettel mit der Nachricht, daß sie verreist und nicht weiß, wann sie wieder...« Sie drehte sich um, das Glas Wasser in der Hand, und bemerkte das Messer in der erhobenen Hand des Mannes, der hinter ihr stand. »Was...«

Sie begann gellend zu schreien.

Hal Baker drehte sich um und floh.

Hal Baker sprach mit Tyler Stanford am Telefon. »Ich bin in Kansas City, aber die junge Frau ist verschwunden.«

»Was meinen Sie damit – *verschwunden?*«

»Ihre Wohngenossin behauptet, sie sei verreist.«

Tyler schwieg einen Moment.

»Ich habe das Gefühl, daß sie nach Boston gefahren ist. Kommen Sie bitte sofort hierher.«

»Ja, Sir.«

Tyler Stanford knallte den Hörer auf die Gabel und begann im Raum auf und ab zu laufen. *Bisher war alles reibungslos und per-*

fekt gelaufen! Diese junge Frau mußte unbedingt gefunden und aus dem Weg geräumt werden. Sie war unberechenbar und stellte eine Gefahr für ihn dar. Und selbst wenn er den Konzern einmal übernommen hatte, würde er sich von ihr bedroht fühlen, solange sie am Leben war. *Ich muß sie einfach finden!* dachte Tyler. *Auf alle Fälle! Aber wo?*

Clark betrat den Raum. »Verzeihung, Richter Stanford. Draußen vor der Tür steht eine Miss Julia Stanford, die Sie sprechen möchte.«

23. KAPITEL

Auf die Idee, nach Boston zu reisen, war Julia gekommen, als sie auf dem Rückweg vom Mittagessen an einer exklusiven Damenboutique vorbeiging, in dessen Schaufenster ein Originalmodell von Kendall ausgestellt war. *Von meiner Schwester!* schoß es Julia durch den Kopf. *Ihr darf ich für das, was meiner Mutter passiert ist, eigentlich keine Schuld geben, und meinen zwei Brüdern auch nicht.* Und in diesem Augenblick war sie plötzlich von einer überwältigenden Sehnsucht nach ihren Geschwistern erfaßt worden, so daß sie sie unbedingt kennenlernen, mit ihnen sprechen und endlich Geborgenheit bei ihrer Familie finden wollte.

Im Büro hatte sie Max Tolkin mitgeteilt, daß sie für ein paar Tage verreisen müßte, und ihn etwas verlegen gebeten: »Wäre es wohl möglich, daß ich einen Vorschuß auf mein nächstes Monatsgehalt bekommen könnte?«

»Selbstverständlich«, hatte Tolkin freundlich erwidert. »Für Sie stehen ja bald Ferien an. Hier – mit den besten Wünschen für ein paar schöne Tage.«

Ob es wohl schöne Tage werden? überlegte Julia. *Oder mache ich einen schrecklichen Fehler?*

Als Julia nach Hause gekommen und Sally noch nicht von der Arbeit zurück gewesen war, hatte Julia gedacht: *Ich darf nicht auf sie warten. Wenn ich nicht sofort hinfahre, werde ich nie fahren.* Also hatte sie gepackt und Sally eine Nachricht hinterlassen.

Auf dem Weg zum Busbahnhof wurde Julia unsicher. *Was mache ich eigentlich? Wie bin ich überhaupt zu diesem plötzlichen Entschluß gekommen?* Und sie sagte sich leicht amüsiert: *Ein plötzlicher Entschluß? Vierzehn Jahre habe ich dafür gebraucht!* Sie war schrecklich aufgeregt. Was mochten das wohl für Menschen sein, ihre Halbgeschwister? Was wußte sie denn schon über sie: Ein Bruder war Richter, der zweite ein berühmter Polospieler und die Schwester eine bekannte Modedesignerin. *Eine Familie von Erfolgsmenschen also,* überlegte Julia. *Und was bin ich? Hoffentlich blicken sie nicht von oben auf mich herab.* Beim Gedanken an die Begegnungen, die ihr bevorstanden, und als sie in den Greyhound-Überlandbus einstieg und die Reise wirklich begann, bekam sie Herzklopfen.

In der South Station in Boston nahm Julia ein Taxi.

»Und wohin soll's gehen, Lady?« fragte der Taxifahrer.

Julia verließ der Mut. »Nach Rose Hill« hatte sie sagen wollen und erwiderte statt dessen: »Ich weiß es nicht.«

Der Fahrer drehte sich zu ihr nach hinten um und sagte freundlich: »Oje, und was machen wir jetzt – ich nämlich auch nicht.«

»Könnten Sie mich nicht einfach ein bißchen durch die Stadt fahren? Ich bin heute zum ersten Mal in Boston.«

Er nickte. »Natürlich.«

Er fuhr über die Summer Street bis zum Boston Common.

»Das ist hier der älteste öffentliche Park der Vereinigten Staaten«, erklärte der Taxifahrer. »Hier fanden früher die öffentlichen Hinrichtungen statt.«

Julia fielen Worte ihrer Mutter ein: »*Im Winter bin ich mit den Kindern zum Schlittschuhlaufen zum Common gefahren. Woody war der geborene Sportler, du hättest ihn sehen sollen, ein süßer Junge. Ich hab immer gedacht, daß er der Erfolgreichste von den drei Geschwistern würde.*« Es war fast so, als ob die Mutter neben ihr säße und diesen Augenblick miterlebte.

Mittlerweile hatten sie Charles Street und den Eingang zu den Gärten erreicht. »Sehen Sie dort drüben, die Entchen aus Bronze?« sagte der Taxifahrer. »Ob Sie's glauben oder nicht – von denen hat jedes einen Namen.«

Im öffentlichen Garten haben wir damals oft Picknick gemacht, und gleich am Eingang stehen richtig süße kleine Enten aus Bronze, und sie heißen Jack, Kack, Lack, Mack, Nack, Ouack, Pack und Quack.« Julia hatte es so lustig gefunden, daß ihre Mutter die Entennamen unablässig wiederholen mußte.

Julia warf einen vorsichtigen Blick auf den Taxameter – es wurde langsam teuer. »Könnten Sie mir ein günstiges Hotel empfehlen?«

»Selbstverständlich. Wie wär's mit dem Copley Square Hotel?«

»Einverstanden.«

Ein paar Minuten später hielt das Taxi vor dem Hoteleingang.

»Viel Vergnügen in Boston, Lady.«

»Vielen Dank.« *Wird mir der Aufenthalt hier Vergnügen bereiten?* überlegte Julia. *Oder wird's eine Katastrophe?* Sie ging zu der Rezeption.

»Guten Tag. Kann ich etwas für Sie tun?« fragte der Angestellte.

»Ich hätte gern ein Zimmer.«

»Ein Einzelzimmer?«

»Ja.«

»Wie lange werden Sie bleiben?«

Sie zögerte mit der Antwort. *Eine Stunde? Zehn Jahre?* »Ich weiß es nicht.«

»Okay.« Er überprüfte das Schlüsselregal. »Ich hätte ein hübsches Zimmer für Sie im vierten Stock.«

»Ja, gerne.« Sie trug sich mit einer schönen, geschwungenen Handschrift ins Melderegister ein: JULIA STANFORD.

Der Mann an der Rezeption reichte ihr einen Schlüssel. »So, das wär's. Angenehmen Aufenthalt.«

Es war ein kleines Zimmer, ordentlich und sauber. Und nach dem Auspacken rief Julia sofort Sally an.

»Julia? Mein Gott, wo bist du?«

»Ich bin in Boston.«

»Ist auch alles okay?« Sally klang beinahe hysterisch.

»Ja, wieso fragst du?«

»Du hattest Besuch – von einem Mann, ich glaube, er wollte dich umbringen.«

»Was sagst du da?«

»Er hatte ein Messer bei sich... du hättest den Ausdruck auf seinem Gesicht sehen sollen...« Sie rang nach Atem. »Als er merkte, daß er mich mit dir verwechselt hatte, ist er getürmt!«

»Das glaube ich nicht!«

»Angeblich arbeitet er bei A. C. Nielsen – aber ich habe dort angerufen, und die kannten nicht mal seinen Namen! Kennst du jemanden, der es auf dich abgesehen hat?«

»Selbstverständlich nicht, Sally! Sei nicht albern! Hast du die Polizei angerufen?«

»Natürlich. Die hat mir aber auch nicht weiterhelfen können und mir den Rat gegeben, in Zukunft fremden Männern gegenüber vorsichtiger zu sein.«

»Also, mir geht's echt prima, du brauchst dir wirklich keine Sorgen zu machen.« Sie hörte, wie Sally erleichtert aufatmete.

»Na schön, solange dir's nur gutgeht. Julia?«

»Ja.«

»Paß gut auf dich auf, ja?«

»Selbstverständlich.« *Was Sally sich bloß immer zusammenfantasiert! Wer sollte sie umbringen wollen?*

»Weißt du schon, wann du wieder zurückkommst?«

Die gleiche Frage, wie der Mann an der Rezeption gestellt hatte.

»Nein.«

»Du bist dort hingefahren, um deine Verwandten kennenzulernen, nicht wahr?«

»Ja.«
»Viel Glück.«
»Danke, Sally.«
»Ruf mal wieder an.«
»Bestimmt.«

Julia legte auf, blieb aber bewegungslos sitzen, da sie nicht wußte, was sie unternehmen sollte. *Wenn ich Grips hätte, würde ich mich in den nächsten Bus setzen und wieder heimfahren. Ich habe bisher nur die Zeit in die Länge gezogen, um mich vor den nächsten Schritten zu drücken. Bin ich etwa nach Boston gekommen, um die Stadt zu besichtigen? Nein. Ich bin hier, um meine Angehörigen zu besuchen. Soll ich sie wirklich aufsuchen? Nein ... Ja ... Und wenn sie mich nun hassen? Aber das darf ich mir gar nicht erst einreden. Sie werden mich liebhaben, und ich werde sie auch liebhaben.* Sie starrte den Telefonapparat an und überlegte: *Vielleicht wär's besser, wenn ich vorher anriefe. Nein! Dann könnte es passieren, daß sie es ablehnen, mich zu empfangen.* Sie ging zum Schrank und nahm ihr bestes Kleid heraus. *Jetzt oder nie.*

Und eine halbe Stunde später saß sie im Taxi nach Rose Hill, um die Bekanntschaft ihrer Familie zu machen.

24. KAPITEL

Tyler musterte Clark mit einem Ausdruck blanken Entsetzens. »Julia Stanford... *draußen an der Tür?*«

»Ja, Sir.« In der Stimme des Butlers lag Verwirrung. »Es ist aber nicht die gleiche Miss Stanford, die vorher da war.«

Tyler zwang sich zu einem Lächeln. »Natürlich nicht. Es muß sich wohl um eine Betrügerin handeln.«

»Eine Hochstaplerin, Sir?«

»Ja, von der Sorte, wie sie jetzt haufenweise aus den Löchern kommen werden, Clark, um Anspruch auf einen Teil des Familienerbes zu erheben.«

»Eine entsetzliche Vorstellung, Sir. Soll ich die Polizei holen?«

»Nein!« erwiderte Tyler wie aus der Pistole geschossen, die Polizei wäre wirklich das letzte, was er jetzt brauchen könnte. »Ich werde die Angelegenheit selbst in die Hand nehmen. Führen Sie die Frau in die Bibliothek.«

»Jawohl, Sir.«

Tylers Gedanken überschlugen sich. Nun war also die echte Julia Stanford doch noch aufgetaucht. Welch ein Glück, daß seine Geschwister gerade nicht anwesend waren. Er mußte diese junge Frau unverzüglich wieder loswerden.

Tyler ging in die Bibliothek. Julia, die mitten im Raum stand, war in die Betrachtung von Harry Stanfords Porträt vertieft. Tyler blieb kurz stehen, um sie sich genau anzusehen: Die Frau war schön. Wirklich schade, daß sie...

Julia drehte sich um und sah ihn. »Hallo.«

»Hallo.«

»Sie sind Tyler.«

»Stimmt. Und wer sind Sie?«

Ihr Lächeln verblaßte. »Hat denn der Butler nicht... Ich bin Julia Stanford.«

»Wirklich? Verzeihen Sie meine Frage: Aber haben Sie dafür einen Beweis?«

»Einen Beweis? Nun ja... ich... das heißt... einen *Beweis* nicht. Ich hatte nur angenommen –«

Er trat auf sie zu. »Und aus welchem Grund sind Sie hierhergekommen?«

»Ich fand, daß es Zeit wäre, meine engsten Angehörigen persönlich kennenzulernen.«

»Nachdem Sie sechsundzwanzig Jahre damit gewartet haben?«

»Ja.«

Als Tyler sie genauer betrachtete und ihr zuhörte, gab es für ihn jedoch keinen Zweifel mehr daran, daß hier die echte Julia Stanford vor ihm stand – und mit ihr eine Gefahr, die er unverzüglich aus dem Weg räumen mußte.

Tyler zwang sich zu einem Lächeln. »Also, man kann sich wohl meinen Schreck vorstellen – ich meine, da steht plötzlich wie aus heiterem Himmel jemand an unserer Haustür, und...«

»Ich weiß, Entschuldigung, ich hätte vorher anrufen sollen.«

»Ganz allein in Boston?« erkundigte sich Tyler wie nebenbei.

»Ja.«

Seine Gedanken rasten. »Weiß jemand von Ihrer Reise hierher?«

»Nein. Das heißt, meine Wohngenossin Sally in Kansas City...«

»Und in welchem Hotel wohnen Sie?«

»Im Copley Square Hotel.«

»Das ist aber ein hübsches Hotel. Und die Zimmernummer?«

»419.«

»Schön. Vielleicht wäre es das beste, wenn ... ich zuerst allein mit Woody und Kendall spreche und sie auf die Situation vorbereite. Die beiden werden im ersten Moment bestimmt genauso überrascht reagieren wie ich. Wir könnten dann später kommen, ich meine, ins Hotel.«

»Entschuldigung, aber ich hätte wirklich vorher anru-«

»Kein Problem. Nachdem wir jetzt zueinander gefunden haben, wird alles gut – davon bin ich fest überzeugt.«

Sie zögerte kurz. »Ich danke dir, Tyler«, sagte sie dann mit fester Stimme.

»Gern geschehen –«, doch bei dem Gedanken, sie mit dem Vornamen anzureden, sie duzen zu müssen, wäre er fast erstickt, »Julia. Ich bestell sofort ein Taxi für dich.«

Fünf Minuten später war sie bereits wieder aus dem Haus.

Hal Baker war eben in seinem Hotelzimmer in Boston eingetroffen, als auch schon das Telefon läutete. Er hob ab.

»Hal?«

»Tut mir leid, Richter, ich kann Ihnen noch nichts melden. Ich habe die ganze Stadt durchkämmt, bin zum Flughafen gefahren und –«

»Sie ist bereits da, Sie Idiot!«

»*Was?*«

»Sie ist schon in Boston und wohnt im Copley Square Hotel, Zimmer 419. Ich will die Sache heute abend erledigt haben. Und diesmal vermasseln Sie es mir nicht! Haben Sie mich verstanden?«

»Es war nicht mein Fehler, daß –«

»Haben Sie mich verstanden?«

»Ja.«

»Dann machen Sie sich an die Arbeit!« Tyler knallte den Hörer auf die Gabel und rief nach Clark.

»Clark – was diese junge Frau von vorhin angeht, die sich als meine Schwester ausgab.«

»Ja, Sir?«

»Ich möchte sie den anderen Familienmitgliedern gegenüber nicht erwähnen, das würde nur unnötige Unruhe verursachen.«

»Verstehe, Sir, sehr rücksichtsvoll von Ihnen.«

Zum Essen ging Julia zu Fuß zum Ritz-Carlton, und sie fand das Hotel genauso wundervoll, wie ihre Mutter es geschildert hatte. *Sonntags bin ich mit den Kindern oft zum Lunch dorthin gefahren.* Julia saß im Speisesaal und stellte sich ihre Mutter vor, wie sie mit Tyler, Woody und Kendall an einem Tisch gesessen hatte. *Wie gern wäre ich mit ihnen zusammen groß geworden,* dachte Julia, *aber ich lerne sie ja jetzt kennen.* Die erste Begegnung mit Tyler hatte sie allerdings doch ein wenig irritiert. Er war so kühl... nein, richtig kalt war er gewesen. *Aber das ist doch natürlich,* überlegte sie, *wenn plötzlich eine Unbekannte mit der Behauptung, eine Halbschwester zu sein, vor der Tür steht. Da mußte er ja mißtrauisch reagieren. Aber ich werde ihn und die beiden anderen bestimmt überzeugen können, daß ich tatsächlich ihre Schwester bin.*

Die Rechnung, die ihr der Ober brachte, versetzte ihr wegen der Höhe der Summe einen ziemlichen Schrecken. *Ich muß aufpassen,* sagte sie sich, *damit ich für die Heimfahrt nach Kansas City noch genug Geld übrigbehalte.*

Als sie beim Verlassen des Restaurants vor dem Hotel einen abfahrbereiten Citybus warten sah, stieg sie spontan ein, da sie den sehnsüchtigen Wunsch spürte, soviel wie möglich von der Stadt zu sehen, in der ihre Mutter einmal glücklich gewesen war.

Hal Baker schlenderte durchs Foyer des Copley Square Hotels, als ob er dort wohnen würde, ging die Treppe hinauf bis zur vierten Etage und schwor sich, daß diesmal wirklich alles plangemäß und fehlerlos laufen sollte. Das Zimmer 419 lag in der Mitte des

Gangs. Hal Baker vergewisserte sich, daß sich auf dem Gang niemand aufhielt, und klopfte an. Keine Antwort. Er versuchte es noch einmal. »Miss Stanford?« Noch immer keine Antwort.

Er zog ein kleines Etui aus der Tasche, nahm einen Draht heraus und hatte das Schloß im Nu geöffnet. Er trat ein und zog die Tür hinter sich zu. Das Zimmer war leer.

»Miss Stanford?«

Er ging ins Bad – leer. Er ging wieder ins Zimmer zurück, zog sein Messer aus der Tasche, rückte einen Stuhl hinter die Tür und blieb wartend im Dunkeln sitzen. Nach etwa einer Stunde hörte er draußen Schritte näher kommen.

Sofort stand Hal Baker auf und nahm mit dem Messer in der Hand hinter der Tür seine Position ein. Er hörte, wie der Schlüssel im Schloß umgedreht wurde, sah, wie die Tür langsam aufging, hob das Messer und hielt es über seinen Kopf – er war bereit zuzustoßen. Julia Stanford trat ins Zimmer und knipste das Licht an. Er hörte ihre Stimme – »Na gut, dann kommen Sie herein.«

Eine Horde von Reportern betrat das Zimmer.

25. KAPITEL

Die Rettung ihres Lebens hatte Julia der Tatsache zu verdanken, daß im Copley Square Hotel der Manager Gordon Wellman Nachtdienst hatte, das heißt ihm und dem Zufall, denn Wellman wurde mißtrauisch, als er bei Dienstbeginn um achtzehn Uhr routinemäßig die Gästeliste checkte. Sein Blick fiel auf den Namen Stanford. Die Zeitungen waren seit Harry Stanfords Tod voll gewesen mit Geschichten über die Stanford-Familie, und die Journalisten hatten auch den alten Skandal wegen Stanfords Verhältnis mit der Gouvernante seiner Kinder und den Selbstmord seiner Frau wieder ans Licht gezerrt, und auch, daß Harry Stanford aus dieser Liaison eine uneheliche Tochter namens Julia hatte, die einem Gerücht zufolge heimlich in Boston angereist und nach einem Einkaufsbummel unerwartet nach Südamerika wieder abgeflogen sei. Das konnte nur bedeuten, überlegte Wellman aufgeregt, daß Julia Stanford wieder nach Boston zurückgekehrt war – und sie wohnte in seinem Hotel!

»Wissen Sie, was so eine Geschichte dem Hotel an Werbung bringen würde!?« sagte er zu seinem Kollegen an der Rezeption.

Und er hatte sich sofort ans Telefon gehängt, um die Presse zu verständigen.

Als Julia von ihrer Besichtigungstour ins Hotel zurückkehrte, wurde sie im Foyer von einer Horde von Reportern erwartet, die sich sofort auf sie stürzten, als sie eintrat.

»Miss Stanford! Ich komme vom *Boston Globe*. Wir hatten nach Ihnen gesucht, dann aber gehört, daß Sie die Stadt wieder verlassen hätten. Könnten Sie uns mitteilen...?«

Eine Fernsehkamera richtete sich auf sie. »Miss Stanford, ich bin vom Sender WCVB. Wir hätten von Ihnen gern eine Stellungnahme...«

»Miss Stanford, ich bin Reporter des *Boston Phoenix*. Wir hätten gern Ihre Aussage zu...«

»Bitte hierher schauen, Miss Stanford! Und lächeln!«

Blitzlichter.

Julia stand völlig verdattert da und dachte nur: *O mein Gott! Jetzt werden meine Geschwister mich auch noch für mediengeil halten.* Sie sagte zu den Reportern: »Tut mir leid, aber ich habe Ihnen nichts mitzuteilen!«

Als sie in Richtung Aufzug flüchtete, stürzten ihr die Reporter nach.

»Die Zeitschrift *People* möchte eine Story über Ihr bisheriges Leben bringen – wie es einem Menschen ergeht, der gezwungen ist, die ersten sechsundzwanzig Jahre seines Lebens von seiner Familie getrennt zu verbringen...«

»Nach unseren Informationen waren Sie nach Südamerika geflogen...«

»Haben Sie die Absicht, sich in Boston niederzulassen...«

»Wieso wohnen Sie jetzt nicht in Rose Hill...«

Sie stieg im vierten Stock aus dem Lift und rannte über den Flur, aber die Reporter blieben ihr auf den Fersen.

Julia zog den Schlüssel aus der Tasche, schloß auf, trat in ihr Zimmer und machte Licht. »Na schön, dann kommen Sie herein.«

Hal Baker, der mit gezücktem Messer hinter der Tür stand, wurde von den Ereignissen überrascht. Es gelang ihm gerade noch rechtzeitig, das Messer in der Tasche verschwinden zu lassen, als die Reporter an ihm vorbei ins Zimmer drängten, und sich unter sie zu mischen.

Julia drehte sich zu den Reportern um. »Also gut, aber immer der Reihe nach. Nicht alle Fragen durcheinander.«

Hal Baker, dessen Absichten auf diese Weise vereitelt wurden, verdrückte sich unauffällig in Richtung Tür und schlich sich in dem quälenden Bewußtsein davon, daß Richter Stanford wieder einmal nicht mit ihm zufrieden sein würde.

Eine halbe Stunde lang beantwortete Julia die Fragen, so gut sie konnte. Und als die Reporter endlich verschwunden waren, schloß Julia ihr Zimmer ab und legte sich erschöpft ins Bett.

Die Berichte über Julia Stanford erschienen am nächsten Morgen in den Fernsehnachrichten und Tageszeitungen.

Als Woody und Kendall sich zu Tyler an den Frühstückstisch setzten, schäumte er innerlich vor Wut, weil er gerade die Zeitung gelesen hatte.

»Was soll der ganze Unsinn mit dieser Frau, die sich als Julia Stanford ausgibt?« wollte Woody wissen.

»Sie ist eine Fälschung«, erwiderte Tyler glatt. »Sie kam gestern hierher und wollte Geld. Ich habe sie weggeschickt. Daß sie uns mit einer solch billigen Tour kommen würde – damit konnte ich ja nicht rechnen. Aber keine Sorge, mit der werde ich schon noch fertig.«

Er rief Simon Fitzgerald an. »Haben Sie schon die Morgenzeitungen gelesen?«

»Natürlich.«

»Dann wissen Sie ja, daß eine Hochstaplerin in Boston herumläuft und vorgibt, unsere Schwester zu sein.«

»Soll ich alles Nötige tun, damit sie inhaftiert wird?« fragte Fitzgerald.

»Nein!« erwiderte Tyler, »das würde ihr ja nur noch mehr Publicity verschaffen. Ich hätte sie gern aus der Stadt hinauskomplimentiert.«

»In Ordnung, ich werde dafür sorgen, Richter Stanford.«
»Vielen Dank.«

Simon Fitzgerald ließ Steve Sloane rufen.
»Es gibt ein Problem«, bemerkte er.
Steve nickte verständnisvoll. »Ich weiß, ich hab die Fernsehnachrichten gesehen und Zeitung gelesen. Wer ist diese Frau?«
»Offenbar jemand, der glaubt, sich ein Scheibchen von der Erbmasse der Familie herausschneiden zu können. Richter Stanford hat die Bitte geäußert, daß wir die junge Dame aus der Stadt schaffen sollen. Würdest du das übernehmen?«
»Soll mir ein Vergnügen sein«, antwortete Steve grimmig.

Als Julia etwa eine Stunde später die Tür ihres Hotelzimmers auf ein Klopfen hin öffnete und Steve sah, wies sie ihn schroff zurück.
»Tut mir leid, aber mit Reportern spreche ich nicht mehr...«
»Ich bin aber kein Reporter. Darf ich eintreten?«
»Wer sind Sie?«
»Mein Name ist Steve Sloane. Ich bin Anwalt in der Kanzlei, die Harry Stanfords Hinterlassenschaft vertritt.«
»Ach so, verstehe. Kommen Sie herein.«
Steve betrat das Zimmer.
»Haben Sie der Presse erzählt, daß sie Julia Stanford sind?«
»Ich bin leider von den Reportern überrumpelt worden. Sehen Sie, ich hatte überhaupt nicht damit gerechnet, daß sie...«
»Sie *haben* aber behauptet, Harry Stanfords Tochter zu sein?«
»Ja. Ich *bin* seine Tochter.«
Er musterte sie von oben bis unten und meinte zynisch: »Dafür haben Sie natürlich wasserdichte Beweise.«
»Also, nein«, erwiderte Julia gedehnt, »beweisen kann ich das nicht.«
»Hören Sie«, sagte Steve in provozierendem Ton, »irgendein Dokument als Beweis werden Sie ja wohl haben.«

»Ich habe keinerlei Dokumente«, sagte sie.

Er betrachtete sie erstaunt. Er hatte sie sich völlig anders vorgestellt – nicht so entwaffnend offen. *Sie wirkt nicht unintelligent. Wie kann sie nur so dumm sein, ohne Beweise nach Boston zu kommen, um sich als Harry Stanfords Tochter vorzustellen?*

»Zu dumm«, meinte Steve. »Richter Stanford hat nämlich die Absicht, Sie aus der Stadt zu jagen.«

Julia machte große Augen. »Wie bitte?«

»Sie haben richtig gehört.«

»Aber... das verstehe ich wirklich nicht. Ich habe ja noch nicht einmal meine zwei anderen Geschwister kennengelernt.«

Sie will den Bluff also weiter durchziehen, dachte Steve. »Hören Sie – ich habe keine Ahnung, wer Sie in Wirklichkeit sind oder was für ein Spiel Sie spielen, aber Sie riskieren eine Gefängnisstrafe. Was Sie hier machen, ist nämlich gegen das Gesetz. Falls Sie jedoch auf unseren Vorschlag eingehen, sind wir damit einverstanden, daß Sie straffrei aus dieser Geschichte herauskommen. Ich stelle Sie vor die Wahl: Entweder Sie verschwinden sofort aus Boston und belästigen nicht länger die Familie Stanford, oder wir können Sie festnehmen lassen.«

Julia war völlig schockiert. »Mich festnehmen lassen? Ich... ich weiß gar nicht, was ich dazu sagen soll.«

»Die Entscheidung liegt ganz bei Ihnen.«

»Meine Geschwister wollen mich nicht einmal begrüßen?« fragte Julia wie benommen.

»Das könnte man so sagen.«

Sie atmete tief durch. »In Ordnung, wenn das ihre Einstellung ist, dann reise ich wieder nach Kansas City zurück. Ich gebe Ihnen mein Wort, daß sie nie wieder etwas von mir hören werden.«

Kansas! Das ist aber eine weite Strecke, um es auf gut Glück mit einem kleinen Trick zu versuchen. »Ein weiser Entschluß.« Er rührte sich nicht, sah sie nur ratlos an. »Na dann – auf Wiedersehn.«

Sie schwieg.

Steve saß bei Fitzgerald im Büro.

»Hast du die junge Frau kennengelernt?«

»Ja. Sie fährt wieder nach Hause«, antwortete Steve, der allerdings ein wenig geistesabwesend wirkte.

»Gut. Ich werde Richter Stanford davon in Kenntnis setzen. Es wird ihn zweifellos freuen.«

»Weißt du, was mir keine Ruhe läßt, Simon?«

»Nun?«

»Daß der Hund nicht gebellt hat.«

»Wie bitte?«

»Du kennst doch die berühmte Sherlock-Holmes-Geschichte. Die Lösung des Rätsels lag gerade in dem Ereignis, das *nicht* eintrat.«

»Steve, bitte, was hat das mit –«

»Überleg doch einmal: Sie ist ohne jeden *Beweis* nach Rose Hill gefahren.«

Fitzgerald warf ihm einen hilflosen Blick zu. »Jetzt versteh ich gar nichts mehr. Genau das hätte dich doch davon überzeugen müssen, daß es sich bei ihr nicht um Julia Stanford handelt.«

»Ganz im Gegenteil – warum sollte sie den weiten Weg von Kansas nach Boston zurücklegen und sich hier als Harry Stanfords Tochter ausgeben, wenn sie ihre Behauptung nicht mit dem kleinsten Beweis untermauern kann?«

»Es gibt genug Verrückte auf der Welt.«

»Sie ist aber nicht verrückt, du hättest sie erleben sollen. Und es gibt da auch noch ein paar andere Dinge, die mich nachdenklich stimmen, Simon.«

»Ja?«

»Harry Stanfords Leiche ist spurlos verschwunden... Als ich mit Dmitri Kaminski sprechen will, mit dem einzigen Augenzeugen des tödlichen Unfalls, ist Dmitri Kaminski spurlos verschwunden... Und jetzt scheint niemand zu wissen, wohin die erste Julia Stanford verschwunden ist.«

Simon Fitzgerald machte ein nachdenkliches Gesicht. »Was willst du damit sagen?«

»In dieser Geschichte gibt es ein paar Rätsel«, erwiderte Steve langsam, »die einer Aufklärung bedürfen. Ich werde mich wohl am besten noch einmal mit der jungen Dame unterhalten.«

Steve Sloane betrat das Foyer des Copley Square Hotels. »Könnten Sie bitte Miss Julia Stanford auf ihrem Zimmer anrufen?« fragte er an der Rezeption.

Der Mann hob den Kopf. »Bedaure, Miss Stanford ist abgereist.«

»Hat sie eine Adresse hinterlassen?«

»Nein, Sir, bedaure.«

Steve war frustriert, weil er ohne ihre Mithilfe keine Möglichkeit mehr sah, etwas für sie zu tun. *Aber,* so versuchte er sich zu trösten, *es könnte natürlich sein, daß sie doch eine Hochstaplerin ist. Nur werden wir das eben nie mit Sicherheit wissen.* Er drehte sich um, verließ das Hotel und trat auf die Straße, wo der Hotelportier einem Pärchen in ein Taxi half.

»Verzeihung«, sagte Steve.

Der Portier schaute zu ihm hin. »Ein Taxi?« wollte er wissen.

»Nein, danke. Ich möchte Ihnen nur gern eine Frage stellen. Haben Sie Miss Julia Stanford heute morgen aus dem Hotel kommen sehen?«

»Aber natürlich, Sir. Es haben doch alle die Augen nach ihr verdreht. Sie ist ja eine ziemliche Berühmtheit. Ich habe für sie ein Taxi besorgt.«

»Sie wissen nicht zufällig noch, wohin sie gefahren ist?« erkundigte sich Steve.

»Doch, ich habe dem Taxifahrer ja das Fahrtziel genannt.«

»Und wohin ging die Fahrt?« fragte Steve, den die Redseligkeit des Mannes langsam nervös machte.

»Zum Greyhound-Omnibus-Bahnhof an der South Station.

Ich habe mir noch gedacht, daß es komisch ist, daß eine so reiche Frau...«

»Ich hätte jetzt doch gern bitte ein Taxi.«

Steve lief auf dem Greyhound-Omnibus-Bahnhof herum und schaute sich suchend um, doch Julia war nirgends zu sehen.

Sie ist schon abgereist, folgerte Steve verzweifelt, als er registrierte, daß die Stimme im Lautsprecher die unmittelbar bevorstehenden Abfahrten bekanntgab. Er hörte gerade noch »... und nach Kansas City«, und raste zum entsprechenden Halteplatz.

Julia wollte gerade einsteigen.

»Warten Sie!« rief er.

Sie sah sich besorgt um.

Steve lief auf sie zu. »Ich muß mit Ihnen reden!«

Sie warf ihm einen verärgerten Blick zu. »Ich habe Ihnen nichts mehr zu sagen!«

Er packte sie am Arm. »Einen Moment! Wir müssen unbedingt miteinander sprechen.«

»Mein Bus fährt gleich ab.«

»Es ist ja nicht der letzte Bus.«

»Mein Koffer ist aber bereits eingeladen.«

Steve ging schnurstracks auf einen Gepäckträger zu. »Diese Frau hier kriegt ein Baby! Holen Sie bitte ihren Koffer wieder aus dem Bus. Schnell!«

Der Blick des Mannes glitt, halb erstaunt, halb ungläubig, an Julias Körper entlang. »Na schön«, sagte er achselzuckend und öffnete den Laderaum des Busses. »Und welcher Koffer gehört Ihnen, Madam?«

Statt ihm zu antworten, drehte sich Julia unsicher nach Steve um. »Haben Sie eine klare Vorstellung davon, warum Sie das tun?«

»Nein«, erwiderte Steve.

Sie betrachtete ihn zögernd, dann faßte sie einen Entschluß und zeigte auf einen Koffer im Laderaum des Busses. »Der da«, sagte sie zu dem Träger.

Der Mann holte ihn heraus. »Sollte ich vielleicht für Sie eine Ambulanz rufen?« fragte er.

»Nein, es geht schon. Aber vielen Dank.«

Steve nahm den Koffer, und sie steuerten auf den Ausgang zu. »Haben Sie schon gefrühstückt?«

»Ich habe keinen Hunger«, antwortete sie kühl.

»Sie sollten aber etwas essen, Sie müssen ja jetzt für zwei essen, nicht wahr?«

Sie gingen zu »Julien« frühstücken. Julia, vor Zorn und Verärgerung steif und verkrampft, saß Steve gegenüber.

»Eines hätte ich ja doch gern von Ihnen erfahren«, sagte Steve, nachdem sie die Bestellung aufgegeben hatten. »Wie sind Sie auf die Idee gekommen, Ihren Anspruch auf ein Teil der Stanford-Erbschaft geltend machen zu können, ohne daß Sie einen Beweis dafür haben, daß Sie Stanfords Tochter sind?«

In Julias Blick zeigte sich ein Ausdruck von Entrüstung. »Ich bin überhaupt nicht hierhergekommen, weil ich einen Erbteil beanspruche – mein Vater hätte mich doch in seinem Testament sowieso nicht bedacht! Ich bin nach Boston gekommen, weil ich endlich meine Geschwister kennenlernen wollte, die allerdings allem Anschein nach kein Interesse an mir haben.«

»Besitzen Sie denn gar keine Urkunde... keine Papiere, die Ihre Herkunft dokumentieren?«

Sie dachte an all die Zeitungsausschnitte in ihrer Wohnung und schüttelte den Kopf. »Nein, gar nichts.«

»Ich hätte gern, daß Sie sich mit jemandem unterhalten.«

»Darf ich Ihnen Simon Fitzgerald vorstellen.« Steve zögerte. »Simon, und das ist – ähem...«

»Julia Stanford.«

»Bitte, setzen Sie sich, Miss«, sagte Fitzgerald zurückhaltend. Julia nahm auf der Stuhlkante Platz, damit sie jederzeit rasch aufstehen und hinausgehen könnte.

Fitzgerald musterte sie nachdenklich. Sie hatte die gleichen tiefliegenden grauen Augen wie Harry Stanford – doch solche Augen hatten noch viele andere Menschen. »Sie behaupten also, Rosemary Nelsons Tochter zu sein.«

»Ich behaupte gar nichts. Ich *bin* Rosemary Nelsons Tochter.«

»Und wo befindet sich Ihre Mutter?«

»Sie ist vor ein paar Jahren gestorben.«

»O – das tut mir leid. Würden Sie uns von ihr erzählen?«

»Nein«, sagte Julia. »Das werde ich auf keinen Fall tun.« Sie erhob sich. »Und ich habe auch nicht die Absicht, noch länger hierzubleiben.«

»Hören Sie, wir versuchen doch nur, Ihnen zu helfen«, versuchte Steve sie zu beschwichtigen.

»Ach wirklich?« fuhr sie ihn verbittert an. »Meine Angehörigen wollen mich nicht sehen, und Sie wollen mich der Polizei übergeben – auf die Art von Hilfe kann ich verzichten.«

»Moment mal!« rief Steve. »Wenn Sie tatsächlich die Person sind, für die Sie sich ausgeben, dann müssen Sie doch im Besitz von irgend etwas sein, das Sie als Tochter Harry Stanfords ausweist.«

»Ich habe Ihnen doch schon gesagt, daß ich nichts dergleichen besitze!« empörte sich Julia. »Meine Mutter und ich – wir haben Harry Stanford aus unserem Leben verdrängt.«

»Wie hat Ihre Mutter eigentlich ausgesehen?« fragte Simon Fitzgerald leise.

»Sie war eine sehr schöne Frau«, antwortete Julia. Ihre Stimme hatte einen weicheren Ton angenommen. »Und sie war die Güte in Person...« Da fiel ihr plötzlich etwas ein. »Ich habe ein Bild bei mir.« Sie nahm ein kleines, goldenes Medaillon vom Hals und reichte es Fitzgerald.

Als Fitzgerald es öffnete, sah er auf der einen Seite ein Foto von Harry Stanford und auf der anderen eines von Rosemary Nelson. Die Inschrift lautete: FÜR R. N. IN LIEBE H. S., datiert auf das Jahr 1969.

Simon Fitzgerald konnte den Blick lange Zeit nicht von dem Medaillon lösen, und seine Stimme klang betroffen, als er schließlich seinen Kopf hob.

»Wir müssen Sie um Verzeihung bitten, mein Kind«, sagte er zu ihr, und gleich darauf zu Steve Sloane: »Sie *ist* Julia Stanford.«

26. KAPITEL

Es war Kendall unmöglich gewesen, das Gespräch mit Peggy aus ihrem Bewußtsein zu verdrängen, da sie den Eindruck gewonnen hatte, daß Peggy es allein niemals schaffen könnte. »*Woody gibt sich große Mühe, wirklich... Ich hab ihn ja so lieb.*«

Kendall dachte: *Er braucht viel Hilfe und Unterstützung. Ich muß etwas für ihn tun. Er ist doch mein Bruder. Ich muß unbedingt mit ihm reden.*

Kendall machte sich auf die Suche nach Clark.

»Ist Mr. Woodrow zu Hause?«

»Ja, Ma'am. Meines Wissens ist er in seinem Zimmer.«

»Ich danke Ihnen.«

Sie mußte an die Unterredung am Eßtisch denken, an Peggys geschwollenes Gesicht. »*Was ist passiert?*« »*Ich bin gegen eine Tür gerannt...*« Wie hat sie das nur die ganze Zeit hinnehmen können? Kendall ging nach oben und klopfte an. Keine Antwort. »Woody?«

Sie machte die Tür auf und ging ins Zimmer, wo ein bittersüßer Mandelgeruch in der Luft hing. Kendall überlegte kurz und lief zum Badezimmer. Durch die offenstehende Tür konnte sie Woody sehen – auf einem Stück Alufolie erhitzte er Heroin, bis es sich verflüssigte und zu evaporieren begann, und er inhalierte es durch einen Strohhalm im Mund.

Kendall ging ins Bad hinein. »Woody...«

Er drehte sich zu ihr um, grinste, sagte: »Hallo, Schwesterchen«, und drehte sich wieder weg, um von neuem kräftig zu inhalieren.

»Um Gottes willen, hör auf!«

»Nun entspann dich mal! Weißt du, wie man so etwas nennt? Drachen jagen. Siehst du – wie der kleine Drache sich in dem Rauch zusammenkrümmt?« Über sein Gesicht zog ein glückliches Lächeln.

»Woody, bitte, ich möchte mit dir reden!«

»Klar, Schwester. Was kann ich für dich tun? Ich weiß ja, daß es nicht um Geld geht. Wir sind ja Milliardäre! Was machst du denn für ein trauriges Gesicht? An einem so schönen Sonnentag!« Seine Augen glänzten.

Kendalls Blick ruhte voller Mitleid auf ihm. »Ich habe mich mit Peggy unterhalten, Woody. Sie hat mir erzählt, wie das alles angefangen hat – während deines Aufenthalts im Krankenhaus.«

Er nickte fröhlich. »Genau, es war das Beste, was mir im Leben passiert ist.«

»Nein – das Allerschrecklichste. Ist dir eigentlich klar, was du da machst?«

»Klar doch, Schwesterchen. Ich hab was vom Leben – ich mach was draus, Schwesterchen!«

Sie schüttelte mißbilligend den Kopf. »Du brauchst Hilfe.«

»Ich? Ich brauche keine Hilfe. Mir geht's prima.«

»Nein, dir geht's überhaupt nicht prima! Hör mir zu, Woody. Es geht um dein *Leben* – aber nicht nur um *deines*. Denk doch mal an Peggy. Überleg mal, wie lange sie deinetwegen jetzt schon durch die Hölle muß, und aus Liebe zu dir hat sie's all die Jahre ertragen. Du zerstörst nicht nur dein eigenes Leben, du zerstörst auch ihres. Du mußt etwas unternehmen – und zwar *sofort*, bevor's zu spät ist. Die Vorgeschichte ist völlig unwichtig, es ist absolut egal, unter welchen Umständen du mit den Drogen angefangen hast. Wichtig ist nur, wie du jetzt wieder von ihnen loskommst.«

Woodys Lächeln verblaßte. Er sah Kendall in die Augen und wollte etwas sagen: »Kendall...«, brach aber sofort ab.

»Ja?«

Er leckte sich die Lippen. »Ich... ich weiß, daß du recht hast. Ich möchte ja auch damit aufhören. Ich hab's sogar versucht, mein Gott, und ob ich das versucht habe. Nur... ich kann nicht.«

»Aber *natürlich* kannst du!« widersprach ihm Kendall mit fester Stimme. »Du kannst es schaffen. Wir werden es gemeinsam angehen, wir halten zu dir, Peggy und ich. Wer verschafft dir das Heroin, Woody?«

Er stand wie angewurzelt da und schaute sie erstaunt an. »Oje! Mein Gott! Ja, weißt du das denn nicht?«

Kendall schüttelte den Kopf. »Nein.«

»Peggy.«

27. KAPITEL

Simon Fitzgerald war lange Zeit in die Betrachtung des goldenen Medaillons versunken, bevor er sich schließlich äußerte. »Ich habe Ihre Mutter persönlich gekannt, Julia, und ich hatte sie gern. Sie hat den kleinen Stanfords viel gegeben, und die kleinen Stanfords haben sie abgöttisch verehrt.«

»Sie hat sehr an den Kindern gehangen«, sagte Julia, »und sie hat viel von ihnen erzählt.«

»Was mit Ihrer Mutter geschah, war eine böse Geschichte. Sie können sich gar nicht vorstellen, was das für einen Skandal in Boston auslöste – manchmal ist Boston wie ein Provinzstädtchen. Nach dem miesen Benehmen Harry Stanfords blieb ihrer Mutter gar nichts anderes übrig, als das Haus zu verlassen.« Er schüttelte den Kopf. »Das Leben muß ganz schön hart gewesen sein für Sie beide.«

»Mutter hatte es sehr schwer, weil sie Harry Stanford – nach meiner Überzeugung jedenfalls – nach wie vor liebte, trotz allem, was er ihr angetan hatte.« Sie blickte Steve an. »Aber eins verstehe ich nicht – warum wollen meine Geschwister mich nicht sehen?«

Die beiden Männer wechselten einen Blick. »Ich will versuchen, es Ihnen zu erklären«, sagte Steve, der dann jedoch verstummte, weil er offenbar nicht die richtigen Worte fand. »Vor ein paar Tagen ist bei ihnen eine Frau aufgetaucht, die sich als Julia Stanford ausgegeben hat.«

»Aber das ist doch völlig unmöglich!« rief Julia. »*Ich bin...*«
Steve hob eine Hand. »Ich weiß. Und um zweifelsfrei festzustellen, ob diese Julia echt war, haben die Stanfords einen Privatdetektiv engagiert.«

»Und herausgefunden, daß es sich nicht um die echte Julia Stanford handelte.«

»Ganz im Gegenteil – sie haben festgestellt, daß es sich um die echte handelte.«

Julia war sprachlos. »*Was?*«

»Der besagte Privatdetektiv hat behauptet, Fingerabdrücke ausfindig gemacht zu haben, die Julia Stanford als Siebzehnjährige in San Francisco bei der Beantragung des Führerscheins abgenommen wurden – und diese Fingerabdrücke deckten sich mit den Fingerabdrücken der Person, die als Julia Stanford auftrat.«

Julia verstand die Welt nicht mehr. »Aber ich... ich bin doch in meinem Leben überhaupt noch nie in Kalifornien gewesen.«

»Hören Sie, Julia«, sagte Simon Fitzgerald. »Möglicherweise haben wir es mit einem raffinierten Komplott zu tun, durch das ein paar Leute an einen Teil der Hinterlassenschaft Stanfords zu kommen versuchen.«

»Das darf doch nicht wahr sein!«

»Wer auch immer dahintersteckt – er kann nicht eine zweite Julia Stanford frei herumlaufen lassen.«

»Der Plan dieser Leute«, kommentierte Steve, »kann überhaupt nur unter der Voraussetzung gelingen, daß Sie aus dem Wege geräumt werden.«

»Wenn Sie sagen ›aus dem Weg geräumt werden‹...« Sie brach mitten im Satz ab, weil ihr etwas einfiel. »O nein!«

»Was ist denn?« erkundigte sich Simon Fitzgerald.

»Vorgestern abend habe ich mit meiner Wohngenossin telefoniert, und sie war völlig hysterisch und hat behauptet, daß ein Mann mit einem Messer in unserer Wohnung gewesen sei und sie bedroht habe, weil er sie mit mir verwechselt hat!« Julia versagte fast die Stimme. »Wer... aber wer könnte denn so etwas planen?«

»Wenn Sie mich fragen, handelt es sich vermutlich um ein Mitglied der Familie Stanford.«

»Aber... *warum*? Aus welchem Grund sollte er so etwas Gemeines tun?«

»Es steht ein Riesenvermögen auf dem Spiel – und das Testament Ihres Vaters wird bestimmt in ein paar Tagen vom Nachlaßgericht freigegeben.«

»Aber was hat das alles mit mir zu tun? Mein Vater hat mich doch nie als seine Tochter anerkannt, und er hat mir auch nichts hinterlassen.«

»Da muß ich Ihnen aber widersprechen«, betonte Fitzgerald. »Wenn wir Ihre Identität als Julia Stanford nachweisen könnten, beliefe sich Ihr Erbschaftsanteil auf über eine Milliarde Dollar.«

Sie war wie betäubt. »Eine *Milliarde*?«

»So ist es. Aber hinter diesem Geld ist ein anderer her, und deshalb befinden *Sie* sich in Lebensgefahr.«

»Aha.« Sie stand auf und blieb bewegungslos stehen, sah die beiden Anwälte an und spürte, wie in ihr eine panische Angst aufstieg. »Wie kann ich mich dagegen schützen?«

»Ich will Ihnen zumindest sagen, was Sie momentan ganz bestimmt nicht tun dürfen«, sagte Steve. »Sie werden auf keinen Fall in Ihr Hotel zurückkehren. Ich muß Sie bitten, so lange von der Bildfläche zu verschwinden, bis wir herausgefunden haben, was für ein Spiel gespielt wird.«

»Ich könnte doch nach Kansas zurückreisen, bis...«

»Ich denke«, schaltete sich Fitzgerald ein, »daß es besser wäre, wenn Sie in Boston bleiben, Julia. Wir werden ein Versteck für Sie finden.«

»Sie könnte ja in meiner Wohnung wohnen«, schlug Steve vor. »Da würde sie bestimmt niemand vermuten.«

Die beiden Männer schauten Julia fragend an.

Sie zögerte. »Also... Ja, das wäre mir recht.«
»Gut.«
»Wenn mein Vater nicht von seiner Jacht ins Meer gefallen wäre«, meinte Julia nachdenklich, »wäre das alles nie geschehen.«
»Was den Punkt betrifft«, sagte Steve, »so glaube ich persönlich nicht, daß er ins Meer *gefallen* ist. Meiner Meinung nach hat ihn jemand ins Wasser gestoßen.«

Sie fuhren mit dem Lift in die Tiefgarage des Bürohauses und stiegen in Steves Wagen.
»Ich möchte vermeiden, daß Sie irgend jemand zu Gesicht bekommt«, erklärte Steve. »Wir müssen während der nächsten Tage darauf achten, daß Sie nicht auf der Bildfläche erscheinen.«
Er fuhr die State Street hinunter.
»Wie wär's mit Mittagessen?«
Julia schaute ihn an und schenkte ihm ein reizendes Lächeln. »Sie scheinen mich unablässig zu füttern.«
»Ich kenne da ein abgelegenes Restaurant in einem alten Haus an der Gloucester Street. Ich kann mir nicht vorstellen, daß uns dort jemand erkennt und beobachtet.«

Im *L'Espalier*, einem eleganten Stadthaus aus dem neunzehnten Jahrhundert mit einem ungemein schönen Blick auf Boston, wurden Julia und Steve beim Eintreten vom Oberkellner in Empfang genommen.
»Guten Tag«, sagte er. »Würden Sie mir bitte folgen? Ich habe für Sie einen schönen Fenstertisch.«
»Wenn es Ihnen nichts ausmacht«, erwiderte Steve, »würden wir lieber an einem Tisch ohne Fenster sitzen.«
Der Oberkellner zuckte die Schultern. »Einen Tisch mit Blick auf eine Wand?«
»Ganz richtig. Wir würden gern ungestört sein.«
»Selbstverständlich.« Er führte sie zu einem Ecktisch. »Ich

werde sofort den Kellner schicken.« Er ließ Julia nicht aus den Augen, und plötzlich hellte sich sein Gesicht auf. »Ach ja – Miss Stanford! Welch eine Freude, Sie bei uns willkommen heißen zu dürfen. Ich habe Ihr Foto in der Zeitung gesehen.«

Julia, die nicht wußte, wie sie darauf reagieren sollte, sah Steve fragend an.

»O mein Gott!« rief Steve. »Wir haben ja die Kinder im Wagen vergessen! Komm, wir wollen sie rasch holen!« Und zum Oberkellner gewandt: »Wir hätten gern als Aperitif zwei Martini extra dry, ohne Oliven. Wir sind gleich wieder da.«

»Jawohl, Sir.« Der Oberkellner sah ihnen nach, als sie aus dem Restaurant eilten.

»Was haben Sie denn vor?« wollte Julia wissen.

»Von hier verschwinden. Er braucht nur einen Journalisten anzurufen, und schon sitzen wir in der Klemme. Wir werden anderswo essen.«

Sie nahmen mit einem kleinen, bescheidenen Restaurant an der Dalton Street vorlieb.

Steve schaute sie fragend an. »Wie gefällt Ihnen das – plötzlich so berühmt zu sein?«

»Machen Sie keine Witze, ich finde es furchtbar.«

»Ich kann Sie gut verstehen«, erwiderte Steve reumütig, »ich bitte um Entschuldigung.« Er fand den Umgang mit ihr angenehm und problemlos und mußte daran denken, wie unhöflich er sich bei ihrer ersten Begegnung verhalten hatte.

»Sind Sie ... sind Sie wirklich der Meinung, daß ich in Gefahr bin, Mr. Sloane?« fragte Julia.

»Nennen Sie mich doch bitte Steve. Ja, leider befinden Sie sich wirklich in Gefahr, aber nur für eine kurze Zeit. Sobald das Testament Ihres Vaters vom Nachlaßgericht freigegeben ist, werden wir erfahren, wer hinter der ganzen Sache steckt. Und bis dahin werde ich persönlich für Ihre Sicherheit sorgen.«

»Vielen Dank. Ich... weiß es zu schätzen.«

Sie sahen sich in die Augen. Der herbeieilende Kellner, der den Ausdruck auf den Gesichtern der beiden bemerkte, zog es vor, sie nicht zu stören.

»Ist das Ihr erster Besuch in Boston?« fragte Steve, als sie wieder in seinem Wagen saßen.

»Ja.«

»Eine faszinierende Stadt.« Sie passierten gerade das historische Hancock Building, und Steve deutete auf den Turm. »Sehen Sie dort oben den Leuchtturm?«

»Ja.«

»Er funktioniert als Wettervorhersage.«

»Aber wie kann denn ein Leuchtturm...?«

»Eine gute Frage. Wenn der Leuchtturm ein gleichmäßig blaues Licht aussendet, so bedeutet das klares Wetter. Ein knalliges Blau signalisiert Bewölkung, ein gleichmäßiges Rot bedeutet Regen und rote Blitze Schneefälle.«

Julia lachte.

Sie erreichten die Harvard Bridge, wo Steve die Fahrt verlangsamte. »Diese Brücke verbindet Boston mit Cambridge. Die Länge beträgt präzise 364,4 *Smoots* und ein *Ear*.«

Julia schaute ihn verständnislos an. »Wie bitte?«

Steve lachte. »Sie haben richtig gehört.«

»Was ist denn ein *Smoot*?«

»Ein *Smoot* ist die Maßeinheit einer Körperlänge von Oliver Reed Smoot – sie betrug genau einen Meter und zweiundsiebzig Zentimeter. Das Ganze wurde immer als Witz aufgefaßt, doch bei der Brückenrenovierung hat die Stadtverwaltung dann die alten Markierungen beibehalten, und im Jahr 1958 ist der *Smoot* dann sogar als offizielles Längenmaß eingeführt worden.«

»Das ist ja unglaublich«, rief sie lachend.

Als sie am Bunker Hill Monument vorbeifuhren, rief Julia aus:

»Aha! Und hier hat die Schlacht von Bunker Hill stattgefunden.«
Steve widersprach. »Mitnichten.«
»Was soll das heißen?«
»Die Schlacht von Bunker Hill ist auf Breed's Hill ausgetragen worden.«

Steve wohnte im Bostoner Bezirk Newbury Street in einem entzückenden, zweigeschossigen Haus, das recht behaglich eingerichtet war und an dessen Wänden hübsche Farbdrucke hingen.
»Sie leben hier allein?« fragte Julia.
»Ja. Ich habe allerdings eine Haushälterin, die zweimal wöchentlich kommt. Ich werde ihr sagen, daß sie in den nächsten Tagen frei hat, weil ich vermeiden möchte, daß irgend jemand etwas von Ihrem Aufenthalt bei mir erfährt.«
Julia sah Steve in die Augen. »Sie sollten wissen, daß ich Ihnen von ganzem Herzen dankbar bin für alles, was Sie für mich tun.«
»Ist mir ein Vergnügen. Kommen Sie, ich zeige Ihnen Ihr Schlafzimmer.«
Er führte sie zum Gästezimmer im oberen Stock. »Ich hoffe, daß Sie es hier bequem haben.«
»Ganz bestimmt. Ich finde es sehr schön«, erwiderte Julia.
»Ich werde Lebensmittel besorgen, normalerweise geh ich zum Essen immer aus.«
»Ich könnte ja –« Sie brach mitten im Satz ab. »Wenn ich's mir recht überlege, vielleicht doch besser nicht. Meine Wohngenossin in Kansas City behauptet, daß meine Kochprodukte tödlich sind.«
»Ich glaube, daß ich eine ziemlich glückliche Hand am Herd habe«, erwiderte Steve. »Also werde ich für uns beide kochen.« Er betrachtete sie nachdenklich und sagte dann gedehnt: »Ich habe schon lange nicht mehr für einen anderen Menschen gekocht.«
Halt dich zurück! ermahnte er sich. *Sie ist für dich eine Nummer zu groß. Du verdienst nicht einmal genug, um für ihre Taschentücher aufkommen zu können!*

»Fühlen Sie sich ganz wie zu Hause«, sagte er laut, »und machen Sie sich's gemütlich.«

Sie sah ihm lange in die Augen und sagte dann mit einem freundlichen Lächeln: »Vielen Dank.«

Sie gingen zurück ins Erdgeschoß, und Steve zeigte ihr die Einrichtung. »Fernseher, Videogerät, Radio, CD-Spieler... Steht alles zu Ihrer Verfügung.«

»Wie angenehm!« Am liebsten hätte sie gesagt: *Vor allem mit Ihnen.*

»Also, wenn Sie weiter keine Wünsche haben...«, meinte er verlegen.

Julia schenkte ihm ein warmes Lächeln. »Im Augenblick fällt mir jedenfalls nichts ein.«

»Dann fahr ich zurück ins Büro. Es gibt noch eine ganze Menge offener Fragen.«

Sie folgte ihm zur Tür.

»Steve?«

Er wandte sich um. »Ja?«

»Ist es in Ordnung, wenn ich meine Wohngenossin anrufe? Sie macht sich bestimmt Sorgen um mich.«

Er schüttelte den Kopf. »Nein, das wäre überhaupt nicht in Ordnung. Ich muß Sie bitten, nicht zu telefonieren und auch das Haus nicht zu verlassen. Davon könnte Ihr Leben abhängen.«

28. KAPITEL

»Ich bin Dr. Westin. Sie wissen, daß unser Gespräch jetzt auf Band aufgezeichnet wird?«

»Ja, Herr Doktor.«

»Fühlen Sie sich jetzt ruhiger?«

»Ich bin ganz ruhig, aber voll Zorn.«

»Worüber empfinden Sie Zorn?«

»Ich dürfte überhaupt nicht in dieser Klinik sein, ich bin keine Verrückte. Das hat man mir fälschlicherweise angehängt.«

»Ach ja? Und wer sollte Ihnen das angehängt haben?«

»Tyler Stanford.«

»Richter Tyler Stanford?«

»So ist es.«

»Und warum sollte er so etwas tun?«

»Weil er mir Geld stehlen will.«

»Besitzen Sie denn soviel Geld?«

»Nein. Ich meine, ja ... das heißt, ich hätte das Geld bekommen sollen. Er hat mir eine Million Dollar versprochen, dazu einen Nerzmantel und Juwelen.«

»Warum hätte Richter Stanford Ihnen das versprechen sollen?«

»Dazu müßte ich Ihnen die ganze Geschichte von Anfang an erzählen. Wenn Sie gestatten – ich bin nicht Julia Stanford, ich heiße Margo Posner.«

»Als Sie bei uns eingeliefert wurden, haben Sie sich aber nachdrücklich als Julia Stanford ausgegeben.«

»Vergessen Sie's, ich bin's wirklich nicht. Schauen Sie... Das alles hat folgendermaßen angefangen: Richter Stanford hat mich angeheuert, damit ich als seine Schwester auftrete.«

»Aus welchem Grund sollte er das getan haben?«

»Damit ich einen Anteil am Erbe von Harry Stanford erhalte und ihn ihm übereigne.«

»Und dafür hat er Ihnen eine Million Dollar, einen Nerzmantel und Juwelen versprochen?«

»Sie glauben mir wohl nicht, wie? Nun, ich kann's beweisen. Er hat mich nach Rose Hill geholt – Rose Hill ist der Familiensitz der Stanfords in Boston, und ich kann Ihnen das Haus genauestens beschreiben. Ich kann Ihnen auch die Familie beschreiben und den ganzen Haushalt.«

»Sind Sie sich dessen bewußt, daß Ihre Behauptungen eine schwere Anschuldigung darstellen?«

»Und ob ich das bin. Aber Sie werden vermutlich trotzdem nichts gegen ihn unternehmen, weil er zufälligerweise Richter ist.«

»Da irren Sie sich. Ich versichere Ihnen, daß die Vorwürfe gründlich und penibel überprüft werden.«

»Gut! Der Mistkerl soll auf die gleiche brutale Art hinter Gitter gebracht werden wie ich. Ich will hier raus!«

»Es ist Ihnen klar, daß, außer mir, noch zwei Kollegen Sie auf Ihre geistige Gesundheit hin untersuchen werden?«

»Sollen sie nur. Ich bin geistig genauso gesund wie Sie.«

»Wenn Dr. Gifford im Haus ist – er hat erst heute nachmittag Dienst –, werden wir über das weitere Vorgehen entscheiden.«

»Je früher, um so besser. Ich finde diese verdammte Anstalt unerträglich.«

Als die Oberschwester Margo mittags das Essen brachte, teilte sie Margo Posner mit: »Ich habe gerade mit Dr. Gifford gesprochen. Er wird in einer Stunde zu Ihnen kommen.«

»Danke.« Sie war vorbereitet auf das Gespräch mit ihm und

auch mit allen anderen. Sie würde auspacken, rückhaltlos, von Anfang an. *Danach, sagte sich Margo, werden sie ihn einsperren und mich wieder auf freien Fuß setzen.* Es war ein Gedanke, der sie mit tiefer Genugtuung erfüllte. *Ich werde wieder frei sein!* Dann schoß es Margo durch den Sinn: *Aber wozu? Was kann ich denn machen? Ich werde doch nur wieder auf den Strich müssen. Vielleicht werden sie sogar meine Kaution widerrufen, so daß ich wieder ins Kittchen muß!*

Sie schleuderte das Essenstablett gegen die Wand. *Verflucht noch mal! Das können sie mir doch nicht antun! Gestern war ich noch eine Million Dollar schwer, und heute... Aber Moment! Einen Moment mal!* Ihr war eine Idee gekommen, eine solch aufregende Idee, daß es ihr kalt den Rücken hinunterlief. *Heiliger Strohsack! Wo hab ich nur meine Gedanken!? Es ist ja bewiesen, daß ich Julia Stanford bin. Und dafür gibt's Zeugen. Die ganze Familie hat in Rose Hill mitgehört, als Frank Timmons erklärte, daß ich Julia Stanford bin. Warum, zum Teufel, sollte ich Margo Posner sein wollen, wenn ich als Julia Stanford leben könnte? Kein Wunder, daß sie mich hier eingesperrt haben. Ich muß ja von Sinnen gewesen sein!* Sie klingelte.

Der kurz danach eintretenden Schwester teilte sie mit: »Ich möchte sofort den Arzt sprechen.«

»Sie haben einen Termin, es dauert nicht mehr...«

»Sofort!«

Die Schwester registrierte Margos erregten Zustand und sagte: »Beruhigen Sie sich. Ich werde ihn holen.«

Es dauerte keine zehn Minuten, und Dr. Franz Gifford betrat Margos Zimmer.

»Sie wünschen mich zu sprechen?«

»Ja.« Sie setzte ein um Nachsicht bittendes Lächeln auf. »Ich muß Ihnen bekennen, daß ich ein kleines Spiel gespielt habe, Herr Doktor.«

»Ach nein?«

»Doch. Es ist mir äußerst unangenehm, aber sehen Sie, es war so, daß ich mich ganz furchtbar über meinen Bruder Tyler geärgert hatte und ihn bestrafen wollte. Inzwischen ist mir klar, daß es nicht richtig war, und ich bin ihm auch nicht mehr böse. Ich möchte wieder zurück nach Rose Hill.«

»Ich habe die Abschrift Ihres Gesprächs von heute morgen mit Dr. Westin gelesen. Heute morgen haben Sie erklärt, Sie seien Margo Posner und betrogen worden...«

Margo lachte laut auf. »Das war ungezogen von mir, das habe ich nur gesagt, um Tyler zu ärgern. Nein, ich bin Julia Stanford.«

Er musterte sie skeptisch. »Können Sie's beweisen?«

Auf diesen Moment hatte Margo nur gewartet. »Aber ja!« antwortete sie in einem Gefühl des Triumphes. »Tyler hat es ja selber bewiesen. Er hat einen Privatdetektiv namens Frank Timmons engagiert, der nachgewiesen hat, daß meine Fingerabdrücke mit den Fingerabdrücken übereinstimmen, die mir in jüngeren Jahren für meinen Führerschein abgenommen worden waren. Sie sind identisch, daran besteht nicht der geringste Zweifel.«

»Ein Privatdetektiv namens Frank Timmons, haben Sie gesagt?«

»So ist es. Er ist für das Amt des hiesigen Staatsanwalts tätig.«

Sein Blick wurde bohrend. »Bitte – sind Sie sich völlig sicher, daß Sie nicht Margo Posner sind? Sie sind wirklich Julia Stanford?«

»Ja.«

»Und dieser Privatdetektiv namens Frank Timmons kann das bezeugen?«

Sie lächelte. »Er hat es bereits getan. Sie müssen nur beim Staatsanwalt anrufen und ihn hierherbitten.«

Dr. Gifford nickte nachdenklich. »In Ordnung, das werde ich sofort tun.«

Als Dr. Gifford am nächsten Morgen um Punkt zehn Uhr wieder in Margo Posners Zimmer eintrat, kam er in Begleitung einer Schwester.

»Guten Morgen.«

»Guten Morgen, Herr Doktor.« Sie sah ihn erwartungsvoll an.

»Haben Sie mit Frank Timmons gesprochen?«

»Ja. Ich möchte mich vergewissern, daß ich Sie richtig verstanden habe. Ihre Geschichte, daß Richter Tyler Stanford Sie in eine Art von Verschwörung verwickelt hat, ist falsch?«

»Total, das habe ich nur erzählt, um meinen Bruder zu bestrafen. Aber jetzt ist alles in Ordnung, und ich bin bereit, wieder nach Hause zu gehen.«

»Frank Timmons kann beweisen, daß Sie Julia Stanford sind?«

»Ja.«

Dr. Gifford wandte sich mit einem Kopfnicken der Schwester zu. Sie gab jemandem ein Zeichen, und gleich darauf betrat ein hochgewachsener schwarzer Mann das Zimmer und schaute Margo Posnet mit einem prüfenden Blick an.

»Ich bin Frank Timmons«, sagte er, »kann ich Ihnen helfen?«

Er war ihr völlig unbekannt.

29. KAPITEL

Auf der Modenschau lief alles programmgemäß: Die Models bewegten sich anmutig über den Steg, und jeder Entwurf wurde mit großer Begeisterung aufgenommen; der Ballsaal war gedrängt voll, jeder Sitzplatz besetzt, und ganz hinten standen sogar noch einige Zuschauer.

Plötzlich gab es Bewegung hinter der Bühne, und Kendall drehte sich um, um zu erfahren, was los war, und sah zwei Polizisten auf sich zukommen.

Kendalls Herz schlug wie wild.

»Sind Sie Kendall Stanford Renaud?« fragte einer der beiden Polizisten.

»Ja.«

»Ich nehme Sie hiermit in Haft wegen des Mordes an Martha Ryan.«

»Nein!« schrie sie auf. »Ich habe es doch nicht absichtlich getan! Es war ein Unfall! Bitte! Bitte! Bitte...!«

Mit einem Gefühl von panischer Angst wachte sie auf und zitterte am ganzen Körper.

Es war ein Alptraum, der immer wiederkehrte. *So kann das nicht weitergehen*, dachte Kendall. *Ich halte das nicht länger aus. Ich muß etwas unternehmen.*

Sie mußte unbedingt mit Marc reden, und nach längerem Zögern war er nach New York gekommen. »Ich habe auch meine

Arbeit zu tun, Liebling«, wandte er ein. »Ich kann mir nicht noch mehr Zeit freinehmen.«

»Das versteh ich, Marc. Ich werde in ein paar Tagen zurück sein, da ich eine Modenschau in Vorbereitung habe.«

Kendall hatte die Absicht, an diesem Morgen nach New York zurückzukehren. Vor ihrer Abreise empfand sie es jedoch als ihre Pflicht, noch eine Sache hinter sich zu bringen, denn das Gespräch mit Woody hatte sie arg belastet. *Er wälzt die eigene Schuld auf Peggy ab,* dachte sie.

Sie fand Peggy auf der Veranda.

»Guten Morgen«, grüßte Kendall.

»Morgen«, erwiderte Peggy.

Kendall nahm ihr gegenüber Platz. »Ich muß mit dir reden.«

»Ja?«

Sie war verlegen. »Ich hatte ein Gespräch mit Woody. Er ist in schlechter Verfassung. Er... er glaubt, daß du es bist, die ihn mit Heroin versorgt.«

»Das hat er dir gesagt?«

»Ja, das hat er.«

Langes Schweigen. »Nun ja, das stimmt auch.«

Kendall starrte sie ungläubig an. »*Wie bitte!?* Ich... das versteh ich nicht. Du hast mir doch erzählt, daß du alles tust, um ihn davon *abzubringen.* Warum solltest du den Wunsch haben, daß er drogenabhängig bleibt?«

»Du verstehst wirklich gar nichts, nicht wahr?« Sie klang verbittert. »Du lebst da hübsch zufrieden vor dich hin in deiner verdammt kleinen Welt, aber ich will dir mal was sagen, Miss Modedesignerin! Ich war Kellnerin, als ich von Woody schwanger wurde, und ich hatte nicht damit gerechnet, daß Woodrow Stanford mich heiraten würde. Und weißt du auch, warum er mich geheiratet hat? Damit er sich besser vorkam als sein Vater. Na schön, da hat Woodrow Stanford mich also geheiratet, und danach haben sie mich alle behandelt, als ob ich Dreck wäre, und als mein Bruder Hoop zu unserer Hochzeit kam, da haben sie ihn behandelt, als ob er Mist wäre.«

»Peggy...«

»Um die Wahrheit zu sagen – ich war völlig von den Socken, als dein Bruder mir erklärte, daß er mich heiraten wollte. Mensch, ich hab doch nicht mal gewußt, ob das Baby überhaupt von ihm war. Trotzdem hätte ich Woody eine gute Frau werden können, aber man gab mir keine Chance. Für seine Freunde war ich eben bloß 'ne Kellnerin. Ich habe das Baby dann übrigens nicht verloren, ich hab's abgetrieben, weil ich dachte, daß Woody sich vielleicht von mir scheiden lassen würde, wenn ich kein Kind kriegte. Das hat er aber nicht getan – nur um zu zeigen, was er doch für ein feiner, moderner, demokratischer Typ ist. Na schön, und dann will ich dir noch was verraten, meine Dame. Mitleid brauch ich nicht, darauf kann ich verzichten. Ich bin nicht schlechter als du oder jede andere.«

Die Worte trafen wie Schläge. »Hast du Woody überhaupt einmal geliebt?«

Peggy zuckte die Schultern. »Er war ein gutaussehender Mann, ein fröhlicher Kerl, aber dann kam der schlimme Sturz vom Pferd beim Polospiel, und auf einmal war alles anders. Im Krankenhaus hat er starke Mittel gekriegt; man hat sich dort darauf verlassen, daß er nach seiner Entlassung damit wieder aufhören würde. Eines Nachts litt er unter besonders starken Schmerzen, da hab ich zu ihm gesagt: ›Ich hab was für dich‹, hab ich gesagt, und sobald er wieder Schmerzen kriegte, hab ich ihm jedesmal seine kleine Dosis geholt. Es hat gar nicht lang gedauert, bis er darauf angewiesen war, ob er nun Schmerzen hatte oder nicht, das war völlig egal. Mein Bruder war ein Dealer, ich hatte also überhaupt kein Problem, die nötigen Mengen zu besorgen. Ich bekam alles Heroin, das ich brauchte, und manchmal hab ich einfach so getan, als ob ich von dem Zeug nichts mehr hätte, nur um zu sehen, wie

Woody ins Schwitzen kam und zu jammern anfing – ach, wie der gute Mr. Woodrow Stanford mich auf einmal brauchte! Dann war er gar nicht mehr der hochnoble, starke Herr! Ich hab ihn richtig provoziert, damit er mich schlug, danach hatte er nämlich immer fürchterliche Schuldgefühle und kam wieder mit Geschenken angekrochen. Verstehst du? Wenn Woody von den Drogen runter ist, dann bin ich gar nichts mehr, aber wenn er süchtig ist, dann bin ich jemand – nämlich diejenige, die alles hat, was er braucht. Da mag er ein Stanford sein und ich vielleicht bloß eine einfache Kellnerin, aber ich hab ihn total in der Hand.«

Kendall hatte vor Entsetzen die Augen weit aufgerissen.

»Dein Bruder hat versucht, davon loszukommen. Und wenn's ganz schlimm mit ihm wurde, haben seine Freunde ihn in eine Klinik zum Entzug geschleppt, und ich hab ihn dort besucht und beobachtet, wie der große Stanford Höllenqualen litt. Und wenn er wieder herauskam, hab ich mit meiner kleinen Belohnung auf ihn gewartet, um es ihm heimzuzahlen.«

Kendall konnte kaum mehr atmen. »Du bist ein richtiges Monster«, stieß sie hervor. »Verlaß bitte sofort dieses Haus.«

»Darauf kannst du Gift nehmen. Ich kann's gar nicht abwarten, von hier wegzukommen.« Sie grinste. »Aber ich verschwinde natürlich nicht einfach mit leeren Händen. Wie hoch wird meine Abfindung sein?«

»Die Summe ist völlig egal«, erwiderte Kendall. »Sie wird sowieso viel zu hoch sein. Und jetzt verschwinde!«

»Okay.« Und dann fügte sie noch in affektiertem Ton hinzu: »Mein Anwalt wird sich mit Ihrem Anwalt in Verbindung setzen.«

»Sie will mich wirklich verlassen?«
»Ja.«
»Das heißt...«
»Ich weiß, was das für dich bedeutet, Woody. Kommst du damit zurecht?«

Er schaute seine Schwester zaghaft lächelnd an. »Ich glaub schon. Ja, ich denke, ich kann es schaffen.«

»Ich bin ganz sicher, daß du es kannst.«

Er holte tief Luft. »Danke, Kendall. Ich hätte selber nie den Mut aufgebracht, mich von ihr zu trennen.«

Kendall strahlte. »Wofür hast du eine Schwester?«

Am Nachmittag fuhr Kendall nach New York. Bis zu ihrer Modenschau war es nur noch eine Woche, und ihre Anwesenheit bei den letzten Vorbereitungen war dringend erforderlich.

Die Kleiderindustrie ist der bedeutendste Industriezweig New Yorks, und der Erfolg einer Modeschöpferin kann sogar weltweite wirtschaftliche Auswirkungen haben. Der Einfluß, den die Einfälle eines Designers haben, reicht von den Baumwollpflückern Indiens bis zu den Wollwebern Schottlands und der Seidenraupenzucht in China und Japan. Persönlichkeiten wie Donna Karan, Calvin Klein und Ralph Laurens stellen einen Wirtschaftsfaktor dar – und zu dieser Elite gehörte inzwischen auch Kendall. Einem Gerücht zufolge wollte das Council of Fashion Designers of America sie zur »Modeschöpferin des Jahres« küren: Eine prestigereichere Auszeichnung konnte man sich kaum vorstellen.

Kendall Stanford Renaud war eine vielbeschäftigte Frau. Im September galt es, eine Vielzahl von Stoffen zu begutachten, und im Oktober traf sie ihre Auswahl für ihre neuen Kreationen. Die Monate Dezember und Januar waren den Entwürfen der neuen Mode gewidmet, und der Februar ihrer Perfektionierung. Und im April führte sie ihre neue Herbstmode vor.

Die Firma Kendall Stanford Designs residierte im Haus 55 Seventh Avenue, im gleichen Gebäude wie Billie Blass und Oscar de la Renta. Die nächste Modenschau sollte im Zeltpavillon des Bryant Parks stattfinden, der bis zu tausend Gästen faßte.

Beim Betreten des Büros wurde Kendall sofort von ihrer Sekretärin Nadine bestürmt. »Ich hab eine gute Nachricht: Bei der Modenschau sind alle verfügbaren Sitzplätze reserviert.«

»Danke«, sagte Kendall ein wenig geistesabwesend.

»Übrigens«, fuhr Nadine fort, »da ist ein Brief eingetroffen, mit dem Vermerk EILT auf dem Kuvert. Er ist eben per Boten gekommen.«

Nadines Worte trafen Kendall wie Pfeilspitzen. Sie trat an ihren Schreibtisch und warf einen Blick auf das Kuvert. Als Absender war angegeben: *Wild Animal Protection Association, 3000 Park Avenue, New York.* Sie überlegte blitzschnell – an der Park Avenue gab es überhaupt kein Gebäude mit dieser Nummer.

Mit zitternden Fingern öffnete Kendall den Umschlag:

Sehr geehrte Mrs. Renaud,
wie ich soeben von meiner Schweizer Bank erfahre, ist die Summe von einer Million Dollar, die mein Verband gefordert hat, noch immer nicht auf unserem Konto eingegangen. In Anbetracht der Größe Ihres Verbrechens muß ich Sie davon in Kenntnis setzen, daß unsere Erfordernisse jetzt auf fünf Millionen Dollar angestiegen sind. Falls diese Zahlung ausgeführt wird, werden wir Sie in Zukunft nicht mehr belästigen. Sie haben fünfzehn Tage Zeit, um die Summe auf unserem Konto zu hinterlegen. Falls Sie der Aufforderung nicht nachkommen sollten, werden wir die zuständigen Behörden benachrichtigen.

Der Brief war ohne Unterschrift.

Kendall wurde von einer panischen Angst ergriffen und las den Brief mehrmals durch. *Fünf Millionen Dollar! Das ist absolut unmöglich,* sagte sie sich. *Eine so hohe Summe kann ich in der kurzen Zeit nie und nimmer auftreiben. Wie habe ich nur so dumm sein können!*

Als Marc abends nach Hause kam, zeigte ihm Kendall sofort den Brief.

Er rief wütend: »Fünf Millionen Dollar! Das ist doch grotesk! Für wen halten die dich eigentlich?«

»Sie wissen leider genau, wer ich bin«, erwiderte Kendall. »Das ist ja der Grund für mein Problem mit ihnen. Ich muß mir rasch Geld beschaffen, aber wie?«

»Ich weiß auch nicht... Wahrscheinlich würde dir eine Bank gegen die Sicherheit deiner Erbschaft das Geld leihen, allerdings ist das ein Gedanke, der mir gar nicht behagt...«

»Marc, es geht um mein Leben! Um *unser* Leben! Ich werde versuchen, ein Darlehen zu bekommen.«

George Meriwether war stellvertretender Generaldirektor und für die Geschäfte der Unionsbank in New York verantwortlich – ein Mann in den Vierzigern, der als kleiner Kassierer angefangen und sich bis an die Spitze hochgearbeitet hatte, ein ehrgeiziger Mann, der von einem Sitz im Aufsichtsrat träumte, und dann... Bei diesen Träumen wurde er von seiner Sekretärin gestört.

»Miss Kendall Stanford würde Sie gern sprechen.«

Er spürte eine angenehme Erregung. Als Modedesignerin war sie seit langem eine gute Kundin, und jetzt zählte sie auch noch zu den reichsten Frauen der Welt. Er hatte sich mehrmals erfolglos um Harry Stanford bemüht; und nun...

»Führen Sie sie herein«, sagte er.

Meriwether erhob sich, um sie mit einem freundlichen Lächeln und warmen Händedruck zu begrüßen.

»Wie schön, Sie zu sehen«, sagte er. »Nehmen Sie doch bitte Platz. Darf ich Ihnen einen Kaffee anbieten? Oder etwas Stärkeres?«

»Nein, danke«, erwiderte Kendall.

»Ich möchte Ihnen mein Beileid zum Tode Ihres Vaters aussprechen.« Er sagte es in gebührend ernstem Ton.

»Vielen Dank.«

»Was kann ich für Sie tun?« Er wußte genau, was sie darauf erwidern würde, nämlich daß sie ihn mit dem Anlegen ihres riesigen Vermögens beauftragen würde...

»Ich möchte Sie um ein Darlehen ersuchen.«

Er zuckte zusammen. »Habe ich richtig gehört?«

»Ich brauche fünf Millionen Dollar.«

Er kalkulierte blitzschnell: *Laut den Presseberichten beträgt ihr Erbanteil über eine Milliarde Dollar. Das heißt, selbst unter Abzug der anfallenden Steuern...* Er setzte ein wohlwollendes Lächeln auf. »Nun, ich kann mir nicht vorstellen, daß es da ein Problem geben könnte. Sie haben stets zu unseren besonders geschätzten Kunden gehört, wissen Sie. Welche Sicherheit möchten Sie einbringen?«

»Ich bin im Testament meines Vaters als Erbin eingesetzt worden.«

Er nickte. »Natürlich, das habe ich Zeitungsberichten entnommen.«

»Ich möchte die Summe gegen die Sicherheit meines Erbteils aus der Hinterlassenschaft meines Vaters leihen.«

»Verstehe. Ist das Testament Ihres Vaters bereits vom Nachlaßgericht freigegeben worden?«

»Nein, das wird aber in Kürze geschehen.«

»Das würde uns genügen.« Er beugte sich vor. »Wir müßten natürlich eine Kopie vom Testament Ihres Vaters sehen.«

»Natürlich«, entgegnete Kendall. »Das läßt sich machen.«

»Und wir müßten die genaue Summe wissen, auf die sich Ihr Anteil an der Hinterlassenschaft beläuft.«

»Den genauen Betrag weiß ich nicht«, gestand Kendall.

»Nun ja, die Bankgesetze sind recht streng, wissen Sie, und Nachlaßgerichte arbeiten manchmal sehr langsam. Warum kommen Sie nicht wieder zu mir, wenn das Testament offiziell freigegeben ist – ich wäre selbstverständlich überglücklich, wenn...«

»Ich brauche das Geld aber sofort!« erklärte Kendall in einem verzweifelten Tonfall. Sie hätte es am liebsten herausgeschrien.

»Oje. Was uns angeht, so würden wir nichts lieber tun, als Ihnen alle Wünsche zu erfüllen.« Er hob beide Hände in einer Geste, die Hilflosigkeit signalisieren sollte. »Zu meinem größten Bedauern sind uns aber die Hände gebunden, bis –«

Kendall erhob sich. »Besten Dank.«

»Sobald wir...«

Sie hatte den Raum bereits verlassen.

Als Kendall in ihrem Büro eintraf, rief Nadine aufgeregt: »Ich muß sofort mit Ihnen sprechen!«

Kendall befand sich nicht gerade in der richtigen Stimmung, um sich Nadines Problem anzuhören.

»Worum geht's denn?«

»Vor ein paar Minuten hat mein Mann angerufen. Er wird nach Paris versetzt, und deshalb muß ich kündigen.«

»Sie ziehen um nach... Paris?«

Nadine strahlte. »Ja! Ist das nicht wunderbar? Es tut mir ja so leid, daß ich nicht länger für Sie arbeiten kann. Aber seien Sie unbesorgt, wir bleiben in Verbindung.«

Also war's Nadine gewesen. Beweisen kann ich das allerdings nicht. Kendall überlegte: *Zuerst der Nerzmantel, jetzt der Umzug nach Paris – mit fünf Millionen Dollar kann sie leben, wo sie will. Aber was mache ich mit dieser Erkenntnis? Sag ich's ihr auf den Kopf zu, dann wird sie's bestreiten und vielleicht noch mehr Geld verlangen. Ich muß mich mit Marc beraten – Marc weiß sicher, wie man sich in einer solchen Situation am besten verhält.*

»Nadine...«

In dem Augenblick trat eine Assistentin Kendalls ein.

»Kendall! Ich muß wegen der Laufstegkollektion mit Ihnen reden. Ich fürchte, wir haben nicht genügend Modelle für –«

Es war einfach zuviel, Kendall konnte es nicht mehr ertragen.

»Entschuldigen Sie, aber ich fühle mich nicht wohl. Ich gehe nach Hause.«

Ihre Assistentin schaute sie überrascht an. »Aber wir befinden uns mitten in der –«

»Bedaure!«

Und fort war sie.

Als Kendall die Wohnung betrat, war niemand da; Marc arbeitete also noch im Büro. Kendall ließ ihren Blick über die herrlichen Möbel schweifen und dachte:

Sie werden nie Ruhe geben, bis sie mir alles genommen haben. Sie werden mich ausbluten lassen. Marc hatte recht. Ich hätte damals noch am selben Tag zur Polizei gehen sollen, und weil ich's nicht tat, habe ich mich wirklich eines Verbrechens schuldig gemacht, und mir bleibt nun gar nichts anderes übrig, als ein Geständnis abzulegen.

Sie ließ sich auf einem Stuhl nieder, um sich über die Konsequenzen eines solchen Schrittes klarzuwerden – für sie persönlich, für Marc und für ihre Geschwister. Die Sache würde mit Sicherheit gräßliche Schlagzeilen verursachen, es käme zu einem Gerichtsverfahren, das wahrscheinlich mit einer Gefängnisstrafe für sie ausgehen würde – das sichere Ende ihrer Karriere als Modedesignerin.

Aber so kann es auch nicht weitergehen, dachte Kendall. *Ich halte das nicht mehr länger aus, ich drehe sonst noch irgendwann völlig durch.*

Sie war wie betäubt, als sie aufstand und Marcs Arbeitszimmer betrat, wo er, soweit sie sich erinnern konnte, auf einem Regal im Schrank eine Schreibmaschine aufbewahrte. Sie holte die Maschine herunter, stellte sie auf den Schreibtisch, legte ein Blatt ein und begann zu tippen.

An die zuständige Behörde
Ich heiße Kendall

Sie brach entsetzt ab.
 Die Schreibmaschine... der Buchstabe E war defekt.

30. KAPITEL

»Aber warum, Marc? Herrgott noch mal, warum hast du das gemacht?« Aus Kendalls Stimme klangen Angst und Verzweiflung.

»Es war deine Schuld.«

»Nein! Ich habe dir doch gesagt... Es war wirklich ein Unfall!«

»Ich spreche doch nicht von dem Unfall, ich spreche von *dir*. Von der bedeutenden, erfolgreichen Frau, die zu beschäftigt war, um für ihren Mann dazusein.«

Es war wie eine Ohrfeige. »Das ist nicht wahr! Ich...«

»Du hast immer nur an dich gedacht, Kendall. Wir konnten sein, wo wir wollten – immer warst du der Star. Wie einen Pudel hast du mich hinter dir herlaufen lassen.«

»Das ist nicht fair von dir!«

»Ach ja? Du saust in der ganzen Welt herum, von einer Modenschau zur nächsten, nur damit du dein eigenes Bild in der Zeitung sehen kannst, während ich allein zu Hause sitze und warten muß, bis du wiederkommst. Hast du etwa geglaubt, daß es mir Spaß macht, ›Mr. Kendall‹ zu sein? Ich brauchte eine Ehefrau. Aber keine Sorge, mein Schatz – während deiner Abwesenheit habe ich mich mit anderen Frauen getröstet.«

Ihr Gesicht wurde aschfahl.

»Das waren richtige Frauen, Frauen aus Fleisch und Blut, Frauen, die Zeit für mich hatten. Und nicht so eine verdammte leere Hülle, die mit Make-up bemalt ist.«

»Hör auf!« schrie Kendall.

»Als du mir die Sache mit dem Unfall erzählt hast, da sah ich endlich eine Möglichkeit, von dir loszukommen. Soll ich dir mal was sagen, meine Liebe? Ich hab einen Heidenspaß gehabt, zu beobachten, wie du beim Lesen dieser Briefe gezittert hast. Es hat mich ein klein wenig entschädigt für all die Erniedrigungen und Demütigungen, die ich einstecken mußte.«

»Jetzt reicht's! Hinaus mit dir! Ich will dich nie wieder sehen!«

Marc grinste. »Dazu wird es keine Gelegenheit geben. Übrigens – hast du immer noch vor, zur Polizei zu gehen?«

»Hinaus!« sagte Kendall. »Auf der Stelle!«

»Ich geh ja schon. Ich werde wohl wieder nach Paris zurückkehren. Und folgendes noch, mein Schatz, wenn du mich nicht verpetzt, werde ich dich auch nicht verpetzen.«

Binnen einer Stunde hatte er das Haus verlassen.

Am nächsten Morgen ließ sich Kendall um Punkt neun Uhr mit Steve Sloane verbinden.

»Guten Morgen, Mrs. Renaud, was kann ich für Sie tun?«

»Ich komme heute nachmittag nach Boston zurück«, entgegnete Kendall. »Ich muß ein Geständnis ablegen.«

Blaß und sichtlich erschöpft saß sie Steve gegenüber. Sie wußte einfach nicht, wie sie beginnen sollte.

Steve half ihr. »Sie haben erwähnt, daß Sie ein Geständnis ablegen müssen.«

»Ja. Ich... ich habe einen Menschen umgebracht.« Sie begann, zu weinen. »Es war ein Unfall, aber... ich bin von der Unfallstelle geflüchtet.« Ihr Gesicht war von Qualen verzerrt. »Ich bin geflüchtet... und habe die Frau auf der Straße liegenlassen.«

»Nun mal ganz ruhig«, beschwichtigte Steve. »Jetzt erzählen Sie mir mal alles der Reihe nach.«

Und Kendall erzählte.

Ihr Bericht dauerte eine gute halbe Stunde, und als sie geendet hatte, sah Steve nachdenklich aus dem Fenster.

»Und Sie wollen mit dieser Geschichte jetzt zur Polizei gehen?«

»Ja. Ich hätte es damals gleich tun sollen. Ich... es ist mir inzwischen gleichgültig, was mit mir geschieht.«

»Da Sie sich freiwillig stellen«, meinte Steve langsam, »und da es sich um einen Unfall handelte, wird das Gericht meiner Meinung nach beim Urteil Milde walten lassen.«

Sie hatte Mühe, die Fassung zu wahren. »Ich möchte die Sache endlich hinter mich bringen.«

»Und was ist mit Ihrem Mann?«

Sie hob den Kopf. »Was soll denn mit ihm sein?«

»Erpressung ist ein Verbrechen. Sie kennen die Schweizer Kontonummer, auf die Sie das Geld überwiesen haben, das er Ihnen gestohlen hat. Sie brauchen nur Anzeige zu erstatten –«

»Nein!« rief sie mit wilder Entschlossenheit. »Ich will nichts mehr mit ihm zu tun haben. Soll er in Zukunft doch sein eigenes Leben führen. Ich werde mich meinem Leben widmen.«

Steve nickte zustimmend. »Ganz wie Sie wollen. Ich werde Sie zum Polizeipräsidium begleiten. Es kann sein, daß Sie die Nacht im Gefängnis verbringen müssen, aber ich werde Sie sehr rasch auf Kaution herausholen.«

Kendall lächelte schwach. »Da kann ich endlich mal etwas gänzlich Neues tun.«

»Und das wäre?«

»Ein Kleid aus gestreiftem Stoff entwerfen.«

Als Steve abends nach Hause kam, berichtete er Julia von den Ereignissen des Tages.

Julia war entsetzt. »Sie ist von ihrem eigenen Mann erpreßt worden? Das ist ja furchtbar.« Sie betrachtete Steve eine Weile. »Ich finde es wunderbar, daß Sie Ihr Leben damit verbringen, Menschen in Not zu helfen.«

Steve Sloane wachte von dem Geruch frisch gekochten Kaffees und gebratenen Specks auf. *Wieso ist heute denn die Haushälterin da?* Er hatte ihr doch mitgeteilt, vorläufig nicht zu kommen. Er schlüpfte in Morgenmantel und Pantoffeln und rannte in die Küche.

Es war Julia, die Frühstück machte, und bei Steves Eintreten den Kopf hob.

»Guten Morgen!« rief sie fröhlich. »Und wie hätten Sie gern die Eier?«

»Ach... als Rührei.«

»In Ordnung. Rührei mit Speck ist sowieso meine Spezialität, das heißt, um ehrlich zu sein, meine einzige Spezialität. Wie ich schon sagte: Ich bin eine schreckliche Köchin.«

Steve mußte lächeln. »Sie haben es doch gar nicht nötig zu kochen. Sie könnten ganze Scharen von Köchen bei sich anstellen, wenn Sie wollen.«

»Werde ich wirklich soviel Geld erben, Steve?«

»Allerdings. Ihr Erbteil beträgt über eine Milliarde Dollar«, erwiderte er.

Sie hatte Mühe, es zu fassen. »Eine Milliarde?... Das kann ich nicht glauben.«

»Es stimmt aber.«

»Soviel Geld gibt's doch auf der ganzen Welt nicht, Steve!«

»Na ja, Ihrem Vater hat eben ein großer Teil des Geldes dieser Welt gehört.«

»Ich... ich weiß nicht, was ich dazu sagen soll.«

»Darf dann vielleicht ich eine Bemerkung machen?«

»Selbstverständlich.«

»Das Rührei brennt an.«

»Oje! Entschuldigung.« Sie nahm die Pfanne vom Herd. »Ich werde ein neues machen.«

»Lassen Sie nur. Der angebrannte Speck tut's völlig.«

Sie lachte. »Entschuldigung.«

Steve ging zum Schrank und holte eine Schachtel Frühstücksflocken heraus. »Wie wär's mit einem kalten Frühstück?«
»Perfekt«, sagte Julia.
Er schüttete Frühstücksflocken in zwei Schalen, holte die Milch aus dem Kühlschrank, und die beiden setzten sich an den Küchentisch.
»Haben Sie denn niemanden, der für Sie kocht?« fragte Julia.
»Sie meinen – ob ich fest liiert bin?«
Sie wurde rot. »So in die Richtung.«
»Nein. Ich hatte zwei Jahre lang eine feste Beziehung, aber es hat nicht wirklich funktioniert.«
»Tut mir leid.«
»Und was ist mit Ihnen?« fragte Steve.
Sie mußte an Henry Wesson denken. »Ich glaube nicht.«
Er musterte sie neugierig. »Sie sind sich nicht sicher?«
»Es ist schwer zu erklären. Einer von uns beiden möchte gern heiraten«, sagte sie taktvoll, »und der andere möchte nicht.«
»Verstehe. Wenn hier in Boston alles geklärt ist, werden Sie vermutlich nach Kansas City zurückkehren?«
»Ich weiß nicht. Ich bin ein wenig verwirrt, wissen Sie – meine Mutter wurde in Boston geboren, sie hat ihre Heimatstadt geliebt und mir oft und viel von hier erzählt, so daß ich irgendwie das Gefühl habe, als ob ich nach Hause gekommen wäre. Wenn ich doch nur meinen Vater kennengelernt hätte.«
Besser nicht, dachte Steve.
»Haben Sie ihn gekannt?« wollte Julia wissen.
»Nein, er hat nur mit Simon Fitzgerald Kontakt gehabt.«

Über eine Stunde saßen sie so da und unterhielten sich. Steve informierte Julia über den Stand der Dinge – von der Ankunft der Unbekannten, die sich als Julia Stanford ausgegeben hatte, vom leeren Grab Harry Stanfords und vom spurlosen Verschwinden Dmitri Kaminskis.

»Das ist ja unglaublich!« rief Julia. »Aber wer könnte dahinterstecken?«

»Weiß ich nicht, aber ich tue, was ich kann, um es herauszufinden«, versicherte Steve. »Sie befinden sich hier bei mir jedenfalls fürs erste in Sicherheit. Sie können wirklich ganz unbesorgt sein.«

»Ich fühle mich hier vollkommen sicher«, bekannte Julia mit einem warmen Lächeln. »Dafür bin ich Ihnen sehr dankbar.«

Er wollte etwas sagen, ließ es dann aber sein und warf einen Blick auf seine Armbanduhr. »Ich sollte mich jetzt besser ankleiden und ins Büro fahren. Es gibt ja noch ziemlich viel zu tun.«

Steve saß bei einer Besprechung im Büro des Seniors.

»Irgendwelche Fortschritte?« erkundigte sich Fitzgerald.

Steve schüttelte den Kopf. »Man fischt nur im trüben. Wer sich das alles ausgedacht hat, muß ein Genie sein. Ich versuche Dmitri Kaminski aufzuspüren. Er ist von Korsika nach Paris geflogen, und von dort weiter nach Australien. Ich habe mit der Polizei in Sydney telefoniert, und die war sprachlos, als sie erfuhr, daß Kaminski sich bei ihnen aufhält, denn er wird von Interpol steckbrieflich gesucht. Ich habe den dunklen Verdacht, daß Harry Stanford sein eigenes Todesurteil unterschrieb, als er bei dir anrief und sein Testament ändern wollte, und daß irgend jemand die Absicht hatte, genau das zu verhindern. Aber für die Vorgänge auf der Jacht während der fraglichen Nacht gibt es nur einen einzigen Augenzeugen, nämlich Dmitri Kaminski. Wenn wir ihn finden könnten, würden wir mehr wissen.«

»Ob wir die Polizei in unsere Überlegungen und Nachforschungen einbeziehen sollten? Was meinst du?« fragte Fitzgerald.

Steve schüttelte den Kopf. »Wir haben keinerlei handfeste Beweise, Simon, nur Vermutungen, die sich auf Indizien stützen. Das einzige nachweisbare Verbrechen ist das Ausbuddeln von Stanfords Leiche – ohne daß wir den Täter kennen.«

»Was ist mit dem Privatdetektiv, den die Stanfords engagiert haben und der die Fingerabdrücke von dieser Frau identifiziert hat?«

»Du meinst Frank Timmons. Ich habe dreimal bei ihm angerufen und eine Nachricht mit Bitte um Rückruf hinterlassen. Wenn ich nicht bis heute abend um sechs Uhr von ihm höre, werde ich nach Chicago fliegen. Ich gehe davon aus, daß er in die Sache verwickelt ist.«

»Und was hatte man deiner Meinung nach mit dem Erbanteil vor, den die Hochstaplerin erhalten sollte?«

»Auch da habe ich einen bestimmten Verdacht – daß nämlich der Urheber des ganzen Plans dafür sorgte, daß sie den entsprechenden Anteil auf seinen Namen überschrieb, wahrscheinlich unter Zuhilfenahme von irgendwelchen getürkten Treuhandgesellschaften, um die Sache zu vertuschen. Ich bin überzeugt, daß der Urheber in der Familie Stanford zu suchen ist... wobei wir Kendall wohl aus dem Kreis der Verdächtigen ausschließen können.« Er warf Fitzgerald einen fragenden Blick zu. »Falls sie dahintersteckte, würde sie bestimmt nicht mit einem Geständnis den Unfall betreffend aufgekreuzt sein, jedenfalls nicht gerade zu diesem Zeitpunkt. Dann hätte sie nämlich abgewartet, bis das Testament freigegeben und sie im Besitze des Geldes wäre. Und was ihren Mann betrifft – den können wir ebenfalls vergessen. Ein mieser kleiner Erpresser wäre nie in der Lage, eine so große Sache zu planen.«

»Und die anderen?«

»Richter Stanford? Über den habe ich mich bei einem Freund von der Chicagoer Anwaltskammer erkundigt. Laut Auskunft meines Freundes genießt Tyler bei allen Kollegen höchstes Ansehen. Er ist sogar gerade zum Gerichtspräsidenten ernannt worden, außerdem spricht da noch etwas anderes zu seinen Gunsten. Er war es nämlich, der die erste Julia Stanford gleich zu Beginn als Hochstaplerin verdächtigte, und er war es auch, der auf dem

DNS-Test bestanden hat. Ich kann mir also nicht vorstellen, daß er so ein krummes Ding drehen würde. Mein Interesse konzentriert sich voll auf Woody. Ich bin mir einigermaßen sicher, daß er drogensüchtig ist – eine äußerst kostspielige Angewohnheit. Und was seine Frau Peggy angeht, bei der habe ich nach gründlicher Beobachtung den Eindruck gewonnen, daß sie für solch eine Intrige einfach nicht clever genug wäre. Es gibt allerdings ein Gerücht, daß sie einen Bruder hat, der ein übler Kerl sein soll. Ich werde diesem Gerücht nachgehen.«

Steve drückte die Taste INTERN und gab seiner Sekretärin die Anweisung: »Verbinden Sie mich bitte mit Lieutenant Michael Kennedy im Polizeipräsidium von Boston.«

Ein paar Minuten später meldete sie: »Lieutenant Kennedy für Sie, auf Leitung eins.«

Steve nahm den Hörer ab.

»Hallo, Lieutenant. Vielen Dank, daß ich Sie sprechen kann. Ich heiße Steve Sloane und bin Anwalt in der Kanzlei Renquist, Renquist & Fitzgerald. Meine Frage betrifft die Stanford-Erbschaft. Wir sind auf der Suche nach einem Familienangehörigen.«

»Ich stehe Ihnen gern zu Diensten, Mr. Sloane«, sagte Lieutenant Kennedy.

»Könnten Sie bitte bei der Polizei von New York City in Erfahrung bringen, ob dort Unterlagen über den Bruder von Mrs. Woodrow Wilson vorliegen? Der Name lautet Hoop Malkovitch. Er arbeitet in einer Bäckerei in der Bronx.«

»Kein Problem. Ich rufe zurück.«

»Danke.«

Nach dem Mittagessen schaute Simon Fitzgerald in Steves Büro vorbei.

»Wie kommst du mit deinen Nachforschungen voran?« erkundigte er sich.

»Viel zu langsam für meinen Geschmack, denn alle Spuren sind gründlich verwischt worden.«

»Und wie nimmt es Julia auf?«

»Sie hält sich recht tapfer«, erwiderte Steve mit einem versonnenen Lächeln, und in seiner Stimme schwang ein Ton mit, der Simon veranlaßte, Steve ein wenig genauer zu mustern.

»Sie ist eine äußerst attraktive junge Frau.«

»Ich weiß«, erwiderte Steve, »ich weiß.«

Der Rückruf aus Australien erfolgte eine Stunde später.

»Mr. Sloane?«

»Am Apparat.«

»Hier Chief Inspector McPherson in Sydney.«

»Ich höre, Chief Inspector.«

»Wir haben Ihren Mann gefunden.«

Steve spürte, wie sein Herz einen Satz machte. »Aber das ist ja phantastisch. Ich möchte Sie bitten, ihn sofort nach Amerika auszuliefern, damit...«

»Ich glaube nicht, daß das eilt, denn Dmitri Kaminski ist tot.«

Steve war schockiert. »*Was?!*«

»Wir haben seine Leiche gefunden. Sie weist mehrere Einschüsse auf, und die Finger sind ihm abgehackt worden.«

»*Die Russen haben eine merkwürdige Angewohnheit: Zuerst hacken sie dir die Finger ab, dann lassen sie dich verbluten und zu guter Letzt erschießen sie dich.*«

»Verstehe. Ich habe zu danken, Chief Inspector.«

Eine Sackgasse. Steve starrte verzweifelt die Wand an. Sämtliche Hinweise führten ins Leere, und er begriff, wie sehr er auf die Aussage von Dmitri Kaminski gehofft hatte.

Die Stimme seiner Sekretärin schreckte ihn aus den Gedanken auf. »Ein Gespräch für Sie, auf Leitung drei, ein gewisser Mr. Timmons.«

Steve schaute auf die Uhr: fünf Minuten vor sechs. Er nahm den Hörer ab. »Mr. Timmons?«

»Ja... Ich bitte um Entschuldigung, daß ich nicht früher zurückrufen konnte. Ich hatte in den letzten zwei Tagen außerhalb von Chicago zu tun. Kann ich Ihnen irgendwie behilflich sein, Mr. Sloane?«

Und ob! dachte Steve. *Sie könnten mir nämlich erzählen, wie Sie die Fingerabdrücke von dieser Frau gefälscht haben.* Doch Steve wählte seine Worte mit Bedacht. »Ich rufe an wegen Julia Stanford. Während Ihres kürzlichen Aufenthalts in Boston haben Sie ihre Fingerabdrücke überprüft und...«

»Mr. Sloane...«

»Ja, bitte?«

»Ich bin in meinem ganzen Leben noch kein einziges Mal in Boston gewesen.«

Steve holte tief Luft. »Laut dem Gästebuch des Hotels Holiday Inn, Mr. Timmons, sind Sie aber hiergewesen, und zwar am...«

»Dann hat sich jemand unerlaubterweise meines Namens bedient.«

Steve war wie vor den Kopf geschlagen, denn somit endete auch diese letzte Spur in einer Sackgasse. »Sie haben nicht zufällig eine Idee, wer das gewesen sein könnte?«

»Nun, Mr. Sloane, da muß ich Ihnen von einer merkwürdigen Sache berichten. Hier in Chicago gibt es nämlich eine Frau, die stur behauptet, daß ich in Boston gewesen sei und sie dort als Julia Stanford identifiziert hätte. Dabei habe ich sie noch nie gesehen.«

Steve sah plötzlich einen Hoffnungsschimmer. »Wissen Sie, wer die Frau ist?«

»Ja, ihr Name lautet Posner. Margo Posner.«

Steve griff nach einem Stift. »Und wo kann ich sie erreichen?«

»Sie befindet sich jetzt in Chicago im Reed Mental Health Facility.«

»Herzlichen Dank. Ich bin Ihnen wirklich sehr verbunden.«

»Wir sollten in Verbindung bleiben, denn ich hätte selbst gern gewußt, was da eigentlich läuft. Ich hab's gar nicht gern, wenn ein anderer unter meinem Namen arbeitet.«

»Einverstanden.« Steve legte auf. Margo Posner.

Julia hatte ihn schon erwartet, als er abends von der Arbeit nach Hause kam.

»Ich habe fürs Abendessen gesorgt«, sagte sie. »Na schön, ich hab's nicht selber gemacht, aber essen Sie gern chinesisch?«

Er lächelte. »Schrecklich gern!«

»Prima. Ich habe acht Kartons gekauft.«

Als Steve das Eßzimmer betrat, war der Tisch mit Blumen und Kerzen festlich gedeckt.

»Gibt's Neuigkeiten?« fragte Julia.

»Möglicherweise haben wir unseren ersten Durchbruch erzielt«, erwiderte Steve zurückhaltend. »Ich habe den Namen einer Frau ausfindig machen können, die allem Anschein nach in die ganze Geschichte verwickelt ist. Ich fliege morgen früh nach Chicago, um mit ihr zu sprechen, und habe das Gefühl, daß wir dann die Antwort auf alle offenen Fragen kennen.«

»Das wäre zu schön!« sagte Julia aufgeregt. »Ich bin ja so froh, wenn endlich alles vorbei ist.«

»Ich auch«, bekräftigte Steve. *Kann ich mir das überhaupt wünschen?* dachte Steve. *Dann wird sie offiziell Mitglied der Familie Stanford sein – und für mich unerreichbar.*

Ganze zwei Stunden lang saßen sie am Eßtisch zusammen, ohne zu merken, was sie aßen; sie unterhielten sich über Gott und die Welt, und es war ganz so, als ob sie sich schon seit Jahren kennen würden. Sie sprachen von der Vergangenheit, sie sprachen über die Gegenwart, aber sie vermieden es, auf die Zukunft zu sprechen zu kommen. *Eine Zukunft gibt's für uns beide nicht*, dachte Steve unglücklich.

»Ich glaube, wir sollten jetzt schlafen«, sagte er schließlich.

Sie zog die Augenbrauen hoch und sah ihn mit einem Ausdruck gespielter Entrüstung an, und beide mußten lachen.

»Ich meinte doch nur...«

»Ich weiß schon, wie Sie es gemeint haben, gute Nacht, Steve.«

»Gute Nacht, Julia.«

31. KAPITEL

Steve nahm am folgenden Morgen eine Maschine der United Airlines nach Chicago und fuhr dort vom Flughafen mit dem Taxi in die Stadt.

»Welche Adresse?« fragte der Taxichauffeur.

»Zum Reed Mental Health Facility.«

Der Chauffeur drehte sich nach hinten um und warf Steve einen besorgten Blick zu. »Bei Ihnen alles in Ordnung?«

»Natürlich, wieso?«

»Nur so eine Frage.«

In der psychiatrischen Klinik ging Steve direkt auf den uniformierten Sicherheitsbeamten an der Rezeption zu.

Der Wachmann hob den Kopf. »Kann ich etwas für Sie tun?«

»Ja, ich möchte mit Margo Posner sprechen.«

»Ist sie eine Angestellte des Hauses?«

Auf die Frage war Steve nicht vorbereitet. »Das weiß ich nicht.«

Der Wachmann inspizierte ihn ein wenig genauer. »Sie wissen es nicht?«

»Ich weiß nur, daß sie sich hier aufhält.«

Der Wachmann griff in eine Schublade und zog eine Namensliste heraus, kurz darauf sagte er: »Arbeiten tut sie hier nicht. Könnte sie eventuell als Patientin bei uns sein?«

»Ich...« Steve zuckte die Schultern. »Möglicherweise.«

Der Blick des Wachmanns wurde noch eine Spur mißtrauischer. Er steckte die Hand in eine andere Schublade und zog einen Computerausdruck heraus, den er rasch überflog. »Posner, Margo.«

»Genau.« Steve war überrascht, daß es den Namen hier tatsächlich gab. »Sie ist eine Patientin?«

»Ja, ja. Sind Sie mit ihr verwandt?«

»Nein...«

»Bedaure, aber dann können Sie sie nicht sprechen.«

»Ich *muß* aber mit ihr sprechen«, betonte Steve. »Es ist äußerst wichtig.«

»Tut mir leid, ich habe meine Anweisungen. Ohne vorherige Genehmigung darf bei uns niemand die Patienten besuchen.«

»Wer ist hier verantwortlich?« wollte Steve wissen.

»Ich.«

»Entschuldigung – ich meine, wer ist hier Chefarzt?«

»Dr. Kingsley.«

»Ich würde ihn gern sprechen.«

»Okay.« Der Wachmann nahm den Hörer ab und wählte eine Nummer. »Dr. Kingsley, hier spricht Joe vom Empfang. Vor mir steht ein Herr, der Sie sprechen möchte.« Er schaute zu Steve hoch. »Ihr Name?«

»Steve Sloane. Ich bin Anwalt.«

»Steve Sloane, er ist Anwalt... In Ordnung.« Er legte auf und wandte sich an Steve. »Sie werden abgeholt und zum Büro von Dr. Kingsley begleitet.«

Fünf Minuten danach wurde Steve Sloane ins Büro von Dr. Gary Kingsley geführt – ein Mann in den Fünfzigern, der jedoch älter aussah und verhärmt wirkte.

»Womit kann ich dienen, Mr. Sloane?«

»Ich muß eine Patientin von Ihnen sprechen: Margo Posner.«

»Ach ja, ein interessanter Fall. Sind Sie mit ihr verwandt?«

»Nein, aber ich bin mit Untersuchungen zu einem eventuellen Mordfall befaßt, und in diesem Zusammenhang wäre es sehr wichtig, daß ich mit ihr spreche. Sie könnte das entscheidende Bindeglied zu der Lösung des Falles sein.«

»Bedaure, aber da kann ich Ihnen nicht behilflich sein.«

»Sie *müssen* mir helfen«, sagte Steve. »Es geht um...«

»Bitte, Mr. Sloane, ich dürfte Ihnen nicht einmal helfen, wenn ich wollte.«

»Warum nicht?«

»Weil Margo Posner in einer Gummizelle sitzt und jeden angreift, der in ihre Nähe kommt. Heute morgen hat sie bereits zwei Ärzte und eine Schwester umzubringen versucht.«

»*Wie bitte?*«

»Sie wechselt andauernd ihre Identität und schreit nach ihrem Bruder – Tyler – und nach der Crew ihrer Jacht. Wir können sie nur mit starken Sedativa ruhig halten.«

»O mein Gott!« flüsterte Steve. »Haben Sie eine Vorstellung, wann Sie die Mittel absetzen?«

Dr. Kingsley schüttelte den Kopf. »Sie steht unter strenger Beobachtung. Vielleicht wird sie sich mit der Zeit beruhigen, so daß wir ihren Zustand dann eventuell neu einstufen könnten. Aber bis dahin...«

32. KAPITEL

Um sechs Uhr früh entdeckte ein Beamter der Wasserpolizei auf dem Charles River etwas treiben.

»Seitlich vom vorderen Bug!« rief er. »Sieht aus wie der Stamm eines Baums. Wir sollten schnell machen, bevor er absinkt.«

Der vermeintliche Baumstamm entpuppte sich als menschliche Leiche – und, was noch viel beunruhigender war, als einbalsamierte Leiche.

Die Polizisten trauten ihren Augen nicht. »Verdammt – wie kommt ein einbalsamierter Leichnam hier in den Fluß?«

Lieutenant Michael Kennedy sprach mit dem Leichenbeschauer. »Sie sind sich ganz sicher?«

»Absolut sicher«, erwiderte der Leichenbeschauer. »Es *ist* Harry Stanford. Ich hatte seine Einbalsamierung persönlich vorgenommen, und später kam Anweisung, ihn wieder zu exhumieren, aber als wir den Sarg aufmachten... Na, Sie wissen schon, wir haben die Sache doch der Polizei gemeldet.«

»Wer hatte die Exhumierung beantragt?«

»Die Angehörigen, über ihren Anwalt, Simon Fitzgerald.«

»Dann werde ich mich wohl mit Mr. Fitzgerald in Verbindung setzen müssen.«

Nach der Rückkehr aus Chicago fuhr Steve Sloane unverzüglich ins Büro zu Simon Fitzgerald.

»Du wirkst ja richtig erschlagen«, meinte Fitzgerald nach der Begrüßung.

»Nicht erschlagen – geschlagen. Die Sache gleitet uns aus der Hand, Simon. Wir hatten drei vielversprechende Spuren – Dmitri Kaminski, Frank Timmons und zuletzt Margo Posner. Und was ist daraus geworden? Kaminski ist tot. Wir haben den falschen Frank Timmons gefunden. Und Margo Posner sitzt in der Klapsmühle. Wir haben nichts mehr in der –«

Über die interne Sprechanlage meldete sich die Stimme der Sekretärin. »Verzeihung, Mr. Fitzgerald, aber vor mir steht ein gewisser Lieutenant Michael Kennedy, der Sie sprechen möchte.«

»Führen Sie ihn herein.«

Michael Kennedy war ein Mensch von rauhem Äußeren mit Augen, die schon alles gesehen hatten.

»Mr. Fitzgerald?«

»Ja. Darf ich Ihnen meinen Partner Steve Sloane vorstellen? Wenn ich mich recht erinnere, hatten Sie bereits telefonisch Kontakt. Setzen Sie sich doch bitte. Womit können wir dienen?«

»Wir haben soeben die Leiche Harry Stanfords gefunden.«

»*Was? Wo?*«

»Sie trieb im Charles River. Es waren doch Sie, der die Anweisung gegeben hat, die Leiche zu exhumieren, nicht wahr?«

»Ja.«

»Darf ich mich nach dem Grund erkundigen?«

Fitzgerald klärte ihn auf.

»Und Sie haben keinen Verdacht«, fragte Kennedy anschließend, »wer möglicherweise unter falschem Namen als Privatdetektiv Timmons in Erscheinung getreten ist?«

»Nein, ich habe auch schon mit Timmons darüber gesprochen. Er tappt gleichfalls im dunkeln.«

Kennedy stieß einen Seufzer aus. »Die Sache wird immer merkwürdiger.«

»Wo befindet sich Stanfords Leiche zur Zeit?« fragte Steve.

»Man bewahrt sie vorläufig in der Leichenhalle auf. Ich kann nur hoffen, daß sie nicht noch einmal verschwindet.«

»Das hoffe ich auch«, sagte Steve. »Wir werden Perry Winger jetzt nämlich den Auftrag erteilen, mit Julia einen DNS-Test durchzuführen.«

Als Steve Richter Tyler telefonisch vom Auffinden der Leiche seines Vaters in Kenntnis setzte, reagierte Tyler hörbar erschrocken.

»Wie furchtbar!« stieß er hervor. »Aber wer könnte denn so etwas getan haben?«

»Das wollen wir ja gerade herausfinden«, antwortete Steve trocken.

Tyler kochte innerlich vor Wut. *Dieser Volltrottel! Baker! Das zahle ich ihm heim. Ich muß die Sache schnellstens ins reine bringen, bevor alles außer Kontrolle gerät.* »Sie werden es vielleicht schon gehört haben, Mr. Fitzgerald, ich bin zum Obersten Richter von Cook County bestellt worden, und dort stehen so viele Fälle an, daß man mich zu einer baldigen Rückkehr drängt, viel länger kann ich die Kollegen also nicht mehr vertrösten. Ich wäre Ihnen daher sehr verbunden, wenn Sie sich beim Nachlaßgericht für eine unverzügliche Freigabe des Testaments verwenden könnten.«

»Ich werde in dieser Angelegenheit noch heute vormittag telefonieren«, versprach Steve. »Die Sache müßte eigentlich innerhalb von drei Tagen erledigt sein.«

»Das wäre fein. Halten Sie mich bitte auf dem laufenden.«

»Mach ich, Richter.«

Steve saß grübelnd in seinem Büro, ließ sich die Ereignisse der vergangenen Wochen noch einmal durch den Kopf gehen und rief sich das Telefonat mit Chief Inspector McPherson in Sydney in Erinnerung. *»Wir haben die Leiche gefunden. Sie weist mehrere Einschüsse auf, und die Finger sind abgehackt worden.«*

Moment mal! dachte Steve. *Einen Augenblick! Da gibt es aber doch einen Punkt, den wir vergessen haben.* Er griff nach dem Telefon und wählte die Nummer in Australien.

»Hier Chief Inspector McPherson«, sagte die Stimme am anderen Ende der Leitung.

»Guten Tag, Chief Inspector, hier spricht Steve Sloane. Ich habe neulich ganz vergessen, Ihnen noch eine Frage zu stellen. Als Sie die Leiche von Dmitri Kaminski fanden – haben Sie da eventuell auch irgendwelche Papiere gefunden?... Verstehe... in Ordnung... Ich bin Ihnen sehr zu Dank verpflichtet.«

Steve hatte kaum aufgelegt, als sich seine Sekretärin über die Sprechanlage meldete. »Lieutenant Kennedy für Sie auf der zweiten Leitung.«

Steve drückte den Knopf.

»Lieutenant, Entschuldigung, daß Sie warten mußten. Ich habe gerade ein Ferngespräch nach Australien geführt.«

»Die Polizei von New York City hat uns ein paar interessante Informationen über Hoop Malkovitch durchgegeben. Allem Anschein nach ist er ein übler Geselle.«

Steve griff nach einem Stift. »Legen Sie los.«

»Die New Yorker Kollegen sind der Auffassung, daß die Bäckerei, wo er arbeitet, als Fassade für Rauschgifthandel dient.« Der Lieutenant machte eine kurze Pause, bevor er fortfuhr. »Malkovitch ist vermutlich ein Drogenhändler, aber er ist gerissen. Man hat ihm bisher nichts nachweisen können.«

»Sonst noch etwas?« fragte Steve.

»Die New Yorker Polizei ist der Ansicht, daß der Handel durch einen Kontakt über Marseille mit der französischen Mafia zusammenhängt. Falls ich noch mehr in Erfahrung bringe, melde ich mich.«

»Vielen Dank, Lieutenant, Ihre Mitteilungen sind äußerst hilfreich.«

Steve legte auf und stürmte aus dem Büro.

In einem Gefühl freudiger Erwartung betrat Steve seine Wohnung und rief Julias Namen.

Keine Antwort.

Er geriet in Panik. »Julia!« *Sie ist entführt worden,* schoß es ihm durch den Kopf, *oder umgebracht.*

Da erschien Julia plötzlich im oberen Stockwerk am Treppenabsatz.

»Steve?«

Er atmete einmal tief durch. »Ich hatte schon Angst...« Er war kreidebleich.

»Alles in Ordnung mit Ihnen?«

»Ja.«

Sie kam die Treppe herunter. »Ist alles gutgegangen in Chicago?«

Er schüttelte den Kopf. »Leider nein.« Er erzählte ihr von seinen Nachforschungen. »Und am Donnerstag wird das Testament offiziell freigegeben, Julia, das heißt, wir haben nur noch drei Tage. Bis dahin muß der Typ, der hinter der Sache steckt, Sie umbringen – sonst war sein ganzer Plan ein Fehlschlag.«

Sie schluckte. »Ich verstehe. Haben Sie eine Ahnung, um wen es sich handelt?«

»Also, nach meiner Auffassung...« Das Telefon läutete. Steve nahm ab. »Hallo?«

»Hier Dr. Tichner in Florida. Ich bitte um Nachsicht, daß ich nicht früher angerufen habe, aber ich war verreist.«

»Vielen Dank, daß Sie zurückrufen, Dr. Tichner. Unsere Kanzlei vertritt die Erbengemeinschaft Stanford.«

»Was kann ich für Sie tun?«

»Ich rufe an wegen Woodrow Stanford. Meines Wissens ist er Ihr Patient.«

»So ist es.«

»Hat er ein Drogenproblem, Doktor?«

»Mr. Sloane, ich darf keine Auskünfte über Patienten erteilen.«

»Dafür habe ich volles Verständnis, ich frage auch nicht aus Neugier. Die Sache ist von größter Bedeutung...«

»Bedaure, nur kann ich wirklich nicht...«

»Sie *haben* ihn in die Harbor Group Clinic in Jupiter eingewiesen, das stimmt doch?«

Langes Schweigen. »Ja, das ist richtig.«

»Ich danke Ihnen, Doktor, mehr brauche ich gar nicht zu wissen.«

Steve legte auf.

»Das ist unglaublich!«

»Was denn?« fragte Julia.

»Setzen Sie sich...«

Keine halbe Stunde später saß Steve bereits in seinem Wagen und fuhr in Richtung Rose Hill. Plötzlich formten sich alle Stücke des Puzzles zu einem Ganzen. *Er ist absolut brillant,* dachte Steve. *Und beinahe hätte er's wirklich geschafft. Es könnte sogar immer noch klappen, falls Julia etwas zustieße.*

In Rose Hill öffnete Clark. »Guten Abend, Mr. Sloane.«

»Guten Abend, Clark, ist Richter Stanford zu Hause?«

»Er hält sich in der Bibliothek auf. Ich werde ihm sagen, daß Sie ihn sprechen möchten.«

»Vielen Dank.« Sein Blick folgte Clark.

Der Butler kehrte bald zurück. »Richter Stanford läßt bitten.«

»Danke.«

Als Steve die Bibliothek betrat, saß Tyler vor einem Schachbrett und erweckte einen Eindruck höchster Konzentration. Er hob den Kopf.

»Sie wollten mich sprechen?«

»Ja. Ich bin zu der Überzeugung gelangt, daß es sich bei der jungen Dame, die Sie vor ein paar Tagen aufgesucht hat, um die wahre Julia Stanford handelt. Die erste Julia war eine Fälschung.«

»Aber das ist völlig unmöglich.«

»Leider ist es aber trotzdem so, und ich habe auch herausgefunden, wer die Sache mit der falschen Julia ausgeheckt hat.«

Kurzes Schweigen, bis Tyler schließlich gedehnt fragte: »Wirklich?«

»Ja, wirklich. Es tut mir leid, Ihnen einen Schreck einjagen zu müssen: Es ist Ihr Bruder – Woody.«

Tyler schaute Steve mit einem Ausdruck totalen Erstaunens an. »Wollen Sie damit behaupten, daß Woody die Verantwortung für alles trägt, was sich im Zusammenhang mit dem Auftreten der Dame hier abgespielt hat?«

»So ist es.«

»Ich... Das kann ich einfach nicht glauben.«

»Mir ging's zuerst genauso, aber es paßt alles zusammen. Ich habe mit seinem Arzt in Hobe Sound telefoniert. Haben Sie gewußt, daß Ihr Bruder drogensüchtig ist?«

»Ich... ich habe es geahnt.«

»Drogen kosten eine Menge Geld, und einer festen Arbeit geht Woody nicht nach. Er braucht aber Geld, und das war offensichtlich der Grund für seinen Plan, sich einen größeren Anteil am Erbe zu verschaffen. Also, er ist derjenige gewesen, der die falsche Julia angeheuert hat. Als Sie dann aber mit unserer Kanzlei sprachen und einen DNS-Test forderten, da hat er Angst bekommen und die Leiche Ihres Vaters aus dem Sarg entfernt, da er es nicht riskieren durfte, daß der Test durchgeführt wurde. Es war dieses Indiz, daß mich überhaupt auf den Gedanken gebracht hat, daß er der Täter ist. Und ich nehme auch an, daß er es war, der einen Mann mit dem Auftrag zur Ermordung der echten Julia nach Kansas City schickte. Haben Sie übrigens gewußt, daß Peggy einen Bruder hat, der mit der Mafia zusammensteckt? Solange außer der Hochstaplerin auch die wahre Julia am Leben ist, kann sein Plan nie aufgehen.«

»Und Sie sind sich in allen Punkten absolut sicher?«

»Vollkommen sicher. Es gibt da aber noch etwas anderes.«

»Ja?«

»Ich glaube nicht, daß Ihr Vater von der Jacht ins Meer gefallen ist, ich glaube, Woody hat Ihren Vater umbringen lassen; es war Mord. Es könnte allerdings auch sein, daß Peggys Bruder den Auftrag zu diesem Mord gegeben hat. Nach meinen Informationen steht er mit der Mafia in Marseille in Kontakt, und für die dortigen Mafiosi wäre es überhaupt kein Problem gewesen, ein Mitglied der Crew für Geld für die Durchführung des Mords zu gewinnen. Ich nehme noch heute abend eine Maschine nach Italien, um den Kapitän der Jacht zu befragen.«

Tyler hörte gespannt zu. »Das ist ein guter Gedanke«, meinte er beifällig. *Kapitän Vacarro weiß von gar nichts.*

»Ich werde alles tun, damit ich am Donnerstag zur amtlichen Testamentseröffnung wieder in Boston zurück bin.«

»Und was ist mit der echten Julia?« fragte Tyler. »Ist bis dahin für ihre Sicherheit gesorgt?«

»Aber ja«, erwiderte Steve. »Dort, wo sie zur Zeit wohnt, würde sie niemand vermuten. Sie ist bei mir zu Hause untergebracht.«

33. KAPITEL

Das Schicksal ist auf meiner Seite. Er vermochte sein Glück kaum zu fassen: Am vergangenen Abend hatte ihm Steve Sloane Julia ausgeliefert. *Hal Baker ist ein unfähiger Trottel,* dachte Tyler, *diesmal kümmere ich mich persönlich um Julia.*

Er hob den Blick. Clark war eingetreten.

»Verzeihung, Richter Stanford, ein Anruf für Sie.«

Es war Keith Perry. »Tyler?«

»Ja, Keith, am Apparat.«

»Ich wollte dich in der Angelegenheit Margo Posner nur über den neuesten Stand der Dinge informieren.«

»Ja, und?«

»Ich habe soeben einen Anruf von Dr. Gifford erhalten. Die Frau ist geisteskrank, sie agiert dermaßen unmöglich, daß sie in eine Gummizelle des Sicherheitstrakts für extrem gewalttätige Patienten verlegt wurde.«

Tyler empfand eine ungeheure Erleichterung. »Tut mir aufrichtig leid, das hören zu müssen.«

»Ich wollte dir nur die Sorge nehmen, daß du und deine Familie durch sie in Gefahr sein könntet.«

»Ich bin dir wirklich sehr dankbar«, sagte Tyler – und er spürte tatsächlich so etwas wie Dankbarkeit.

Tyler ging in sein Zimmer, wählte Lees Nummer und mußte lange warten, bis Lee abnahm.

»Hallo?« Im Hintergrund konnte Tyler mehrere Stimmen hören. »Lee?«
»Wer spricht dort?«
»Tyler.«
»Ach ja, Tyler.«
Er hörte Gläserklirren. »Gibst du ein Fest, Lee?«
»Ja, ja. Warum kommst du nicht auch?«
Tyler überlegte, wer wohl mit Lee feierte. »Würde ich gern. Ich ruf aber nur an, um dir mitzuteilen, daß du dich für die Reise fertig machen kannst, von der wir gesprochen haben.«
Lee lachte spöttisch. »Du meinst die Reise auf der großen weißen Jacht nach St-Tropez?«
»Genau.«
»Aber gewiß doch«, spottete Lee, »allzeit bereit.«
»Es ist mein Ernst, Lee.«
»Laß den Quatsch, ein Richter kann sich doch keine Jacht leisten. Ich muß jetzt auflegen, die Gäste rufen nach mir.«
»Warte!« bat Tyler verzweifelt. »Weißt du auch, wer ich bin?«
»Klar, du bist –«
»Ich bin Tyler Stanford. Mein Vater war *Harry Stanford*.«
Da wurde es am anderen Ende der Leitung plötzlich still. »Du machst wohl Witze?«
»Mitnichten. Und ich halte mich gegenwärtig zur Klärung der Erbschaftsangelegenheiten in Boston auf.«
»Mein Gott! *Der* Stanford bist du also, das hab ich nicht gewußt. Ich bitte um Verzeihung. Ich ... ich hatte zwar deinen Namen in den Nachrichten gehört, aber nie richtig hingehört, und ich war nie auf die Idee gekommen, daß du das sein könntest.«
»Ist schon gut.«
»Und du hast das wirklich ehrlich gemeint, mit mir zusammen nach St-Tropez zu fahren, ja?«
»Aber natürlich. Wir werden viel gemeinsam unternehmen«, bekräftigte Tyler. »Das heißt, wenn du willst.«

»Und ob ich will!« Lees Stimme verriet auf einmal helle Begeisterung. »Herrje, Tyler, das ist wirklich eine fantastische Nachricht...«

Mit einem zufriedenen Lächeln legte Tyler auf. Lee hatte er sich gesichert. *Jetzt*, dachte er, *muß ich mich nur noch rasch um meine Halbschwester kümmern.*

Tyler ging in die Bibliothek zu Harry Stanfords Waffensammlung, öffnete den Schrank, hob einen Mahagonikasten heraus, nahm sich Munition aus der darunterliegenden Schublade. Er trug den Mahagonikasten in sein Zimmer und verschloß die Tür hinter sich, bevor er den Kasten öffnete, in dem sich zwei Rugers-Revolver befanden – Harrys Lieblingsstücke. Tyler holte einen heraus, lud ihn, um anschließend den zweiten Revolver mit der restlichen Munition in die Schublade seines Rollschreibtisches zu legen. *Ein Schuß wird genügen,* sagte er sich, denn in der Militärschule, wohin sein Vater ihn geschickt hatte, war er immerhin zu einem hervorragenden Schützen ausgebildet worden. *Vielen Dank, Vater.*

Anschließend schlug Tyler im Telefonbuch unter Steve Sloane nach – er brauchte die Privatadresse.

280 Newbury Street, Boston.

Tyler lief zur Garage, wo ein halbes Dutzend Autos standen und er sich für den schwarzen Mercedes entschied – den unauffälligsten Wagen. Er öffnete das Garagentor und vergewisserte sich, daß ihn keiner gesehen hatte.

Auf der Fahrt zu Steve Sloanes Wohnung arbeitete Tyler seinen Plan aus. Mit eigener Hand hatte er bisher noch keinen Mord begangen, doch diesmal blieb ihm keine andere Wahl. Julia Stanford war das letzte Problem, das zwischen ihm und seinen Träumen stand. Es mußte sein, dachte Tyler.

Er fuhr langsam und vorsichtig, um keine Aufmerksamkeit zu erregen, und rollte auf der Newbury Street an Steve Sloanes Haus vorbei, wo er einige wenige parkende Autos registrierte, doch nirgends Fußgänger wahrnahm.

Eine Straße weiter stellte er den Mercedes ab und lief zu Fuß zurück, klingelte an der Haustür und wartete.

Von drinnen ertönte Julias Stimme. »Wer ist da?«

»Ich bin's, Richter Stanford.«

Julia öffnete die Tür und musterte ihn höchst erstaunt. »Warum sind Sie hier? Ist etwas nicht in Ordnung?«

»Nein, im Gegenteil«, entgegnete er lässig. »Steve Sloane hat mich gebeten, ein Wort mit dir zu wechseln, und von ihm weiß ich ja auch, daß du hier wohnst. Darf ich eintreten?«

»Ja, selbstverständlich.«

Tyler betrat die Diele, behielt aber Julia im Auge, die die Haustür schloß und dann voraus ins Wohnzimmer ging.

»Steve ist nicht zu Hause«, sagte sie, »er fliegt gerade nach San Remo.«

»Ich weiß.« Er schaute sich im Zimmer um. »Du bist allein? Hier wohnt doch bestimmt noch eine Haushälterin oder sonst jemand?«

»Nein, das ist nicht nötig, hier befinde ich mich in Sicherheit. Darf ich dir etwas anbieten?«

»Nein, danke.«

»Worüber willst du denn mit mir sprechen?«

»Über dich, Julia, weil ich von dir enttäuscht bin.«

»Enttäuscht...«

»Du hättest nie nach Boston kommen dürfen. Hast du wirklich angenommen, du könntest einfach hier auftauchen, um ein Vermögen einzustreichen, das dir gar nicht zusteht?«

Sie musterte ihn irritiert. »Aber ich habe doch einen Anspruch auf –«

»Auf gar nichts hast du einen Anspruch!« schnauzte Tyler sie an. »Wo bist du denn die ganze Zeit gewesen, als wir anderen von Vater gedemütigt und beleidigt wurden? Er hat keine Mühe gescheut, Möglichkeiten und Wege zu finden, um uns weh zu tun und uns zu verletzen. Er hat uns das Leben zur Hölle gemacht. Dir ist das erspart geblieben, aber wir haben es durchmachen müssen, und deshalb haben wir auch das Geld verdient. Aber du nicht.«

»Ich... Was erwartest du von mir? Was soll ich denn tun?«

Tyler stieß ein bellendes Lachen aus. »Was ich von dir erwarte? Überhaupt nichts. Weißt du, daß du beinahe alles verdorben hast?«

»Ich verstehe nicht.«

»Es ist doch ganz einfach.« Er zog den Revolver aus der Tasche. »Du wirst von der Bildfläche verschwinden.«

Sie wich einen Schritt zurück. »Aber ich...«

»Kein Wort, sei still, wir wollen keine Zeit verschwenden. Wir beide machen jetzt eine kleine Fahrt.«

Sie erstarrte. »Und was ist, wenn ich nicht mitkomme?«

»Keine Angst, du kommst mit, tot oder lebendig. Wie du's lieber hast.«

In der folgenden Stille vernahm Tyler plötzlich aus dem Nebenzimmer den Klang der eigenen Stimme. »*Keine Angst, du kommst mit, tot oder lebendig. Wie du's lieber hast.*« Er drehte sich herum. »Was...?«

Steve Sloane, Simon Fitzgerald, Lieutenant Kennedy und zwei Polizisten in Uniform traten ins Wohnzimmer – Steve hatte ein Tonbandgerät in der Hand.

»Geben Sie mir die Waffe, Richter!« forderte Lieutenant Kennedy.

Tylers Gesicht erstarrte, allerdings nur für einen Augenblick, dann trat ein Lächeln auf seine Züge. »Aber selbstverständlich. Ich habe dieser Frau hier nur angst machen wollen, um sie dazu zu bewegen, mit mir das Haus zu verlassen. Sie ist nämlich eine Hochstaplerin, müssen Sie wissen.« Er legte den Revolver in die ausgestreckte Hand von Lieutenant Kennedy. »Sie wollte einen Teil der Stanford-Erbschaft an sich bringen, und das konnte ich ihr natürlich nicht durchgehen lassen, deshalb...«

»Das Spiel ist aus, Richter«, sagte Steve scharf.

»Was reden Sie da für einen Unsinn? Wie Sie mir erklärt haben, ist doch Woody verantwortlich für...«

»Woody wäre niemals imstande gewesen, einen so raffinierten Plan auszuhecken. Und was Kendall angeht – die hatte es aufgrund ihres großen Erfolgs nicht nötig. Also habe ich meine Nachforschungen auf Sie konzentriert. Dmitri Kaminski ist in Australien ermordet worden, stimmt's – und die australische Polizei hat *Ihre* Telefonnummer bei ihm gefunden. Sie sind es gewesen, der ihn zum Mord an Ihrem Vater angestiftet hat, und Sie sind es auch gewesen, der Margo Posner ins Spiel brachte und sie dann Ihren Geschwistern gegenüber zum Schein – um jeden Verdacht von sich selbst abzulenken – als Hochstaplerin verdächtigte. Aus dem gleichen Grund haben Sie auf dem DNS-Test bestanden und gleichzeitig – damit er nicht durchgeführt werden konnte – dafür gesorgt, daß die Leiche Ihres Vaters verschwand. Und Sie waren es auch, der den vorgetäuschten Anruf bei Timmons machte. Sie haben Margo Posner angestiftet, sich als Julia Stanford auszugeben, und es dann so arrangiert, daß sie in die Psychiatrie eingeliefert wurde.«

Tyler schaute sich im Zimmer um, und als er das Wort ergriff, sprach er mit einer verdächtig ruhigen Stimme. »*Eine Telefonnummer*, die bei einem Toten gefunden wird – ist das alles, was Sie als Beweis haben? Das ist ja nicht zu fassen. Auf solch fadenscheiniger Basis haben Sie Ihre miese kleine Falle aufgebaut? Sie können mir gar nichts nachweisen. Dmitri hatte stets meine Telefonnummer bei sich, weil ich befürchtete, daß mein Vater sich in Lebensgefahr befand. Ich habe Dmitri ermahnt aufzupassen, aber er hat offensichtlich nicht gut genug aufgepaßt. Der Mörder meines Vaters – wer immer das gewesen sein mag – hat wahrscheinlich auch Dmitri umgebracht. Das ist die Person, nach der die Polizei fahnden sollte. Und Timmons habe ich angerufen, weil er für uns die Wahrheit herausfinden sollte. Jemand hat seine Rolle übernommen, und ich habe keine Ahnung, wer das gewesen sein könnte. Und außer, daß Sie diesen Täter finden und mir Kontakt zu ihm nachweisen können, haben Sie gegen mich nichts in der Hand. Und was Margo Posner angeht, so habe ich wirklich geglaubt, daß sie unsere Schwester ist. Als sie dann auf einmal durchdrehte und verrückt wurde, das heißt, als sie dem Konsumrausch erlag und uns alle miteinander umbringen wollte, da habe ich sie überredet, nach Chicago zurückzukehren, und ich habe dafür gesorgt, daß sie sofort nach der Landung auf dem Flughafen in Haft genommen und in eine Anstalt eingeliefert wurde. Ich wollte sichergehen, daß die Presse von alledem nichts erfuhr – zum Schutz der Familie.«

»Aber dann bist du hierhergekommen, um mich zu ermorden.«

Tyler schüttelte den Kopf. »Ich habe nicht die Absicht, dich zu ermorden. Du bist eine Hochstaplerin, und ich wollte dir nur einen Schrecken einjagen und dich damit zur Abreise bewegen.«

»Sie lügen.«

Er wandte sich an die anderen im Raum. »Es gibt da noch einen Punkt, den Sie in Erwägung ziehen sollten. Es ist durchaus möglich, daß niemand von der Familie mit der ganzen Sache zu tun hat. Es könnte genausogut ein Außenstehender gewesen sein, der alles manipuliert und den Plan entwickelt hatte, die Familie davon zu überzeugen, daß diese Frau echt ist, um dann ihren Anteil vom Erbe mit ihr zu teilen. Dieser Gedanke ist wohl niemandem hier eingefallen, wie?«

Er betrachtete Simon Fitzgerald. »Ich werde Ihren Partner und Sie wegen Verleumdung verklagen, und zwar auf eine so hohe Schadensersatzsumme, daß Sie alles verlieren. Jeder hier im

Raum ist mein Zeuge. Sie werden sich wünschen, daß Sie mir nie begegnet wären, wenn ich mit Ihnen fertig bin, denn ich verfüge über Milliarden Dollar und werde sie einsetzen, um Sie beide zu vernichten.« Er musterte Steve. »Und was Sie angeht, so schwöre ich Ihnen, daß das Verlesen von Harry Stanfords Testament Ihre letzte Amtshandlung als Anwalt sein wird. Und falls Sie mich jetzt nicht wegen unrechtmäßigen Tragens einer Waffe festnehmen wollen, möchte ich mich Ihnen hiermit empfehlen.«

Die anderen warfen einander unsichere Blicke zu.

»Nein? Nun, dann einen guten Abend allerseits.«

Und sie mußten tatenlos zuschauen, wie er den Raum verließ.

Es war Lieutenant Kennedy, der als erster die Sprache wiederfand. »Mein Gott!« sagte er. »Hätten Sie das für möglich gehalten?«

»Er blufft nur!« sagte Steve gedehnt. »Aber wir können es ihm nicht nachweisen, und in einem Punkt hat er leider recht: Wir brauchen stichhaltige Beweise. Ich hatte angenommen, daß er zusammenbrechen würde, und muß zugeben, daß ich ihn unterschätzt habe.«

Simon Fitzgerald ergriff das Wort. »Es sieht ganz so aus, als ob unser schöner kleiner Plan sich als Bumerang erwiesen hat. Ohne Dmitri Kaminski oder die Aussage von dieser Posner haben wir – außer Vermutungen – gar nichts in der Hand.«

»Aber er hat mein Leben bedroht!« protestierte Julia.

»Sie haben doch gehört, was er sagte«, antwortete Steve. »Er hat versucht, Ihnen angst zu machen, weil er Sie für eine Hochstaplerin hält.«

»Er hat mich aber nicht nur einschüchtern wollen«, korrigierte ihn Julia. »Er hat vorgehabt, mich zu töten.«

»Ich weiß, aber wir können nichts gegen ihn unternehmen. Wir sind wieder genauso weit wie vorher.«

Fitzgerald machte ein nachdenkliches Gesicht. »Du untertreibst, Steve, wir sind viel schlechter dran als vorher. Tyler meint es ernst mit der Klage gegen uns. Falls wir unsere Vorwürfe nicht beweisen können, stehen uns große Schwierigkeiten bevor.«

»Das tut mir alles so leid«, sagte Julia zu Steve, als sie allein waren. »Ich fühle mich irgendwie verantwortlich. Wenn ich nicht nach Boston gekommen wäre...«

»Reden Sie kein dummes Zeug«, unterbrach sie Steve.

»Aber er hat doch gesagt, daß er Sie vernichten will. Wäre er dazu wirklich in der Lage?«

Steve zuckte die Schultern. »Wir werden sehen.«

»Steve«, sagte Julia nach einer Weile, »ich würde Ihnen gern helfen.«

Er schaute sie verständnislos an. »Wie meinen Sie das?«

»Nun ja, ich werde doch eine Menge Geld erben, und ich würde Ihnen sehr gern davon soviel abgeben, damit Sie –«

Er legte ihr die Hände auf beide Schultern. »Ich danke Ihnen, Julia, aber ich darf von Ihnen kein Geld annehmen. Es wird schon alles gutgehen.«

»Aber...«

»Machen Sie sich nur keine Sorgen.«

Ein Schauern lief über ihren Körper. »Er ist ein böser Mensch.«

»Sie haben heute großen persönlichen Mut bewiesen.«

»Aber Sie haben doch gesagt, daß wir ihm nicht beikommen könnten, und da hatte ich eben die Idee, daß wir ihm eine Falle stellen, indem Sie ihn hierherlocken.«

»Und jetzt hat es den Anschein, daß wir in die eigene Falle geraten sind, nicht wahr?«

In dieser Nacht lag Julia lange wach. Sie fand vor lauter Sorge um Steve keine Ruhe und zerbrach sich den Kopf, wie sie ihm helfen könnte. *Ich hätte nicht hierherkommen sollen*, dachte sie. *Aber wenn ich nicht nach Boston gekommen wäre, hätte ich ihn nie kennengelernt.*

Im Zimmer nebenan fand Steve ebenfalls keinen Schlaf, weil er fortwährend an Julia denken mußte. Er fand es frustrierend, daß sie durch eine dünne Wand getrennt waren. *Ach was,* sagte er sich, *die Wand ist eine Milliarde Dollar dick.*

Auf der Heimfahrt triumphierte Tyler und war mächtig stolz auf sich selbst – er hatte sie alle miteinander übertrumpft. *Das sind doch Winzlinge, die einen Riesen zu Fall bringen wollen,* dachte er und wußte nicht, daß sein Vater auch einmal so gedacht hatte.

In Rose Hill kam Clark Tyler Stanford an der Haustür entgegen. »Guten Abend, Richter Tyler, ich hoffe, Sie hatten einen angenehmen Abend.«

»Einen so schönen, wie lange nicht mehr, Clark, einen ganz besonders schönen.«

»Darf ich Ihnen etwas servieren?«

»Ja, ich glaube, ich hätte jetzt gern ein Glas Champagner.«

»Selbstverständlich, Sir.«

Ein Glas Champagner zur Feier seines Triumphes, seines Sieges. *Morgen werde ich zwei Milliarden Dollar besitzen,* dachte er, und sagte es immer und immer wieder vor sich hin. »Zwei Milliarden Dollar... zwei Milliarden Dollar.« Er beschloß, Lee anzurufen.

Diesmal erkannte Lee seine Stimme sofort.

»Tyler! Wie geht's dir?«

»Ausgezeichnet, Lee.«

»Ich hab schon auf deinen Anruf gewartet.«

Tyler spürte ein süßes Prickeln. »Wirklich? Wie wär's – würdest du morgen gern nach Boston kommen?«

»Sicher... aber wozu?«

»Um die Verlesung des Testaments mitzuerleben. Ich werde morgen mehr als zwei Milliarden Dollar erben.«

»Zwei... aber das ist ja himmlisch!«

»Ich möchte dich dabei gern an meiner Seite haben, und anschließend suchen wir gemeinsam unsere Jacht aus.«
»O Tyler! Das klingt ja wunderbar!«
»Du kommst also?«
»Natürlich komme ich.«
Als Lee aufgelegt hatte, blieb Tyler wie verzaubert sitzen und wiederholte verliebt immer wieder die gleichen Worte: »Zwei Milliarden Dollar... zwei Milliarden Dollar.«

34. KAPITEL

Am Tag vor der Testamentsverlesung saßen Woody und Kendall in Steves Büro.

»Ich weiß nicht, warum wir hier sind«, sagte Woody, »das Testament wird doch erst morgen bekannt gegeben.«

»Ich möchte Sie gern mit jemandem bekannt machen«, erklärte Steve.

»Mit wem denn?«

»Mit Ihrer Schwester.«

Die beiden starrten ihn verblüfft an. »Die haben wir aber doch schon kennengelernt«, meinte Kendall.

Steve drückte einen Knopf auf der Sprechanlage. »Würden Sie sie bitte hereinschicken?«

Kendall und Woody wechselten ratlose Blicke.

Die Tür ging auf, und Julia Stanford kam herein.

Steve erhob sich. »Ihre Schwester Julia Stanford.«

»Was reden Sie da für Zeug!« schimpfte Woody. »Wollen Sie uns für dumm verkaufen?«

»Gestatten Sie mir eine Erläuterung«, sagte Steve leise, erklärte dann eine Viertelstunde die Sachlage und schloß mit den Worten: »Perry Winger bestätigte, daß ihre DNS mit der Ihres Vaters übereinstimmt.« Als Steve geendet hatte, rief Woody: »Tyler! Das kann ich nicht glauben.«

»Glauben Sie's lieber.«

»Aber es will mir nicht in den Sinn. Die Fingerabdrücke der

anderen Frau sind doch der Beweis dafür, daß *sie* Julia ist«, wandte Woody ein. »Ich habe die Karte mit ihren Fingerabdrücken noch.«

Steve spürte, wie sein Herz schneller schlug. »Wirklich?«

»Ja, ich habe sie aufbewahrt – nur aus Jux.«

»Ich würde Sie gern um einen Gefallen bitten«, sagte Steve.

Im Konferenzraum der Kanzlei Renquist, Renquist & Fitzgerald war am darauffolgenden Tag um zehn Uhr morgens eine größere Personengruppe versammelt. Simon Fitzgerald saß an der Kopfseite des Tisches, und außer ihm waren Kendall, Tyler, Woody, Steve und Julia anwesend sowie einige unbekannte Herren.

Zwei von ihnen stellte Fitzgerald gleich zu Beginn vor. »Ich möchte Sie bekannt machen mit William Parker und Patrick Evans von den Anwaltskanzleien, die die Firma Stanford Enterprises repräsentieren. Sie haben die Finanzunterlagen des Konzerns mitgebracht. Ich werde zuerst das Testament besprechen, anschließend werde ich das Wort diesen beiden Herren erteilen.«

»Wir sollten aber keine Zeit verlieren«, sagte Tyler voller Ungeduld. *Ich werde nicht nur das Geld bekommen, ich werde euch Mistkerle auch zugrunde richten.*

Simon Fitzgerald nickte. »Also gut.«

Vor Fitzgerald lag eine dicke Akte mit der Aufschrift HARRY STANFORD – LETZTER WILLE UND TESTAMENT. »Ich überreiche jetzt jedem von Ihnen eine Abschrift des Testaments, damit sich ein Verlesen der Formalitäten erübrigt. Wie ich Ihnen ja bereits mitgeteilt habe, werden Harry Stanfords Nachkommen die Hinterlassenschaft zu gleichen Teilen erben.«

Julia warf einen Blick hinüber zu Steve, und auf ihrem Gesicht lag ein Ausdruck von Belustigung.

Ich freue mich für sie, dachte Steve. *Selbst wenn sie dann für mich unerreichbar ist.*

Simon Fitzgerald fuhr fort: »Es gibt ein rundes Dutzend spezifischer Vermächtnisse, die jedoch allesamt von geringer Größenordnung sind.«

Tyler dachte an Lee: *Er wird am Nachmittag in Boston eintreffen, und ich werde ihn am Flughafen abholen.*

»Die Sachwerte der Stanford Enterprises machen, wie ich Ihnen ebenfalls mitgeteilt habe, annähernd sechs Milliarden Dollar aus.« Fitzgerald machte eine Kopfbewegung in Richtung von William Parker. »Und damit gebe ich weiter an Mr. Parker.«

William Parker öffnete seine Aktentasche und breitete mehrere Dokumente vor sich auf dem Konferenztisch aus. »Wie Mr. Fitzgerald ganz richtig bemerkte, belaufen die Aktiva des Konzerns sich auf sechs Milliarden Dollar. Andererseits...« Es folgte eine bedeutungsschwere Pause, in der er seinen Blick durch den Raum wandern ließ. »... sind die Stanford Enterprises mit Schulden von über sechzehn Milliarden Dollar belastet.«

Woody war aufgesprungen. »Was, zum Teufel, hat das zu bedeuten?«

Tyler war aschfahl geworden. »Soll das etwa ein Scherz sein?«

»Etwas anderes kann es ja wohl nicht sein«, sagte Kendall mit heiserer Stimme.

Mr. Parker wandte sich einem der fremden Männer im Raum zu. »Mr. Leonard Redding von der Securities and Exchange Commission wird Ihnen die Sachlage erläutern.«

Redding nickte. »Harry Stanford war seit zwei Jahren fest davon überzeugt, daß die Zinsen fallen würden, und entsprechend investierte er, da er in der Vergangenheit schon mehrmals auf diese Entwicklung gesetzt und damit Millionen gewonnen hatte. Als die Zinsen stiegen, hielt er immer noch an seiner Überzeugung fest, daß sie fallen würden, und hat seine Spekulationen noch mit zusätzlichen Summen gestützt. Er hatte zum Erwerb langfristiger Anlagen erhebliche Summen als Darlehen aufgenommen, doch wegen des anhaltenden Zinsanstiegs schossen seine Darlehenskosten in die Höhe, während gleichzeitig der Wert seiner

Anlagen fiel. Aufgrund seines Ansehens und seines Vermögens waren die Banken lange Zeit zu neuen Geschäften mit ihm bereit; als er dann jedoch versuchte, seine Verluste durch Investitionen in hochriskante Securities wettzumachen, begannen sie sich zu sorgen. Er hatte eine Reihe von katastrophalen Investitionen getätigt und seine Darlehen zum Teil durch Securities gedeckt, die er mit geborgtem Geld als Ausfallbürgschaft für weitere Darlehen gekauft hatte.«

»Mit anderen Worten«, warf Patrick Evans ein, »er hat mit illegalen Geschäften Schulden aufgetürmt.«

»Das ist korrekt. Zu seinem Unglück erlebte das Zinsniveau einen der steilsten Anstiege in der Geschichte. Harry Stanford mußte immer wieder neue Summen leihen, um die Beträge zu decken, die er sich bereits geliehen hatte. Das Ganze war ein Teufelskreis.«

Alle im Raum hingen gebannt an seinen Lippen.

»Ihr Vater hat persönlich für die Pensionskasse des Konzerns garantiert und diese Rücklagen auf illegale Weise dazu verwandt, weitere Aktien zu kaufen. Als die Banken seine Aktivitäten zu hinterfragen begannen, gründete er Scheinfirmen und legte falsche Liquiditätspläne und Scheinverkäufe seiner Besitztümer vor, um den Wert seiner Aktien in die Höhe zu treiben. Er hat damit betrügerisch gehandelt. Zum Schluß hat er sich darauf verlassen, daß ihn ein Bankenkonsortium aus seinen Schwierigkeiten erlösen würde, aber das Konsortium lehnte dies ab. Und als das Konsortium die Securities and Exchange Commission über diese Entwicklung informierte, wurde Interpol eingeschaltet und mit den notwendigen Nachforschungen beauftragt.«

Redding deutete auf den Mann an seiner Seite. »Hier neben mir sitzt Inspector Patou von der französischen Sûreté. Würden Sie bitte alles Weitere erläutern?«

Inspector Patou sprach Englisch mit einem leicht französischen Akzent. »Auf Verlangen von Interpol haben wir Harry Stanford in St-Paul-de-Vence aufgespürt, und ich habe dort drei Detektive auf ihn angesetzt, aber es gelang ihm zu entwischen. Interpol hat einen grünen Kode an alle Polizeiabteilungen ausgegeben, daß Harry Stanford unter Verdacht stand und beobachtet werden sollte. Wenn Interpol vom Ausmaß seiner kriminellen Handlungen gewußt hätte, wäre ein roter Kode in Umlauf gebracht worden, und wir hätten ihn festgenommen.«

Woody befand sich in einem Schockzustand. »*Deshalb* hat er uns als Erben eingesetzt, weil er überhaupt nichts zu vermachen hatte.«

»Damit haben Sie völlig recht«, kommentierte William Parker. »Er hat sie alle in seinem Testament bedacht, weil die Banken ihm jede Kooperation verweigerten und er wußte, daß er Ihnen nichts zu hinterlassen hatte. Er hat dann aber ein Telefongespräch mit René Gauthier beim Crédit Lyonnais geführt, der ihm Hilfe zusagte. In dem Augenblick, als Harry Stanford sich wieder liquide glaubte, faßte er den Entschluß, Sie aus seinem Testament zu streichen.«

»Aber was ist mit seiner Jacht und seinem Flugzeug und den Häusern?« fragte Kendall.

»So leid es mir tut«, erwiderte Parker, »aber das alles wird verkauft, um einen Teil seiner Schulden zu begleichen.«

Tyler saß wie betäubt da, das war ein Alptraum, der sein Vorstellungsvermögen überstieg. Er war nicht mehr der Multimilliardär Tyler Stanford, er war wieder ein Richter.

Tyler erhob sich. »Mir fehlen die Worte. Falls hier weiter nichts ansteht...« Er mußte zum Flughafen, um Lee abzuholen und ihm die neue Entwicklung zu erklären.

Steve ergriff das Wort. »Es steht noch etwas an.«

Tyler drehte sich zu ihm um. »Ja?«

Steve gab einem Mann an der Tür ein Zeichen. Die Tür wurde geöffnet, und herein kam Hal Baker.

»Hallo, Richter.«

Es war Woodys Bemerkung, daß er noch im Besitz der Karte mit den Fingerabdrücken sei, die den Durchbruch bedeutet hatte.

»Die Karte hätte ich mir gern einmal angesehen«, hatte Steve daraufhin gesagt.

Woody begriff nicht. »Aber wieso? Sie enthält doch bloß die beiden Muster der Fingerabdrücke von dieser Frau, und sie waren identisch. Wir haben sie verglichen und alles bezeugt.«

»Und die Fingerabdrücke sind der Frau hier in Boston von dem Mann abgenommen worden, der als Frank Timmons auftrat. Hab ich recht?«

»Ja, sicher.«

»Falls *er* diese Karte angefaßt hat, befinden sich auch *seine* Fingerabdrücke drauf.«

Steves Vermutung hatte sich bewahrheitet. Die Karte war geradezu übersät mit Fingerabdrücken von Hal Baker, und es dauerte nicht einmal dreißig Minuten, bis der Computer seine Identität feststellte. Steve hatte daraufhin den Staatsanwalt in Chicago angerufen, der einen Haftbefehl erließ, woraufhin zwei Polizeidetectives bei Hal Baker anklopften.

Er spielte gerade mit Billy auf dem Hof.

»Mr. Baker?«

»Der bin ich.«

Die Detectives zeigten ihm ihre Polizeimarken. »Der Staatsanwalt hätte gern ein Wort mit Ihnen gewechselt.«

»Nein, das ist im Moment nicht möglich.« Hal Baker war empört.

»Darf ich nach dem Grund Ihrer Weigerung fragen?« wollte einer der beiden Detectives wissen.

»Aber das sehen Sie doch selbst, oder? Ich spiele gerade mit meinem Sohn.«

Dem Staatsanwalt lag eine Abschrift von Hal Bakers Prozeßakte vor. Er fixierte den Mann, der vor ihm saß, und sagte: »Wenn ich es recht verstehe, leben Sie voll und ganz für Ihre Familie.«

»Da haben Sie völlig recht«, entgegnete Hal Baker. »Und von einer solchen Einstellung hängt auch das Wohlergehen unseres ganzes Landes ab. Wenn jede Familie in den Vereinigten Staaten –«

»Mr. Baker!« Der Staatsanwalt beugte sich vor. »Sie haben mit Richter Stanford kooperiert.«

»Ich kenne keinen Richter Stanford.«

»Erlauben Sie, daß ich Ihrem Gedächtnis nachhelfe. Richter Stanford hat Sie auf freien Fuß gesetzt – mit Bewährung. Er hat Sie dazu angestiftet, die Rolle eines Privatdetektivs namens Frank Timmons zu übernehmen, und wir haben Grund zu der Annahme, daß er Sie auch mit der Ermordung einer gewissen Julia Stanford beauftragt hatte.«

»Ich weiß überhaupt nicht, wovon Sie reden.«

»Ich spreche von einem Gerichtsurteil, das Ihnen zehn bis zwanzig Jahre Haftstrafe brachte, und ich werde mich persönlich dafür verwenden, daß Sie die zwanzig Jahre absitzen.«

Hal Baker erbleichte. »Das können Sie mir nicht antun! Mensch, dann würden ja meine Frau und meine Kinder...«

»Genau. Andererseits aber«, erklärte der Staatsanwalt, »wenn Sie willens wären, als Zeuge der Staatsanwaltschaft auszusagen, wäre ich bereit, dafür zu sorgen, daß Sie mit einer kurzen Strafe davonkommen.«

Hal Baker geriet ins Schwitzen. »Was... Und was soll ich tun?«

»Mir offen und wahrheitsgemäß alles erzählen...«

Im Konferenzraum der Kanzlei Renquist, Renquist & Fitzgerald nickte Hal Baker grüßend zu Tyler: »Guten Tag, Richter.«

Woody hob den Kopf und rief überrascht: »He, das ist ja Frank Timmons!«

»Diesem Mann hier«, sagte Steve Sloane zu Tyler, »erteilten Sie den Auftrag, in unsere Büros einzubrechen und Ihnen eine Kopie vom Testament Ihres Vaters zu beschaffen, und er sollte für Sie die Leiche Ihres Vaters ausgraben und Julia Stanford ermorden.«

Es dauerte einen Augenblick, bis Tyler seine Stimme wiederfand. »Sie sind wahnsinnig geworden! Der Mann ist ein überführter Verbrecher, dem glaubt bestimmt keiner, wenn sein Wort gegen meines steht.«

»Seinem *Wort* wird auch keiner glauben müssen«, erwiderte Steve. »Sie haben diesen Mann schon einmal gesehen?«

»Selbstverständlich, er stand ja in Chicago vor Gericht, und ich hatte in diesem Prozeß den Vorsitz.«

»Wie lautet sein Name?«

»Er heißt...« Plötzlich erkannte Tyler die Falle, die Steve Sloane ihm gestellt hatte. »Ich meine... Er wird vermutlich noch eine ganze Reihe von anderen Namen haben.«

»Als Sie ihn verurteilten, hieß er Hal Baker.«

»Das... das ist richtig.«

»Als er dann jedoch nach Boston kam, haben Sie ihn als Frank Timmons vorgestellt.«

Tyler kam ins Schwimmen. »Nun ja, ich... ich...«

»Sie haben gerichtlich veranlaßt, daß er in Ihre Obhut und Fürsorge kam, und Sie haben ihn eingeschaltet und für Ihren Nachweis mißbraucht, daß Margo Posner die echte Julia Stanford ist.«

»Nein! Damit hatte ich nichts zu tun. Ich bin der Frau nie begegnet, bis sie in Boston auftauchte.«

Steve wandte sich an Lieutenant Kennedy. »Haben Sie das gehört, Lieutenant?«

»Ja.«

Steve wandte sich erneut an Tyler. »Wir haben den Fall der Margo Posner überprüft. Auch über Margo Posner haben Sie zu Gericht gesessen, auch sie ist Ihrer Obhut und Fürsorge übergeben worden. Der Staatsanwalt in Chicago hat heute früh einen

Durchsuchungsbefehl für den Safe in Ihren Amtsräumen ausgestellt. Er hat mich vorhin angerufen und mir mitgeteilt, man habe in Ihrem Safe ein Dokument gefunden, das Ihnen Julia Stanfords Anteil am väterlichen Erbe überschreibt, und dieses Dokument ist fünf Tage vor dem Eintreffen der angeblichen Julia Stanford in Boston unterzeichnet worden.«

Tyler atmete schwer, und er mußte sich anstrengen, um klar zu denken. »Das... das ist eine Unverschämtheit!«

Da ergriff Lieutenant Kennedy das Wort. »Richter Stanford, ich nehme Sie hiermit fest wegen des Verdachts auf Anstiftung zum Mord. Wir werden die Auslieferungspapiere besorgen, und Sie werden nach Chicago zurückgeschickt.«

Für Tyler brach eine Welt zusammen.

»Sie haben das Recht zu schweigen«, fuhr Lieutenant Kennedy fort, »falls Sie auf dieses Ihr Recht verzichten, kann und wird alles, was Sie sagen, vor Gericht gegen Sie verwendet werden. Sie haben das Recht, mit einem Anwalt zu sprechen und das Recht auf dessen Anwesenheit während Ihrer Vernehmung. Falls Sie nicht imstande sind, sich einen Anwalt zu leisten, wird Ihnen ein Anwalt zugeteilt, der Sie bei jeglichen Einvernehmungen vertritt. Haben Sie verstanden?« fragte Lieutenant Kennedy.

»Ja.« Dann breitete sich langsam ein triumphierendes Lächeln über Tylers Züge aus. *Ich weiß doch noch einen Weg, wie ich über sie triumphieren kann!* dachte er glücklich.

»Sind Sie bereit, Richter?«

Tyler nickte und sagte ruhig: »Ja, ich bin bereit. Ich würde vorher nur gern noch einmal nach Rose Hill zurück, um meine Sachen zu holen.«

»Das geht in Ordnung. Wir werden Ihnen zwei Polizisten als Begleiter mitgeben.«

Tyler drehte sich zu Julia um, und in seinem Blick lag solch tiefer Haß, daß es ihr eiskalt über den Rücken lief.

Etwa eine halbe Stunde später traf Tyler in Begleitung der beiden Polizisten in Rose Hill ein. Sie betraten das Haus durch den Haupteingang.

»Ich brauche nur ein paar Minuten zum Packen«, sagte Tyler.

Sie schauten ihm nach, als er die Treppe hinauf und in sein Zimmer ging.

Dort ging Tyler zu seinem Schreibtisch, in dem er den Revolver aufbewahrte, und legte die Munition ein.

Der Widerhall des Schusses schien nicht enden zu wollen.

35. KAPITEL

Im Wohnzimmer von Rose Hill saßen Woody und Kendall, während ein halbes Dutzend Männer in weißen Arbeitskitteln die Gemälde von den Wänden abnahmen und mit dem Ausräumen der Einrichtung begannen.

»Das Ende einer Epoche«, seufzte Kendall.

»Ein Neuanfang«, verbesserte Woody mit einem fröhlichen Lächeln. »Ich wünschte mir, ich könnte Peggys Gesicht sehen, wenn sie erfährt, woraus die Hälfte meines Vermögens besteht, die sie für unsere Scheidung als Abfindung bekommt!« Er nahm die Hand der Schwester. »Alles in Ordnung?« fragte er leise. »Ich meine, wegen Marc.«

Sie nickte. »Ich werde drüber hinwegkommen. Im übrigen bin ich ja zur Zeit mehr als beschäftigt. In zwei Wochen findet die erste gerichtliche Vernehmung statt. Mal sehen, was passiert.«

»Es wird bestimmt wieder alles gut!« Woody erhob sich. »Ich habe einen wichtigen Anruf zu machen«, sagte er, denn er mußte unbedingt Mimi Carson über die neuesten Entwicklungen informieren.

»Mimi«, begann Woody in einem entschuldigenden Tonfall, »es tut mir aufrichtig leid, aber ich kann unsere Abmachung nicht einhalten. Die Dinge hier sind nämlich nicht so gelaufen, wie ich's erwartet hatte.«

»Aber dir geht's doch gut, Woody?«

»Ja, aber hier ist ziemlich viel passiert. Peggy und ich... wir haben uns getrennt.«

Langes Schweigen. »Ach? Und kommst du wieder nach Hobe Sound zurück?«

»Ehrlich gesagt weiß ich überhaupt nicht, was ich jetzt machen werde.«

»Woody?«

»Ja?«

Ihre Stimme hatte einen zärtlichen Klang. »Bitte, komm zurück.«

Julia saß mit Steve auf der Veranda.

»Ich bedaure wirklich, daß alles so gekommen ist«, sagte Steve, »daß aus Ihrer Erbschaft nichts geworden ist, meine ich.«

Julia lächelte ihn freundlich an. »Ich komme doch auch ohne viel Küchenpersonal zurecht.«

»Sind Sie gar nicht enttäuscht, daß Ihre Reise nach Boston völlig umsonst war?«

Sie schaute ihn mit einem fragenden Blick an. »War sie denn umsonst, Steve?«

Sie konnten sich später nicht mehr erinnern, wer von beiden den ersten Schritt tat, aber plötzlich lag sie in seinen Armen, und er hielt sie fest und küßte sie.

»Danach habe ich mich schon seit unserer ersten Begegnung gesehnt.«

Julia schüttelte den Kopf. »Bei unserem ersten Zusammentreffen hast du mich aufgefordert, die Stadt sofort wieder zu verlassen!«

Er grinste. »Tatsächlich? Und jetzt habe ich nur noch einen Wunsch – daß du nie mehr wegfährst.«

Julia dachte plötzlich an Sallys Worte: »*Du weißt nicht, ob der Mann dir einen Heiratsantrag gemacht hat?*«

»Soll das vielleicht ein Heiratsantrag sein?« fragte Julia.

Er drückte sie noch fester an sich. »Und ob. Wirst du mich heiraten?«

»O ja!«

Kendall kam mit einem Stück Papier in der Hand auf die Veranda hinaus.

»Ich... Seht mal, was mir der Briefträger gebracht hat!«

Steve musterte sie besorgt. »Doch nicht wieder eine...«

»Nein. Ich bin zur Modedesignerin des Jahres gewählt worden.«

Woody, Kendall, Julia und Steve saßen am Eßzimmertisch, und im ganzen Haus waren Arbeiter damit beschäftigt, Sessel und Sofas nach draußen zu tragen.

Steve wandte sich an Woody. »Und was willst du jetzt machen?«

»Ich fahre nach Hobe Sound zurück, aber zuerst werde ich noch bei Dr. Tichner vorbeischauen. Und dann erwartet mich eine Freundin, der eine Koppel Pferde gehört, die ich beim Polospiel reiten werde.«

Kendall schaute Julia an. »Und du – gehst du nach Kansas City zurück?«

Als kleines Mädchen, dachte Julia, *hab ich mir gewünscht, daß mich jemand aus Kansas City wegholt und in ein Zauberreich bringt, wo ich meinen Märchenprinzen finde.* Sie nahm Steves Hand. »Nein«, sagte Julia, »ich werde nicht mehr in Kansas City leben.«

Alle drei schauten zu, als das riesige Ölporträt von Harry Stanford von der Wand heruntergenommen wurde.

»Ich hab dieses Bild nie gemocht«, sagte Woody.